Die zwei Leben der Isolde G.

Günther Bentele

Die zwei Leben der Isolde G.

Thienemann

Für die Altstadtfreunde Nürnberg e.V.

dein goldenes Haar Margarete
dein aschenes Haar Sulamith
Paul Celan: Todesfuge

Nürnberg, November 1945

Das maschinengewehrartige Rattern eines Vorführgerätes erfüllte den Raum. Vor dem Hauptfilm kam die Wochenschau, schwarz und weiß.

Männer saßen auf zwei Bankreihen eines Gerichtssaals wie in einer Schule. Hinter den Männern standen Wachtposten mit den runden Helmen der Amerikaner, diese Helme waren weiß.

Julius Streicher aus Nürnberg saß klein, fett und aufgedunsen. Ribbentrop, Frank und Dönitz versteckten ihre Augen hinter Sonnenbrillen. Aber Isolde kannte ihre Gesichter und ihre Namen. Sie zog die Luft hörbar ein: Ich würde alle diese nationalsozialistischen Führer blind erkennen.

Sie wusste, was jetzt kam, und presste die Zähne aufeinander. Alles drängte sie aufzustehen und wegzugehen: Es ist nicht gut, dachte sie, es immer und immer wieder zu sehen. Aber ich bin es meinem Vater schuldig.

Die Kamera schwenkte auf eine Leinwand im Gerichtssaal.

Die Bilder waren verschwommen, als scheuten sie das Licht. Große zitternde Vierecke, Liegen, aus rohen Brettern zusammengenagelt, stockwerkweise übereinander geschichtet. Diese kahlköpfigen Knochengerüste, die sich auf den Brettern ihrer Lager grinsend aufzurichten versuchten! Waren das Menschen? Und hier: Waren das einmal Menschen gewesen? Diese Haufen hautumhüllter Skelette, die von Lastwagen herabgekippt, gleitend, mit puppenhaft nickenden

Köpfen und verrenkten Gliedern in einer Grube verschwanden! Diese Eisentore, die man plötzlich sah, mit den Schienen, die darauf zuliefen, waren das wirklich Öfen, in denen sie die Ermordeten verbrannt hatten?

Schluchzen stieg in Isoldes Kehle auf. Sie bezwang es mit großer Kraft.

Die Männer auf der Anklagebank: Die saßen wirklich dort, jetzt in Nürnberg, während Isolde sie in der Wochenschau sah.

»Wir wussten das alles nicht«, sagte einer der Angeklagten. Seine Stimme klang verzerrt.

»Die haben das alles ohne uns gemacht, die Schweine«, sagte ein anderer.

»Wirklich, wir wussten nichts, rein nichts!«, sagte ein Dritter. »Wir sind dafür nicht verantwortlich.«

»Das sind die anderen, der Bormann und der Himmler und der Hitler natürlich. Die haben das gemacht.«

»Von uns ist keiner schuldig.«

Die Leinwand wurde schwarz.

Eine Hammondorgel spielte. Die Musik passte nicht zu dem, was Isolde gesehen hatte. Trübes Licht flammte auf. Gleich würde es wieder dunkel werden, und der Hauptfilm würde beginnen.

Isolde hatte sich an den äußersten Rand der Stuhlreihe gesetzt. So konnte sie jetzt aufstehen und das Kino verlassen. Sie war nicht wegen des Liebesfilms gekommen, der nun gezeigt wurde. Sie musste sehen, wie diese Männer vorgeführt wurden. Sie konnte sich nicht dagegen wehren. Sie kratzte für den Eintritt ihr letztes Geld zusammen, seit einer Woche, Tag für Tag.

Während sie sich erhob, traf ihr Blick erschrocken auf den des Mädchens neben ihr. Auch dieses stand plötzlich auf, drängte sich an Isolde vorbei und verschwand im Dunkel des Kinosaals.

Isolde hatte diese Hildegard Wolf sofort wiedererkannt. Sie hoffte, dass die andere nicht draußen auf sie wartete. Sie war sich nicht sicher, ob sie das wirklich hoffte.

Aber draußen war alles einsam und still. Still wie der Hass, der Isolde erfüllte, Hass, Hass, Hass.

Es war kalt, Nebel lag zwischen Ruinen und halb zerstörten Häusern. Kein Licht im Nachkriegsnürnberg.

Herbst 1938

Es war ein Novembertag in Wien mit spätem, verlogen wirkendem Föhn, die Sonne schien weiß von einem wolkenlos blauen österreichischen Postkartenhimmel und warf lange Schatten, die Blätter fielen von den gelben Kastanien. Frau Grünzweig war eine elegante Frau. Isolde hatte ihre Mutter immer bewundert. Auch jetzt am Vormittag, als sie am Bahnhof warteten.

Sie trug den Pelzmantel und den schicken Reisehut, sie hatte dezent die Lippen nachgezogen. Einer der SS-Männer, die zu Dutzenden den Wiener Bahnhof überwachten, hatte sich beeilt, »der gnädigen Frau« den Koffer zu tragen. Keiner der Posten fragte nach Ausweisen.

Noch hätten sie keine gehabt.

»Dafür hat man Beziehungen.« Mama rauchte Zigaretten. Sehr selbstbewusst. Es war warm auf dem Bahnsteig. Ihr Mantel stand offen.

Mamas Beziehung war ein Herr, der »die Fahrkarten für uns«, wie er sagte, bei sich trug.

Der Zug stand schon schnaufend unter Dampf und würde sie nach Frankreich bringen. Denn der Freund hatte auch Pässe für »uns drei«, aus denen ihre rassisch einwandfreie Herkunft hervorging, und die Erlaubnis das Reich zu verlassen und nach Frankreich zu fahren.

Von Le Havre aus würden sie mit dem Dampfer weiterreisen nach Amerika, nach New York, »eine wunderschöne Seefahrt für ein zwölfjähriges Mädchen, alle werden dich beneiden«, sagte der Freund, »eine Fahrt in den sicheren Hafen.«

Eine Seefahrt mit dem Dampfer!

Aber ein Schatten lag darüber – ihr Papa würde nicht mitkommen.

Seit fünf Jahren, seit dem Herbst 1933, sie war sieben gewesen, lebten ihre Mama und sie von Papa getrennt, zuerst bei Verwandten, in Wien im Ausland. Der Vater war nie nachgekommen aus Nürnberg. Und Wien war seit dem Frühjahr 1938 kein Ausland mehr.

Isolde hatte ihn nur selten besuchen dürfen in seinem alten Haus in der Nürnberger Altstadt. Zusammen mit ihrer Mutter.

Eigentlich hatte die Mutter schon seit dem Anschluss Österreichs an das Deutsche Reich vom Auswandern geredet, seit dem 13. März 1938, als es erste Übergriffe gegen Juden gab: Hassparolen an Wänden und Schaufenstern, angespuckte Kinder in der Schule.

Wir müssen weg! Alle Juden müssen weg! Der Hitler macht Krieg! Und dann? Ich will nicht in einem Lager verhungern.

Papa würde nicht mitfahren, hatte er noch vor ein paar Tagen geschrieben, er würde in Nürnberg bleiben. Mama hatte es gewusst.

Dein Vater ist ein Narr, sagte sie immer wieder, ein reiner Narr!

Isolde sah dann plötzlich, wie beim Einsteigen der fremde Herr den Arm um Mama legte und die Mutter den Hals nach hinten bog und zurücklächelte, als wolle sie ihn küssen – zugleich aber den Blick ihrer Tochter auffing und sich halb erschrocken löste und lächelnd der Tochter zunickte: »Jetzt haben wir es aber fast geschafft.«

Isolde war mit einem Ruck stehen geblieben.

»Was ist denn! Der Zug fährt gleich ab«, rief der Freund und weitete sein männliches Lächeln auf Isolde aus.

Sie stieg zögernd ein, der Freund zerrte die drei schweren Koffer ins reservierte Abteil: »Wir haben es ganz für uns allein«, sagte er aufatmend und nahm den Hut ab, während die Mutter sich aus dem Pelzmantel schälte und den Seidenschal ablegte.

»Du kannst ans Fenster, Isolde, wenn du willst.«

Der Freund bugsierte auch ihren Koffer ins Gepäcknetz.

»Endlich, der Zug fährt gleich«, atmete die Mutter auf und lächelte dem Freund dankbar zu.

Dankbar musste man sein. Das wusste Isolde seit Tagen: Nicht viele Juden hatten die Möglichkeit, mit allen ihren Wertsachen jetzt noch das Großdeutsche Reich zu verlassen.

Ein Glück, dass Frau Grünzweig diese Beziehung hatte!

Der Freund hatte alle notwendigen Papiere besorgt. Er hatte diplomatische Verbindungen, war wohl selbst ein Diplomat. Alles war sehr einfach für ihn.

»Wir müssen auch an den Grenzen keine Angst haben«, seufzte Mama. »Und dann sind wir endgültig alle Sorgen los.«

Isolde sah die beiden, wie sie sich im Abteil wohnlich einrichteten. Der Freund entledigte sich des Mantels und entfaltete eine Zeitung. Die Mutter verstaute ihre Handtasche und legte die Beine hoch.

Der schrille Pfiff auf dem Bahnsteig – das Abfahrtssignal. Der Zug schien noch zu zögern. Isolde erhob sich von ihrem Sitz am Fenster, reckte sich nach ihrem Koffer im Gepäcknetz; der Freund fasste zu, als er ihr aus der Hand zu gleiten drohte.

Er legte ihn zurück.

»Was willst du denn mit dem Koffer?«, fragte die Mutter mit hochgezogenen Brauen.

Isolde blieb stumm und öffnete die Abteiltüre. Dann ging sie einfach, ohne ihren Koffer, hinaus auf den leeren Gang, während der Zug schon klirrend, fast unmerklich anruckte. Das schwere Keuchen der Lokomotive und die Rufe ihrer Mutter in den Ohren, konnte Isolde gerade noch die Waggontüre öffnen und aus dem bereits im Schritttempo dahingleitenden Zug auf den Bahnsteig hinaustreten. Dabei wäre sie fast gestürzt. Die Waggons schoben sich langsam an ihr vorbei, einer nach dem anderen, und gewannen an Fahrt.

Isolde stand verwirrt auf dem Bahnsteig in Wien.

Sie starrte dem Zug hinterher. Würden sie die Notbremse ziehen? Ich werde mit ihnen fahren, ganz gewiss, mit Mama und ihrem Freund bis nach Amerika, ich werde nicht mehr aussteigen, bestimmt nicht, flüsterte Isolde.

Aber nichts geschah. Der Zug wurde immer kleiner und kleiner, und das rote Schlusslicht verschwand in einer Biegung. Weißer Rauch verwehte.

Sie war allein, lang, dünn, mit schwarzen Haaren, zwölfjährig und jüdisch.

Wohin?

Die Wohnung in Wien war ausgeräumt – die Möbel verkauft und verschenkt – verlassen, abgeschlossen.

Mama hätte Bekannte gewusst. Es gab auch Verwandte, die sehr nett waren. Aber wären sie zu Hause? Würden sie ein Mädchen aufnehmen, das der Mutter weggelaufen war?

Sie las im neuen Pass ihren neuen Namen: Isolde Bauer. Sie betrachtete lange den Stempel mit dem Hakenkreuz in der Geburtsurkunde, die gefaltet im Pass steckte. Er bestätigte, dass Isolde Bauer seit mindestens zwei Generationen arischer Herkunft war.

Die Mutter hatte ihr Geld gegeben, als sie zu Hause losgegangen waren: Man braucht auf Reisen Geld. Man weiß nie, was geschieht.

Nun war etwas geschehen –

Papa! Ihr Vater hatte Telephon, er war ja Redakteur gewesen. Sie ging auf das Bahnhofspostamt und rief ihn an. Die Vermittlung dauerte sehr lange. Die Blicke des Postbeamten beunruhigten sie.

Der Vater war sehr überrascht. Seine Stimme klang vertraut, aber unsicher. Sie hatte Mühe, nicht zu weinen, als sie ihm alles erklärte. Sie konnte nicht alles erklären.

»Komm zu mir, mein Kind, ich freue mich«, sagte er.

Sie brauchte alle Kraft, eine Fahrkarte zu kaufen: Ihr Herz schlug laut, und sie sprach sehr leise, als sie vor dem Fahrkartenschalter stand: Bis Nürnberg reichte ihr Geld. Freilich wurde mit hochgezogenen Brauen gefragt: »Wo sind denn deine Eltern?«

Ihre Fahrkarte lautete auf Nürnberg zweiter Klasse. Es gab auch eine dritte Klasse. Die Eltern hatten immer zweiter Klasse gelöst.

Sie suchte auf dem Fahrplan die nächste Verbindung und war froh, dass die Mutter ihr gezeigt hatte, wie man Fahrpläne liest, und dass sie nicht allzu lange warten musste.

Dies alles war unwirklich wie ein Traum, als wäre sie gar nicht Isolde Grünzweig, die jetzt mutterseelenallein eine so weite Zugfahrt machte.

Aber sie war ja nicht mehr Isolde Grünzweig – immer wieder betrachtete sie den neuen Pass: Isolde Bauer –

Zuerst hatte sie ihn wegwerfen wollen: Sie fuhr ja jetzt

nicht ins Ausland nach Amerika, da brauchte sie auch keinen neuen Pass vom Freund der Mutter. Aber sie ahnte, dass dieser Pass mehr war als die Voraussetzung, ins Ausland zu reisen.

Die Mutter hatte von diesem neuen Pass immer geredet wie von einem Heiligtum.

Ihre Knie waren noch etwas zittrig, als sie in den Zug einstieg, und die Tränen quollen hoch, als sie durch die Gänge ging, um ein leeres Abteil zu finden. Es war ihr, als mache sie etwas Verbotenes.

Das Abteil blieb nicht lange leer. Leute stiegen ein und aus. Sie wunderten sich über ein Mädchen, das alleine eine so weite Reise machte und erst zwölf war, wie sie auf ihre Fragen erfuhren: »Du siehst aber aus wie dreizehn oder vierzehn.«

»Wo hast du denn dein Gepäck?«, war eine andere Frage.

Ihr Gesicht glühte, ihre Hände waren eiskalt. Die Finger hatte sie ineinander verschlungen.

Die Mitreisenden erfuhren, der Papa sei schon mit dem vorigen Zug gefahren, denn er habe geglaubt, sie sei bereits eingestiegen: »Da hat er mich aus dem Fenster gesehen, aber der Zug fuhr schon zu schnell –« Er habe ihr noch zugerufen, dass sie ja Geld habe und eine neue Karte kaufen –

Ihre Stimme war sehr leise und stockend, aber sie war froh, dass ihr so gute Ausreden einfielen.

Sie sei ein geschicktes Mädchen: Fahrkarte kaufen und den richtigen Zug finden und einsteigen und –

Wie sie heiße, wurde sie gefragt.

»Isolde Bauer«, presste sie heraus und versuchte aufzublicken, als wehre sie etwas ab.

Den Schaffnern erzählten die Mitreisenden alles, als wären sie dabei gewesen. Sie fütterten sie mit Butterbroten und halfen ihr beim Umsteigen in München.

Sie kauerte sich meist in eine Ecke des Abteils und hielt die Augen geschlossen, als schliefe sie.

Das Nachdenken fiel ihr sehr schwer. Was hatte sie angerichtet?

Sie sei ein zartes Kind, hatte es immer geheißen, still und scheu mit großen schwarzen Augen. Aber Mama hatte gesagt: So sanft du bist, so halsstarrig kannst du sein.

Isolde hatte das Wort halsstarrig nicht verstanden.

War es das?

Jetzt war alles neu und anders. Ihre Mutter fuhr in die USA mit einem Freund. Isolde war ausgestiegen. Ihre Mutter hatte keine Notbremse gezogen –

Warum Mutter nach Amerika ging, wusste Isolde.

Niemals würde sie mehr den 9. November 1938 vergessen. Sie hatte mit ihrer Mutter gerade Abendbrot gegessen, als sie es auf der Straße grölen und johlen hörten, auch begann ein lautes Klirren und Krachen. Sie war ans Fenster getreten, ihre Mutter hatte noch müde gesagt: Lass, das sind Betrunkene.

Aber unten war plötzlich überall braun uniformierte SA. Sie stiegen von Lastwagen, sie marschierten in Trupps und brüllten ihre SA-Lieder. Isolde sah entsetzt, wie ein paar SA-Männer die Schaufenster des Elektrogeschäftes Werthmann auf der anderen Straßenseite einschlugen.

Ihre Mutter wohnte mit ihr fast im Zentrum von Wien in einem Viertel mit vielen Geschäften. Die halbe Nacht stand Isolde, die bei dem Scheppern und Krachen, Klirren und Schreien auf der Straße nicht einschlafen konnte, weinend und zitternd an ihre Mama geklammert, am Fenster: Die engen Straßen bebten von Hassgesängen und Gebrüll: Juden raus! Juden raus! Der Himmel war rot gewesen von Bränden – angezündeten Synagogen und jüdischen Gemeindehäusern, wie am anderen Tag in der Zeitung zu lesen war.

Sie hatte spät in der Nacht im Schein der Straßenlaternen vom Fenster aus gesehen, wie unten über die ganze Breite der Straße stumm eine Zehnerreihe von SA-Männern marschiert war, mit den Ellbogen ineinander verhakt. Ein kleines Mädchen, das ihnen entgegenkam, musste vor dieser Front herrennen wie ein flatternder Vogel, bis es endlich in einen Hauseingang flüchten konnte.

Irgendwann hatte sie geschlafen, und sie wusste nicht mehr, ob sie nur geträumt hatte.

Das war vor wenigen Tagen geschehen. Ihre Mutter hatte ihr viel erklärt, aber Isolde hatte nicht alles verstanden. Fest stand nur, dass man nicht in Deutschland bleiben konnte, wenn man Jude war. Und jetzt blieb sie in Deutschland und war eine Jüdin. Und ihr Vater blieb in Nürnberg und war auch ein Jude.

Er war in Nürnberg geblieben, obwohl die Übergriffe auf die Juden dort seit 1933 von Jahr zu Jahr schlimmer geworden waren. Und er war sogar geblieben, als er im Dezember 1936 nach der Olympiade seine Stellung als Kulturredakteur beim Nürnberger Tagblatt verloren hatte.

Sie zwang sich mit aller Kraft, an andere Dinge zu denken: Sie freute sich auf ihren Papa, den sie so lange nicht mehr gesehen hatte. Bei ihm würde sie nun bleiben – und nicht bei dem Freund der Mutter in Amerika.

Und sie freute sich auf das herrliche alte Haus ihrer Kindheit, in dessen weitläufigen Räumen, Gängen und Gewölben vom Keller bis zum Dachgebälk sie jeden Stein und jeden Balken kannte. Sie überlegte, wie sie ihr altes Kinderzimmer, aus dem sie vor fünf Jahren ausgezogen war, jetzt ganz neu einrichten wollte. Sie war ja kein kleines Kind mehr. Papa würde ihr sicher einige Möbel neu kaufen und neue Tapeten –

Aber in Nürnberg war alles anders.

Zwar holte ihr Papa sie am Zug ab und schloss sie fast wortlos in die Arme. Er sah auch sehr, sehr glücklich aus dabei.

Aber er war älter geworden, viel älter –

Und dann gingen sie gar nicht zu ihrem Haus im Sebalder Viertel der Altstadt von Nürnberg. Sie gingen in den Stadtteil Gostenhof zu Tante Sarah, seltsam scheu, als wären sie auf der Flucht.

Denn Isolde durfte gar nicht bei ihrem Vater wohnen!

Er sagte es ihr sehr leise noch auf dem Bahnsteig und streichelte sie dabei. »Weißt du, ich habe gleich mit deiner Tante geredet, als du aus Wien angerufen hast – so ein schöner Anruf! Ich war darüber sehr glücklich. Und ich war dann sehr traurig. Wir haben alles besprochen, denn ich wusste schon von deiner Mutter, dass du einen neuen Pass erhalten würdest. Ich hätte auch einen haben können –«

Er stellte nur wenige Fragen. Er jammerte nicht, dass ihn seine Frau verlassen hatte und mit einem Freund nach Amerika gegangen war: »Vielleicht hat sie Recht und ich Unrecht. Ich darf sie nicht zu meinem Leben zwingen in diesen unsicheren Zeiten. Sie ist jetzt in der Sicherheit, die sie sich ausgesucht hat. Es ist gut so, wie es ist!«

Sie hatten es nicht weit nach Gostenhof. Aber Isolde war nach der Aufregung und der langen Fahrt todmüde.

Sarah Goldstein war eine Cousine ihres Vaters, die erst vor zwei Jahren von Hindenburg in Schlesien nach Nürnberg gezogen war, was Vater damals nach Wien geschrieben hatte. Isolde kannte sie kaum. Sie war vor 1933 ein paarmal aus Paderborn – damals lebte und arbeitete sie noch in Paderborn – zu Besuch nach Nürnberg gekommen. Später hatte sie sich nach Hindenburg in Oberschlesien versetzen lassen, weil es dort für Juden noch eine ganze Zeit sehr viel besser war als sonst im Reich.

Die Tante war sehr sympathisch – gleich auf den ersten Blick. Sie war Anfang fünfzig und etwas rundlich, gar nicht wie ihr Vater, der dünn war, hager, mit schmalem Kopf. Sie hatte ein gutmütiges rundes Gesicht, umrahmt von vielen kleinen rotblonden Löckchen, in die sich überall Grau mischte. Man sah ihr an, dass sie gerne lachte.

Isolde saß am Tisch und war müde, so müde und hörte so schreckliche Dinge –

»Auf keinen Fall kannst du bei deinem Vater wohnen! Du darfst ihn nicht einmal kennen«, sagte Tante Sarah energisch und strich ihr dabei über das Haar.

»Weshalb darf ich denn nicht mehr bei dir wohnen, Papa? Ich bin doch hier zu Hause!« Ihr Herz schlug schwer. In den Augen standen Tränen, ihre Lider waren wie Blei. Ihr war, als höre sie immer nur Wörter und Sätze ohne jeden Zusammenhang.

»Wir sind Juden, Isolde«, seufzte Sarah.

»Es ist schlimm, mein Kind, sehr schlimm, auch für mich«, sagte ihr Vater, legte den Arm um sie und zog sie an sich. »Du darfst für andere Menschen nicht mehr meine Tochter sein, vielleicht lange Zeit nicht: Meine Tochter Isolde Grünzweig ist mit ihrer Mutter erst nach Wien und dann in die USA gegangen. Dort leben sie jetzt. Du aber bist

Isolde Bauer und kennst weder meine Tochter noch mich, verstehst du das?«

Isolde saß da und starrte ratlos den Vater und die Tante an. Waren diese traurigen Augen wirklich die ihres Vaters? Gehörte dieses Gesicht, das jetzt plötzlich so ernst war, tatsächlich ihrer Tante Sarah?

Die Tante sagte furchtbare Dinge: »Unsere Freiheit liegt nun allein in unseren neuen Namen, dein Vater hat Recht: Du bist jetzt nicht mehr Isolde Grünzweig, sondern du bist Isolde Bauer. Verstehst du, du heißt nicht nur Isolde Bauer – du musst auch Isolde Bauer sein!«

Ihr Vater streichelte ihre Hand.

»So wie du jetzt Isolde Bauer bist – dein neuer Pass sagt es jedem –, so bin ich nicht mehr Sarah Goldstein«, sagte die Tante behutsam, »ich bin nun Veronika Lenz. Auch ich habe einen Pass, der das ausweist.«

Tante Sarah war jetzt –?

»Ihr müsst diese Möglichkeit ergreifen, und das heißt, dass ihr andere sein müsst. Andere, die mich nicht kennen, die nichts mit mir zu tun haben.«

»Aber das geht doch nicht –«, sie sah hilflos in die Gesichter vor ihr.

»Kein Aber«, sagte der Vater bestimmt.

»Deshalb wirst du ab jetzt bei mir wohnen, Isolde. Es geht nicht anders, leider«, sagte Sarah leise.

»Mich darfst du nur besuchen, wenn es niemand sieht. Den ehemaligen Kulturredakteur Dr. Sebastian Grünzweig kennt in Nürnberg fast jeder, auch wenn er nicht mehr Redakteur sein darf. Und wenn ich die Sicherheit suchen wollte, die ihr jetzt habt, müsste ich nach Amerika gehen wie deine Mutter. Und das will ich nicht. Es ist meine eigene Entscheidung. Isolde, ich weiß, dass ich mich bei dir eigentlich dafür entschuldigen müsste, denn ich tu dir damit sehr weh – es wäre alles viel einfacher, wenn wir Mama in die USA folgen würden. Aber es geht nicht – ich kann nicht!«

Isoldes Stimme zitterte: »Und ich darf nicht mehr bei dir in meinem alten Zimmer wohnen? Ich soll bei dir nur zu Besuch – und nicht einmal das –«

»Wir wissen nicht, was noch alles kommt, Isolde, dein Vater hat mir erzählt, wie es dir in der Schule ergangen ist, bevor ihr nach Wien seid. Es wäre nicht gut, wenn du wieder als Jüdin zurückkommen würdest – es wird täglich schlimmer. Unsere falschen Pässe sind eine einmalige Chance, und wir müssen dankbar dafür sein.«

»Und die dürft ihr auf keinen Fall verpassen. Es wird auch so schwer genug für euch«, sagte der Vater.

»Und selbst Besuche bei deinem Vater«, fuhr die Tante fort, »sind gefährlich: Welchen Grund hat diese neu zugezogene Isolde Bauer, die bei einer Bekannten lebt, weil der Vater gestorben und die Mutter verschwunden ist – welchen Grund hat diese Arierin Isolde Bauer, einen Juden in der Nürnberger Altstadt zu besuchen? Kannst du mir das vielleicht sagen?«

Isolde blieb stumm.

Da war doch sicher noch die alte Stube, in der sie mit ihren Eltern gelebt hatte, die alte Lampe, das alte Sofa, die Bilder an den Wänden, das Klavier, auf dem sie immer geübt hatte –

»Wir machen es uns auch hier gemütlich, Isolde. Du siehst, meine Wohnung ist groß genug. Enger als bei deinem Vater ist es natürlich. Aber du hast auch bei mir dein eigenes Zimmer. Und diese Veronika Lenz verdient recht gut. Sie arbeitet auf dem Einwohnermeldeamt wie in Hindenburg; sie hat gleich eine Stelle bekommen, weil die Behörden mit den Umstellungen beschäftigt sind, die sich aus dem Anschluss Österreichs ergeben.« Sie machte eine Pause und sagte dann: »Und anderen Dingen.«

»Veronika Lenz, das kommt mir so bekannt vor.« Isolde redete wie betrunken.

»Veronika Lenz – du kennst sicher den Schlager der Comedian Harmonists: *Veronika, der Lenz ist da, die Mädchen singen Trallala!* Was haben wir gelacht, als wir in Hindenburg diesen Namen ausgesucht haben, meine Freundin Trude vom Passamt und ich: Jeder, dem ich mich vorstelle, fängt sofort an: *Veronika, der Lenz ist da* – und fragt nicht weiter.«

Einen Augenblick war Veronika Lenz wieder Tante Sarah Goldstein mit den vielen Lachfältchen um die Augen.

Dann fuhr sie fort: »Veronika Lenz ist die Maske der Sarah Goldstein. Aber Veronika Lenz konnte natürlich nicht in Hindenburg bleiben, wo die Leute mich als Sarah Goldstein kennen.«

»Und ich soll Tante Veronika zu dir sagen?«

»Sag nie Sarah, hörst du, nie, auch nicht, wenn wir allein sind, begrabe Sarah Goldstein, streich sie aus dem Gedächtnis, wie ich Isolde Grünzweig begrabe, und sag besser auch nicht Tante, nur Veronika. Es ist gut, wenn die Verwandtschaft nach außen nicht so deutlich erkennbar ist: Wer weiß, was kommt!«

»Lügen ist schrecklich, Isolde«, sagte der Vater ernst, »aber sie lügen das Blaue vom Himmel herunter in diesem Land. Und es ist sehr schlimm, dass auch wir lügen müssen: Aber wir bekämpfen sie so mit den eigenen Waffen, was bleibt uns denn übrig?«

»Und du musst dir gut merken, Isolde Bauer, das Eis, über das Veronika Lenz und Isolde Bauer gehen, ist sehr dünn.

Die beiden müssen sich vorsichtig darauf bewegen – äußerst vorsichtig. Und was darunter liegt, was die Zukunft für uns Juden bringt, das wissen wir nicht – das wird sich zeigen. Ob Isolde Grünzweig und Sarah Goldstein jemals wieder auferstehen und als normale Menschen leben können – das weiß kein Mensch.«

Als Isolde am nächsten Morgen aufwachte und mit den Tränen kämpfte, erklärte Veronika ihr alles noch einmal ruhig und geduldig.

»Es ist für uns alle sehr schwer: Sag niemals, dass wir Juden sind! Schwöre das Blaue vom Himmel herunter, erfinde Romane, lüg, dass sich das Hirn biegt! Sag es keinem, mit dem du redest, nicht auf der Straße, nicht in einem Laden oder in der Straßenbahn und nicht in der Kirche, solltest du noch jemals in eine hineingeraten. Sag es auch keinem, den du liebst – besser ist es, du hast keinen Freund. Denn wem kann man vertrauen in diesem Nazistaat? Trau keinem! Das ist unsere einzige Lebensversicherung!«

Veronika schaute schnell zur Seite. Aber Isolde hatte ihre Tränen gesehen.

Isolde war, als blicke sie in sehr grelles Licht.

Veronika schwieg lange, dann sagte sie: »Vorläufig sind die ehrlichen jüdischen Namen Isolde Grünzweig und Sarah Goldstein für uns furchtbar wie Geschosse.«

Über das Einwohnermeldeamt konnte Veronika Lenz ausgefüllte, unterschriebene und gestempelte Formulare beschaffen, die bescheinigten, dass sie der gesetzliche Vormund von Isolde Bauer war.

»Alles falsch und alles amtlich.«

Isolde brauchte lange, bis sie sich an den Namen Veronika gewöhnt hatte. Ihre Lippen formten Sarah oder Tante, ihre

Zunge formte Sarah – aber Veronika duldete keinen Fehler: Isolde, es ist lebensnotwendig.

Lange Zeit freilich bildete ihr Mund noch häufiger das Wort Mama, wenn er Veronika sagen sollte. Sie stockte dann jedes Mal betroffen: Mama!

Es war Isolde, als wäre ihre Mutter von ihr gewaltsam aus ihrem Leben herausgerissen worden und als wäre dabei ein Teil Isoldes hängen geblieben, sodass sie nicht mehr Isolde Grünzweig sein durfte. Sie fühlte sich schuldig.

Oft träumte sie, dass sie Vater und Mutter streiten hörte und plötzlich ein Zug mit der Mutter hinausfuhr in die Nacht. Sie sah die Schlusslichter kleiner werden und verschwinden. Aber dann saß sie selbst im Zug, und der Schaffner sagte: »Dieser Zug hält nie mehr.«

Noch lange war ihr in den vertrauten Straßen Nürnbergs, als müsse sic ihre Mutter suchen, von der sie doch wusste, dass sie weit weg mit einem Freund in Sicherheit lebte, während sie selbst Isolde Bauer war –

Sie hatten die Notbremse nicht gezogen.

Aber Veronika hatte es ihr erklärt: Sie konnten sie nicht ziehen. Das hätte die ganze Flucht gefährdet! Notbremse ziehen – da wird untersucht und geforscht, und wehe, es gibt keinen triftigen Grund! Man muss sich ausweisen, Ziele angeben. Man wird verhört: Warum steigt ein Mädel aus einem Zug, in dem die Mutter sitzt? Und so weiter. Bis sie alles gewusst hätten.

Sie wären aufgeflogen, hatte Veronika gesagt. Und dass es ihrer Mutter bestimmt sehr schwer gefallen sei –

Sie hatte aus Frankreich angerufen –

Dann kamen Briefe aus Amerika an Vater, Absender Grünzweig: Es gehe ihr gut in den USA, sehr gut. Aber sie vermisse Isolde und sei sehr traurig. Sie solle unbedingt nachkommen, wenn es gefahrlos zu machen sei; liebe Grüße an sie. Aber der Vater schrieb zurück, dass Mutter Isolde in ihren Briefen nicht erwähnen dürfe: Sie öffneten die Post!

Briefe aus Amerika an Isolde Bauer oder Veronika Lenz wären verdächtig gewesen. Isolde durfte auch keine Briefe an ihre Mutter schreiben.

Mit sieben war Isolde mit ihrer Mama nach Wien gegangen. Und sie war mit zwölf allein zurückgekommen. In diesen fünf Jahren war aus einem rundlichen Kind ein aufgeschossenes junges Mädchen geworden.

So erkannten sie selbst die wenigen alten Mitarbeiter des Vaters nicht mehr, die ihn noch in seinem Haus in der Altstadt besuchten und sie dort einmal angetroffen hatten – zum Entsetzen Veronikas.

Aber Isolde hatte ja nicht nur die Mutter verloren, sondern zu einem großen Teil auch den Vater, den sie nur sehr selten besuchen konnte.

Er lebte still von irgendwelchen Ersparnissen – die werden sie mir nicht wegnehmen können, sagte er. Ein wenig Recht muss es doch noch geben auf der Welt! Er hatte eine große Sammlung moderner Bilder, die jetzt als entartet galten, und ging in seinem weitläufigen, jahrhundertealten Haus auf und ab wie auf einer Insel und schrieb an einer großen Arbeit über die deutsche Renaissance.

»Gut, dass ich so viele Bücher habe, denn als Jude darf ich keine öffentliche Bibliothek mehr betreten.«

*

»Übermorgen, 6. September 1938! An diesen Tag wirst du dein ganzes Leben lang denken«, hatte der Vater zu Hildegard gesagt mit seiner hellen, lauten Stimme. Und er hatte leuchtende Augen, als ob Helmut einen Schulpreis oder eine Auszeichnung bei der HJ bekäme.

Ihr Vater war verwandelt. Er, der sonst immer so auf Distanz bedacht und zu seiner Tochter immer kühl und leicht ironisch war: Na, was gibt es bei den Reichsmädeln in Nürnberg, wird fleißig gehäkelt, gestrickt, brav gesungen? Wird wacker für das Winterhilfswerk gesammelt? Dann kam meist eine Bemerkung über ihren großen Bruder Helmut, der Erster beim Handgranatenweitwurf geworden war oder einen Preis bei der Flug-HJ gewonnen hatte.

Nein, heute sah er sie ganz anders an, ein wenig so, als staune er über ein fremdes Wunderkind: »In zwei Tagen ist Weihnachten und Geburtstag gleichzeitig.«

Heute, am 4. September 1938, begann in Nürnberg mit Abertausenden von Hakenkreuzfahnen der Reichsparteitag der NSDAP, »Reichsparteitag Großdeutschland«, der »Tag der Gemeinschaft«, wie auf Tausenden von Plakaten zu lesen war. Der Anschluss Österreichs, der Ostmark, wurde gefeiert. Die zwölfjährige Hildegard hüpfte von einem Bein auf das andere: »Was ist denn? Mach es nicht so spannend. Ich bin doch kein kleines Mädchen mehr.«

»Nein, im Gegenteil, meine Große bist du, meine Allerbeste!« Er hielt sie mit beiden Händen an den Schultern von sich weg, als wollte er sie ganz nah dahaben und zugleich so sehen, wie sie alle anderen sahen.

»Helmut ist zu groß dafür«, redete er weiter. »Wir brauchen ein Kind, das, wenn der Führer die Tribüne auf dem Zeppelingelände betritt –«, er schaute sie fast ergriffen an. Er setzte neu an: »Ein Kind muss den Führer des Großdeutschen Reichs Adolf Hitler begrüßen, ein Mädel. Das macht sich gut. Das zeigt aller Welt, wie sehr der Führer die Kinder und damit den Frieden liebt.«

Eine Glutwelle schoss durch Hildegard vom Bauch bis ins Gesicht, der Schreck raubte ihr einen Moment jedes Wort. Sie musste erst tief Luft holen –

»Sag doch –«

»Du, Hildegard, bist ausgewählt worden mit deinen zwölf Jahren und darfst dem Führer, wenn er die große Tribüne auf dem Zeppelinfeld betritt, um seine Rede zu halten, dann darfst du dem größten Mann, den Deutschland jemals hervorgebracht hat –«, er stockte wieder ergriffen, »einen Blumenstrauß überreichen.«

Herzklopfend und blutrot stand Hildegard da und brachte kein Wort heraus. Nein! Das kann ich nicht – vor all den vielen Menschen, hatte es in ihr entsetzt aufgeschrien. Aber sie traute sich nicht. Ihr Vater war –

»Na, was ist? Hat's dir die Sprache verschlagen? Da gibt es doch nichts zu überlegen. Millionen von Mädeln wünschen sich genau das! Wird's bald?«

Nein, sie durfte natürlich nicht Nein sagen. Sie war ja auch nur einen winzigen Augenblick dumm gewesen. Dann flutete das Gefühl des Glücks über sie hinweg: »Ja, Vater, danke, ich freue mich ja so!« Sie hätte sich dabei gern in die Arme ihres Vaters gedrückt. Aber dazu war sie längst zu groß mit ihren zwölf Jahren.

Sie bekam ein nagelneues, sehr schönes, sehr teures Dirndl mit weitem Rock, gestickter Schürze und gesticktem Tuch. Dazu erhielt sie neue weiße Kniestrümpfe und neue weiße Schuhe. Und das alles würde sie nach ihrem großen Auftritt behalten dürfen.

Die Zöpfe flocht ihr die Mutter. An die Zöpfe wurden große, weiße Schleifen gebunden, und sie musste sich tausendmal an- und ausziehen und –

Sie war schon am Morgen um sieben aufgestanden, viel früher als sonst, obwohl keine Schule war und obwohl alles erst am Nachmittag losgehen würde. Aber in der Nacht hatte sie fast kein Auge zugemacht. Wie blöd sie zuerst gewesen war! Dem Führer einen Blumenstrauß zu überreichen! Nichts gab es da zu überlegen, das war das Größte, was sich ein Mädel wünschen konnte! Wie gut, dass die Reichsparteitage alle in Nürnberg waren, seit 1927, schon fast von Anfang der Parteibewegung an, jedes Kind lernte das in der Schule.

Und jedes Kind in Deutschland, in Großdeutschland, wie es jetzt hieß, würde sie beneiden.

Sie hatte die halbe Nacht lang versucht sich vorzustellen, wie alles sein würde: Sie ganz nah, Adolf Hitler ganz nah, sein Gesicht, der berühmte Haarwisch, das Bärtchen, seine Augen unmittelbar vor ihr –

Es war so vollkommen undenkbar, so ganz und gar nicht vorstellbar –

Hildegard musste sich im Herrenzimmer aufstellen: »Wir proben erst einmal«, sagte die Mutter.

Die Ledersessel wurden zur Seite gerückt. Sie musste sich vor das einzige Bild im Herrenzimmer stellen: das Bild des Führers. Es war ein Ölgemälde, auf dem der Führer ernst aus einem dunklen Hintergrund blickte, nur sein Kopf war von einem hellen Schein umrahmt. Der Vater hatte es von der Stadt Nürnberg als Geschenk bekommen für seine Verdienste um die Partei.

Er war am 9. November 1923 mit zur Feldherrnhalle in München marschiert hinter der Blutfahne her, die jetzt bei jedem Reichsparteitag verehrt wurde wie früher die Reliquien der Heiligen. Da war er bereits verheiratet, und Helmut war schon geboren.

Er hatte ganz klein angefangen.

Hildegards Großvater, der im Weltkrieg gefallen war, hatte seine Familie in München als ungelernter Arbeiter durchgebracht. Ihr Vater hatte immer gute Zeugnisse gehabt und noch während des Krieges eine Schlosserlehre gemacht. Aber nach dem Krieg war er arbeitslos geworden und lange Zeit geblieben.

Als Hildegard 1926, noch in München, geboren wurde, ging es der Familie vorübergehend ein wenig besser. Aber ihre erste Erinnerung war Jammern der Eltern über erneute Arbeitslosigkeit und Elend.

Lange hatten sie in München in einer winzigen Wohnung gehaust, laut, schmutzig. Hildegard und ihr Bruder schliefen in einer Mansarde unter schrägen Wänden, wo kaum zwei Betten nebeneinander Platz hatten.

Als sie vier war, zogen sie nach Nürnberg. Aber er wurde schnell wieder arbeitslos, und nichts wurde besser. Sie erinnerte sich mit Ekel, wie einmal in ihrer Suppe eine tote Wanze geschwommen war. Der Vater hatte sie mit einer Gabel herausgefischt, und Hildegard musste den ganzen Teller Suppe aufessen: Die wird gegessen. Bis zum letzten Löffel.

Erst 1933 mit der Machtergreifung Adolf Hitlers war alles anders und viel besser geworden: Vater hatte wieder Arbeit. Er galt etwas und stieg sehr schnell auf, dann musste er nicht mehr in die Fabrik.

Zuerst war er in der SA gewesen. Aber er hatte 1934 rechtzeitig gemerkt, dass sich etwas zusammenbraute gegen die SA, war zur SS übergetreten und konnte so seine alten Kameraden anzeigen, die den Führer hatten stürzen wollen, wie er vor der Partei aussagte und wie er immer wieder erzählte, wenn er guter Laune war. Dann war es nur noch steil aufwärts gegangen.

Die Mutter hatte auf einmal viele schöne Kleider, sogar ein herrliches Abendkleid aus Samt, weil sie den Vater immer zu Empfängen der Partei begleiten musste: Ortsgruppenleiter, Oberbürgermeister, Gauleiter, Kerzen, Handküsse –

Die Mutter hatte einmal gesagt: Das war unser Glück – das mit dem Röhm. Aber Hildegard hatte es nicht verstanden. Später hörte man in der Schule, dass beherzte Männer wie ihr Vater Hitler vor einer Verschwörung gerettet hatten: Alle führenden SA-Leute samt ihrem Anführer Röhm waren dann in einer einzigen Nacht erschossen worden.

Kurz darauf waren sie in die Villa mit dem großen Garten umgezogen, in der sie jetzt lebten, sogar mit einem Dienstmädchen. Der Vater hatte 1935 die Villa samt Garten sehr billig gekauft. Der Vorbesitzer, ein jüdischer Kaufmann namens Weiß, war da bereits ausgewandert. So hieß sie jetzt mit ihrem riesigen Garten und zwei schönen Säulen vor der Eingangshalle nicht mehr Villa Weiß, sondern Villa Wolf.

Den großen Garten hatte der Vater mit vielen Reihen Spalierobst sauber in Reih und Glied neu angelegt. Die Blumenrabatten des Juden hatte er herausgerissen.

Alles hatte er ausschließlich dem Führer zu verdanken.

Die Sonne lag in den gelben Blättern der Birnbäume: Es war Führerwetter wie an jedem Reichsparteitag.

Das Herrenzimmer war der schönste und größte Raum. Das Licht strömte durch die weißen Stores, lag hell auf dem spiegelnden Parkett vor den großen Erkerfenstern und glänzte in den Nussbaummöbeln und den blank polierten Rohrstiefeln des Vaters.

Der stand bereits groß, breit und schwarz in voller Uniform mitten im Raum mit blinkendem Koppelschloss und glänzendem Schulterriemen und musterte seine Tochter kritisch: »Bei Helmut wäre das strammer!«

»Es soll doch nicht stramm aussehen«, schüttelte die Mutter den Kopf. Sie trug ihr bestes Kostüm. Denn der Vater hatte am Tag zuvor gesagt: »Womöglich wirst du dem Führer auf der Tribüne vorgestellt.«

»Der Führer liebt Kinder, also, was ist?«, fuhr sie fort.

»Na, aber ein bisschen aufrechter könntest du dich schon halten, Hildegard.«

Hildegard drückte das Kreuz durch, dass es wehtat.

Sie musste unzählige Knickse machen vor dem Führerbild, dann jedes Mal plötzlich den Arm hochreißen und zu dem Mann in Öl »Heil Hitler!« schreien.

»Schrei es nur kräftig heraus!«, forderte der Vater sie auf und schlug jedes Mal die Hacken zusammen, dass es knallte, wenn sie den Arm hochriss. »Es wird laut sein auf der Tribüne und der Wiese. Der Führer will keine Duckmäuser. Blamier mich nicht! Denk daran. Zigtausende schauen dir zu.«

»Mit der anderen Hand reichst du ihm den Blumenstrauß«, die Mutter zog eine Braue hoch.

»Er wird ihn gleich dem Adjutanten weiterreichen. Vielleicht gibt er dir die Hand. Dann drück ja fest zurück«, ermahnte sie der Vater, »lapprigen Händedruck kann der Führer nicht ausstehen. Zackig!«

»Vielleicht fährt er dir mit der Hand über das Haar oder über das Gesicht, er macht das oft bei blonden Kindern – erschrick nicht gleich oder stell dich sonst irgendwie blöd an«, sagte die Mutter und tastete nach ihren frischen Dauerwellen.

»Denk immer daran: Du stehst für alle Mädel in Nürnberg!«

*

Es war ein winziger Trost, dass Isolde an einem der ersten Tage in Gostenhof ins Kino durfte.

»Es ist nur eine rührselige Schnulze«, sagte Veronika, »aber vielleicht bringt sie dich doch ein klein wenig auf andere Gedanken.«

Wie sollte man auf andere Gedanken kommen? Zuerst wurde ein Vorfilm gezeigt, begleitet von sieghaften Fanfaren: Zusammenfassung des Reichsparteitags, der vor über acht Wochen in Nürnberg gewesen war.

Der Vorfilm war länger als der Hauptfilm. Wenigstens kam es Isolde so vor.

Sie kannte den Parteitag schon: Illustrierte Zeitungen vom Reichsparteitag lagen überall in Veronikas Wohnung verstreut: »Einen richtigen Nazihaushalt hat diese Veronika Lenz!«, stellte sie verwundert fest.

»Alles Tarnung«, hatte Veronika versichert.

Zuerst führte ein Reporter das Kinopublikum in den Vorfilm ein mit seiner begeisterten hellen Stimme, die man auch oft im Rundfunk hörte und von der Veronika einmal sagte: »Die Reporter werden so ausgewählt, dass man gleich hört, dass sie blonde Haare haben.«

»Der Jubel hier in Nürnberg«, sagte der Reporter, »ist der größte, den es jemals auf der Welt für einen Menschen gegeben hat.«

Zum Beweis zeigte man die Straße, die aus der Altstadt hinausführte, gesäumt mit Tausenden von Hakenkreuzfahnen und Menschenmassen, die links und rechts standen wie Mauern.

Die Straße führte zum Gelände der Reichsparteitage am Dutzendteich.

Der Film machte einen Schnitt und mächtige graue Mauern wurden sichtbar. »Gewaltige Bauten werden seit Jahren draußen vor der Stadt am Dutzendteich errichtet, ein gigantisches Werk aus ewigem Stein wird vollbracht, wie es die Welt noch nie gesehen hat«, sagte der Reporter. »Es ist das Reichsparteitagsgelände, das die künftige Größe des Reichs zeigen wird. Eine eigene Stadt wird da gebaut, die Stadt der NSDAP, ganze Gebirge von Granit werden von fleißigen Händen aufgetürmt, Stein für Stein, Jahr für Jahr, für Jahrtausende.«

Man sah jetzt Wände wie Gebirge, Mauern, die sich aus der Erde erhoben, schwer und kalt. »Wozu die Römer Jahrhunderte gebraucht haben, wächst in der Stadt Nürnberg in wenigen Jahren empor: Der Wille des Führers ist die Größe des Reichs!«

Die Kamera fuhr die Große Straße entlang, sechzig Meter breit würde sie werden, verkündete der Reporter, »der Weg der Macht in die Zukunft, hart, aus Granit, unaufhaltsam«. Man sah die wuchtigen Klötze der Kongresshalle für die Partei: »Sie wird das Kolosseum in Rom übertreffen!«, gab der Reporter mit bebender Stimme kund. Dann waren die gewaltigen Baumassen verschiedener Aufmarschplätze zu sehen.

Langsam fuhr die Kamera über das Zeppelinfeld, flankiert von den stumpfen Granittürmen, und verharrte auf der Tribüne mit ihrer übermenschlich großen Kolonnade. Dann zeigte sie »das größte Hakenkreuz der Welt!«, wie der Reporter wusste. »Es ist aus Bronze gegossen und ragt wie das Kreuz auf einem Altar über der Granitkanzel, von der aus unser Führer seine Reden hält. Unzerstörbar für die Ewigkeit. Welch eine Stadt!« Die Kamera zeigte die ganze Anlage aus der Luft. »Selbst unser ehrwürdiges altes Nürnberg wird klein und unbedeutend vor dieser Größe.« So meinte der Reporter.

Die Stimme und die Bilder waren umrahmt von unaufhörlich schmetternder Marschmusik.

Ein erneuter Schnitt: Man sah eine Straßenbiegung, an der die Menschenmauern sich schier erdrückten.

Plötzlich geriet ein winziges Mädel mit blonden Zöpfen, vielleicht sechs oder sieben Jahre alt, vor die Kamera. Man sah das Gesicht in Großaufnahme: Stundenlang habe es gewartet, erzählte es mit kindlicher Stimme ins Mikrofon. Es wolle den Führer sehen. Und vielleicht – das Stimmchen wurde ganz leise und verschämt – vielleicht würde er ja auch ihm die Hand geben –

Der Reporter hoffte für das Kind: »Der größte Wunsch, den es gibt. Aber natürlich wollen das alle.«

Man sah auch in die Gesichter anderer Menschen, die der Reporter am Straßenrand befragte und die begeistert berichteten, wie sie ihn, den Führer, gesehen hatten, als er noch ein Mann von der Straße war, nur ein Redner einer kleinen Partei, und wie groß er jetzt geworden sei!

Und sie redeten von dem, was er ihnen versprochen hatte: Brot. Arbeit. Ehre. Größe. Frieden! Die Menschen wischten sich die Augen, wenn sie sich an solche Versprechen und Schwüre erinnerten. »Und alles ist wahr geworden wie in einem Märchen«, jubelte der Reporter. »Unser Führer kann alles, er weiß alles. Er hat die Schmach von Versailles von Deutschland genommen. Er ist ein Segen für das deutsche Volk. Er ist ein Genie, wie das deutsche Volk noch keines in seiner Geschichte hatte. Er ist wie Gott.«

Die Stimme des Reporters zitterte, als wäre er den Tränen nahe.

Davon, dass er Krieg anfangen wird, wie Mama sagt, redet dieser Reporter nicht; und dass er schon mehrfach Krieg riskiert und nur Glück gehabt hat, wie mein Vater sagt, das verschweigt er ebenso; und von uns Juden redet er auch nicht, dachte Isolde. Hitler verspricht doch auch, dass er dieses Juden-Ungeziefer hinauswerfen werde aus seinem Reich: viele Hunderttausende friedlich und glücklich lebender Menschen, darunter Männer wie ihr Vater, die im Weltkrieg verwundet und ausgezeichnet worden waren für Deutschland.

Aber von allen diesen Dingen wollte an einem solchen Tag wohl kein Mensch etwas hören.

»Und da kommt er auch schon, auf der Straße seines Ruhmes: unser Führer Adolf Hitler.« Die Stimme des Reporters kippte über vor Ehrfurcht und Ergriffenheit.

In zwei Ketten auf jeder Straßenseite, Ellbogen in Ellbogen gehakt, sah man, wie sich die Polizei mit den Rücken und durchgedrückten Knien gegen die brodelnde Masse stemmte, weil sonst kein Fahrzeug hätte durchkommen können. Man hörte, wie die Heilrufe die Straße heraufkamen: »Wie Klang gewordener Ruhm, oder wie es gewesen sein musste, als Julius Caesar oder Octavian Augustus ihre Triumphzüge feierten!«, posaunte die Stimme des Reporters.

Wissen die Menschen, wem sie zujubeln? Wissen sie, wie gemein dieser Führer zu uns Juden ist?

Natürlich wissen sie es.

Dann sah man Hitler, stehend in seinem schwarzen Daimler, wie er gerade vor der Kamera den schweren Wagen anhalten ließ und ausstieg.

Er ging auf die brodelnde Masse zu mit seinen herrischen kurzen Schritten, in seinen glänzenden Schaftstiefeln, den Arm und die flache Hand kurz nach hinten gewinkelt, wie man es aus den Zeitungen und anderen Wochenschauen schon kannte. Man sah, wie die Menschen rasten, wie sie tobten, wie sie die Arme zum deutschen Gruß hoben, wie sie Blumen warfen, wie sie dem Führer kleine Kinder entgegenstreckten, wie sie schrien, wie sie weinten, wie manche zusammenbrachen vor Glück. Der Führer schritt auf ein paar Kinder zu. Er küsste die ganz kleinen auf den Armen ihrer weinenden Mütter, dann nahm er Blumen in Empfang und reichte sie seinem Adjutanten weiter, der sie in das Fahrzeug legte, wo schon ein Meer von Blumen war.

Und da war plötzlich in Großaufnahme wieder das kleine Mädel mit seinen blonden Zöpfen, und der Führer beugte sich zu ihm herunter und drückte es an sich und küsste es!

Und der Reporter erzählte mit ergriffener Stimme, wie das Mädel jetzt beneidet werde von jedem in Großdeutschland, und wie es für das Mädel gewesen sei, als würde es von Engeln in den Himmel erhoben, als der Führer es an sich gedrückt habe. Und wie es sein ganzes Leben lang an diese eine Minute denken würde.

Woher will er denn wissen, was es denkt?, dachte Isolde. Und warum hat der Daimler gerade hier gehalten? Und warum hat man schon vorher genau das Mädel gesehen, das Hitler herzen würde? Die Augen gingen ihr plötzlich auf: alles abgesprochen, alles Theater!

Anschließend zeigte die Kamera, wie die Menschen, als wären sie im Wahnsinn, das kleine Mädel nach dem Händedruck des Führers streichelten, abküssten und schier erdrückten.

Dann war ein Schnitt, und die Kamera schwenkte auf die Tribüne des Zeppelinfeldes und zeigte den Führer in Großaufnahme. Man hörte ihn reden.

Er verspreche dem ganzen deutschen Volk und der ganzen Welt, Frieden zu halten. Er gelobe es heilig und mit seinem unverbrüchlichen und unabänderlichen Eid. Der

Reichsparteitag 1939 werde daher *Reichsparteitag des Friedens* heißen. Nie werde er einen Krieg anfangen! Mögen die Juden einen Krieg anzetteln, wie sie das immer machen – er werde Frieden halten in unserer Zeit.

Und man verstand ihn fast nicht mehr zum Schluss, so laut wurde gejubelt auf dem Gelände des Reichsparteitags in der alten Kaiserstadt Nürnberg.

Isoldes Vater hatte einmal gesagt: Solche Leute können keinen Frieden halten, weil sie Macht und ständig neue Siege brauchen. Er ist ein Schwächling und verträgt keinen Widerspruch – solche Menschen halten nicht Frieden –

*

Hildegards Vater reckte die Brust in der SS-Uniform, als er seine aufgeregte Tochter zum Höhepunkt ihres Lebens führte.

Nach der Friedensrede war unten vor dem Führer in unzähligen Reihen der Reichsarbeitsdienst angetreten.

Vom erhobenen Standort des Führers aus, den auch Hildegard hatte, weil sie nicht weit hinter ihm stand und zuschauen durfte mit ihrem großen Blumenstrauß, sah es aus, als bewege sich da draußen nach dem Kommando nur einer Stimme im Lautsprecher ein einziger Riesenleib, der viele Tausend Gesichter hatte, die man aber in der Masse nicht erkennen konnte.

Der Blumenstrauß in Hildegards heißer Hand fühlte sich schwer und feucht an. Sie sah die großen militärischen Bewegungen da draußen und nahm sie nicht wirklich wahr.

Erst nach den Vorführungen des Reichsarbeitsdienstes, als die Massen wieder Heil Hitler schrien und der Führer immer wieder seinen Arm kurz angewinkelt hatte, wurde sie von vielen unbekannten Händen nach vorne geschoben, und da drehte der Führer sich um – und sie hätte schon gleich anschließend nicht mehr sagen können, wie es gewesen war, als sie den Blumenstrauß dem Führer nun endlich überreichte.

Es kam ein Bild in der Zeitung von diesem stolzen Augenblick. Der Vater schnitt es heraus – »Für das Familienalbum!«

Er hatte auch selbst photographiert. Aber wichtiger war das Bild in der Zeitung. Wenn man sie auch nicht besonders gut darauf erkennen konnte; das Bild war etwas verschwommen, man sah Hildegard nur halb von hinten und auch den Führer gegen das Licht.

Herbst 1940

Am 1. September 1939 hatte dann Hitler mit dem Überfall auf Polen den Krieg begonnen.

Es sollte ein Blitzkrieg werden: Sieg in wenigen Wochen – Blitzsieg!

Aber nach einem Jahr war immer noch Krieg.

Hildegard saß im Kreis der Jungmädelgruppe des BDM. Sie hatten Lieder gesungen und Spiele gemacht. Die Leiterin der Mädelgruppe, Edelgard, hatte dann vom Führer erzählt, wie eisern er sei, wie er bescheidener lebe als jeder Soldat, wie er sich weigere, Fleisch zu essen in diesen Notzeiten, wie er in einem eisernen Bett schlafe.

Jetzt endlich durfte Hildegard, die mit ihren vierzehn Jahren Edelgard schon fleißig half, den zehnjährigen Mädeln das Buch *DER GIFTPILZ* zeigen, das sie letzte Weihnachten von ihrem Vater geschenkt bekommen hatte.

»Ich kenne das Buch schon«, sagte Edelgard, »es ist ein sehr gutes Buch, und ich freue mich, dass du es mitgebracht hast, Hildegard.«

Eine Mutter war darin mit ihrem Sohn Franz beim Pilzesammeln. Franz hatte einen giftigen Knollenblätterpilz mit einem Champignon verwechselt. Erschrocken hatte die Mutter den tödlichen Pilz aus dem Korb genommen und ins Dickicht geworfen. Auf dem Heimweg redete die Mutter mit Franz über die Giftpilze.

Hildegard las: »›*Schau, Franz, genau so, wie es bei den Pilzen im Walde ist, so ist es bei den Menschen auf der Erde. Es gibt gute Pilze und es gibt gute Menschen. Es gibt giftige, also schlechte Pilze, und es gibt schlechte Menschen. Und vor diesen schlechten Menschen muß man sich ebenso in Acht nehmen wie vor Giftpilzen. Verstehst du das?‹«*

»Versteht ihr das?«, fragte Edelgard die Gruppe. Hildegard sah hinab auf die eifrig nickenden zehnjährigen Köpfe der Mädel mit schwarzen, roten und blonden Zöpfen.

»Das ist doch leicht«, sagte ein Mädel mit großen Schleifen in den Zöpfen.

»Also Beate – «, nickte Edelgard ihr zu.

»Wenn man etwas Gutes getan hat, bekommt man einen Lohn, und wenn man eine Sünde begangen hat, ist der liebe Gott böse, und man muss es beichten beim Herrn Pfarrer.«

Die meisten Mädel kicherten.

Hildegard schämte sich: So eine blöde Antwort! Die Führerin aber hatte Geduld: »Weiß es jemand besser?«

»Böse Menschen kommen vor das Gericht und in das Gefängnis, gute Menschen werden belohnt von unserem Führer.«

»Sehr gut, Irmhilt! Aber wer sind nun die guten Menschen? Und wer sind die bösen Menschen? Wisst ihr das auch?«

»Wenn mein Bruder immer böse ist und etwas anstellt, schimpft meine Mama.«

»Ja, Ingrid, aber das meine ich nicht. Dein Bruder ist doch nicht wirklich böse, oder?«

Die Mädel lachten.

»Am besten, Hildegard liest euch noch weiter vor.«

»›Ja, Mutter, das verstehe ich‹, sagt der Franz, ›wenn man sich mit schlechten Menschen einläßt, kann das ein Unglück geben, wie wenn man einen Giftpilz ißt. Man kann daran zu Grunde gehen!‹ ›Und weißt du auch, wer nun diese schlechten

Menschen, diese Giftpilze der Menschheit sind?‹ fragt die Mutter weiter. Franz wirft sich stolz in die Brust. ›Jawohl, Mutter! Das weiß ich. Es sind die – Juden. Unser Lehrer hat das schon oft in der Schule gesagt.‹ Lachend klopft die Mutter ihrem Franz auf die Schulter.«

Ein paar Mädel nickten: »Mein Papa sagt das auch.«

Gehört hatten es alle schon und bestätigten es jetzt: »Das wissen wir auch. Bei Juden muss man besonders gut aufpassen. Die Juden sind böse.«

»Sind in deinem Buch auch Bilder, Hildegard?«

Ja, gleich vorne war eines: Man sah, wie Franz der Mutter den giftigen Knollenblätterpilz zeigte, und darunter konnte man lesen: *Wie die Giftpilze oft schwer von den guten Pilzen zu unterscheiden sind, so ist es oft sehr schwer, die Juden als Gauner und Verbrecher zu erkennen …*

Sie blätterten weiter. Die Mädel schrien durcheinander: »Igitt, sehen die Juden hässlich aus!« Man sah auf einem Platz drei Juden mit Hüten und Bärten, die wild mit den Armen fuchtelten und miteinander redeten.

»Wer weiß, woran man Juden erkennt?«, fragte Edelgard die Mädelgruppe.

»Das ist doch leicht!«, riefen die Kinder. »Sie haben krumme Nasen, die vorne dicker werden wie eine Sechs und vorstehende Unterlippen und Bärte und sie haben gekräuselte Haare wie die Neger.«

»Sie haben auch meist Hüte auf«, sagte Hildegard, »und sie haben lange Mäntel bis fast zu den Schuhen und krumme Beine, sagt mein Papa. Hier sieht man es auf dem Bild.«

»Iiiiii, pfui!«

In dem Buch wurden dann viele spannende Geschichten erzählt, welches Unheil die Juden über die anderen Menschen brachten: die jüdischen Ärzte, Rechtsanwälte, Hausierer, Geldverleiher und viele andere.

Es standen auch viele Gedichte in dem Buch:

Es liegt dem Juden in dem Blut
Der Zorn, der Neid, der Haß, die Wut
Auf jedes Volk der ganzen Welt,
Das nicht zum ›auserwählten‹ zählt.

»Auserwählt?«, fragte Edelgard.

»Das auserwählte Volk Gottes«, wusste Beate.

In der Mädelgruppe hörte man es glucksen.

»Die meinen, dass sie etwas Besseres sind als die anderen«, Irmhilt hatte es wichtig, »mein Vater sagt das immer.«

Die Mädel nickten.

Ernst Himmer hatte das Buch geschrieben, und ein Maler mit dem lustigen Namen Fips hatte die Bilder dazu gemalt.

Bei dem Namen Fips mussten sie lachen: »Ich kenne eine Geschichte, die heißt ›Fips, der Affe‹, die ist lustig«, krähte ein winziges Mädchen.

»Das passt jetzt aber nicht so recht hierher, Inge«, meinte Hildegard eifrig und sorgte wieder für Ruhe.

Edelgard las ihnen vor, dass das Buch vor zwei Jahren in ihrer Heimatstadt Nürnberg erschienen war, worauf man stolz sein musste. Viele wussten, wer Julius Streicher war, der das Buch *DER GIFTPILZ* 1938 in einem Verlag *DER STÜRMER* herausgegeben hatte.

»Mein Vater liest immer eine Zeitschrift, die heißt auch *DER STÜRMER*«, sagte Irmhilt, »da sind auch immer lustige Bilder darin über die Juden. Die sehen da genauso aus wie in deinem Buch. Die darf ich mir immer angucken und abmalen.«

»Bringst du uns einmal so ein Bild mit?«

Aber das Mädchen Beate, das vom lieben Gott gesprochen hatte, sagte: »Wir kennen einen Juden, der sieht nicht so aus wie die in deinem Buch. Der sieht ganz anders aus, ganz normal, und er ist gar nicht böse, er ist sehr nett.« Sie war feuerrot.

Auf dem Heimweg dachte Hildegard nach. Beate war ja noch sehr klein, eigentlich erst neun. Sie war die Jüngste in der Gruppe. Was wollte man denn da verlangen! Schlimmer waren die Eltern von Beate: Sie hatten noch nichts begriffen, klärten ihr Kind nicht über die Juden auf und hatten offenbar jetzt noch Kontakt zu ihnen. So würde man mit diesem Judengesindel nie fertig werden.

Immer gab es jemand, der einen Juden kannte, der anders war als die anderen. Goebbels selbst hatte das einmal gesagt. Sicher gab es solche Juden! Aber man musste eben begreifen, dass alles nur ein Problem der Rasse war.

Sie hatte es in Rassenkunde längst gelernt: Es gibt Juden, die anständiger wirken. Es gibt ja auch unter den Deutschen Verbrecher. Aber man muss halt begreifen, dass auch ein »guter« Jude wieder schlechte Nachkommen haben würde, weil es ihm im Blut liegt!

Es geht ein Teufel durch das Land
Der Jude ist's, uns wohlbekannt
Als Völkermörder, Rassenschänder,
Als Kinderschreck für alle Länder!

Hildegard konnte diese Strophe sogar auswendig.

Natürlich sahen die Juden in Wirklichkeit nicht so aus wie in dem Stürmer-Buch! Die Juden in dem Buch waren Karikaturen. Kein Mensch sah in Wirklichkeit so aus wie auf einer Karikatur. Aber man sah auf den Bildern, wie böse die Juden waren.

Sie musste das mit Edelgard zusammen den Mädeln in

der nächsten Gruppenstunde erklären. Auch Beate würde es begreifen. Vielleicht würde sie es sogar ihren Eltern erklären. So konnte man als künftige Führerin beim BDM in die Zukunft und in das deutsche Volk hineinwirken.

Hildegard war stolz auf sich, auf ihren Vater, auf den BDM, den Bund Deutscher Mädel, und auf die Partei, die das deutsche Vaterland groß und siegreich machte.

Sollte sie den Mädel das nächste Mal erzählen, dass sie Julius Streicher persönlich kannte? Er war früher oft in ihre Familie gekommen. Aber er war ihr nie sympathisch gewesen – ein zwergenhafter, feister, glatzköpfiger und stiernackiger Mann, der immer schwitzte, grelle Krawatten trug und zotige Sprüche machte. »Der sieht heute wieder aus wie ein Zuhälter«, hatte der Vater einmal gesagt.

»Er benimmt sich ja auch so«, hatte die Mutter ergänzt. Sie gab aber nie Antwort, wenn Hildegard fragte.

Früher hatte der Vater ihn gelobt: »Der kennt die Juden aus dem Effeff. Der zeigt sie, wie sie wirklich sind! Und zeigt es so, dass es jeder begreift!«

Freilich war er jetzt schon seit längerer Zeit nicht mehr da gewesen: »Das Schwein kommt mir nicht mehr über die Schwelle«, hatte die Mutter einmal zu Papa gesagt.

Hildegard hatte den Atem angehalten. Zufällig war sie im Zimmer nebenan.

»Die Partei braucht ihn. Er ist eine Drecksau. Aber er ist unersetzbar. Seine Bücher und Zeitschriften gehen in die Hunderttausende. Das weiß auch der Führer.«

In den Zeitungen war dann zu lesen, dass Julius Streicher nicht mehr Gauleiter von Franken war, sondern sich nun ganz dem *STÜRMER* widmen würde, um die oft immer noch unwissende Bevölkerung über die Juden endlich restlos aufzuklären.

Jeder musste Acht geben auf die Juden! Das war klar, auch wenn viele ausgewandert waren, nachdem man ihnen im November 1938 ihre Synagogen angezündet hatte.

Die riesige Nürnberger Synagoge unten am Hans-Sachs-Platz hatte man schon im August 1938 abgerissen, und alle hatten gejubelt. Die Juden natürlich nicht. Und auch die Unbelehrbaren nicht, wie ihr Vater diese Leute nannte, die nicht sahen, was Adolf Hitler für das deutsche Volk leistete und welchen Schaden die Juden stifteten.

Hildegard hatte mit Papa und Mama auf der Tribüne sitzen dürfen.

Sie erinnerte sich noch sehr gut daran, was Julius Streicher gesagt hatte, weil sie in der Schule einen Aufsatz darüber schreiben mussten: Wie man vor sechshundert Jahren, im Jahre 1349, unter dem damaligen Ratsherrn Ulrich Stromer in Nürnberg schon einmal die Synagoge abgerissen und alle Juden aus Nürnberg vertrieben hatte. Wie dann vor hundert Jahren ein Oberbürgermeister, ausgerechnet aus derselben Familie, Freiherr von Stromer, den Juden erlaubt habe, wieder eine Synagoge zu bauen. Eine Schande – sein Vorfahr im Mittelalter sei viel vernünftiger gewesen!, sagte Julius Streicher. Die Juden sind unser Unglück!, hatte er zum Schluss laut gerufen.

Hildegard hatte mit den anderen in die Hände geklatscht und Heil! geschrien. Die Hakenkreuzfahnen hatten geflattert, schwarz, weiß und rot, und ein Kran hatte vor allen Augen damit begonnen, den Davidsstern von der mächtigen Kuppel herunterzureißen.

Sie nahm sich fest vor, jeden Juden, der sich verging, sofort anzuzeigen.

Ihr Papa würde sie dafür loben.

Und das war sicher auch nötig: Hildegard wusste, dass ihre Eltern nicht sehr glücklich gewesen waren, als sie nur ein Mädel und kein zweiter Stammhalter geworden war: Man weiß nie, was kommt, und: Zwei Söhne, das klingt doch ganz anders als so ein dummes Mädel.

Mama war das einmal herausgerutscht, als sie wütend war auf Hildegard.

Dabei war sie gar nicht dumm: Sie hatte immer gute Zeugnisse, und bald würde sie eine eigene Mädelgruppe führen.

Stolz war Vater auf seinen Ältesten, wie er Helmut immer nannte. Der war ein Ass im Sport, zäh wie Leder, flink wie ein Windhund und hart wie Kruppstahl; er war gut in der Schule, und er sah toll aus – groß, breitschultrig mit blonden Haaren und blauen Augen; schnell war er Fähnleinführer geworden in der HJ, dann zum Reichsarbeitsdienst, dann zur Wehrmacht, und jetzt kämpfte er für Führer, Volk und Vaterland gegen die bösen Engländer, wie er immer sagte, die Deutschland ohne jeden Grund im letzten Herbst den Krieg erklärt und Frankreich noch dazu angestiftet hätten.

Auch Hildegard war stolz auf ihren großen Bruder. Es war phantastisch, einen Bruder zu haben, um den einen alle Mädel beneideten und der einem überall half.

Helmut war Jagdflieger geworden nach seinem Dienst in der Flieger-HJ, und Jagdflieger waren etwas Besonderes. Zwar, die Invasion in England hatten sie den ganzen Sommer 1940 nicht erzwingen können. Was sollte es! Die deutsche Wehrmacht siegte an allen Fronten vom Nordkap bis nach Paris, Hitler war der größte Feldherr aller Zeiten! Er hatte in dem einen Kriegsjahr mehr Siege errungen als jeder andere Feldherr zuvor.

Die Engländer würden im nächsten Jahr so grässlich verprügelt werden, dass sie um Gnade winseln würden. Bereits jetzt warfen täglich Flugzeuge tonnenweise Bomben über den britischen Städten ab.

»Wir geben den Bombern Geleitschutz«, schrieb Helmut, »und den Rauch der brennenden City sieht man schon fast vom Kanal aus. Riesige Häuserviertel in London brennen. Ganz ungefährlich ist der Geleitschutz natürlich nicht, die Söhne Albions wehren sich gegen uns wie gegen den Teufel. Aber wir werden mit ihnen fertig, worauf ihr euch verlassen könnt!«

Sehr viele Jagdflieger, auch Kameraden von Helmut, waren gefallen. Aber Helmut bekam Auszeichnungen und schrieb so strahlende Briefe, dass man gar nicht daran dachte, dass es auch für den jungen Lufthelden einmal gefährlich werden könnte.

»– zeigt sich jeden Tag unsere Überlegenheit«, schrieb er, »die sich eben in der Rasse begründet – der Stärkere siegt, wie überall in der Natur. Bessere Maschinen – bessere Waffen – die besseren Piloten – die besseren Schützen – draufhalten und Schluss!«

»Der ist aus dem richtigen Holz«, hatte ein Bekannter, auch ein SS-Führer, neulich gesagt, »mit solchen Männern kann man ja nur siegen.«

Auch Mama war stolz auf ihren Sohn. Jedes zweite Wort in der Familie war Helmut.

Auch auf mich werden sie einmal stolz sein. Ich weiß nur noch nicht wie. Jungen haben es viel leichter als Mädel, für Mädel gibt es keine Kriegsauszeichnungen, höchstens das Mutterkreuz: Schenk dem Führer ein Kind! Aber das ist nicht so einfach.

*

»Warum wir Juden?«, hatte Isolde gefragt, als sie einmal den Vater besucht hatten. Sie war neun oder zehn gewesen.

»Das sind die dummen Vorurteile«, sagte die Mutter.

»Vorurteile?« Sie wusste nicht recht, was das war – Vorurteile, aber sie lauschte atemlos.

»Schon seit dem Mittelalter«, antwortete der Vater. »Juden gab es in Deutschland, in den Städten am Rhein, schon vor den Christen und den Germanen in der Römerzeit. Zuerst waren die Juden sehr beliebt, vor allem als Ratgeber, denn sie galten als weise, weil sie schreiben konnten und die allermeisten Christen nicht. Die Kaiser hatten jahrhundertelang jüdische Berater.«

»Und die Vorurteile?«, fragte Isolde etwas ratlos.

»Die Päpste haben damit angefangen«, meinte die Mutter.

»Nicht direkt«, sagte der Vater. »Der erste Angriff auf die Juden erfolgte aus Hass gegen die ›Ungläubigen‹ zu Beginn des Ersten Kreuzzugs 1096, als die Nichtchristen plötzlich als Feinde galten.«

»Und weiter?«, fragte Isolde gespannt.

»Dann waren es die Päpste«, fuhr die Mutter fort, »Papst Innozenz III. verbot im Jahre 1215 Ehen zwischen Juden und Nichtjuden, verbot den Juden Bauern zu sein, was die meisten waren. Und sie durften kein Handwerk mehr ausüben und keinen Großhandel mehr betreiben.«

»Und die Vorurteile?«, fragte Isolde ungeduldig.

»Davon dass die Juden keine Bauern und keine Handwerker mehr sein durften, rühren die meisten Vorurteile: Die Juden seien faul und zu nichts zu gebrauchen, hieß es jetzt. Sie durften ja ihr Brot nicht mehr mit körperlicher Arbeit verdienen.«

»Aber das ist doch ungerecht«, sagte Isolde empört.

»Viele haben diese Vorurteile heute noch, obwohl sie es längst besser wissen könnten«, fuhr die Mutter fort. »Zugleich mussten die Juden in Ghettos leben und einen spitzen Hut tragen und einen gelben Fleck auf der Brust, damit jeder gleich sehen konnte: ein Jude! Und weil es in den Ghettos sehr eng war, kam ein neues Vorurteil auf: Die Juden seien schmutzig. Und weil die Juden nur noch Geld verleihen und Kleinhandel treiben durften, kam noch ein Vorurteil dazu: Die Juden seien geldgierig.«

»Einen gelben Fleck?«

»Gelb galt im Mittelalter als böse Farbe, die Farbe des Verrats und der Untreue – Judas wurde mit gelber Kleidung gemalt, Huren mussten gelbe Kleider tragen. Jesus Christus sei von den Juden ans Kreuz geschlagen worden, war das nächste Vorurteil. Dabei kann jeder in der Bibel lesen, dass Christus nicht von den Juden, sondern von ihren Hohepriestern und dem Römer Pontius Pilatus umgebracht worden ist. Jesus war ja selbst Jude – das hat man den Leuten längst nicht mehr gesagt.«

Der Vater erklärte weiter: »Da die Christen keine Zinsen nehmen durften, die Juden aber aus ihren Gewinnen sehr hohe Steuern bezahlen mussten – bis zum Zwanzigfachen der Christensteuern, wurde das Vorurteil, die Juden seien geldgierig, noch verstärkt: Die Juden seien Wucherer, wurde jetzt geschrien.«

Isolde hatte hilflos den Finger im Mund und schaute von einem zum anderen.

Die Mutter fuhr fort: »Im späten Mittelalter entdeckte man dann die Juden als Geldquelle: Sie mussten dem Kaiser und den Fürsten Schutzgelder bezahlen, und ihre Steuersätze stiegen ins Unermessliche.

»Dann waren doch aber die Christen die wahren Geldgierigen!«, sagte Isolde empört und nahm den Finger aus dem Mund.

»Plötzlich hießen sie Kammerknechte des Kaisers«, ergänzte der Vater, »und als seine Schützlinge durften sie keine Waffen mehr tragen: Und da hast du das nächste Vorurteil – die Juden seien feige!«

»Ja, liebe Isolde, leider, so war das«, sagte die Mutter, »und es wurde noch schlimmer. Als Mitte des vierzehnten Jahrhunderts in Europa die Pest ausbrach und keiner wusste weshalb, fand man schnell die Schuldigen: Die Juden wollen die Christen ausrotten!, hieß es – sie vergifteten die Brunnen! Dabei sah jeder, dass auch die Juden die Pest bekamen. Dennoch verbrannte man im Jahre 1349 allein in Nürnberg fünfhundertzweiundsechzig Menschen, von denen man noch die Namen kennt, bei lebendigem Leibe. Wir Juden in dieser Stadt wissen das. Hunderte von Judengemeinden wurden zerstört. Und das nur, weil viele Kaufleute, Ritter, Fürsten, sogar der Kaiser bei Juden verschuldet waren. Du weißt, dass damals in Nürnberg die Synagoge abgerissen worden ist, dort, wo heute die Frauenkirche steht.«

»Das hat mir Papa einmal erzählt. Und dort, wo heute der Hauptmarkt ist, standen ursprünglich mitten in der Stadt die Wohnhäuser der Juden«, sagte Isolde.

»Zum Glück änderte sich alles im neunzehnten Jahrhundert«, stellte der Vater fest. »Wir Juden wurden den Christen rechtlich gleichgestellt, durften die Ghettos verlassen, durften Bauern werden, Handwerke erlernen, Kaufhäuser gründen, Künstler sein, Komponisten, Maler, Bildhauer, Schriftsteller, wir durften studieren, Chemiker, Physiker, Ingenieure werden, Redakteure wie ich –«

Die Mutter sagte ernst: »Aber man gönnt den Juden die neue Gerechtigkeit nicht. Jetzt gibt es den modernen Judenhass mit noch viel mehr Vorurteilen. Juden haben viel Erfahrung mit Handel und Geldwesen, sie durften ja jahrhundertelang kein anderes Gewerbe ausüben. Da fürchtet man die Konkurrenz. Und weil viele Juden Christen geworden sind – wir sind ja auch evangelisch – sagen sie jetzt, die Juden seien eine Rasse, und zwar eine bösartige und geldgierige, die sich gegen die Menschheit verschworen habe. Es gibt eine russische Hetzschrift: *DIE WEISEN VON ZION*, darin wird behauptet, die Juden strebten nach der Weltherrschaft. Verschwörung des Weltjudentums! Jedes Jahr würden sich auf dem Prager Judenfriedhof jüdische Weise treffen und planen, wie man die Welt erobern könnte! Der Julius Streicher verbreitet ja im *STÜRMER* ganz offen: Die Juden sind unser Unglück – alles verlogen.«

»Niemand glaubt ernsthaft an einen solchen Blödsinn, nur die Nazis oder ganz Unbelehrbare. So schlimm wird es also nicht werden«, beschwichtigte der Vater: »Im Weltkrieg haben sich sehr viele Juden in Deutschland freiwillig zu den Soldaten gemeldet und hohe Kriegsauszeichnungen bekommen.«

»So wie du, Vater.« Isolde musste lachen: Ihr Papa und die Weltherrschaft –

Dann wurde sie wieder ernst: »Aber Papa, verbrannt wird doch jetzt bestimmt kein Mensch mehr, weil er Jude ist?«

»Nein, Isolde,« sagte er und strich ihr über das Haar, »kein Jude wird mehr verbrannt, ganz bestimmt nicht!«

Schulzeit

Isolde musste, als sie 1938 zurück nach Nürnberg kam, wieder in die Schule gehen, sosehr sie sich auch dagegen sträubte und so gefährlich es auch war.

Eine Geburtsurkunde hatte Isolde Bauer ja bereits. Die Schulzeugnisse aus Wien schickte Veronika nach Hindenburg zu Trude. Sie kamen etwas zerkratzt, aber auf den Namen Isolde Bauer ausgestellt, zurück. Isolde wagte kaum sie vorzulegen. Aber niemand schaute genau hin.

Wie sicher alle die neuen Ausweise von Veronika Lenz und Isolde Bauer waren, wusste man nicht: Veronika meinte, dass die falschen Papiere einer wirklich gründlichen Untersuchung nicht standhalten würden. Auch wenn man ihr Leben überprüfte, wäre man Isolde Grünzweig und Sarah Goldstein bald auf der Spur.

Nicht auffallen war das höchste Gebot. Das Eis war dünn, über das sie gingen –

Isolde hatte versucht, mit Gewalt nicht mehr an ein schreckliches Erlebnis im Frühjahr 1933 zu denken. Auf dem ersten Schulweg stieg plötzlich alles wieder hoch: Sie hatte damals allein an der Tafel vor der grinsenden und spottenden Klasse stehen müssen, und die Lehrerin hatte gesagt: Schaut sie euch gut an, so sieht eine Jüdin aus. Alle hatten gejohlt und gelacht. Dann hatte auch die Lehrerin angefangen zu lachen. Und da hatte sie geweint und nicht mehr aufhören können.

Sie erinnerte sich, wie ihr Vater sie getröstet hatte und auch ihre Mutter, und wie es zum ersten Mal eine furchtbare Auseinandersetzung gegeben hatte.

Man müsse Deutschland verlassen: Ob denn der Vater nicht sehe, worauf alles hinsteuere? Ob er denn nichts gelernt hätte aus der Geschichte der Juden in diesem Land?

Wie der Vater immer erregter geredet hatte: Man dürfe aus einer Fliege keinen Elefanten machen. Ja, sie seien Juden. Warum nicht? Er sei evangelischer, deutscher Bürger, er habe einen angesehenen Beruf bei der Zeitung! Er habe im Weltkrieg sogar als Freiwilliger für das Vaterland gekämpft, sei verwundet und mit dem Eisernen Kreuz ausgezeichnet worden!

Ob das, was Isolde widerfahren sei, nicht deutlich genug sei?

Man dürfe doch Vertrauen haben! Das deutsche Volk sei seit dem Mittelalter ein anderes geworden. Da gebe es Schiller und Goethe, die Deutschen liebten Heine und Mendelssohn, das seien auch Juden. Das sei doch alles Quatsch. In jedem deutschen Schauspielhaus werde die Ringparabel von Lessing gegeben, da werde doch –

Ob er glaube, dass die Nazis Goethe, Schiller und Lessing überhaupt begriffen hätten? Ob er überhaupt merke, was da vor sich gehe in Deutschland? Ob er wisse, was ein Konzentrationslager sei, wie sie jetzt errichtet –

Dieser Witzbold Adolf Hitler könne sich doch nicht lange an der Macht halten, jeder müsse doch schnell merken, dass der seine Politik mit dem Holzhammer betreibe, statt mit Hirn –

Ob nicht gerade dies das Gefährlichste und –

Musst du immer weiter –

Oder du –

Schließlich hatten beide nur noch geschrien.

Das war das Allerschlimmste gewesen: Dieses schreckliche Streiten. Isolde hatte davor noch nie erlebt, dass ihre Eltern sich anschrien. Es war furchtbar. Und das Schlimmste war gewesen, dass sie diesen Streit ausgelöst hatte mit ihrem Gejammer aus der Schule.

Isolde war die Holztreppe hinaufgestiegen zu ihrem Lieblingsplatz auf einer der geschnitzten Galerien, die um den Innenhof des alten Hauses liefen. Aber das Geschrei drang zu ihr hoch –

Sie verbarg sich in dem angrenzenden großen Raum, dem alten Saal, wie sie ihn nannten, in dem unter vierhundert Jahre alten bemalten Balken die modernen Bilder hingen, die ihr Vater sammelte. Eines gefiel ihr besonders gut: Es war von einem Maler mit dem Namen Paul Klee.

Es sah zuerst so aus, als hätte ein Kind mit Bleistift und Lineal drauflosgekritzelt, Striche, Linien, Dreiecke, federleichte Bahnen. *SEILTÄNZER* stand darunter. Welch seltsames Bild! Der Seiltänzer war ein filigranes Strichmännchen. Auf seinem Kopf saß ein lustiger, viel zu kleiner Zylinderhut. Die Schnur, die den Hut hielt, schien auch den Kopf und den Rumpf des Männleins zusammenzuhalten. Das Seil, über das er ging, war straff gespannt; es schien, je länger man das Bild anschaute, höher und höher zu werden. Aber die Stangen, die es hielten, waren nur Striche: Wie sollten sie einen Mann samt seiner Balancierstange halten können? Eine Strickleiter führte hinauf. Aber sie war wie eine Ziehharmonika und machte einen schwindelig – würde das Männchen darauf wieder hinuntergelangen? Spiralen, Seile, Gestänge schienen sich nach unten ins Unendliche fortzusetzen. Wohin würde der kleine Mann stürzen? Aber er sah stabil aus, er sah auch lustig aus mit seiner spitzigen Nase. Er schien zu lächeln und schaute nur vorwärts.

Aber das bildete sie sich vielleicht bloß ein. Konnte er nicht jeden Augenblick ins Bodenlose fallen? Schwarze Flecken und ein Lichtkreuz wie von Scheinwerfern, über dessen Mitte der Mann schon hinaus war, konnten es andeuten –

Der Spruch unter einer großen gerahmten Photographie der Nürnberger Kaiserburg war das Erste, was Isolde in ihrem neuen Klassenzimmer las:

Das große heil'ge Vaterland,
das stehen bleibt, weil's immer stand.

Zuerst hatte sie, als sie wieder in der Schule saß, große Mühe, nicht Isolde Grünzweig zu sagen, wenn sie ihren Namen sagen musste. Am meistem ärgerte sie, wenn sie im Unterricht nicht auf ihren Namen reagierte:

Habt ihr das alle verstanden? Bauer, sag's nach.

Bauer, ja, dich meine ich. Schläfst du jetzt am helllichten Tage, oder was?

Entschuldigung, ich habe gerade an etwas anderes gedacht. Es soll nicht wieder vorkommen.

Allmählich wuchs in ihr das sehnsüchtige Bedürfnis, ganz und gar Isolde Bauer zu sein: Nicht jeden Tag irgendjemandem etwas vorspielen zu müssen.

Du wärst nicht doppelt, dachte sie, und wüsstest, wer du bist. Du würdest so denken wie alle, und du wärst wie alle – eine Deutsche und sonst nichts. Alles wäre fest gefügt: die Eltern, das Zuhause, eine Ordnung, für die man sich einsetzen konnte –

So war sie ja aufgewachsen, bis sie sieben war.

Aber für die Ordnung der Nazis kann ich nicht eintreten. Und das weiß ich nur, weil ich Isolde Grünzweig bin.

Isolde Bauer wäre sicher genauso auf die Parteilehre hereingefallen wie die Mitschüler. Aber ihre Mutter hatte der Isolde Grünzweig schon in Wien den Rassismus erklärt – diese seltsam verlogene Lehre, die besagte, es sei erblich festgelegt, ob ein Mensch gut oder böse sei. Die Mutter hatte gesagt, dann dürfte man keinen Menschen mehr bestrafen, weil er ja nichts für sein Erbe kann.

Das ganze Abendland, von dem Hitler dauernd rede, gründe sich aber auf den freien Willen jedes Einzelnen: Und doch will Hitler alles allein bestimmen.

Isolde dachte in der Schule oft an die Mutter und was sie ihr alles aus dem Unterricht erzählen würde und dachte sich die Antworten der Mutter aus – sie hatten immer alles miteinander besprochen. Am Anfang waren ja noch Briefe von Mama aus den USA gekommen, mit Kriegsbeginn im Herbst 1939 aber blieben sie aus.

Sie stellte sich vor, was die Mutter alles sagen würde, und war oft erstaunt darüber, dass es sich in nichts von dem unterschied, was der Vater sagte –

Sie hatte wechselnde Nebensitzerinnen, von denen sie sich meist fern hielt. Manchmal wurde sie zu Geburtstagen eingeladen, sie nahm die Einladungen nur selten an. Eigentlich nur auf Ermahnungen von Veronika: Du darfst dich nicht abkapseln – das fällt auf.

In vielen Wohnungen hingen Bilder vom Führer. Isolde saß am Kaffeetisch, redete wenig und ging bald wieder nach Hause. Dennoch war sie beliebt in der Klasse, weil sie freundlich war, viel wusste und Schwächeren half.

Wenn die wüssten, dass ich Jüdin bin –

Aber der Unterricht selbst! Der Biologielehrer: Keine Stunde ohne Bemerkungen über die Überlegenheit der arischen Rasse, vor allem der deutschen Rasse, daher: Erbgesetze, Erbgesundheit, Rassenhygiene. Das größte Verbrechen sei die Vermischung der arischen Rasse mit der jüdischen: Daher Rassengesetze, ausgerechnet erlassen in Nürnberg 1935, worauf man stolz sein musste; Julius Streicher als Wächter über Deutschlands Reinheit.

Die Minderwertigkeit der Juden!

Ein jüdischer Arzt hat vom Körper des Menschen nie die hohe Auffassung wie ein deutscher. Der Einfluß auf Schrifttum und Kunstpflege gab den Juden die Möglichkeit, die deutsche Kultur und das deutsche Geistesleben bewußt zu verfälschen und zu zersetzen.

Selbst im Matheunterricht bezogen sich die meisten Textaufgaben entweder auf Waffen, Krieg und Lebensraum oder auf die Unwirtschaftlichkeit der Behinderten.

Ein Geisteskranker kostet täglich etwa 4 RM, ein Krüppel 5,50 RM, ein Verbrecher 3,50 RM. Nach vorsichtigen Schätzungen sind in Deutschland 300 000 Personen in Anstaltspflege. Wieviel Ehestandsdarlehen zu 1000 RM könnten von diesem Geld jährlich ausgegeben werden?

Manchmal konnte man glauben, der ganze Unterricht sei nur als Vorbereitung zum Krieg gedacht:

Ein Spähtrupp beobachtet in 1200 m Entfernung eine Schützenkette, die in ihrer Breite 3 Kompaßstriche deckt. Wie breit ist sie?

Da Unauffälligkeit das Wichtigste ist für jemand, der sich versteckt, schrieb Isolde alles sauber in ihre Hefte, lernte alles, gab in den Klassenarbeiten alles wieder und bekam gute Noten.

Sie schrieben Aufsätze zu Themen wie:

Wie würde deiner Ansicht nach Johann Wolfgang von Goethe den Nationalsozialismus rechtfertigen?

Die Lehrer sagten bei der Rückgabe der Arbeiten: Du hast es begriffen, Isolde, das merkt man an jedem Wort. Du schreibst nicht nur sehr gut – das hatte sie von ihrem Vater –, sondern du weißt auch, worauf es ankommt.

»Das Blut ist die Voraussetzung der Kultur«, formulierte sie. »Und die Rasse äußert sich unabdingbar im Willen zur Größe. Goethe war ein Genie, weil er wusste, dass er die Größe seines Volkes verkörperte und sich mit dieser Größe identifizierte.« Sie schämte sich schon beim Schreiben!

Oft aber hatte sie ein diebisches Vergnügen an diesem Unsinn, weil sie wusste, dass sie ihre Lehrer hinters Licht führte.

Es gab auch andere Stunden, Stunden, in denen sie vor Verzweiflung fast gelähmt war. Wenn die ganze Klasse sang:

Für Hitler, für Freiheit, für Arbeit und Brot
Deutschland erwache und Juda der Tod.

Mitten im Unterricht legte sich dann plötzlich wie eine schwere Hand auf sie das Bewusstsein: Du bist anders als die anderen, und du warst doch früher genauso wie sie –

Oder wenn sie lesen musste:

Unter dem Einfluß der jüdischen Kritik und des jüdischen Kunsthandels entartete die deutsche Kunst in einem Maße, daß wir heute die Machwerke jener Zeit nur mit einem Gefühl der Scham zu betrachten vermögen.

In solchen Stunden saß Isolde stumm mit geballten Fäusten in ihrer Bank. Es war, als erlebe sie, wie man ihren Vater anspuckte.

Aber gleichzeitig fühlte sie erstaunt eine seltsame Kraft in sich wachsen bei dem Gedanken: Ich bin nicht Isolde Bauer, wie ihr glaubt, ich bin Isolde Grünzweig.

Manchmal entglitt ihr eine Bemerkung, die ihr verwunderte Blicke bescherte. Einmal wurde es sogar richtig gefährlich, als sie Goethes Faust als Weltverständnis erklärte und nicht als Ausdruck der Berechtigung Großdeutschlands, die Welt zu erobern.

»Du irrst dich, Isolde«, sagte Herr Studienassessor Wolk. »Ich verstehe dich nicht – du bist doch sonst so sicher in allen völkisch-weltanschaulichen Fragen.«

Sein Blick drückte aber ganz andere Dinge aus: Sympathie, Mitgefühl, Hoffnung, plötzliches Interesse an ihr.

Erschrocken fühlte Isolde sich von Herrn Wolk durchschaut. Aber er schien auf ihrer Seite.

Einmal passte Herr Wolk sie nach der Schule ab und lud sie sehr linkisch ein – man könne sich doch einmal außerhalb der Schule und des Unterrichts treffen, vielleicht in einem Café, und sich da ganz frei über Literatur unterhalten. Er hatte gesagt: Ganz frei –

In der Schule sei das nicht so leicht möglich – leider –

Sie hatte ihn eiskalt abblitzen lassen: »Frei? Was soll das heißen, Herr Wolk?«

Was hätte sie denn sonst tun sollen?

Veronika lobte sie dafür.

Sein Blick war noch lange seltsam unruhig gewesen, besorgt, mitfühlend, ängstlich, zum Schluss überaus traurig.

Zuletzt hatte er sie kaum mehr aufgerufen, wofür sie ihm dankbar war –

Er war ein sensibler Lehrer, der sich bei den Schülern nicht recht durchsetzen konnte. Sie hatten ihn im Spätherbst 1939 bekommen, als der Polenfeldzug zu Ende war und alle Welt hoffte, der Krieg sei vorüber. Er war schmächtig und unsportlich mit seiner schmalen, goldrandigen Brille, wie Pfarrer sie trugen, und mit schütterem hellen Haar –

Aber dann wurde der sanfte Herr Stephan Wolk an die Front versetzt und fiel bald darauf.

Das Gegenteil von diesem stillen Menschen war Studienrat Dr. Albert Hagenmüller, schlank, biegsam wie eine Stahlfeder, hochgebildet. Bei ihm hatten sie Geschichte. Er hatte eine phantastische Allgemeinbildung und führte immer das große Wort. Er konnte ganze Passagen von Philosophen und Dichtern wörtlich zitieren, aber auch ganze Seiten aus *MEIN KAMPF* von Adolf Hitler.

Er war der fanatischste Lehrer, den sie hatten.

»Vor dem musst du dich am meisten in Acht nehmen!«, sagte Veronika. »Dem kannst du so leicht nichts vormachen.«

»Warum ist gerade er ein so fanatischer Nazi? Es fallen doch sonst nur Dummköpfe auf dieses Geschwätz von der Überlegenheit der deutschen Rasse herein!«

»Ja, es ist seltsam, dass auch intelligente Menschen diesen Rattenfängern nachlaufen – nicht nur ein Dorfschullehrer, der sich freut, dass der Führer die Liebe zur Heimat fördert und den Stall des Dorfbullen unter Denkmalschutz stellt.«

Isolde musste lachen.

»Der Naturfreund sieht, dass der Braunrückige Würger nicht mehr geschossen werden darf. Lach nicht, das ist kein Nazi, sondern ein Vogel! Aber er sieht nicht, dass gleichzeitig von denselben Leuten der Jude zum Abschuss freigegeben wird, und das ist ein Mensch!«

Isolde verging das Lachen.

»Und es sind nicht nur Dorfschullehrer, die sich das Hirn vernebeln lassen. Nein, auch viele Professoren, gebildete Menschen wie Herr Dr. Hagenmüller, sonst hätten die Nazis nicht so viel Macht. Denk nur an die vielen Juristen wie

Dr. Oswald Rothaug, den Nürnberger Blutrichter, studierte Leute, die Hitler an der Macht halten mit ihren Todesurteilen.«

»Aber warum?«

»Der Fanatismus ist eine gewaltige Kraft. Er erfasst dich gegen deine bessere Einsicht. Er lähmt dein Denken und leitet deinen Geist. Er trübt deine Wahrnehmung und lenkt deine Schritte. Er nimmt dir die Kontrolle über deine Sinne. Er gibt dir Recht, wo du Unrecht hast. Schließlich verfolgst du deine Ansicht rücksichtslos, radikal und ohne Duldung des geringsten Widerspruchs sogar mit Gewalt.«

»Und wie geschieht das?«

»Zuerst wurzelt Fanatismus in den Menschen selbst: Manchmal wird man von einem falschen Vorbild verblendet; aber oft ist ein Fanatiker ein schwacher Mensch, der den Fanatismus braucht, um jemand zu sein – Hitler zum Beispiel. Mit ihm kann man nicht diskutieren, das ist bekannt. Er fängt sofort an zu schreien; es ist für ihn so, als wolle man ihn umbringen, wenn ihm einer widerspricht.«

Isolde staunte.

»Das gilt auch für die meisten seiner Anhänger. Diese Niemande brauchen die Gemeinschaft, um jemand zu sein. Sie brauchen die Menge, das Erlebnis, mit Tausenden in einem Ozean von Gefühlen baden zu können – denk an die Reichsparteitage. Sie fühlen sich alle einig und stark in der Meinung, die Juden seien an allem Übel schuld, und denken keine Sekunde mehr darüber nach, ob sie Recht haben. Sie sind auch nicht bereit, darüber zu diskutieren, sondern bestätigen sich ständig gegenseitig an den Stammtischen und bei ihren Parteitreffen.«

Isolde sah Veronika bewundernd an.

»Es beginnt oft mit etwas sehr Schönem: mit Begeisterung für den Fußball zum Beispiel oder für eine Fußballmannschaft. Nürnberg ist ja eine große Fußballstadt.«

Die Nürnberger waren stolz darauf, dass der 1. FC Nürnberg deutscher Rekordmeister war und zweimal den DFB-Pokal gewonnen hatte. Isolde hatte sich sogar in Wien darüber gefreut, dass der Club, wie man ihn liebevoll nannte, 1936 zum sechsten Mal Deutscher Meister geworden war.

»Auch Experten in diesem Sport, gescheite Leute, welche die Fußballregeln kennen, verlieren die Besinnung vor Begeisterung, wenn der Club ein Tor schießt, auch wenn es nicht ganz einwandfrei war. Und sie schreien Betrug und Sauerei, wenn der Gegner zu Recht einen Elfmeter zugesprochen bekommt. Hier beginnt der Fanatismus, obwohl das alles noch sehr harmlos, fast liebenswert ist.«

»Ich hätte da gar keine Verbindung gesehen: Das eine ist doch Politik, das andere ist Sport.«

»Es lässt sich alles zu Politik machen, Isolde, auch der Sport, gerade er! Warum hat Hitler die Olympischen Spiele 1936 so gewaltig in Szene gesetzt? Warum fordert er in jeder Rede vor Lehrern dazu auf, die Kinder zu fanatischen Menschen zu erziehen? – Klar: Weil die nicht mehr denken! Und du musst dir über eines im Klaren sein: Der Fanatismus eines Einzelnen ist meist harmlos – man kann ihn bestrafen oder in eine psychiatrische Anstalt bringen und dort behandeln. Schrecklich wird es aber, wenn der Fanatismus zu einer Massenbewegung wird.«

»Wie bei den Nazis?«

»Eben!«

Man musste staunen über diese Veronika, wie scharf sie denken konnte.

»Weißt du«, sagte sie verlegen, »dein Vater hat mir einmal ein Buch geliehen über den Fanatismus. Es war von Sigmund Freud, einem jüdischen Arzt aus Wien. Seine Bücher haben die Nazis verbrannt.«

Obwohl Isolde in einer Mädchenoberschule war, gab es – aus Kriegsgründen – einige Jungen in ihrer Klasse. Sie spielten jeden Morgen vor dem Unterricht Führerhauptquartier, erörterten »die Lage« und bewegten kleine Fähnchen auf großen Landkarten, die auf zusammengeschobenen Tischen ausgebreitet worden waren und nicht mehr weggeräumt wurden.

Von allen Mädchen zogen die Jungen gerade sie in diese Spiele am meisten hinein. Vielleicht weil Isolde die größte Siegeszuversicht heuchelte und auch in der schlimmsten Meldung über »Frontbegradigungen« noch Vorteile für die deutsche Wehrmacht herauslas: Ist doch klar, dass wir den Gegner damit direkt ins Messer laufen lassen! Jeder wollte es so sehen, keiner widersprach. Sie galt als hundertfünfzigprozentig.

Und Veronika hörte nicht auf, sie dafür zu loben.

Das Schlimmste für Isolde war ein Kinobesuch: Sie ging mit ihrer Klasse in den Film *JUD SÜSS*, einen Hetzfilm gegen die Juden. Er zeigte das Leben des Württemberger Hofjuden Joseph Süß Oppenheimer. Der Film log den Besuchern vor, dass er sich mit Heimtücke und Betrug an die Macht gebracht und das Land fast in einen Bürgerkrieg gestürzt habe. Er war als ein geiler Bock gezeigt, der schwäbischen Mädchen nachstellte, eine junge Frau missbrauchte und in den Tod trieb.

Isolde saß im schützenden Dunkel des Kinos mit zusammengebissenen Zähnen, die Hände zu Fäusten geballt, und kämpfte mit den Tränen: Die Juden waren in diesem Film nichts als Betrüger, fremdartig hässliche Kreaturen, Unmenschen, die nur Geld, Macht und Zerstörung im Sinn hatten. Sie hatten sich verschworen, Württemberg, ja die ganze Menschheit ins Unglück zu stürzen.

Und der Film hatte die einzige Aufgabe, diese Lügen zu verbreiten.

Das Schlimmste war, dass der Film von einem guten Regisseur gedreht und mit tollen Schauspielern besetzt war: Es war ein Spitzenfilm – teuflisch inszeniert – man glaubte alles.

Aber die Leute wissen doch gar nicht, wie wir wirklich sind! Kein Jude ist so hässlich! Es ist doch alles erlogen! Aber jeder Mitschüler glaubte es – musste es glauben, die Schauspieler waren so grauenhaft überzeugend.

Ich würde euch so gerne meinen Vater zeigen oder Veronika –

Sie unterdrückte krampfhaft und mit einer ungeheueren Kraftanstrengung das Weinen und konnte doch nicht alle Tränen verbeißen, als der im Film würdelos um sein Leben bettelnde Jude unter dem Jubel der Bevölkerung in einem eisernen Käfig am Galgen erhängt wurde. Niemand – auch sie nicht und keiner in der Klasse – kam auf den Gedanken, dass der Jude in der geschichtlichen Wirklichkeit für die Ausschweifungen seines Herzogs mit dem Leben hatte bezahlen müssen. Der Vater erklärte es ihr später.

Als sie aus dem Kino gingen, hängten sich die größten Schreier der Klasse sofort an sie: »Isolde, was sagst du dazu? Pfundig! Klasse! Unglaublicher Film! Da wird's dem Judenpack mal so richtig gezeigt! Und toll gespielt!«

Einer fasste nach ihrer Hand: »Sei froh, dass du keine Judenschickse bist!«

Sie zog ihre Hand heftig weg.

Am Schluss hatte sie plötzlich in dem entstellten Juden

Süß – obwohl da nicht die geringste Ähnlichkeit war – ihren Vater gesehen, der jeden Tag in seinem alten Haus auf und ab ging und immer auf etwas zu warten schien, von dem niemand wusste, was es war.

Ein Glück, dass es schon dunkel war, als sie wieder hinaustraten auf die Straße, und dass niemand ihre Tränen sehen konnte, die sie heimlich abwischte.

Um Gottes willen, was würden sie sagen, wenn herauskäme, dass ich um den Jud Süß geheult habe?

Sie war auch erschrocken, als sie die Hand so ruckartig weggezogen hatte. Aber der Junge dachte sich wohl nichts dabei und schimpfte fröhlich mit den anderen weiter gegen dieses widerliche Judenpack.

Natürlich sei der Film der beste, der je gedreht worden war: »Da kann man sehen, was für tolle Filme wir noch machen, und das mitten im Krieg!«

Ein Schüler namens Guido, der im Unterricht meist sehr still war, ging zufällig neben ihr. Er sah sie seltsam an, als die anderen auf sie einredeten und sie beharrlich schwieg, beobachtete ihr Gesicht und sagte kein Wort.

Am nächsten Tag begleitete er sie auf dem Heimweg.

Vorsichtig versuchte er ein Gespräch zu beginnen: »Der Film gestern –«

Er war deutlich größer als sie, obwohl sie zu den größten Mädchen gehörte. Er hatte kurze blonde Haare und ein recht männliches Gesicht für einen Jungen von sechzehn Jahren.

»Bitte verschone mich mit dem Film – ist doch alles schon gesagt.«

»Das klingt nicht begeistert.«

»Sollte es das?«

War das schon zu deutlich?

»Was denn sonst?«, aufmerksam sah er zu ihr herüber.

Er gefiel ihr, er wirkte reifer als die anderen Jungen. Aber sahen so nicht auch die Jungen aus, die für die NAPOLA, die Schulen für den Führernachwuchs der Partei, in Frage kamen? Doch sie wusste, dass er immer gerügt wurde, weil er den Dienst in der HJ vernachlässigte.

»Es gibt kein Sonst«, sagte Isolde.

»Was heißt das?«

»Es ist Krieg, das heißt das.«

»Und da dürfen keine Filme gemacht werden? Oder keine schlechten –?«

Sie ging schneller.

»Rückzug?«, fragte er spöttisch. Er legte ihr die Hand auf die Schulter.

Sie ging noch schneller.

Was er gesagt hatte, war deutbar und hart an der Grenze. Er war auf ihrer Seite. Sie fing fast an zu rennen und geriet außer Atem.

»Machen wir jetzt ein Wettrennen? Wer verfolgt wen?«, sagte er und ließ sie wieder los.

»Ich mache keine Rennen.«

»Aber du rennst davon. Du schwärmst doch sonst immer so für Tapferkeit und Sieg – nicht ich.«

Das war noch deutlicher. Sie schwieg und überlegte, wie sie ihn loswerden konnte. Aber ich will ihn gar nicht loswerden. Ich will zu ihm sagen: Wir können offen miteinander reden über die Nazis und ihre Filme – ich bin eine Jüdin und denke so wie du. Und ich mag dich.

Stattdessen sagte sie: »Tapferkeit ist bitterer nötig als je in dieser Zeit.« Veronika konnte zufrieden sein mit ihr: Glatt sein wie eine Wand, keinen Griff bieten. Und dennoch hatte sie »bitterer« gesagt: Wer war denn tapferer als eine untergetauchte Jüdin?

»Isolde«, sagte er, sonst nichts.

Die Tränen schossen ihr in die Augen.

Merkte er es? Er griff nach ihrer Hand.

Sie zwang sich nach einiger Zeit, ihm in die Augen zu sehen: »Lass mich, Guido, bitte. Ich bin gleich zu Hause.«

Dann wandte sie sich wortlos von ihm ab.

Das Wort Guido zitterte lange in ihr nach. Sie sah ihn vom Fenster aus noch unten stehen. Dann ging er langsam weg.

Es tat so weh –

Aber Veronika redete und redete und redete ihn ihr aus. Denn die Gefahr, dass sie Guido irgendwann sagen würde, dass sie Jüdin war und in Wirklichkeit Isolde Grünzweig hieß, war viel zu groß –

Von nun an lächelte er so seltsam, wenn sie im Unterricht in den höchsten Tönen vom Führer sprach und den Krieg lobte. Er sah ihr in die Augen und las darin andere Dinge.

Ab 1943 fiel die Schule immer häufiger aus wegen Fliegeralarms. Und schließlich im März 1944 erhielt die Schule einen Volltreffer und es fand kein regulärer Unterricht mehr statt.

Isolde hatte sich die ganze Zeit erfolgreich vor dem BDM gedrückt, obwohl sie Mitglied war wie fast jedes Mädel im Reich.

Veronika wollte sogar, dass sie besonders eifrig zum BDM gehen, vielleicht sogar Führerin werden sollte: »Es ist einfach verdächtig, wenn du nicht zu den Heimabenden gehst«, sagte Veronika. »Was ist dabei? – Ein bisschen Singen, ein bisschen Spielen, Gelände, einige Lügen anhören über die Größe des Führers und über die Bosheit der Juden – dafür ein größtmögliches Maß an Sicherheit!«

Sie war dann ein paarmal gegangen und erzählte Veronika davon. Dass es sehr langweilig sei. Die anderen gingen auch sehr unregelmäßig, es falle gar nicht auf, wenn sie nicht mehr in die Heimabende komme.

Sie hörte auch, wie es bei der HJ zuging: Geländespiele, Kartenlesen, Exerzieren – Stillgestanden! Rührt euch! Linksum! Rechtsum! Handgranatenweitwurf, Fahnengruß und so weiter. Vielen hing es bald zum Hals heraus.

Und Führerin werden?

Isolde wehrte sich heftig dagegen: Den ganzen Mist auch noch verbreiten! Im Übrigen gebe es Schulungen, da würden viele Fragen gestellt und die einzelnen Führer sehr genau unter die Lupe genommen.

So gab es keine Karriere der Jüdin Isolde Grünzweig als BDM-Führerin.

November 1941

Es hieß, aus Stettin seien im Frühjahr alle Juden abtransportiert worden.

Isolde dachte voll Schreck an den Hetzfilm *JUD SÜSS*, den sie ein Jahr zuvor mit ihrer Klasse gesehen hatte. Der endete damit, dass die Juden aus Württemberg ausgewiesen wurden, und ermahnte künftige Generationen in Deutschland, es ebenso zu machen.

Jetzt begann es. Der Film hatte alles vorbereitet!

In der zweiten Novemberwoche wurden viele jüdische Familien in der Stadt von der Jüdischen Gemeinde Nürnberg aufgefordert, sich bei der Gestapo, der geheimen Staatspolizei, einzufinden, um dort Unterlagen und Vorschriften zu ihrer Evakuierung, wie es hieß, in den Osten zu bekommen.

»Jetzt ist es so weit: Sie siedeln die Juden um!«, Veronika brachte die Nachricht nach Hause. Sie hatte es im Einwohnermeldeamt erfahren mitsamt der Liste der Wohnungen, die durch diese Maßnahme frei wurden. »Fünfhundertzwölf jüdische Menschen aus Nürnberg und Fürth müssen ihre Heimat verlassen; in zwei Wochen schon. Sie werden in den Osten evakuiert, wie es amtlich heißt. Dein Vater ist nicht dabei!«, sagte sie schnell, als sie Isoldes Blick sah.

»Gott sei Dank. Aber die anderen –«

»Hier, schau, das kommt von den Behörden!« Veronika reichte Isolde einen Zettel:

Mir wurde heute durch die Geheime Staatspolizeistelle Nürnberg eröffnet, daß ich am 29.11.1941 evakuiert werde, daß mein gesamtes Vermögen rückwirkend ab 15.10.1941 staatspolizeilich beschlagnahmt ist und die seit dieser Zeit getroffenen Verfügungen über Vermögensteile (Schenkungen oder Verkäufe) wirkungslos sind. Mir ist bekannt, daß ich deshalb bei Aufstellung der mir heute überreichten Vermögenserklärung auch die inzwischen veräußerten oder verschenkten Gegenstände aufzuführen und die Namen und Anschriften der derzeitigen Besitzer anzugeben habe. Die bei der Evakuierung mitzunehmenden Gegenstände sind nicht im Vermögensverzeichnis aufzunehmen.

Für die in meinem Besitz befindlichen Lebensmittelkarten habe ich mir für mindestens 3 Wochen Marschverpflegung und für weitere 4 Tage Mundvorrat zu beschaffen. Mir ist bekannt, daß ich keinen weiteren Anspruch auf Lebensmittel mehr habe, wenn ich diese vorzeitig verbrauchen sollte. Weiter wurde mir eröffnet, daß ich meinen Transportkoffer Höchstgewicht 50 kg – (kein sperrendes Gut!) am 26.11.1941 zum Güterbahnhof zu verbringen habe. Für Transportkosten habe ich 60.– RM mitzuführen.

Meine Wohnung habe ich so herzurichten, daß sie nach meinem Verlassen am 26.11.1941 polizeilich versiegelt werden kann. (Abstellung von Gas-, Licht- und Wasserleitungen usw.!) Verderbliche Waren habe ich zu entfernen. Das Feuer in den Öfen muß gelöscht werden. Die Wohnung habe ich in sauberem Zustand zu hinterlassen; die Gas- und Lichtrechnungen sind bei den städtischen Werken vorher noch zu begleichen. Den Hausverwalter werde ich von meiner Evakuierung verständigen. Sämtliche Zimmer- und Hausschlüssel habe ich mit einem Anhänger, auf dem meine Anschrift verzeichnet ist zu versehen und der Staatspolizei zu übergeben.

Ich habe mich zur mitgeteilten Zeit zum Abtransport zu melden.

Unterschriften:

Kriminalinspektor *der zu Evakuierende*

»Das müssen die armen Menschen unterschreiben, ich habe den Wisch im Amt herumliegen sehen. Ich hätte ihn gar nicht mitnehmen dürfen.«

»Warum nicht?«

»Geheim.«

»Geheim?«

»Sie haben Angst vor den Nürnbergern. Es könnte sich ja einer für einen jüdischen Freund einsetzen.«

»Was heißt Evakuierung?«

»Aussiedlung – in den Osten.«

»In den Osten?«, fragte Isolde. »Einfach so in den Osten?«

»Nun, man wird sehen, wo sie ankommen im Osten, kein Mensch weiß irgendetwas Genaues.«

»Und man nimmt ihnen alles weg?«

»Ihre Wohnungen mitsamt der Einrichtung, darum geht es den Nazibonzen ja vor allem – das alles gehört ab sofort gewissen Parteimitgliedern. Man erlaubt ihnen gnädigerweise ihren wichtigsten tragbaren Besitz mitzunehmen – etwas Geld, einen Koffer – nun, man wird wohl noch eine Gelegenheit finden, ihnen das alles abzunehmen, bevor sie im Osten ankommen.«

»Du darfst nicht so schwarz sehen, Veronika, es ist schrecklich, ganz furchtbar: Sie verlieren ihre Heimat und alles, was sie haben. Aber sie müssen sich im Osten ja eine neue Existenz aufbauen, dazu muss man ihnen doch etwas lassen und etwas geben, etwas Neues.«

Isolde sagte das alles sehr zögernd.

»Wer weiß, was sie dort erwartet! Ich hoffe bloß, dass du Recht behältst, Kind. Ich hoffe es, ich hoffe es –«

Ihr Vater! Was war mit ihrem Vater?

Sie hatte sofort den Zettel genommen und war zu ihm gerannt, als würde sie von einer inneren Stimme dazu getrieben. Es war helllichter Tag. Es war, als laufe sie dem Unheil davon, wenn sie zu ihm lief.

Er empfing sie wie immer: »Liebe Isolde.«

Sie standen vor seinen Bücherwänden. Aber er war so anders, sehr bleich, rot geränderte Augen, die Hände zitterten.

»Weißt du, ich bin so froh, dass dir dein neuer Ausweis wenigstens deinen lieben alten Vornamen gelassen hat: Isolde.«

Er hatte sehr leise gesprochen. Dann weinte er.

Ihr Vater weinte!

Er drückte sie an sich.

»Du darfst es einem alten Mann nicht übel nehmen«, sagte er verlegen und wischte sich die Tränen ab.

»Papa, was ist denn?«, fragte Isolde leise. »Kennst du dieses Formular?«

Sie zeigte ihm das graue Dokument.

Er hielt es in der Hand und stand lange still, als lausche er auf ein sehr fernes Geräusch. Dann sagte er: »Ich habe es gestern bekommen.«

Sie fuhr heftig zusammen: »Papa!«

Man hörte die große Uhr in der Diele ticken.

»Ich wollte es euch so leicht wie möglich machen. Ich hätte euch aus dem Osten einen Brief geschrieben. Aber wird das möglich sein?« Er verbiss die Tränen.

Sie standen lange Zeit stumm nebeneinander. Nur das alte Haus schien zu atmen.

Dann raffte sich Isolde auf: »Kann man nichts dagegen tun? Du kennst doch so viele Leute.«

»Ich habe es versucht, ja!, den ganzen Tag.« Er schwieg, dann fuhr er fort: »Du kennst die Stelle im Neuen Testament, wo alle anfangen, sich zu entschuldigen, dass sie nicht zum Gastmahl kommen können – ein Joch Ochsen, eine Frau, ein Acker.«

»Ist es so?« Isolde fühlte sich so entsetzlich hilflos, sie wollte schreien – schreien – schreien –

»Hier gilt es nur, einen alten Juden zu retten – und da soll es anders sein?«

»Seit wann weißt du es?«

»Definitiv erst seit heute früh. Aber ein Mann von der Gestapo war gestern schon da und hat mir den Wisch zur Unterschrift vorgelegt. Die anderen haben es schon vor einigen Tagen von der jüdischen Gemeinde erfahren. Warum ich es erst heute mitgeteilt bekomme, weiß ich nicht. Der Polizist konnte nur dienstlich reden.«

»Papa!«

»Isolde, es ist besser, dass ich es erst heute erfahre. Die Zeit des Wartens ist dann nicht so lang und schlimm für mich.«

»Wann?« Der Hals war wie zugeschwollen.

»Sie werden mich heute Nacht holen. Sie kommen mit Autos, alles heimlich, damit es keinen Aufruhr gibt. Aber wer würde schon einen Aufruhr machen!« Dann sagte er bitter: »Das ist erst ein Anfang. Es gibt noch viel mehr Juden in Nürnberg. Sie wollen die Stadt der Reichsparteitage judenfrei haben – sie schreiben es voll Stolz auf die Ortsschilder: *Judenfreie Stadt*.«

»Und deshalb nehmen sie dir alles weg?«

»Nun, du bist zum Glück in Sicherheit, Isolde, mein

Mädchen, und sonst können sie mir nicht mehr viel nehmen außer meiner lieben Stadt selbst. Aber was wissen die schon davon –«

Er kramte aus einer Schublade ein Dokument.

»Das ist ein Grundbuchbescheid.«

Isolde las: »Um Himmels willen – du hast dein Haus verkauft! Papa! Unser Haus!«

»Ich musste es. Sie haben nach dem Pogrom 1938 alle Juden gezwungen, ihren Grundbesitz zu verkaufen, sie nennen es Arisierung des jüdischen Besitzes. Erst hacken sie die Wurzeln ab, dann schicken sie die Menschen fort, in den Osten.«

»Unser Haus.«

»Ja, Isolde. Aber du siehst – ich habe bis jetzt immer noch darin gewohnt. Sie haben mir einen schäbigen Kaufpreis bezahlt, nicht einmal ein Zehntel des wirklichen Wertes, aber sie haben mich darin wohnen lassen. Und das hatte mir Hoffnung gegeben! Es gibt sehr viele Leute in Nürnberg, die mich kennen und wirklich mögen, nicht nur Juden. Sie sind gekommen und haben versprochen, mir immer zu helfen. Es sind Leute dabei von den Behörden, sogar von der Partei. Darauf habe ich immer gebaut – bis heute. Ich wusste sogar aus sicherer Quelle, dass sie Träger des Eisernen Kreuzes nicht ausweisen. Aber nun geschieht es doch.«

Isolde weinte und streichelte ihm die Hand.

»Meine Kunstsammlung haben sie nie erwähnt, sie gilt ja als entartete Kunst. Holt sie, so schnell es geht, sonst wird sie womöglich verbrannt. Veronika weiß Bescheid, was sie tun soll, wenn mir –

Wenn einmal der Irrsinn hier vorbei ist, wird die Sammlung sehr wertvoll sein: Klee, Picasso, Kandinsky. Du bist dann reich, mein Kind.«

Isoldes Vater wurde am 27. November 1941 in der Nacht abgeholt. Er durfte nicht zu Bett gehen, sondern musste sich zur Evakuierung bereithalten.

Drei Männer kamen: »Feudal, was? Luxus! Eigenes Fahrzeug, Automobil, Daimler – muss nicht einmal zu Fuß gehen, der Drecksjude.«

Einen Koffer durfte er mitnehmen. Es wurde kontrolliert, ob er die vorgeschriebenen Lebensmittel dabeihatte, und auch, ob er nichts dabeihatte, was einen gewissen Wert besaß.

Ein Photo von Isolde hatte er schon am Tag zuvor in seine Brieftasche gesteckt.

Aber als gegen drei in der Nacht unten das Auto der Gestapo vorfuhr, hatte er es wieder herausgenommen, hatte es mehrmals geküsst, dann in winzige Fetzen zerrissen und in die Nacht hinausgeworfen.

Bevor er den Männern von der Gestapo die Türe öffnete, drückte er ein Handtuch auf die Augen: Niemand sollte eine Träne sehen.

Sie fuhren mit ihm vorbei am unfertigen Nürnberg der Reichsparteitage – es ragte schwarz in die Nacht wie die Ruinen eines fremdartigen Machtzentrums – und brachten ihn in ein Barackenlager bei Langwasser, einem Nürnberger Stadtteil. Die ganze Nacht wurden mit Autos weitere Juden gebracht, aus Fürth und der weiteren Umgebung bis Würzburg. Allein aus Nürnberg waren es über fünfhundert.

Manche jüdische Bürger, sogar ganze Familien, hatten sich in ihrer Not in den Tagen vor der Evakuierung umgebracht. Es war der Verlust von Freiheit und Würde, der Schmerz über die verlorene Heimat, die Angst vor dem ungewissen Schicksal, es war aber auch eine äußerste Form des Widerstands.

Die Gestapo ersetzte sie zum Schluss noch durch Ersatzleute und Ersatzfamilien. Sebastian Grünzweig erfuhr von einem kalt lächelnden Gestapo-Mann, dass er kein solcher Ersatzmann sei.

Im ganzen Lager wurde gerätselt, wohin der Transport gehen sollte. Gerüchte besagten, es gehe in eine Konservenfabrik nach Dünamünde. Manche freuten sich, weil in einer Konservenfabrik die Versorgung besser würde.

Niemand hatte je den Namen Dünamünde gehört –

Isoldes Vater glaubte nicht daran: Sie hassen uns – wie könnten sie da zulassen, dass es besser wird?

Das Wachpersonal gab keine Antwort.

Kein Mensch durfte jetzt noch von den Evakuierten Abschied nehmen, kein Freund, kein Verwandter.

Denn die Nürnberger hätten ja streiken, demonstrieren, protestieren können. Es waren sehr viele jüdische Familien dabei, die man kannte, die arische Freunde hatten: beliebte Ärzte, bevor man ihre Praxen geschlossen hatte, geachtete Rechtsanwälte, frühere Firmenchefs, deren arische Mitarbeiter sich für sie hätten einsetzen können. Aber es blieb überall ruhig.

Die Abfahrtszeit war geheim gehalten worden. Nach drei Tagen im Lager wurden zur Mittagszeit des 29. November die Menschen zum Bahnhof Märzfeld getrieben. Das Gelände um die Straße war von der Polizei auf Kilometer abgesperrt worden. Der Transport, der erste von mehreren, ging fast unbemerkt vonstatten. Sie mussten mit ihrem Handgepäck in Zehnerreihen marschieren. Die Wachen sorgten für Ordnung und Disziplin. Alte und Kranke wurden auf Wagen transportiert. So schritt der Zug, umschwärmt von Wachtposten mit Filmkameras und Photoapparaten, die sich dieses Ereignis nicht entgehen lassen wollten und ihre Ruhmestaten für die Nachwelt festhalten wollten.

Mehrmals stoppte der Zug: Alte konnten ihr Gepäck nicht mehr tragen, kleine Kinder mussten austreten. Das waren für die Wachtposten willkommene Unterbrechungen, bei denen sie die Menschen verspotteten, sie beleidigten und anspuckten.

Aber die Juden schritten voll Würde wie seit Jahrhunderten, vertrieben aus den Städten Europas.

Denkwürdig blieb ein einzelner Vorfall, der aber nicht notiert worden ist und in keinem Protokoll steht.

Der Jude Dr. Sebastian Grünzweig, der, seinen Koffer in der Hand, zwischen den anderen Juden schritt, vor ihm zwei Kinder, ein Mädchen und ein Junge, erregte Aufmerksamkeit.

Einer der Wachtposten schrie plötzlich: »He, Jude, du da, ja, du mit dem weißen Spitzbart, Halt!«

Die Zehnerreihen gerieten ins Stocken.

Schnell sammelten sich Polizisten und Gestapo-Männer um Sebastian Grünzweig: »He, woher hast du dieses Eiserne Kreuz?«

»Die Judensau macht das Eiserne Kreuz lächerlich.«

»Sauerei!«

»Judenpack!«

»Wo hast du das geklaut?«

Sebastian Grünzweig, Judenstern und Eisernes Kreuz nebeneinander an die Jacke geheftet, stand aufrecht und sagte weithin vernehmbar: »Der Kaiser hat es mir verliehen. Er war der Kaiser aller Deutschen, und er hat es mir gegeben für meine Tapferkeit und meine Wunden im Kampf für Deutschland!«

Ein Knäuel von Wachen, Gestapo und SS bildete sich. Wörter wie Sauerei, Unanständigkeit, Ungehörigkeit, Anstand, Ehre! drangen heraus.

Dann befahlen sie dem Juden, aus der Reihe zu treten.

Ein Offizier äußerte sich knapp: »– Versehen! Irrtum! Übereifer! Träger des Eisernen Kreuzes nicht zu evakuieren – ausdrücklicher Befehl!«

So kehrte Isoldes Vater zurück zu dem Haus in der Nürnberger Altstadt und entfernte mit bebender Hand alle Siegel der Polizei. Im Hause fehlte nichts. Nur seltsam, dass offenbar Einbrecher die Haustüre aufgebrochen hatten, nachdem das Haus bereits versiegelt war.

Noch merkwürdiger war, dass man anschließend die Türe ein weiteres Mal versiegelt hatte.

Er schüttelte murmelnd den Kopf. Aber es war ihm nicht wichtig.

Alle anderen Juden mussten weitermarschieren und den bereitgestellten Zug besteigen.

Den ganz kleinen Kindern sagte man beim Einsteigen, es gebe einen Ausflug.

Aber die Kinder fragten, warum die Erwachsenen weinten, als der Zug aus der altehrwürdigen Reichsstadt rollte und die Türme der Kaiserburg verschwanden.

Isolde fiel ihm lachend und weinend um den Hals: »Es ist so gut, dass du wieder da bist, Papa.«

Aber der Vater war seltsam verändert.

Er ging umher, als wäre er im Schlaf, und redete wie in einem Traum: »Hast du gesagt gut? Weiß man, was gut ist, liebes Kind?«

Seine Augen waren übermüdet und doch irgendwie klar. Er redete eigenartig feierlich: »Seht hier das Eiserne Kreuz.

Es hat mich gerettet. Passt gut auf: Ich nehme es jetzt und schließe es ein. Für immer.«

Er verschloss es in einer Schatulle.

Isolde traute sich nicht zu fragen, was das bedeuten sollte. Sie schaute ihm zu, voll Angst.

Veronika winkte ihr zu schweigen.

»Es ist so schön, wieder daheim zu sein. Ich bin immer so gerne nach Hause gekommen. Und es ist mein altes Haus – aber nun ist es entweiht.«

»Unser Haus ist doch nicht entweiht. Was heißt denn entweiht, Papa? Es hat sich doch nichts geändert –«, flüsterte Isolde.

Sie schaute sich Hilfe suchend nach Veronika um.

»Mama hatte Recht. Doch sie hat auch Unrecht, weil sie das Haus nicht kennt. Ich weiß es auswendig. Und so konnte ich es auch jetzt nicht verlassen, ich konnte es einfach nicht, und sie sind alleine gegangen.«

»Du musst doch auch nicht mehr fort«, sagte Isolde und presste die Hand an den Mund.

»Wer weiß! Sie zerstören alles: Diese wunderschöne Stadt der Kunst und der Märchen, der Legenden und der Bilder! Und doch ist schon die Axt an ihre Wurzel gelegt, wie in der Bibel steht. Ihre Zweige verdorren –«

Er tastete mit zitternden Händen auf dem Tisch herum: »Sie haben mir alles genommen. Ich kann euch nichts geben, Isolde und Sarah, ihr Armen. Passt auf, dass sie euch nicht auch noch den Namen nehmen wie mir.«

Isolde hatte die Hände ihres Vaters noch nie so zittern sehen.

Auf dem Heimweg waren beide stumm.

Den Namen nehmen? Er hieß doch immer noch Grünzweig, es waren doch sie beide, die andere Namen –

Die Nacht war sehr schwarz, kein Stern, kein Mond. Kein Mensch in den Gassen.

*

Hildegards Vater hatte sehr schlechte Laune in diesen Novembertagen.

Es lag aber offenbar nicht an den ausbleibenden Siegesfanfaren aus dem Osten. Auch nicht an der Sintflut von Regen, die den deutschen Vormarsch in den Vororten vor Moskau im Schlamm ersticken ließ. Auch nicht an der Tatsache, dass die deutschen Soldaten für den fürchterlichen Frost, der dem Regen folgte, gar nicht ausgerüstet waren. Der Boden wurde so knochenhart, dass man die Gräber für die Erfrorenen heraussprengen musste.

Und dass er seit einigen Wochen ein großes Tier in der Nürnberger Gestapo war, konnte auch nicht der Grund dafür sein.

Hildegard hörte nur Bruchstücke, mit denen sie kaum etwas anfangen konnte.

Einmal sagte ihr Vater zu ihrer Mutter: »Schief gegangen! Das Schwein hat ein Eisernes Kreuz! Durchs Garn gegangen! Pech.«

»Eisernes Kreuz? Ein Jude?«, fragte die Mutter, die gerade von der Friseuse kam, und zog die Brauen hoch.

Auch sie hatte schlechte Laune. Ihr Friseur hatte einrücken müssen – der Krieg weitete sich aus.

»Die Friseuse kann das nicht halb so gut, schau dir mal meine Frisur an!« Sie tastete nach ihrem Haar. »Kann man so etwas nicht verhindern?«

»Du bist gut. Die brauchen jeden Mann. Und die Dame denkt an ihre Frisur. Aber das Eiserne Kreuz ist echt. Wirklich verliehen. Damals im Kaiserreich – war doch alles verjudet. Auch das Militär. Halten zusammen wie die Teufel! Kein Wunder, dass wir den Krieg verloren haben –«

»Und was hat das Eiserne Kreuz damit zu tun?«

»Befehl von oben! Dürfen nicht evakuiert werden. Unanständig! Knochen hingehalten für das Vaterland. Kannst du das Gegenteil beweisen?«

»Und jetzt?«

»Abwarten. Kriegen wir schon noch, die Bilder. Lass die Stadt erst mal judenfrei sein – hält kein Mensch auf die Dauer, die paar Juden mit dem Eisernen Kreuz!«

»Hätte man nicht gleich?«

»Hätte man! Können vor Lachen, heulen vor Zorn. Was glaubst du denn? War doch schon Polizei da. Versiegelt, notiert, registriert, jedes einzelne Blatt. Ich habe die Liste selbst gesehen. Nichts zu machen vorerst.«

»Hättet ihr nicht früher? Schon ’38?«

»Du bist gut! Das Zeug ist entartete Kunst. Soll es jeder sehen und wissen? Die hätten es womöglich verbrannt! Die Idioten. Es ging um Minuten.«

Hildegard verstand kein Wort.

Ein anderes Mal hörte sie den Vater zu einem Mann von der Gestapo sagen: »Es muss ohne Aufsehen zu machen sein. Alle Bilder in die Lagerhalle am Hauptbahnhof. Sonst lieber warten. Wir haben Zeit.«

Aber auch damit konnte Hildegard nichts anfangen.

Sommer 1942

Isolde war jetzt sechzehn und musste sich neben der Schule einen Arbeitsplatz suchen. In dieser Zeit marschierte in Russland die 6. Armee nach Stalingrad.

Die Mädel sollten neben der Schule irgendeine Tätigkeit verrichten – freiwillig. Isolde wollte nicht in irgendeinen Rüstungsbetrieb gesteckt werden.

»Die Gärtnerei Fritz sucht dringend Hilfe, alle sind im Krieg«, wusste Veronika. »Gärtnereien sind kriegswichtig: Sie versorgen die Bevölkerung mit Gemüse. Die Arbeit ist sicher ordentlich bezahlt, nehme ich an.«

Die Gärtnerei lag günstig, keine Viertelstunde zu Fuß von ihrer Wohnung entfernt beim Johannisfriedhof.

Gärtnermeister Karl Fritz, mit Strohhut, grüner Schürze und rotem Gesicht, musterte Isolde von oben bis unten: »Bisschen schwächlich, nicht? Dünn, kein Mark in den Knochen. Aber lieber eine deutsche Kraft als diese Polacken – vor allem die Mädchen; plärren immer vor Heimweh.«

Isolde schaute hinaus auf die Glashäuser, die im Sonnenlicht glänzten.

»Ist ja kein Wunder, die armen Kinder, so weit von zu Hause weg und noch so jung«, sagte Frau Fritz, »schwatz nicht so dumm daher.«

»Zupacken muss sie schon. Sonst wird das nichts.«

Isolde fühlte sich nicht wohl bei dieser Vorstellung. Frau Fritz, sie hieß Anna, schien wirklich nett. Aber auch sie hatte diesen seltsam forschenden Blick, und ihre erste Frage war gewesen: »Ist mit den Ausweisen alles in Ordnung? Wir wollen keine Scherereien mit den Behörden.«

Dieser forschende Blick! Isolde sah ihn fast ununterbrochen bei allen Menschen. Selbst Veronika hatte ihn. Sie hatte ihn wirklich, und Isolde musste sich fast jeden Tag klar machen, dass er bei ihr etwas anderes bedeutete als die prüfenden Blicke fremder Menschen.

Andererseits – die Leute waren eigentlich immer nur freundlich zu ihr. Sogar sehr freundlich. Offenbar stimmte, was Veronika immer sagte, dass Isolde sehr hübsch war und eine nette Art hatte, die den Leuten gefiel.

Aber was, wenn ein Judenstern an ihrem Kittel wäre?

Würden ihr die Leute nicht ausweichen, als hätte sie eine ansteckende Krankheit? Wäre sie nicht plötzlich eine Verbrecherin?

»Kind, du bist ja ganz abwesend«, schreckte Frau Fritz sie hoch.

»In einer Gärtnerei wird natürlich nicht geträumt«, sagte ihr künftiger Chef. »Du musst schon aufpassen.«

»Klar«, sagte Isolde, »keine Frage, Sie haben Recht. Ich habe gerade nur an etwas –«

»Es ist alles noch neu, entschuldigen Sie«, griff Veronika ein und knuffte Isolde in die Seite.

»Wir probieren es mit ihr, Karl. Sonst scheint ja alles in Ordnung, und sie sieht aus wie siebzehn oder achtzehn«, sagte Anna Fritz, der Isolde offenbar auf den ersten Blick gefallen hatte, und stieß Herrn Fritz an.

»Ja, wenn alles in Ordnung ist.« Nach einiger Zeit begann er wieder: »Nicht wahr, mit diesen Polen –«

Frau Fritz sorgte dann dafür, dass sie nicht allzu schwer heben und tragen musste: Das ist nicht gut für ein junges Mädchen. Sie pikierte Pflänzchen, setzte sie in guten Boden und beobachtete, wie sie wuchsen. Sie band Sträuße und Buketts und Grabkränze.

Immer mehr Grabkränze.

Die Gärtnerei stellte mit fortschreitendem Krieg aber zunehmend auch auf die Belieferung von Hausgärten um: Ganze Gärten mit Pflänzchen von Blumenkohl, Rosenkohl, Wirsing, Spitzkraut, Weißkraut, Blaukraut, Kopfsalat gingen durch ihre Hände.

Und Isolde sah nur noch hin und wieder diesen forschenden Blick bei Frau Fritz oder ihrem Chef Karl Fritz.

Wenn Kundschaft kam, hielt sie sich im Hintergrund. Bemerkungen wie: »Wer ist denn das hübsche, freundliche Mädchen in ihrer Gärtnerei, Frau Fritz, die war doch früher nicht da – man muss Sie ja beglückwünschen«, ließen sie erstarren.

Mit den drei Polen, die noch in der Gärtnerei arbeiteten, hatte Veronika ihr jedes Wort verboten: »Zu gefährlich. Wenn man es genau betrachtet, bist du in der gleichen Lage wie sie. Wenn da etwas durchsickert –«

Isolde wusste nicht, was da durchsickern sollte. Aber sie hatte ihrem Papa fest versprochen, Veronika immer zu gehorchen.

Am Morgen des 1. Juli 1942, dem Beginn der Sommerferien in den Schulen Nürnbergs, konnte man plötzlich in den Zeitungen lesen, dass alle jüdischen Schulen, die seit 1935 für alle jüdischen Kinder Pflicht waren, geschlossen wurden: Juden hatten kein Recht mehr auf Bildung.

Isolde hatte sich in der ganzen Zeit, in der sie in die Schule ging, umgehört, wie es in den Schulen der Juden war. Sie war zwar nie in einer jüdischen Schule gewesen, weil sie evangelisch war und es für sie keine Rolle gespielt hatte, dass sie Jüdin war. Aber als Isolde Bauer war auf einmal alles Jüdische für sie interessant.

Es gab in Nürnberg auch kaum mehr jüdische Kinder. Während man damit begann, die arischen Kinder, wie man sagte, durch die Kinderlandverschickung in Sicherheit zu bringen, obwohl es doch angeblich überall sicher sein sollte, wie Veronika spottete, wurden die jüdischen Kinder samt ihren Eltern in weiteren großen Schüben in den Osten geschickt. Sie besiedelten dort menschenleere Gebiete, wurde gesagt, die durch den Krieg gegen Polen entstanden waren. Dort konnten sie unter lauter Polacken, wie es hieß, dem deutschen Volk, der Herrenrasse, keinen Schaden mehr zufügen.

Es sei besser so für beide Seiten –

Einmal sah Isolde auf der Straße ein weinendes Mädchen mit einer Katze auf dem Arm.

»Wo willst du denn hin mit deiner Katze?«

»Ich darf sie nicht mehr haben, und sie ist doch so lieb, und nun will Papa sie zum Tierarzt bringen, und der soll sie totmachen. Deshalb gehe ich jetzt fort mit ihr. Ganz weit fort!«

»Warum darfst du denn keine Katze mehr haben? Wenn du deine Mutter schön bittest – vielleicht?« Isolde wollte rasch weitergehen. Sie sollte auf der Straße mit niemandem reden.

Da sah sie plötzlich an dem Kittel des weinenden Kindes den gelben Judenstern.

»Deshalb?«, flüsterte Isolde. Sie wusste es bereits: Juden war seit einigen Wochen das Halten von Haustieren verboten.

Das Mädchen sah sie verständnislos an.

»Geh nicht fort, geh heim zu deiner Mama. Bitte mach, was dein Papa sagt! Es ist besser für dich und für euch, ganz bestimmt«, sagte Isolde und drückte das Kind verstohlen an sich. Gleichzeitig schaute sie über die Schulter, ob jemand sie beobachtete: ein Mädchen mit Judenstern und eine Arierin, die es an sich drückte –

Herbst 1942

Am 1. Oktober 1942 wurden den Trägern des Judensterns alle Lebensmittelkarten entzogen für Fleisch, Fisch, Geflügel, Obst, Eier, Milch und Konserven. Gemüse bekamen sie nur, wenn die Bedürfnisse der arischen Bevölkerung befriedigt waren.

»Da wir Juden Läden nur nachmittags zwischen drei und vier Uhr betreten dürfen«, sagte der Vater, »gibt es meist nichts mehr zu kaufen. Ich will mich nicht beklagen, Isolde. Mir geht es besser als denen, die sie evakuiert haben. Aber wovon soll man denn noch leben?«

Nachbarn, vor allem eine Frau Grötzinger, hatten Isoldes Vater seither geholfen. Aber das wurde zunehmend schwieriger: »Da schau hinaus, dort drüben.«

Zwei Männer standen Zigaretten rauchend an der Ecke und lasen Zeitung, als hätten sie am helllichten Tag nichts zu tun.

»Warum sind die nicht im Krieg?«, fragte Isolde verwundert. Man sah selten noch so junge, kräftige Männer, höchstens einen Soldaten auf Urlaub. Aber der stand bestimmt nicht an Ecken herum.

»Gestapo. Sie passen auf, dass mir niemand Essen bringt. Schau genau hin: Sie beobachten meinen Eingang.« Dann fügte er noch sehr leise hinzu, dass es gerade noch zu verstehen war: »Und Ausgang.«

Der seelische Zustand des Vaters hatte sich zwar wieder etwas gefestigt. Aber er konnte immer noch mitten im Gespräch seltsam verschrobene Dinge sagen. Der Herr segne deinen Eingang und Ausgang war der älteste Segen der Juden, wie Isolde wusste.

Ein ohnmächtiger Zorn stieg in ihr hoch: Warum musste man den paar Juden, die es in Nürnberg noch gab, auch noch die letzten Nahrungsmittel verweigern?

Sie schaute auf seinen Judenstern an der Brust, dieses Zeichen, das dazu geschaffen worden war, Menschen der Verachtung anderer Menschen preiszugeben: »Trägst du ihn auch im Haus?«

Er lächelte seltsam: »Er ist jetzt mein Ehrenzeichen und mein Adelsbrief, seitdem mein Eisernes Kreuz weggeschlossen ist.«

Er setzte sich an den Schreibtisch, und Isolde sah, dass ein Blatt vor ihm lag, ein Kunstdruck. Sie kannte es: Die Versuchung des heiligen Antonius aus dem Isenheimer Altar von Matthias Grünewald.

Furchtbare Gestalten griffen nach einem Greis, der in einem blauen Mantel hilflos ausgestreckt lag und schrie und schrie. Die Unholde drangen auf den weißbärtigen Alten ein und bedrohten ihn mit Zähnen, Krallen, Kinnbackenknochen, Hörnern, Geweihen, Vogelfittichen, Fäusten, Knüppeln, Ästen und mit dem Schwirren von Nachtfaltern. Wie ein Unglücksgestirn stieg ein Dämon herauf, halb kuhgesichtig, halb Federwesen mit schwarz schimmernden Glotzaugen. Ein Vogelgeschöpf mit Armen und Händen schritt auf den Greis zu und holte mit einem Prügel aus. Ein Stacheldrachen hackte mit seinem Raubvogelschnabel nach seiner Hand. Ein brandrotes Ungeheuer mit Haifischmaul setzte ihm brutal seinen Krallenfuß auf den Leib.

Ein Arm des bedrängten Greises schien Teil des Unholds, als wolle er selbst Hand an sich legen.

Vorn hockte mit einer roten Narrenmütze ein nacktes, entenfüßiges Scheusal mit aufgedunsenem Bauch, der Körper grün, rot und gelb verschwollen mit aufgeplatzten, Eiter verspritzenden Geschwüren und Beulen. Die grausige Gestalt bog sich vor Lachen und zerfetzte mit der rechten Hand ein Buch.

Hinter einer von Dämonen umkreisten Ruine reckten Bäume ihre kahlen Äste und ragten Schneeberge in den Himmel.

In kalter Ferne thronte Gottvater –

»Du solltest das nicht anschauen, Papa«, sagte Isolde, die es vor Grauen schüttelte. Sie hatte das Bild schon oft gesehen, aber noch nie hatte es sie in so abgrundtiefen Schrecken versetzt.

»Doch«, sagte er, »was sonst?«

»Nicht das –«

»Lies, was unten auf dem Zettel steht.«

Am rechten Bildrand war ein weißer Zettel gemalt, als wäre er an das Bild geheftet.

»Ich kann es nicht lesen.«

»Aber ich weiß, was da steht: Wo, o guter Jesus, wo bist du gewesen? Denn du bist nicht gekommen, meine Wunden zu heilen.«

»Du hast keine Wunden. Du bist hier in deinem Haus«, sagte Isolde und kämpfte mit den Tränen.

»Das Bild zeigt nicht die Wunden des Körpers, Isolde. Es zeigt die Wunden der Seele. Die sind schlimmer.«

Als Isolde aus der Haustüre treten wollte, mit einem schrägen Blick hinüber zu den beiden verkappten Polizisten, faltete einer sogleich die Zeitung zusammen und trat auf sie zu: »Gerstner. Na, was haben wir denn gesucht da drin! Hat ja ewig gedauert. Kann ich mal den Ausweis sehen.« Er behielt beim Reden die Zigarette im Mund.

Den Ausweis lesend: »Isolde Bauer, na ja – also was?«

Isolde bekam kaum Luft: »Vom Einwohnermeldeamt«, das schien ihrem wie rasend arbeitenden Gehirn die beste Antwort, »es sind Listen, die abgeglichen werden müssen. Listen von Juden. Da drin wohnt ein Jude.«

Sie ekelte sich vor sich selbst. Aber Veronika würde sie loben.

»Wissen wir, wissen wir bereits, ist dem Amte wohl bekannt, Fräulein Bauer, vielen Dank. Einwohnermeldeamt. So, Sie arbeiten auf dem Einwohnermeldeamt – und in welcher Abteilung bitte schön?«

»Nicht ich, die Frau, bei der ich wohne. Ich helfe ihr nur.«

»Und die heißt?«

»Veronika Lenz.«

»Lustiger Name. Die Mädchen singen trallala –«

Der andere Mann war herangetreten: »Alles aufschreiben!«

»Die Wohnung? Wird alles nachgeprüft.« Zigarette ausgedrückt. Zungenspitze zwischen den Lippen: »Veronika Lenz, Einwohnermeldeamt, Isolde Bauer, Gostenhof.«

»Das war's schon, schönes Fräulein. Heil Hitler!«

Die Nachprüfungen schienen die Gestapo-Männer zufrieden zu stellen, denn Isolde hörte nichts mehr von ihnen.

Doch Veronika hatte Angst: »Sie suchen einen Grund, ihn trotz des Eisernen Kreuzes ausweisen zu können. Wie oft habe ich dir gesagt, geh nicht am Tage hin, geh besser überhaupt nicht – nein, das geht natürlich auch nicht – ich war ja schon eine ganze Zeit nicht mehr bei ihm.«

»Papa sieht schrecklich aus, Veronika, ganz abgemagert und eingefallen, die Augen tief in den Höhlen und der schmale Mund, und schrecklich bleich. Er redet nicht mehr so seltsame Dinge, aber manchmal eben doch. Und sein Spitzbart ist ganz dünn und lang. Er hat sich sehr verändert!«

»Ich mache mir die größten Sorgen, Isolde, dass er krank wird. Er hatte das letzte Mal so einen eigenartigen Blick. Es ist, als schaue er durch einen hindurch.«

»Als er letztes Jahr beinahe evakuiert worden ist, hatte er einen ganz ähnlichen Blick.«

»Aber damals war er wenigstens körperlich noch kräftiger. Es scheint, als würde er immer mehr in sich selbst versinken. Wenn ich komme, freut er sich, redet aber fast nichts; nur selten wird er lebhafter, dann ist es fast wie früher. Meist sitzt er aber still da und lächelt und ist wie versunken in eine andere Welt.«

»Man hat immer das Gefühl, dass er etwas weiß, was wir nicht wissen. Es ist furchtbar. Aber ich kann ihn doch nicht fragen. Wenn man ihm nur helfen könnte.«

»Man hat seine Welt zerstört, Isolde, außen und innen – wie will man ihm denn da helfen?«

Isolde weinte.

Sie versuchten ihren Vater aus der Gärtnerei zu versorgen.

Veronika hatte gewarnt: »Es muss sein. Aber sei um Himmels willen vorsichtig, Isolde! Immer nur ganz kleine Mengen.«

Hier ein Salatkopf, da einige Rüben, dort einige Karotten, denn auch Isolde musste in der Gärtnerei alle Waren auf Lebensmittelkarten kaufen, selbst wenn Frau Fritz ihr ab und zu augenzwinkernd einen Salatkopf oder einen Blumenkohl extra zusteckte: Du arbeitest schließlich in einer Gärtnerei.

Schwieriger als die Beschaffung war das Problem, wie man die Lebensmittel dem Vater bringen sollte. Immer wieder standen Spitzel der Gestapo in der schmalen Gasse und lasen Zeitung.

Schließlich ließ sich ein Weg über Frau Grötzinger, seine Nachbarin, finden.

Ob sie Isolde beobachtet hatte, wenn sie bei ihrem Vater war, und ob sie das Mädchen wiedererkannt hatte, als sie aus Wien zurückgekehrt war, wusste niemand.

Sie hatte Veronika einmal angesprochen: »Wenn ich etwas besorgen soll, dann sagen Sie es ruhig.«

So kam das Gemüse von Isolde über Veronika zu Frau Grötzinger, und von ihr erhielt es schließlich heimlich der alte Mann.

Eine Hand voll Gemüse!

In dieser Zeit tobte in Russland die Schlacht um Stalingrad. Die Musik im Rundfunk wurde immer heroischer, die Siegesmeldungen blieben aus. Ende Januar des neuen Jahres war die 6. Armee dann gefangen, erschossen, verhungert, erfroren.

Mai 1943

Grabkränze, Grabkränze! Nach dem Massentod in Stalingrad häuften sich in der Gärtnerei die Bestellungen von Grabkränzen und Totenbuketts für Familiengräber, in denen der Tote nie ruhen würde.

So war der größte Teil des Grabschmuckes, der in dieser Zeit in Auftrag gegeben wurde, nicht für die Toten, für die er bestellt wurde. Er war für die Lebenden, damit sie das Gefühl hatten, sie hätten alles für die Toten getan, von denen es hieß, diese hätten sich für sie geopfert.

Isolde flocht Kranz auf Kranz.

»Fünf Reichsmark, einfach weg«, hörte Isolde einmal und fuhr hoch, »als hätte man einen Geldscheißer.« Gärtnermeister Fritz war außer sich. »Das waren die Fremdarbeiter, die Polacken. Da schaut man, dass es ihnen an nichts fehlt, und sie stehlen und lügen!«

Isolde biss auf einen Zweig. Sie wusste, woher der Fehlbetrag kam – sie hatte nicht aufgepasst und machte sich bittere Vorwürfe: In der Eile hatte sie für ihren Vater Gemüse mitgenommen, das schon ausgezeichnet war. Daher der Fehlbetrag.

Die Lorbeerzweige und die Rosenknospen sanken zu Boden.

Ein Junge betrat den Raum, kaum älter als Isolde, er hieß Walter Sorg und half immer wieder zwei, drei Nachmittage in der Woche in der Gärtnerei. Isolde hatte ihn bis jetzt kaum beachtet: Er durfte ihr nicht gefallen, und er würde ihr nicht gefallen in seiner Flakhelfer-Uniform. Er trug sie bei der Arbeit fast immer, weil er anschließend Dienst draußen an einer Flak-Batterie hatte.

Isolde war unklar, ob der Junge von der HJ zum Dienst in die Gärtnerei geschickt wurde – immerhin waren die Pflanzen, die sie zogen, wichtig für die Versorgung und die Gesundheit der Bevölkerung. Vielleicht aber waren auch seine Eltern bekannt mit den Gärtnersleuten, und er half freiwillig oder wollte sich etwas Geld zusammensparen – viel verdienen konnte man hier ja nicht.

Gärtner Fritz redete immer weiter: »Fünf Reichsmark, und das, wo wir jeden Pfennig umdrehen müssen! Einfach weg! Weg! Fünf Mark! Ich habe schon überall gesucht, aber kein Pfennig! Die werden ihr Wunder erleben!«

»Hast du die Kasse schon abgerechnet?«

»Ja, was glaubst du denn, wie ich sonst darauf komme: Fünf Mark.«

Isolde zerknüllte mit fiebrigen Fingern ein Blatt. Sie hatte immer Angst, wenn es irgendeine Unregelmäßigkeit gab. Auch jetzt würde geforscht und durchsucht werden, und schließlich käme es heraus!

Das Eis war dünn.

Frau Fritz wäre bitter enttäuscht –

»Hast du die Polen gefragt?«

»Die lügen doch nur.«

»Hast du sie gefragt, Karl?«

»Wozu erst fragen? Unsinn!«

Es war warm. Man sah die drei draußen ahnungslos ein Beet umgraben. Eine grün schillernde Schmeißfliege brummte an Isoldes Kopf vorbei und stieß hartnäckig immer wieder an die große Scheibe.

Frau Fritz hatte die Arme in die Seiten gestemmt: »Dass das jetzt klar ist. Du fragst sofort die drei Fremdarbeiter!«

»Den Teufel werd ich, Scheißpolen«, sagte Karl Fritz grob mit feuerrotem Gesicht. Dann plötzlich zu Isolde: »Weißt du etwas, hast du etwa –?«

»Jetzt reicht's aber wirklich. Isolde war den ganzen Nachmittag bei mir. Ich rufe jetzt die Polizei, soll die fragen, wenn du zu blöd bist.«

Der Schweiß brach Isolde aus: Die Polizei würde alle Beteiligten verhören. Alles käme heraus: Was wollte eine Jüdin hier in einer Gärtnerei? Ein Volksfeind! Schaden stiften! Gift ins Gemüse! Und nachts den Flugzeugen Zeichen geben für die Ziele ihrer Bomben!

Scheißpolen!, hatte der Gärtner gesagt.

Isolde musste unschädlich gemacht werden wie alle Juden! Fort mit ihr in den Osten!

Eine Faust würgte sie an der Kehle.

Und dann überfiel es sie mit der Wucht eines Bergsturzes: Sie war erst vor einem knappen halben Jahr von der Gestapo registriert worden, vor dem Hause ihres Vaters, von diesem Herrn Gerstner. Es war alles aufgeschrieben worden: Wenn sie der Polizei ein zweites Mal auffiel, war sie verloren! Nichts war in Ordnung: Dass sie überhaupt noch in Nürnberg war, war nicht in Ordnung; längst müsste sie im Osten sein, Aufräumarbeiten! Und das alles galt auch für Veronika – endlose Verhöre in den Kellern der Gestapo: Richter Rothaug –

Ein fertiger Grabkranz lehnte an der Wand. Die grausigen Gestalten des Dämonenbildes stiegen in ihr auf. Unzählige Hände griffen nach ihrem Leib; ihr Gesicht war ein einziger Hilfeschrei, ihre Augen flackerten wie irre Halt suchend durch den Raum –

Sie trafen auf die Augen von Walter Sorg.

Er ließ seine Augen in ihren ruhen. Hinter seiner Stirn begann es zu arbeiten, als suche er etwas zu begreifen.

»Ich glaube, man muss nichts überstürzen«, sagte er dann ruhig und schwieg eine ganze Zeit, in der man nur die Fliege hörte, wie sie immer und immer wieder, halb verrückt trommelnd, gegen die Scheibe schlug. »Polizei in einer Gärtnerei! Ich glaube nicht, dass das dem Umsatz zuträglich ist. Wir sollten das alleine regeln.«

Er stand mitten im Raum und sah auf einmal größer und bedeutender aus als sonst.

»Sag ich ja«, auch Herr Fritz richtete sich jetzt auf. »Was brauchen wir die Polizei? Ich gehe jetzt und durchsuche das Zimmer der Polacken. Dann wird alles klar. Wäre doch gelacht: Polizei! Weiber!«

»Das wirst du bleiben lassen«, Frau Fritz war die Ruhe in Person, »ich habe nachgedacht, sie waren seit heute Morgen nicht auf ihrem Zimmer. Sie haben gearbeitet, dann mit uns gegessen und wieder gearbeitet; keiner war auf dem Zimmer.«

Gärtner Fritz wurde unsicher: »Dann muss halt doch die Polizei.«

Isolde sah, wie es in Walters Kopf fieberhaft arbeitete und sich Falten quer über seine Stirn legten, dann ging er in den Vorraum hinaus, und man hörte ihn nach gar kurzer Zeit sagen: »He, ist das hier nicht ein Blumenstrauß? Kann vielleicht Geld in der Kasse sein für einen Blumenstrauß, der gar nicht verkauft worden ist?«

Er stand plötzlich wieder im Laden.

»Was für ein Blumenstrauß?«, fragte Frau Fritz. »Wüsste ich doch.«

»Hier, Pfingstrosen, fünf RM, oder nicht? Der steht nämlich draußen im Vorraum.« Zu den Pfingstrosen waren wie in Eile noch Nelken gebunden.

»Also das ist doch – schreibt dieses Weib Blumen auf, die es nicht verkauft.«

»Ich schreibe alles richtig auf.«

»Eben nicht. Erst neulich –«

Walter stand immer noch da wie einer, der alles im Griff hat: »Hat doch keinen Sinn, sich zu streiten. Hier sind die Blumen, die stelle ich wieder zurück in die Vase und morgen können sie verkauft werden.«

Frau Fritz blickte vom Strauß zu Walter und wieder zurück, aber sie sagte nichts.

Seltsam, als alles vorbei war, holte Herr Fritz die drei Fremdarbeiter herein. Und sie alle tranken am helllichten Tag Bier, als wäre nicht Krieg und als müsse sich Gärtnermeister Karl Fritz entschuldigen.

»Darf ich dich ein Stück begleiten?«

Besser nicht, dachte Isolde, deren Gefühl der Dankbarkeit überwältigend war. Gar nicht erst anfangen. Es ist zu gefährlich. Dankbarkeit ist gefährlich!

Aber Walter kam einfach mit.

Er schwieg lange Zeit und lachte sie dann fröhlich an: »Manches muss man nicht sagen, oder? Hätten dir die armen Fremdarbeiter nicht auch Leid getan?«

Aber da war ein forschender, fragender Blick, der ihr einen Stich versetzte und die Finger verkrampfte.

Freilich – die gute Tat verlangt nach einem Preis, dachte Isolde.

Aber sie wusste nicht, warum Walter draußen in Eile Blumen, die nicht zueinander passten, zu einem dicken Fünf-Mark-Strauß zusammengebunden hatte. Und sie dachte auch an das Gesicht der Gärtnersleute, als sie diesen Strauß sahen – Pfingstrosen und Nelken!

»Dein Strauß –«

Er lachte: »Ist ja wohl der hässlichste Strauß, den man in ganz Nürnberg kaufen kann, für sage und schreibe fünf Reichsmark.«

Er sagte nichts mehr und ging einfach neben ihr. Ein Junge und ein Mädchen, wie es Tausende gab.

Sie betrachtete ihren Retter genauer: Er war mager, deutlich größer als sie, mit kurzen, dunklen Haaren, die Nase etwas zu lang. Er hatte große, ruhige Hände und wirkte schon fast erwachsen. Sein Gesicht war eher bleich und etwas knochig. Eine Schönheit war er nicht, kein Junge für die NAPOLA, die Eliteschulen des Reichs, kein Junge, dem man ansah, dass er die hundert Meter in elf Komma nix lief oder den Speer über den halben Sportplatz warf, der dazu in Mathe und Deutsch eine Eins hatte und Geige spielte, dazu blondes Haar und blaue Augen, schlank, groß, breitschultrig, eben nordisch.

Das alles war er nicht. Aber er hatte ein so nettes Lächeln und einen warmen Glanz in den braunen Augen.

Und seine Augen hatten eine deutliche Sprache, die Isolde nicht verstehen durfte, aber doch verstand: Du gefällst mir, sogar sehr! Und ich habe dir gerne geholfen, und ich werde dir immer helfen!

Für sie hatte er den Strauß gebunden, nicht für die Polen! Und er fragte nicht weiter! Kein Wort: Wofür hast du denn das Geld gebraucht? Weshalb dieser entsetzliche Notschrei in deinen Augen?

Wartete er darauf, dass sie es ihm erklärte?

Aber er redete von ganz anderen Dingen.

Er redete davon, wo er wohnte – von einem alten Haus in

der Wunderburggasse, mitten in der Altstadt: »Weißt du, es ist gut fünfhundert Jahre alt, ein schmales Fachwerkhaus.« Er erzählte, wie er als Kind im Dachgebälk herumgeklettert war.

Das Herz schlug ihr. Große Wärme erfüllte sie: Sie fühlte sich immer mehr zu ihm hingezogen. Es war viel stärker als damals bei Guido. Sie fühlte ein ganz neues und unbekanntes Gefühl von Glück in sich aufsteigen.

Aber darüber legte sich wie Mehltau eine lähmende Angst: Es darf nicht sein – auf keinen Fall, schlag dir einen Freund aus dem Kopf! Verfolgte dürfen keinen Geliebten haben! Geliebte sind tödlich.

Das Eis war zu dünn, über das sie mit Veronika ging – es konnte kaum sie beide tragen, auf keinen Fall aber noch einen Dritten.

Seine Hand schob sich in ihre. Isolde zuckte zurück und hielt sie dann doch, zögernd, eine längliche, raue Hand, die ihr gleich so vertraut wurde –

Sie schwieg und sah ihre Pflänzchen vor sich, zarte, schlanke, winzige Wesen, die bereits ein eigenes Bett brauchten und Geduld, Fürsorge und Geborgenheit.

Dann ließ sie die Hand los. Obwohl alles in ihr drängte, sie festzuhalten.

Doch die Hand kam von selbst wieder, leise, sanft und bestimmt, und als sich ihre Hand wieder lösen wollte, gab die andere nicht auf, sondern fasste nach, behutsam, sicher, zuverlässig und warm und hielt fest.

Wunderburggasse – mein Ritter aus der Wunderburg!

Vor ihrer Wohnung wollte er sie küssen. Aber es war noch hell, und sie wusste nicht, ob Veronika unterwegs war und sie sehen konnte –

Die Nacht darauf lag sie lange wach: Es durfte nicht sein! Veronika würde es ihr streng verbieten.

Aber diese anderen Mädchen, diese Mädel, die keine Jüdinnen waren: Jede, jede würde sich freuen! Das sah man in den Filmen, das las man in den Büchern. So war es schon immer gewesen und es würde immer so sein! Warum denn nicht auch bei ihr?

Isolde Bauer dürfte einen Freund haben, überlegte sie weiter – aber sie war nicht Isolde Bauer, sie hieß nur so: Sie dachte es halb trotzig, halb traurig.

Walter kam am anderen Tag nicht in die Gärtnerei. Er hatte wohl wieder Dienst. Es gab jetzt sehr oft Fliegeralarm, sogar tagsüber.

Gleich in der Mittagspause ging sie zu ihrem Vater, halb rannte sie. Sie wusste, dass sie das nicht tun sollte am hellen Tag. Aber sie brauchte Rat.

Es waren nur sehr wenige Menschen in der Altstadt. Auf dem Markt sonnten sich die Pflastersteine, die Gasse mit dem Haus des Vaters lag still im Schatten der hohen Dächer, der Eingangsbogen schien sich zu öffnen.

Sie stand mit ihrem Papa im kühlen Innenhof. Die geschnitzten Galerien und Säulen schauten auf sie herab: »Du, Isolde? Das ist aber nett, am helllichten Tage!« Er schien heute kräftiger und redete keine wunderlichen Dinge.

Isolde spürte den winzigen Vorwurf, den er aber nie aussprechen würde.

»Es ist wichtig«, sagte sie.

»Was ist es denn?«

Sie sagte es.

Er schaute sie lange an und lächelte, wie er zuletzt vor langer, langer Zeit gelächelt hatte: »Du bist verliebt, na ja, warum nicht?«

»Aber Veronika –«

Er überlegte: »Lass Veronika, komm mit –«

Er führte sie hinaus auf die Gasse, den gelben Judenstern auf der Brust, zu einem Messingstift, der in das steinerne Torgewände eingelassen war.

»Du weißt, was das ist?«

Sie nickte: »Natürlich. Die Mesusa.«

Eine dünne Metallhülse, die jeder Jude an seiner Türe hat. Sie enthält einen schmalen, gerollten Pergamentstreifen, der in hebräischer Schrift die Liebe Gottes verkündet.

Ein Freund hatte sie dem Vater geschenkt, als Isolde noch klein gewesen war: Du bist Jude, ob jüdisch oder evangelisch, katholisch, buddhistisch oder muslimisch, du bist Jude, ob du es willst oder nicht. Der evangelische Vater hatte die Mesusa an der Türe angebracht, und er hatte sie auch nicht entfernt, als es gefährlich wurde, Jude zu sein.

»Die Liebe Gottes. Die ist das Wichtigste überhaupt, sie ist Teil jeder Liebe, auch deiner, wenn du Walter wirklich liebst. Das musst du natürlich erst herausfinden –«

Er schwieg und schaute ihr in die Augen: »Weißt du, ich habe jetzt viel Zeit nachzudenken. Es gibt nichts Wichtigeres als die Liebe.«

Isolde wurde plötzlich glühend rot.

Sie blieb stumm und schaute die Mesusa an, als läge dort die Lösung aller Probleme.

»Kind, man darf die Liebe nicht verbieten und auch nicht gegen sie ankämpfen. Aber, Isolde, sei vorsichtig. Du weißt, du hast eine große Verantwortung auch für Veronika. Du darfst das nie vergessen. Versprich es mir!«

So hatte Isolde plötzlich einen Freund, und eines Tages war Veronika sehr komisch zu ihr: »Man kann es mir doch sagen. Oder bin ich ein Unmensch?«

Der Vater hatte es ihr erzählt.

»Ach Veronika, er ist nett, so nett, wirklich! Es gibt keinen netteren Jungen auf der ganzen Welt.«

Veronika schwieg lange und sagte dann sehr ernst: »Du weißt, auch er ist tot, wenn sie Isolde Grünzweig finden.«

Isolde wusste es.

Wenige Wochen später erhielt ihr Vater auf grauem, amtlichem Papier zum zweiten Mal die Nachricht, dass er die Stadt verlassen musste, zu Aufräumarbeiten in Polen.

Juni 1943

»**Er ist weg,** endlich weg, dieser Kerl mit dem verlogenen Eisernen Kreuz«, sagte der Vater beim Mittagessen.

Hildegard wusste nicht, wer weg sein sollte und was das für ein Eisernes Kreuz war; vom Eisernen Kreuz wurde sonst nicht in Zusammenhang mit »verlogen« geredet: »Wer ist weg?«, fragte sie neugierig.

»Das geht dich nichts an«, sagte der Vater.

»Du musst nicht alles wissen, Hildegard«, warf die Mutter schnell ein, »Kinder müssen nicht alles wissen.«

»Ich bin kein Kind mehr, Mama.«

»Es sind Parteidinge. Geheim!«, entschied der Vater.

Wenn Parteidinge geheim waren, dann gab es nicht die geringste Möglichkeit, etwas herauszufinden. Aber warum redete er plötzlich mit Mutter über geheime Parteidinge. Sagte er nicht jede Woche mindestens zweimal: Streng geheim! Oder: Das geht dich überhaupt nichts an – Sache der Partei! Oder so ähnlich?

Sie aßen stumm weiter.

Natürlich wusste Hildegard: Geheim war geheim – da gab es nichts zu rütteln. Aber sie erinnerte sich plötzlich sehr dunkel an ein Gespräch vor langer Zeit: Damals war es nicht gelungen, jemanden wegzubekommen. Er hatte ein Eisernes Kreuz gehabt oder so ähnlich. Erschlichen hatte er es. War das nicht ein Jude gewesen?

Schon damals hatte sie diese Sache neugierig gemacht. Jetzt erinnerte sie sich immer genauer.

Richtig: Es war um entartete Kunst gegangen und um einen Juden. Von einer Lagerhalle am Bahnhof war die Rede gewesen. Was hatte ihr Vater denn um Himmels willen mit entarteter Kunst zu tun?

Und was hatte dieser Jude mit entarteter Kunst zu tun? Nun, Juden hatten mit entarteter Kunst sehr viel zu tun – entweder sie stellten sie selbst her als angebliche Künstler, um die Leute zu betrügen; oder sie betrogen ihre Kunden als Kunsthändler und verkauften ihnen das missratene Zeug.

Sollte sie den Vater einfach fragen?

Das ging natürlich nicht. Sie musste geschickt sein. Er durfte nicht merken, dass sie schon etwas wusste: »Gibt es in Nürnberg auch entartete Kunst? Picasso und so?«

Sie hielt diese Frage für sehr schlau.

Vater und Mutter fuhren vom Essen hoch, als wäre mitten im Zimmer eine Bombe explodiert.

»Was weißt du von entarteter Kunst, Hildegard?«, fragte der Vater mit rotem Kopf.

»Wie kommst du denn plötzlich auf entartete Kunst?«, fragte die Mutter und tastete nach ihrer Frisur.

Hildegard stocherte im Teller: »Was ist los? Wir haben bloß in der Schule darüber gesprochen. Man wird doch davon reden dürfen.«

»Aber so plötzlich«, der Vater hatte diese misstrauischen Falten auf der Stirn.

Irgendwo in der Stube lauerte ein Ungeheuer.

»Ich glaube kaum, dass es hier in Nürnberg noch entartete Kunst gibt«, sagte die Mutter mit fester Stimme, »die Museen hat man davon gereinigt, schon lange. Es dürfte hier nichts mehr geben. Warum fragst du?«

»Gründlich aufgeräumt mit diesem Dreck!«, sagte der Vater. »Ganz gründlich aufgeräumt!«

Hildegard wurde mutig. Es war ihr ja eigentlich gleichgültig. Aber wenn sie so geheimnisvoll taten damit!

»Und wenn es doch noch welche gäbe?«, fragte sie trotzig.

»Dann würde man diesen Schund verbrennen, kann ich dir sagen. Kurzerhand verbrennen.«

»Was ist das auf einmal mit dieser entarteten Kunst? Du hast doch sonst noch nie nach Kunst gefragt?«, sagte die Mutter immer noch misstrauisch.

»Och, wir haben bloß in der Schule davon geredet. Und Herr Schnitzbühler hat gesagt, dass die in der Schweiz einen Haufen Geld dafür bezahlen.«

»So, der saubere Herr bringt euch das bei!«, sagte ihr Vater wütend. »Ist wohl euer Kunstlehrer. Und hat er euch auch gesagt, dass die Schweiz verjudet ist? Ganz und gar verjudet!«

»Ich meine ja nur. Könnte man diese entartete Kunst nicht teuer in die Schweiz verkaufen und viel Geld dafür kriegen?« Hildegard war selbst überrascht.

»Schiebereien? Was! Womöglich Devisenschmuggel!« Der Vater war aufgestanden und sprach auf Hildegard herab: »Lernt ihr solchen Dreck in der Schule?«

Hildegard wurde verlegen: »So war das nicht gemeint.« Sie fand das sehr geschickt – so konnte sie von sich ablenken und von Herrn Schnitzbühler, der in letzter Zeit kein Wort von entarteter Kunst gesagt hatte. »Ich habe mir nur gedacht, wenn diese Dinge in der Schweiz so viel Wert sind, dann könnte sie doch der Staat verkaufen.« – Staat war immer gut – »Wir brauchen doch Devisen, heißt es dauernd.«

»Ja, wenn du das so meinst«, sagte der Vater, »aber du vergisst: Wir haben Krieg. Da geht das nicht.«

»Aber nach dem Krieg! Wann ist er denn endlich zu Ende?«

»Der Heldenkampf unseres Volkes. Der Endsieg dauert eben seine Zeit. Alle müssen Opfer bringen.«

Das hörte sie jeden Tag. Und dazu ständig Fliegeralarm – immer öfter, fast jeden Tag! Am besten, man schlief gleich im Keller! Und wenn man Rundfunk hörte, so war es der Onkel Baldrian auf der Welle für Flak-Batterien, der mit ruhiger Stimme – daher sein Spitzname – Positionen von feindlichen Bombern durchgab.

»Wann kommt denn endlich der Endsieg?« Sie redeten alle plötzlich nicht mehr vom Sieg, sondern nur noch vom Endsieg; das klang, als könnte es noch viele Jahre dauern. »Zuerst hat es Blitzkrieg und Blitzsieg geheißen«, maulte sie.

»Und Helmut?«, fragte die Mutter besorgt.

»Hört jetzt endlich auf«, sagte der Vater zornig.

»Nichts mehr von entarteter Kunst, bitte, kein Wort mehr, Hilde, ist das klar?«, zischte die Mutter.

Aber gerade das brachte Hildegard auf keine anderen Gedanken.

*

UNSERE MAUERN BRECHEN, UNSERE HERZEN NICHT, las Isolde. Ihre Augen hingen an der Schrift auf der Betonwand. Sie war ungelenk in großen Buchstaben mit weißer Ölfarbe an die Wand im Inneren des Bunkers geschrieben und leuchtete aus dem Dunkel: *UNSERE MAUERN BRECHEN, UNSERE HERZEN NICHT*. An vielen Stellen war die nasse Farbe in Schlieren nach unten gelaufen, schmale, zitternde Rinnsale.

Wimmern im trüben Bunker: Eine junge Frau hielt in den Armen ein Mädchen von vielleicht zwei Jahren. Das

Kind schien geborgen, aber die Frau wurde von Weinkrämpfen geschüttelt. Sie weinte in langen Tönen, eine dünne, hohe Stimme wie die eines sehr kleinen Kindes. Die vielen Frauen, Kinder und alten Männer saßen eng zusammengedrückt wie in einem Eisenbahnzug auf Holzbänken, stumm, wartend. Das heulende Auf und Ab der Sirenen, das die Menschen hierher gebracht hatte, verstummte plötzlich, als hätte ein weidwundes Tier aufgehört zu schreien.

Das Kind schlief. Isolde drückte sich in den Schatten hinter einem Holzregal mit Eimern, die der Schein der drahtvergitterten Bunkerlampen kaum erreichte.

Zu der Angst, die alle erfasste in diesem Raum, kam bei ihr noch diese ganz andere, von der niemand wissen durfte. Die Panik stand heute vor ihr wie ein Riese und griff nach ihr wie mit Fäusten. Weil ihr Vater abtransportiert worden war? Weil sie Walter nichts sagen durfte? Weil sie sich schuldiger fühlte denn je, Isolde Bauer zu sein?

Isolde Grünzweig durfte sich an diesem Ort nicht aufhalten. Es war Juden verboten, ihr Leben zu schützen. Es gab keine Luft zum Atmen für sie, hier, wo sich die Menschen drängten wie Ratten auf einem Brett. Das Feuer war eine gierige Macht und fraß aus der Luft allen Lebensstoff heraus, fraß ihn den Menschen weg, verwandelte ihn in giftiges Gas; und die Menschen schliefen ein, wo sie gingen und saßen, und erwachten nie mehr, ihre Gesichter aufgeschwollen und verfärbt wie reife Kirschen.

Deshalb musste sie Isolde Bauer sein.

Sie umklammerte ihre Schultern mit den Armen, während sie das schlafende Kind und seine weinende Mutter betrachtete, eine junge Frau in einem dunklen Umschlagetuch, die ihr Gesicht in ihr Kind hineinzudrücken schien, als fände sie bei ihm Schutz.

Isolde presste die Stirn an einen Holzbalken, bis es wehtat, und presste immer weiter.

Aber sie sollte sich gar nicht in die dunkelste Ecke verkriechen: Lass das, du machst dich nur verdächtig!, sagte Veronika immer, die sich einfach auf eine Bank setzte wie alle anderen, eine große Einkaufstasche mit einigen wichtigen Sachen vor sich auf dem Schoß.

Aber ich bin schuldig! Mein Vater musste den Viehwaggon allein besteigen, als hätte er keine Tochter.

Ich war Isolde Bauer.

Schuld und Angst – eine furchtbare Mischung!

Es war jetzt atemlos still im Bunker, auch das Flüstern hatte aufgehört. Es war die Zeit nach dem Alarm, aber es gab noch keine Entwarnung. Bald würde sich zeigen, ob es einer der vielen Fehlalarme war, der feindliche Einflüge in das Reich registrierte, den Zielpunkt aber noch nicht sicher ausmachen konnte.

Aber da war schon ein Bellen zu hören – die Flak begann zu schießen. Es wurde ernst für die Stadt Nürnberg und die Menschen darin, gleichgültig ob arisch oder jüdisch –

Isolde begann zu zittern, obwohl sie das alles schon oft erlebt hatte. Niemand gewöhnte sich daran.

Jetzt drang ein stetiges Dröhnen ins Bewusstsein, das aus der niedrigen Decke, der Luft und dem Boden zugleich zu kommen schien, jede Faser im Raum vibrierte. Alle im Bunker duckten sich, als es anschwoll wie bei einem einfahrenden Zug und sich gleichzeitig schwer wie eine geballte Faust auf den schwarzen Raum legte –

Da! Mit einem Schlag wurde es überschrien von einem vielstimmigen Jaulen und Pfeifen, dem schrillen Höllenkonzert einer tausendrohrigen, dämonischen Orgel, einem heulenden Schwirren wie von Rieseninsekten – und da:

Wumm! Krach! – die ersten Einschläge, die den Beton zum Leben erweckten, ein aufeinander folgendes, rasend näher kommendes Krachen, das zu einem Dröhnen zusammenwuchs; dazwischen Weinen, Beten: Mutter der Barmherzigkeit, Wimmern: Mammele, hilf doch. Das Licht! Zwei-, dreimal flackerte es. Dann glomm es rötlich wieder auf. Jeder Blick haftete an den flachen Bunkerlampen, als glühten in ihnen die Lebensfäden der Menschen. Im Halbdunkel stand wieder überdeutlich an der Wand: *UNSERE MAUERN BRECHEN, UNSERE HERZEN NICHT*. Jetzt eine schmetternde Entladung, der Bunker schüttelte sich, als wolle er alles Leben auswerfen. Dann plötzlich Nacht! Das Kind schrie maßlos, nicht mehr wie ein menschliches Wesen.

Dann war es vorüber. Stille. Die Bunkerlampen flackerten und verbreiteten wieder ihr trübes Licht. Die Menschen saßen, wo sie vorher gesessen hatten, aufrecht, ernst, starr und steif wie auf einer alten Photographie.

Eine elegante blonde Frau, den Kragen ihres Mantels trotz der Hitze im Bunker hochgeschlagen, saß nicht weit von Isolde und tastete nach ihrer Frisur; neben ihr war ein Mädchen in Isoldes Alter, ähnliche Größe, noch kindliches Gesicht, blonde Haare – Mutter und Tochter, die sich an der Hand hielten.

Wie lange hatte es gedauert? Stunden, Minuten, nur Sekunden? Isolde hätte keine Antwort geben können.

Dann standen die Leute auf und begannen wieder zu reden. Viele konnten gar nicht mehr aufhören.

Andere blieben stumm: Was war draußen? Jeder konnte alles verloren haben in den letzten Minuten.

Das fremde Mädchen drängte sich neben Isolde zum Ausgang. Sie wurden eng zusammengepresst, denn jeder wollte auf einmal nur noch hinaus, als müsse man draußen Schutz vor der Nacht des Bunkers suchen.

Die junge Frau lachte ihrem Kind zu und hatte auf einmal ein uraltes Gesicht.

Die beiden Mädchen waren aneinander gequetscht und starrten sich an, Auge in Auge, ein blondes Mädchen und die schwarzhaarige Isolde.

Isolde schlug die Augen nieder vor plötzlich wieder aufflackernder greller Angst und blickte dann mit Gewalt auf, voll Zorn darüber, dass sie sich so sehr von Angst hatte beherrschen lassen.

Wofür sollte ich mich denn schämen vor diesem Mädchen da?

Die Straße war voller Qualm – ganz nah brannte ein Haus. Seine Fassade war von einer Bombe aufgerissen, die seinen lodernden Inhalt qualmend auf die Straße geschüttet hatte wie die rauchenden Eingeweide eines aufgeschlitzten Tieres.

Das war der große Einschlag, den wir gehört haben, dachte Isolde entsetzt; ein Volltreffer, eine Zehn-Zentner-Bombe. Hoffentlich war keiner im Keller – einen solchen Volltreffer überlebte niemand. Die Häuser zerbarsten vom Dach durch alle Geschosse in den Keller hinab und bis in den gewachsenen Grund hinein, als schlüge ein Stein durch Eierschalen.

Unsere Mauern brechen, unsere Herzen nicht! Isolde wusste plötzlich, dass diese weiße Schrift im Bunker verlogen war wie alles.

Die beiden Mädchen waren durch das sich auflösende Menschenknäuel getrennt worden. Aber das blonde Mädchen hatte seinen Blick nicht von Isolde gelöst. Diesen eigenartig forschenden Blick, den Isolde so sehr fürchtete.

Und sie sah, als sie sich umdrehte, dass das blonde Mädchen sich auch umgedreht hatte und ihr nachblickte.

Warum starrte dieses Mädchen hinter ihr her? Warum wandte sie sich nicht wie alle dem im Feuer dröhnenden Haus zu? Hatte sie Verdacht geschöpft? Aber das war ganz unmöglich. Veronika hatte Recht: Wer in der ganzen Stadt Nürnberg sollte ihr ansehen, dass sie eine Jüdin war?

Oder stand ihr die Schuld ins Gesicht geschrieben, weil ihr Vater vor einigen Tagen, am 18. Juni 1943, geholt worden war und abtransportiert – in einem Viehwaggon! Sie würde diesen Tag nie wieder vergessen.

Von den Viehwaggons, in denen die Juden geholt würden, hörte man in der ganzen Stadt. Niemand hatte es gesehen, jeder flüsterte davon. Zwar hatte Veronika gesagt: Hör nicht auf das Geschwätz der Leute! Aber sie erfuhr viel auf ihrer Behörde, und Isolde sah ihr an, dass es so war –

Von dem brennenden Haus löste sich jetzt ein großes Stück eines Giebels und stürzte krachend und Funken sprühend auf die Straße. Die Leute drängten auseinander, ein glühend heißer Schwall aus Qualm und Gestank traf Isolde ins Gesicht. Sie wich unwillkürlich ein paar Schritte zurück.

Es war kein großer Angriff gewesen, allerdings waren einige Bomben nah bei ihrem Bunker gefallen und hatten mehrere Häuser getroffen, von denen nun schneller, dichter Rauch aufstieg.

Hätte der Bunker selbst, ein massiger, runder und spitz zulaufender Betonturm, einen Volltreffer bekommen wie das Haus: »Niemand könnte sagen, was dann geschehen wäre.« So hörte Isolde die Leute um sich herum reden. »Alle tot wären wir!«, sagte ein Mann.

Aber niemand sagte, was auch Isolde dachte: Sie fliegen

ihre Angriffe schon am helllichten Tage! Sie haben keine Angst mehr vor der deutschen Luftabwehr.

Jeder wusste, dass der Krieg verloren war und beendet werden müsste, weil es sinnlos und ein Verbrechen ist, einen verlorenen Krieg weiterzuführen.

Aber wer aussprach, was alle dachten, verlor sein Recht auf Leben und wurde von der willfährigen Justiz dieses Reiches, wie dem Nürnberger Richter Dr. Rothaug, verurteilt – und von seinen Henkern geköpft.

Und so sagte es niemand.

Und deshalb konnten die, welche den Krieg angefangen hatten und nun zu feige waren ihn zu beenden, ihn immer weiterführen.

Waren Bomben auch auf die Altstadt gefallen? Isolde hoffte vor allem für ihren Vater, dass die Nürnberger Altstadt unverschrt bleiben würde. Schrecklich, sich vorzustellen, wie ihr Vater aus Polen zurückkommen würde, und die Altstadt wäre vernichtet wie die in Köln oder bereits in sehr vielen anderen deutschen Städten.

Aber es schien tatsächlich, als machten die Flugzeuge einen Bogen um dieses herrliche Kleinod: Die Alliierten werden die Altstadt nicht angreifen, hatte ihr Vater gesagt, sie werden eine der schönsten Städte der Welt nicht zerstören! Sie gehört ja allen, auch ihnen.

Es war Isolde, als schlösse sich die warme Hand des Vaters um ihre, als sie die Altstadt durch das Tiergärtner Tor betrat. Die Sonne lag noch unnatürlich grell auf den Giebeln, und der Torturm warf einen langen Schatten auf den Platz, der sich nach dem schwarzen Torweg vor ihr auftat. Isolde hielt kurz inne. Dunkel unter den hellen Giebeln öffneten sich Gassen nach allen Seiten – hinauf zur Burg, hinüber zum Rathaus, hinab zur Pegnitz und dem wunderlich verdeckten Henkersteg.

Die Sorge um den evakuierten Vater ließ ihr Herz einen Augenblick heftig schlagen und verkrampfte es schmerzhaft: Papa, ich konnte dich doch nicht begleiten.

Die alte Stadt war jedes Mal wie eine andere Welt, eine andere Zeit – eine märchenhafte Welt, die er so sehr liebte, eine Welt, ohne die er nicht leben wollte und wegen der er seine Freiheit riskierte, als er jede Flucht aus Deutschland verschmähte. Hier war er so gerne mit ihr gewesen.

Zögernd ging sie weiter.

Kein Rauch, keine Flammen. Wieder hatten die Bomben dieses Märchenreich aus Wunderdächern, Dornröschenmauern, Heldenzinnen, Zaubertürmen, Lebkuchenhäusern und segnenden Heiligen verschont – auch die Wunderburggasse –

Es war still, kaum jemand in den Gassen. Es schien, als ducke sich jeder vor dem nächsten Angriff, der noch am Abend, vielleicht erst in der Nacht seinen Zorn über der Stadt entladen würde. Doch die Menschen versteckten sich dort, wo sie schon immer Geborgenheit gesucht hatten: in ihren Wohnungen.

Wie eine Hagelwolke hingen die Bomben über den Türmen und wunderlich steilen Dächern der alten Stadt. So sah Isolde auch jetzt im letzten Sonnenlicht wie Flammen die vergoldeten Knäufe und verschnörkelten Wetterfahnen über den Türmen der Burg. Auf den nahen Türmen der Sebalduskirche standen die goldenen Hähne und auf den Ecktürmen des Rathauses die goldenen Sterne und Kugeln. Sie sah die schwarzen Holzchörlein, die kleinen Erker, die sich an die Fassaden der Häuser klammerten, als könnten sie herabfallen.

Dann stand sie vor dem Haus ihres Vaters, das hoch und dunkel über dem Pflaster der Gasse aufragte. Bis zu ihrem siebten Lebensjahr hatte sie hier gewohnt mit Papa und Mama, man hätte es sich gar nicht anders denken können.

›Familie Dr. Sebastian Grünzweig‹ hatte auf dem Türschild gestanden. Und Mama war nun schon seit fünf Jahren in Amerika, und seit Kriegsbeginn wusste man nichts mehr von ihr.

Ihren Vater hatten sie letzte Woche geholt – da hatte auch kein Eisernes Kreuz mehr geholfen – und in den Osten abtransportiert zu Aufräumarbeiten. Sie stellte sich den feingliedrigen Mann mit dem weißen Haar und seiner Brille vor, wie er eine Schubkarre schob –

Abtransportiert wie Schlachtvieh in einem Viehwaggon!

Isolde wurde starr vor Grauen, wenn sie daran dachte. Und Isolde Bauer hatte ihn nicht begleitet –

Sollte sie noch einmal hineingehen? Die seltsam verschnörkelte, geschnitzte Haustüre schien sie einzuladen wie immer. Aber als sie die Klinke herunterdrückte mit einem Blick über die Schulter, ob jemand sie beobachtete, war sie verschlossen.

Sie sah sich durch einen dunklen Gang unter dem Vorderhaus hindurch zum Innenhof gehen, der von hohen, kunstvoll geschnitzten Holzgalerien umgeben war. Es gab Hunderte solcher Innenhöfe im alten Nürnberg, der Stolz der Stadt. Ganz still war es hier. Vom Hof führte eine hölzerne Wendeltreppe hinauf zu den beiden Umgängen, wo sie als Kind immer gesessen war und gemalt hatte; denn Malen und Lesen waren ihre liebsten Beschäftigungen gewesen.

Da war auch der Blick aus dem Chörlein gewesen über der Gasse in das Gewinkel der engen Häuser.

Sie sah vor sich die große Halle mit den wunderlichen Malereien an den alten Balken, die sich im zweiten Stock öffnete und in der die große Kunstsammlung ihres Vaters hing – gehangen hatte!

Die wertvollsten, hatte der Vater gesagt, waren entartete Bilder, von Malern mit Namen, die man in der Schule nicht hörte, wie Klee, Marc, Nolde, Beckmann.

Isolde war vor zwei Tagen heimlich noch einmal in dem Haus gewesen, war wie ein Wesen von einem fremden Stern durch die Räume gegangen, durch ihr Kinderzimmer, vorbei an den Wänden, von denen sie noch Lachen und Weinen zu hören glaubte. Da war noch der fleckige Tisch, um den die Familie immer gesessen war, als es noch eine Familie gegeben hatte. Ein paar Stühle standen noch dort. Das meiste war aber schon ausgeräumt gewesen, denn bald würden neue Besitzer einziehen.

Ach, nur einmal wollte sie mit Walter über alle diese Dinge, die doch ihr Leben ausmachten, reden können! Sie würde ihn durch das alte Haus führen und ihm alles erzählen, ihr ganzes Leben –

Nur der Geruch war geblieben und hing noch in den Räumen.

Ein ohnmächtiger Zorn flammte in ihr auf. Die Bilder ihres Vaters waren plötzlich verschwunden. Sie hatten nicht zum erzwungenen Verkauf des Hauses gehört. Der Vater hatte sie Veronika, als Vertreterin des Wohnungsamtes, zur Aufbewahrung gegeben. So war es mit denen vereinbart worden, die ihm das Haus für einen lächerlichen Betrag weggenommen hatten.

Aber kein einziges Bild war mehr da gewesen, als Veronika vor einigen Tagen mit einer Bekannten gekommen war, um sie zu holen.

Tränen traten Isolde in die Augen, als sie den Schlitz im Türpfosten sah, grob ausgebrochen und frisch mit Kitt verschmiert. Hier war bis vor wenigen Tagen die Mesusa eingelassen gewesen wie in allen Türpfosten der Juden –

Dass sie Jüdin war, hatte sie als Kind kaum gewusst und noch weniger beachtet. Sie hatte eigentlich nur von den Großeltern und einigen Vettern und Tanten gewusst, dass sie Juden waren. Es war davon geredet worden, wie man über Verwandte eben zu reden pflegt: Der hat sich ein Haus gebaut, der heiratet nächsten Monat, deine Großeltern sind Juden, der ist gestorben.

Sie hatte kaum gewusst, was das war – Juden.

Waren sie Angehörige einer Religion? Die meisten Juden waren es – die Religion des Alten Testaments, von dem alle Juden herkamen. Aber auch die Christen kamen vom Alten Testament her, und Isolde war wie ihre Eltern evangelisch. Waren sie ein Volk? Sie war wie alle Juden, die sie kannte, eine Deutsche. War sie das? Oder war nur noch Isolde Bauer eine Deutsche?

Waren die Juden eine Rasse, wie die Nazis sagten? Die Juden, die sie kannte, unterschieden sich kaum von anderen deutschen Bürgern –

Erst 1933, als sie sieben war und plötzlich alle Welt über Juden geredet hatte und an den Schaufenstern geschrieben stand: *Kauft nicht bei Juden!*, und sie an die Tafel treten musste und die Lehrerin sie der Klasse zeigte und sagte: Das ist eine Jüdin – und sie sehr geweint hatte –, erst da war es richtig in ihr Bewusstsein gedrungen, dass sie eine Jüdin war.

Seitdem wurde sie jeden Tag, der sie mit forschenden Blicken, schrecklichen Nachrichten von Deportationen und Arisierungen und Gerüchten über Lager und Verhaftungen ängstigte, mehr eine Jüdin, als würde sie vom Unglück ihres Volkes angezogen wie von Licht.

Aber sie hieß ja Isolde Bauer und hatte ihren Vater nicht begleitet –

Es wurde Nacht – Verdunkelung, kein Licht drang aus den Häusern, kein Licht brannte in den Straßenlaternen.

Mein Gott, wie wäre alles, wenn meine Mutter die Notbremse hätte ziehen können? Oder wenn ich nicht ausgestiegen wäre!

In der breiten Betonsäule auf dem Hauptmarkt, die ihn schützen sollte, schlief der Schöne Brunnen wie eine kostbare Steinblume im Märchen und wartete auf Erlösung.

»Isolde, du solltest nicht mehr dorthin gehen. Es macht dich traurig, und es ist gefährlich. Du warst jetzt jeden Tag dort, seitdem sie deinen Vater geholt haben.«

Isolde schwieg. Veronika hatte Recht, das wusste sie. Aber wo konnte sie ihrem Vater näher sein als in seiner geliebten alten Stadt und seinem geliebten alten Haus?

Ihr Vater hatte so still dort gelebt. Er hatte seit seiner Entlassung als Redakteur ruhig gearbeitet, als sei die Welt, in der er zu Hause war, eine ganz andere, eine heile Insel der Kultur inmitten des braunen Sumpfes, durch den er den gelben Judenstern trug.

Sie fuhr sich über die Stirn: »Ich habe an die Bilder meines Vaters gedacht, irgendwo müssen sie doch geblieben sein.«

»Futsch, weg, gestohlen, wahrscheinlich verbrannt, was weiß ich. Denk nicht so viel. Es hat keinen Sinn. Kaum noch etwas hat einen Sinn. Wichtiger ist, ob heute Nacht wieder Fliegeralarm ist.«

Veronika hatte die Arme auf den Tisch gestemmt und

Isolde angeschaut. Ein weicher Ausdruck erschien auf ihrem Gesicht: »Dass sie dich nur nicht erwischen! Du siehst deinem Vater so sehr ähnlich, dass wir froh sein müssen, dass du kein Junge bist.«

»Warum?«

»Na, bei Mädchen fällt die Ähnlichkeit zu einem Mann nicht auf. Wenn du deiner Mutter ähnlich sehen würdest und sie wäre hier, dann wäre es schlimmer. Aber sie sehen in dir nicht deinen Vater.«

Sie war immer wie ihr Vater gewesen. Die Mutter hatte es festgestellt bis zum Überdruss: Ganz der Vater mit dem schmalen, hohen Kopf, der schmalen, ganz leicht gebogenen Nase, der etwas vorstehenden Oberlippe, den großen, dünnen Ohren, dem schmalen Körper und den langen Händen.

Und auch in anderen Dingen war sie ihm ähnlich.

»Nur die Haare«, fuhr Veronika fort, »die waren bei ihm immer anders, feiner, dünner; du hast die Haare deiner Großmutter, dicht, dunkel, fest, lang, schwer und mit einem leichten Schimmer darin – sehr apart!«

»Wird er wiederkommen?«

»Dein Vater? Freilich wird er wiederkommen. Sie benutzen die Juden für Sklavendienste im Osten – aufräumen in Polen, Straßenbau für den Nachschub nach Russland. Sie haben Lager gebaut, in denen alle Insassen für die Rüstung arbeiten müssen. So wie die Fremdarbeiter in deiner Gärtnerei. Nicht nur Juden, auch Arbeiter aus Polen, Russland, der Tschechoslowakei, Politische und auch Verbrecher. Das weißt du doch alles längst.«

Isolde stocherte schweigend in der dünnen Suppe herum, die von Veronika halb entschuldigend auf den Tisch gestellt worden war. Man hatte auch andere Dinge gehört von diesen Lagern im Osten.

»Wie lange wird der Krieg noch dauern?«

Die Alliierten waren jetzt, im Sommer 1943, an allen Fronten auf dem Vormarsch und würden irgendwann an der Atlantikküste landen und schließlich in das Reich eindringen. Aber das konnte noch Jahre dauern. Und was dann? Würde Hitler dann endlich, endlich aufgeben?

Sagen aber durfte das niemand: Der Blockwart schläft nicht, er schläft nie!

Veronika lenkte ab: »Dein Vater war ein Narr, dass er nicht längst geflohen war wie die meisten anderen und wie deine Mutter. Und du bist ja auch nicht bei deiner Mutter geblieben.«

Sie schaute Isolde an, halb ärgerlich, aber mehr noch bewundernd.

Und Isolde Bauer ist nicht mit dem Vater in den Osten gegangen, dachte Isolde. »Du bist doch auch hier –«

»Das ist etwas anderes. Wer soll denn auf dich aufpassen? Wenn dein Vater rechtzeitig gegangen wäre – aber er hat es nicht geschafft: Ich bin ein Deutscher, hat er immer gesagt. Du hättest einmal sehen müssen, mit welchem Stolz er früher das Eiserne Kreuz herumgezeigt hat.«

Isolde konnte sich noch gut daran erinnern, wie er immer sagte: Mein Urgroßvater ist evangelisch geworden, meine Großmutter war Jüdin, also jüdischen Glaubens, aber Schweinefleisch haben sie beide gegessen.

Katholiken, Protestanten, Franken, Sachsen, Schwaben, Juden – alles Deutsche, hat er gesagt.

»Du kannst dir nicht vorstellen, mit welcher Begeisterung er freiwillig in den Krieg gezogen ist. Ich weiß noch genau, wie stolz er überall in seiner feldgrauen Uniform herumstolziert ist.

Es war aber nicht die Begeisterung für den Krieg. Das

erste Mal in der Geschichte sei es, hat er gesagt, dass Juden an der Seite von Deutschen im Krieg das Vaterland verteidigen dürften; jetzt sei endgültig Schluss mit allen diesen schrecklichen Verfolgungen, jetzt gehörten endlich alle zusammen! Na, wie gründlich er sich da getäuscht hat.«

»Er ist auch wegen Nürnberg dageblieben«, sagte Isolde leise. »Er könne sich nicht trennen von dieser herrlichen Stadt. Ich habe oft gehört, wie er das zu Mutter gesagt hat: Sie sei wie Rom, Paris, Venedig oder Florenz, sie sei ein Kleinod, ein Geschenk der Geschichte an die ganze Menschheit. Die Nürnberger Altstadt gehöre nicht nur den Deutschen. Und es sei, als müsse die Stadt untergehen, wenn man sie verlasse. Oder hatte er gesagt: Wenn man sie den Nazis überlasse?«

»Er ist ein Narr«, sagte Veronika. »Aber ich mag ihn und habe ihn immer gemocht.«

»Wer kann Interesse an Vaters Bildern haben?«

»Niemand, Isolde, die gelten als entartete Kunst. Jetzt hör auf.«

»Aber die Bilder sind weg. Da muss sie doch jemand geholt haben!«

»Verbrannt wird man sie haben, vielleicht die Gestapo –«

»Es heißt, im Ausland seien solche Bilder sehr viel wert. Ich habe das gehört, als wir noch in Wien waren. Da hat mir Mutter einmal in einer Galerie ein Bild von Beckmann gezeigt, Vater hatte zwei ganz ähnliche – ich glaube, es kostete Tausende von Mark.«

»Was nützt das uns?«

»Vater hat auch Bilder von Kandinsky und vielen anderen, die sind in der Schweiz oder in den USA sehr viel Geld wert.«

»Und wie bringst du sie da hin? Dein Vater würde kein einziges Bild jemals verkaufen. Das weißt du ganz genau.«

»Nicht er und nicht wir. Aber der, der sie gestohlen hat.«

»Im Krieg?«

»Nach dem Krieg. Sehr lange kann der ja nicht mehr dauern.«

»Du weißt, dass du das nie sagen darfst. Sie ertragen das Ende nicht, statt Ende sagen sie Endsieg.« Veronika war aufgestanden. »Sie sagen auch nicht Friede, sie sagen Endsieg. Ist dir das schon aufgefallen?«

»Stalingrad«, sagte Isolde leise.

»Es ist jetzt schon Monate her seit Stalingrad, geht aber immer weiter. Es mag schon sein, dass die Bilder einen großen Wert haben, wenn man Kunst einmal nicht mehr durch die braune Brille sieht, auch in Deutschland.«

»Das meine ich ja«, sagte Isolde aufgeregt, »da kann sie doch einer gestohlen haben. Nach Kriegsende kann er sie teuer verkaufen – Hunderttausende, Vater hat es doch gesagt! Deshalb sollte man den Dieb finden. Es wird doch auch einmal in Deutschland wieder Gerechtigkeit geben. Wenn Vater dann zurückkommt aus dem Osten, findet er sie vielleicht schon wieder am alten Platz.«

In der Nacht lag Isolde lange wach. Es gab schreckliche Gerüchte aus dem Osten, von denen man in der Gärtnerei hörte: Es sei nicht so, wie in den Zeitungen stand und wie man im Radio hörte, dass die Juden im Osten beim Wiederaufbau eingesetzt würden. Das erzähle man nur der Bevölkerung. Und man erzähle es den Juden, damit sie leichter in die Viehwaggons gebracht werden konnten.

In Wirklichkeit sei alles anders. Nur wie, davon erfuhr man nichts – kein Wort. Und das war viel furchtbarer. Denn die Phantasie malte nächtelang grausige Albträume in das Dunkel des Zimmers.

Sie wollte fast mit Gewalt nicht daran denken. Aber die quälenden Gedanken verbanden sich mit dem Schuldgefühl und bohrten sich fest und kamen im Augenblick des Einschlafens wieder über sie. Sie nisteten sich in die Träume ein, wenn sie schlief, und weckten sie und ließen sie in die Nacht starren, bis das ganze Zimmer von lauter Ungeheuern bevölkert war.

Aber sie durfte sich nicht verrückt machen lassen! Das Leben war auch so schwer genug. Ja, der Vater würde schlecht behandelt. Er war sicher sehr schlecht, sogar jämmerlich untergebracht. Aber er war mit vielen anderen Juden zusammen, da konnte es nicht ganz schlimm werden. Und sie brauchten alle Arbeitskräfte, da die eigenen Leute ja im Krieg waren und sie von Tag zu Tag größere Verluste hatten.

Es gab wie in jedem Krieg eben auch die Propaganda der Feinde! Was hatten die Belgier und die Franzosen im Weltkrieg nicht alles für Schauermärchen über die Deutschen erzählt! Sogar, dass sie den kleinen Kindern der Feinde die Hände abhacken würden.

Der Vater war damals verwundet worden bei Ypern in Flandern und bei St. Quentin in Frankreich, und er war mit dem Eisernen Kreuz ausgezeichnet worden.

Viele von uns bekamen es, hatte er gesagt – besonders viele Juden. Und darauf waren wir gewaltig stolz, gerade weil wir Juden waren, auch die, welche wie ich nicht mehr der jüdischen Religion angehörten.

Aber wir haben den Krieg sauber geführt, nichts von Frauenvergewaltigen oder Händeabhacken. Das war alles nur die Propaganda des Feindes.

Freilich, die Nazis waren schrecklich, rücksichtslos, ohne jede Moral. Das sagten sie sogar offen. Aber sie waren immer noch Menschen aus Fleisch und Blut und keine Nachtgespenster oder böse Drachen.

Klar, er würde sehr wenig zu essen bekommen, nur das Allernotwendigste. Er wäre noch viel dünner, wenn er wiederkam – ein Streichholz mit dürren Armen und Beinen, über das man herzlich lachen musste. Sie sah ihn vor sich: Ausgemergelt, die Ohren in dem dünnen Gesicht noch größer als sonst. So dünn, dass sein Mund und seine Zähne viel größer wirkten. Seine Haare wären ganz schütter und der Spitzbart viel weißer und lang wie bei einem Tataren.

Aber sie und Veronika würden ihn schon wieder aufpäppeln. Und er würde wieder im alten Hause wohnen, das sie ihm zurückgeben müssten – das war ja keine Frage! In Deutschland würde es wieder Gerechtigkeit geben. Lange konnte der Krieg nicht mehr dauern. Vielleicht käme dann sogar Mama wieder zurück aus Amerika.

Nein, das glaubte Isolde eigentlich nicht.

Sie seufzte.

Aber die Bilder! Was wäre seine Rückkehr, wenn er seine geliebten entarteten Bilder, wie er immer sagte, nicht mehr vorfinden würde!

Sie musste es schaffen: zuerst die Bilder. Das würde ihre Schuld abtragen!

Später käme das Haus dazu, die Märchenstadt Nürnberg – das Leben würde wieder schön werden.

Und mit Walter!

Juli 1943

Längst gab es nur noch wenige Kinder für die Jungmädelstunden. Denn viele Vierzehnjährige waren mit der Kinderlandverschickung irgendwo in einem Dorf, wo man sicher war vor Terrorangriffen – es gab fast jeden Tag Fliegeralarm.

Und da war dieses Mädchen, das Hildegard vor vierzehn Tagen im Bunker gesehen hatte!

Sie hatte sie ihrer Mutter gezeigt: Die kenne ich noch aus der Grundschule.

Das war etwa 1933 gewesen, vor zehn Jahren, sie war damals erst sieben Jahre alt, aber sie glaubte sich zu erinnern, dass sie sogar in denselben Kindergarten gegangen waren. Wie hieß sie doch? Irgendetwas mit Grün. Zur Zeit der Machtergreifung 1933 gingen sie in die zweite Klasse, Klasse 2b, eine lange Zeit, um sich an ein Gesicht zu erinnern, doch sie erinnerte sich noch sehr gut.

Die Lehrerin hatte genau dieses Mädchen an die Tafel gerufen, wo sie stehen bleiben musste, und hatte gesagt: Seht, das ist eine Jüdin, Kinder, schaut her, so sehen Juden aus! Merkt es euch gut fürs ganze Leben, die Juden sind schlecht.

Im April nach der Machtergreifung waren dann an allen jüdischen Geschäften SA-Männer gestanden mit großen Schildern: *DEUTSCHE! KAUFT NICHT BEI JUDEN!*

Auch ihr Vater hatte da gestanden mit seiner braunen Uniform und Plakaten um den Hals, eines auf der Brust und eines auf dem Rücken. Sie erinnerte sich noch gut. Ihr Vater als Plakatsäule! Doch die Uniform hatte ihm blendend gestanden, das Braun zu seinen blonden Haaren und blauen Augen, dazu die schwarz-weiß-rote Armbinde mit dem Hakenkreuz!

Das Mädchen an der Tafel, an das sich Hildegard erinnerte, hatte sehr geweint. War es nicht zuerst eigentlich ganz nett gewesen? Erst war es tapfer dagestanden und hatte geschluckt, sehr bleich unter seinen schwarzen Haaren. Eigentlich hatte ihr die Mitschülerin Leid getan, wie sie so mutterseelenallein da draußen stand vor der Klasse, und wie alle sie auslachten. Als dann auch noch die Lehrerin lachte, hatte sie von einem Augenblick auf den anderen geschluchzt und herzzerreißend geweint und nicht mehr aufgehört.

Auch als die Lehrerin ihr wieder erlaubt hatte, sich an ihren Platz zu setzen, hatte sie nicht aufgehört; sie hatte den Kopf auf die Arme gelegt und immer weiter geweint und geweint.

Hildegard wäre gerne zu ihr hingegangen, hätte den Arm um die Schülerin gelegt und sie getröstet.

Aber als das Wort Jude gefallen war, hatte das Mädchen plötzlich ganz anders ausgesehen. Es war ein bisschen so, als hätte das Mädchen eine Krankheit gehabt oder so ähnlich. Es war gefährlich, sich mit so einer einzulassen. Alle würden einen auslachen. Auch die Lehrerin lachte ja.

Es war übrigens nicht wirklich zu erkennen, dass das Mädchen eine Jüdin war, jedenfalls nicht nach dem, was sie in der Schule darüber lernten. Das Gesicht war schmal und sehr fein, die Nase fast unmerklich gebogen, aber man konnte es kaum sehen. Es gab Kinder, die viel krummere Nasen hatten und auch schwärzeres Haar.

Die Lehrerin hatte dann das Wort *JUDE* an die Tafel geschrieben, und alle Kinder hatten es abschreiben müssen.

Dann hatte sie weitergeschrieben: *DIE JUDEN SIND UNSER UNGLÜCK!*

Sie hatte darauf geachtet, dass auch das Judenschicksele, wie sie zu dem Mädchen sagte, das Wort und den Satz abschrieb. Und weil ein Teil der Schrift von Tränen verschmiert war, musste es zu Hause den Satz noch zehnmal in Schönschrift abschreiben. Hildegard erinnerte sich jetzt so gut daran, als wäre es gestern gewesen.

Sie hatte damals noch kaum darauf geachtet, wer Jude war und wer nicht. Obwohl der Vater oft beim Essen mit entschiedener und lauter Stimme über die Juden gesprochen hatte: Sie sind das Unglück Deutschlands und der ganzen Welt.

Die Lehrerin hatte also Recht mit dem Satz, den sie aufgeschrieben hatten.

Als Hildegard damals den Vorfall erzählt und dabei von dem armen Mädchen gesprochen hatte, war die Mutter ihr über den Kopf gefahren und hatte gesagt: Mitleid ist schön. Aber man muss immer darauf achten, mit wem man Mitleid hat und ob er es auch wirklich wert ist. Sonst verschwendet man es, oder das Mitleid wird missbraucht, und man wird betrogen.

Der Vater war vom Tisch aufgestanden und im Zimmer herumgegangen – es war noch in der engen, alten Wohnung – wie immer, wenn er sich aufregte: Eine Jüdin mit meiner Tochter in derselben Klasse! Die haben sie wohl nicht alle! Dann war er ruhiger geworden und hatte sehr viel, sehr ruckartig und wie meist sehr laut geredet, etwa so: Hör gut zu! Man sieht es den Juden nicht immer an. Das ist das Gefährliche. Und dann bekommt man Mitleid. Sie wollen immer unser Mitleid. Aber die Juden verdienen kein Mitleid. Sie sind Verbrecher. Da können sie heulen und weinen, so viel sie wollen. Dagegen muss man als Deutscher stark sein. Und Hildegard! Gerade meine Tochter darf sich hier nicht gehen lassen. Stell dir vor, jemand erfährt das. Gerades Ziel! Gerader Weg! Nicht nach links und rechts schauen. Das ist deutsch! Das ist Zukunft!

Die Jahre danach als Jungmädel waren eigentlich die schönste Zeit im BDM gewesen: Heimabende, Singabende, Lager, Lagerfeuer, Ausflüge, Lieder. Dann die ersten Führungsaufgaben. Die Reichsparteitage –

Als sie älter wurde, hatte ihr der Vater Bücher von Julius Streicher geschenkt und sie hatte die Zeitschrift *DER STÜRMER* lesen dürfen, die zu Hause herumlag, da war alles noch viel klarer geworden: Man musste es eben lernen, wie man vieles im Leben lernen muss. So war ihr das Mitleid mit Juden vergangen.

Dieses Mädchen im Bunker, das war die Jüdin aus ihrer Klasse. Freilich, es war schon sehr lange her, aber sie war sich ganz sicher. Und dieses jüdische Mädchen trug keinen Judenstern! Eines Tages war das Mädchen dann nicht mehr zur Schule gekommen – jetzt fiel es ihr plötzlich wieder ein: Isolde hieß sie.

Hildegard erinnerte sich auch an einen anderen Vorfall.

Die Lehrerin hatte das jüdische Mädchen gefragt: Warum heißt du eigentlich nicht Rebekka oder Sarah wie alle Jüdinnen?, und hatte dabei gelacht.

Das Mädchen war rot geworden und hatte leise geantwortet: Wir sind nicht jüdisch.

Die Lehrerin hatte böse gesagt: Freilich seid ihr Juden. Deine ganze Familie. Lüg nicht! Dein Vater ist Jude. Er ist bei der Zeitung wie viele Juden. Er schreibt sogar offen, dass er Jude ist.

Das Mädchen drehte verlegen seine Finger: Wir sind evangelisch, nicht jüdisch. Und ich heiße nicht Rebekka, sondern –

Sondern Isolde!, sagte die Lehrerin laut und lachte.

Es ist aus einer Oper, sagte das Kind leise.

Sprich lauter. Man versteht dich ja nicht.

Es ist aus einer Oper, mein Papa hat es gesagt.

Die Klasse lachte schallend.

Das weiß ich selbst, dass es aus einer Oper ist.

Sie ist von Richard Wagner.

Das weiß ich selbst, dass diese Oper von Richard Wagner ist, sagte die Lehrerin zornig. Er ist der Lieblingskomponist unseres Führers Adolf Hitler.

Das Kind schwieg.

Sie war es. Sie hieß Isolde und irgendetwas mit Grün. Isolde Grün. Es stimmte nicht ganz. Viele Juden hießen Grün oder hatten Namen mit Zusammensetzungen von Grün: Grünbaum, Grünspan, Grünblatt oder so ähnlich. Aber dieses Mädchen war ganz sicher diese Isolde, die 1933 aus ihrer Klasse verschwunden war.

Viele Juden waren in dieser Zeit aus Nürnberg verschwunden. Geschäfte wurden aufgegeben und standen zum Verkauf. Häuser waren plötzlich zu haben – so wie das Haus, in das ihre Familie gezogen war. Die Juden waren ausgewandert. Das war das erklärte Ziel der Partei: Die Juden sollten verschwinden. Nürnberg sollte eine judenfreie Stadt werden.

Ab und zu sah man Juden in der Stadt, gebückte Gestalten, die sich kaum zu atmen trauten.

Sie trugen den gelben Judenstern. Sie mussten ihn seit 1941 tragen. Wer ihn nicht trug, machte sich strafbar. Der

Stern war wichtig: Man musste die Juden erkennen, um sich vor ihnen in Acht nehmen zu können. Es war auch wichtig wegen der Ernährung der Bevölkerung. Das Schlimmste war: Juden, die keinen Stern trugen, konnten sich überall einschleichen, Schaden stiften, die Wehrkraft zersetzen, die jetzt in dieser entscheidenden Phase des Kriegs so notwendig war. Man musste wachsam sein.

Ihr Vater sagte es immer und immer wieder.

Diese Isolde Grün trug keinen Judenstern!

Sie war von Hildegard in einem öffentlichen Bunker während eines Luftangriffs entdeckt worden, schon vor vierzehn Tagen. Dort nahm sie anständigen Deutschen den Platz weg! Vielleicht hatte sie Feindkontakte und verriet dem Feind wichtige Dinge über Nürnberg! Vielleicht war sie es ja, welche die alliierten Bomberflugzeuge auf die Stadt Nürnberg zu lenken half! Vielleicht mit einer Taschenlampe! Vielleicht war sie überhaupt eine Spionin und wieder in das Reich eingeschleust worden, nachdem sie ja vermutlich bereits in der zweiten Klasse ausgewandert war! Sonst hätte man sie irgendwann einmal gesehen.

Gerade das machte sie so besonders verdächtig! Sie war bestimmt im feindlichen Ausland gewesen wie alle diese Vaterlandsverräter, und jetzt kurz vor dem Endsieg war sie nach Nürnberg zurückgekehrt, um irgendeinen Schaden anzurichten – spionieren, in den Nächten Bomberströme nach Nürnberg lenken!

Das war die Chance für Hildegard: Jetzt endlich konnte auch sie etwas für das Vaterland tun, sie konnte ihrem Vater beweisen, dass auch ein deutsches Mädel mithelfen konnte, den Krieg zu gewinnen. Der Vater würde sie loben.

Sie musste alles herausfinden über diese verkappte Jüdin: ihren vollen Namen, wo sie wohnte, was sie trieb, eben alles, was man wissen musste – die Arbeit eines Detektivs. Sie wusste noch viel zu wenig. Denn sie konnte dem Vater natürlich nicht mit falschen Tatsachen kommen. Der war in letzter Zeit ohnehin kaum mehr richtig ansprechbar. Er rauchte täglich mehr, und man hörte ihn nachts in seinem Arbeitszimmer auf und ab gehen.

Auch die Mutter war voll Sorge. Es war klar, die Eltern sorgten sich um Helmut, der als Jäger die riesigen Bomberschwärme angreifen musste. Aber das war immer noch besser als irgendwo im Osten eingesetzt zu werden, wo alles viel gefährlicher war.

Das hatte die Mutter einmal gesagt.

So durfte Hildegard diese Isolde nur anzeigen, wenn sie genügend Beweise hatte.

Freilich, sie sah wieder das Kind vor sich, wie es vor der Schultafel gestanden war. Das feine, bleiche Gesichtchen, die schwarzen Haare, und wie die schmalen Schultern des Mädchens plötzlich zuckten und es geschluchzt und geweint hatte und nicht mehr aufhören konnte.

Aber Hildegard durfte sich davon nicht beirren lassen: Wenn sie eine Jüdin war, dann war sie gefährlich. Warum war sie hier? Warum trug sie keinen Judenstern? Und gefährlich war sie, schon wegen dieser Sache an der Tafel: Sie würde sich rächen. Juden rächen sich immer!

Hildegard musste diese Isolde zur Strecke bringen!

*

Wo sollte Isolde anfangen, die Bilder zu suchen?

Sie musste schlau vorgehen.

O ja, sehr schlau: Verfolgte sollten fliehen und nicht auch noch selbst verfolgen!

Veronika durfte nichts davon merken. Und das machte alles noch schwieriger.

Eigentlich war es unmöglich. Aber der Schreck über die verschwundenen Bilder war so groß gewesen. Sie musste die Bilder finden, ihrem Vater zuliebe. Und es half, die Schuld abzutragen: Er hatte den Viehwaggon ohne sie besteigen müssen.

Am besten war es, bei ihm zu Hause mit den Nachforschungen zu beginnen.

Frau Grötzinger! Sie war seine Nachbarin und hatte dem Vater das Gemüse gegeben, das Isolde aus der Gärtnerei mitgenommen hatte. Isolde kannte sie von klein auf. Sie waren sich nie begegnet, wenn Isolde ihren Vater besucht hatte, die ganzen Jahre nicht. Es war meist nachts oder spätabends gewesen, meist bei Verdunkelung. Und an das kleine Mädchen aus der Nachbarschaft, das vor zehn Jahren nach Wien gegangen war, würde die alte Frau sich bestimmt nicht mehr erinnern.

Bei Frau Grötzinger musste sie anfangen: Guten Tag, Frau Grötzinger. Ich komme vom Einwohnermeldeamt und habe ein paar Fragen an Sie. So ähnlich musste man reden und hoffen, dass sie nichts merkte. Dann musste Frage auf Frage kommen. Lauter geschickte Fragen. Geschickt hieß: Sie mussten harmlos klingen, und es mussten aufschlussreiche Antworten zu erwarten sein.

Unschlüssig stand sie eine ganze Weile vor dem Haus ihres Vaters und traute sich nicht recht, an der Türe auf der gegenüberliegenden Seite der Gasse zu läuten.

Zu lange durfte sie nicht stehen bleiben vor dem Hause eines Juden!

Da kam Frau Grötzinger die Gasse herauf: »Suchen Sie

etwas Bestimmtes?«, fragte sie und hatte auch diesen forschenden Blick. Es war eine alte Frau, immer noch vertraut, aber sehr viel älter geworden, graue Haare, mit rundem, mütterlichem Gesicht –

»Nein«, Isolde stotterte mehr, als sie sprach. Aber sie musste sich zusammennehmen: »Ich komme vom –«

»Bist du es wirklich? Oder bist du es nicht?«, die alte Dame war prüfend näher getreten.

Vorsicht!, stand plötzlich mit Riesenlettern auf jedem Pflasterstein.

»Wer?«, brachte Isolde heraus. »Wer soll ich sein?«

»Aber Kind, du kommst zu spät.« Frau Grötzinger redete jetzt mit fester Stimme. »Sie haben ihn geholt, schon vor ein paar Wochen. Bist du wegen ihm den weiten Weg von Wien hierher gekommen? Du bist doch Isolde? Ich habe dich gleich erkannt. Und wie groß du geworden bist!«

»Ich heiße Isolde Bauer –«, da sah Isolde die Tränen in den Augen der Frau.

»Du bist Isolde Grünzweig – mir kannst du es doch sagen.« Dann zeigte sich Erschrecken auf ihrem Gesicht. »Schnell komm herein, bevor dich jemand sieht.«

Bevor uns beide jemand sieht!, huschte es Isolde durch den Kopf, denn auch für sie ist es gefährlich!

»Ich hätte uns einen Kaffee gemacht und einen Kuchen oder wenigstens einige Brote gestrichen. Aber die Lebensmittelkarten – ach Gott!«

Es gab so viel zu erzählen, auch vom Abtransport ihres Vaters: »Sie haben die armen Leute einfach geholt und weggebracht. Es waren außer ihm noch fünfzehn, wird erzählt. Sie haben ihn mit seinem Köfferchen – und so hässlich – und dein armer Vater hat noch –«

Sie stockte und sah Isolde an: »Es ist eine schlimme, eine

gottlose Zeit, Fräulein Isolde. Ich sage es schon lange. Wir werden es büßen müssen, glauben Sie mir, so schrecklich büßen müssen, alle, auch ich. Auch für das, was sie Ihrem Vater antun. Ich bin eine einfache Frau, aber ich weiß es bestimmt. Meine Großmutter hat immer gesagt: Gott ist ein langer Borger, aber ein gewisser Zahler! Fräulein Isolde.«

»Sagen Sie doch bitte nicht Fräulein zu mir, ich bin erst siebzehn. Ich wollte Sie –«

»Zwei Neffen von mir sind gefallen, einer in Afrika, der andere in Stalingrad. Was, um Himmels willen, wollen wir in Afrika und in Stalingrad? Ich bin nur eine ungebildete Frau, aber eins weiß ich genau, dass das nicht – aber was rede ich da?«

»Liebe Frau Grötzinger, da Sie mich nun schon einmal kennen, was mich freut«, obwohl es gefährlich ist, doch das sagte sie nicht, »aber es darf niemand wissen. Kein Mensch! Sie müssen auf der Straße Bauer zu mir sagen. Isolde Bauer.«

»Natürlich darf es niemand wissen. Aber du hast dich nicht verändert, Isolde, lass dich anschauen, überhaupt nicht.«

»Ich weiß nicht recht. Vielleicht doch! Sie haben gesehen, wie mein Vater geholt worden ist?«

»Ja, das war, wart mal – jedenfalls, sie haben ihn geholt in einem schwarzen Auto. Aber er hat es schon vorher gewusst. Die jüdische Gemeinde hat es ihm mitgeteilt, obwohl er ja nicht jüdisch, sondern evangelisch ist wie ich. Nein, das mit der jüdischen Gemeinde, das war das erste Mal. Das zweite Mal haben sie es ihm geschrieben – oder doch umgekehrt – und dann in der Nacht –«

Frau Grötzinger weinte. »Er ist am Abend noch zu mir gekommen und hat gesagt: Danke für alles, Frau Grötzinger, Sie sind eine gute Frau, herzlichen Dank. Ich muss nun auch in den Osten. Er hat es so gesagt, so gesagt, als wenn – ach Gott! So ein herzensguter und lieber Mensch und sie haben ihn –«

»Hat er sonst nichts gesagt?«, Isoldes Stimme zitterte.

»Ich wüsste nicht – dann am frühen Morgen, sie haben ihn etwa um vier Uhr geholt – ich habe nicht schlafen können und das Auto gehört. Jetzt ist es so weit, ach Gott!, habe ich gedacht. Dann habe ich es gesehen: ein schwarzes Auto. Dann ist er gekommen mit seinem Köfferchen, und ich habe noch gedacht – und sie haben ihn so grob –«

Sie schluchzte laut auf, schnäuzte sich und wischte sich die Augen.

Es schien Isolde ganz unpassend, aber sie musste weiterfragen, sie musste es für ihren Vater tun: »Und dann, ist dann noch jemand gekommen. Ist noch etwas aus dem Haus geholt worden?«

»Nichts mehr, nur die Bilder.«

Isolde fuhr zusammen: »Die Bilder? Was wissen Sie von den Bildern?«

»Ach Gott, Kind!«

»Erzählen Sie doch weiter, bitte. Ich will so gerne alles wissen.«

Frau Grötzinger streichelte Isoldes Hand: »Also gegen acht Uhr, ich wollte gerade aus dem Haus – es sind ja jetzt immer so lange Schlangen vor den Lebensmittelläden, und ich kann doch nicht mehr so gut stehen. Da hat ein größeres Auto vor dem Haus deines Vaters gehalten. Es war ein Auto, wie man sie vor den Läden stehen sieht, Isolde.«

»Ein Lieferwagen?«

»Drei Männer sind ausgestiegen, und ich habe mir gedacht, den einen kennst du doch. Den hast du doch schon einmal gesehen.«

»Wissen Sie, wie er heißt?«

»Nein, Isolde, leider nicht. Sie sind in das Haus hineingegangen. Ich habe mich noch gewundert, woher die einen Schlüssel haben. Dein Vater musste ja alle Schlüssel abgeben, bevor –«

Sie schluckte und raffte sich dann auf: »Auch den, der immer hier bei mir war, hat er geholt: Sie wollen alle Schlüssel, hat er gesagt. Jetzt wurde mir klar: Zwei dieser Leute, sie haben immer Zigaretten geraucht, haben mittagelang vor seiner Türe herumgelungert.«

»Gestapo«, sagte Isolde bebend.

»Vermutlich! Deshalb hatten sie auch einen Schlüssel.«

»Und was –«

»Ich habe genau gesehen, wie sie die Bilder aus dem Haus getragen haben. Sie waren nicht einmal verpackt. Einfach so. Und ich habe noch gedacht, was holen sie die Bilder weg? Die gehören doch ihm oder wenigstens seiner Frau in Amerika, wenn der Krieg einmal aus ist, oder dir, Isolde.«

»Und dann sind sie damit abgefahren. Wissen Sie, wohin?«

»Na, ich habe mich auf die Straße gestellt. Ich wollte ja sowieso gerade aus dem Haus: Was machen Sie denn mit diesen Bildern? Geht Sie einen Dreck an, hat einer der Männer geschnauzt. Der andere hat so getan, als sei ich ein Stück Mist. Dann sind sie weggefahren. Aber ich habe noch gehört, wie einer dem Fahrer zugerufen hat: Zum Hauptbahnhof!«

Isolde und Walter hatten sich lange nicht mehr treffen können. Es war Sonntagnachmittag, heiß, sie saßen im Schatten beim Haller Tor, nicht weit vom Kettensteg am kühlen Ufer der Pegnitz. Es war ein stiller Platz. Sie sahen hinunter zum Weinstadel und zum Henkersteg, über ihnen rauschten Pappeln. Vom Kettensteg aus konnte man sie nicht sehen, auch von der Uferstraße nicht und nicht von den Holzgalerien der alten Häuser am Ufer mit ihren hohen, ernsten Ziegeldächern. Es waren ohnehin kaum Menschen unterwegs.

Isolde hatte Walters Hand ergriffen und starrte in den Fluss – sie empfand das leere Haus in der Nürnberger Altstadt wie eine offene Wunde.

Walter trug seine Flakhelfer-Uniform, weil er anschließend an seiner Flak-Stellung Dienst tun musste. Sie hofften, dass die Sirene sie in der nächsten Stunde bitte, bitte verschonen würde vor jedem Luftalarm.

Eigentlich drängte alles in ihr, mit ihm über ihren Vater zu reden. Und von den verschwundenen Bildern wollte sie reden und über die Spur, die sie gefunden hatte.

Aber über all das durfte sie mit niemandem reden.

Eine Hornisse brummte über sie hinweg.

»Machst du ihn gerne, deinen Dienst?« Isolde war diese Frage einfach so herausgerutscht, obwohl Veronika gesagt hatte, sie solle mit Walter nie über Politik oder Krieg sprechen. Das sei brandgefährlich.

Walter löste seine Hand aus ihrer.

Was dachte er wohl? Will die mich etwa hereinlegen? Ist sie von jemandem beauftragt und soll mich aushorchen? Zumindest glaubte Isolde, dass er solche Dinge denken musste.

Walter blies in die Luft: »Na ja«, er wandte kein Auge von ihr und machte eine lange Pause: »Warum sieht man dich eigentlich nie in BDM-Uniform?«

Ihre Haut zog sich zusammen wie bei sehr starkem Frost: Da war es!

Was sollte sie antworten? Veronika hatte Recht: Kein

Freund! Viel zu gefährlich! Hatte nicht auch Walter plötzlich diesen forschenden Blick?

»Ich bin nicht im BDM«, sagte sie zögernd.

»Nicht?«, er sah sie weiter an und schwieg lange.

Plötzlich war er ein Fremder mit seiner Uniform. Sie sah die Koppel seines Gürtels im Halbdunkel der Bäume in einem winzigen Sonnenstrahl blinken, der sich hereinverirrte. Sie sah den Gürtel mit dem Dolch der HJ, *BLUT UND EHRE* stand darauf. Wenn er ihn aus der Scheide ziehen würde, könnte man es lesen.

»Alle sind im BDM«, sagte er. »Man muss es doch!«

»Nicht alle«, sagte sie leise.

»Volksverräterinnen nicht«, sagte er noch leiser.

»Ich bin keine Volksverräterin«, sagte sie.

Ich bin nur eine Jüdin, dachte sie weiter. Warum sollte eine Jüdin eine Volksverräterin sein? Das sagte sie aber nicht laut.

»Was bist du dann?«

»Evangelisch, gut evangelisch«, sagte sie sehr leise, »mein Vater will nicht, dass ich zum BDM gehe.« Man hörte immer wieder von Jugendlichen aus christlichen Elternhäusern, die nur zum Schein in die HJ oder den BDM eintraten.

Ihr Vater – wenn Walter fragen würde –

»Mein Vater ist tot«, sagte Walter hart, fast grob.

»Oh, das tut mir Leid, wann ist er denn gestorben?«

»Er ist nicht gestorben«, sagte Walter und richtete sich auf, »er ist gefallen. Das ist ein Unterschied.«

»Gefallen?«

»In Russland. Vergangenen Herbst, 1942.«

»Schrecklich.«

»Ja, es ist schrecklich.«

Isolde hatte seine Hand wieder ergriffen.

»Schrecklich«, wiederholte er.

»Und deine Mutter?«

»Auch für sie ist es schrecklich.«

Isolde streichelte seine Wange und fühlte sich ganz nah.

»Hast du vom Kessel Stalingrad gehört?«

Wer hatte nicht von dieser Schlacht gehört? Im Radio wurde sie als Heldenepos dargestellt, Untergang der Nibelungen. Aber jeder wusste, dass eine ganze Armee gefangen genommen oder gefallen war – Hunderttausende! Isolde wusste nicht genau: Waren es zwei – oder dreihunderttausend Soldaten? Der Anfang vom Ende, hatte Veronika gesagt, und ihr Vater hatte genauso gedacht: Eine ganze Armee einer angeblichen Ehre geopfert! Aber hier, Walters Vater war dafür gestorben! Sie durfte ihm von alledem nichts sagen! »Stalingrad, es ist schrecklich«, sagte sie stattdessen.

»Mein Vater ist erschossen worden von einem russischen Scharfschützen, schon im Spätherbst letzten Jahres. Es war besser so. Er musste nicht die ganzen Qualen bis zum Ende erleiden.«

»Trotzdem furchtbar«, Isolde fror. Wenn ihr Papa, der bei den Aufräumarbeiten war –

»Wirklich furchtbar«, sagte Walter langsam, löste sich von ihr und stand auf. Er sah ihr plötzlich von oben direkt in die Augen: »Was wollen wir in Russland?«

Ein furchtbarer Blitz durchfuhr Isolde, dass sie fast körperlich zurückwich: Wer so etwas laut sagte, war verloren. Was wollen wir in Russland? Lebensraum im Osten! Den russischen Untermenschen besiegen. Den Bolschewismus ausrotten! Wer das in Zweifel stellte, kam ohne Gnade unter das Fallbeil.

»Da schicken wir unsere Soldaten Tausende von Kilometern in ein fremdes Land, verlieren Väter, Brüder, Söhne, bringen Millionen friedlicher Bürger um –«

Er meinte es ernst, ganz ohne Zweifel! Er setzte sich wieder und sah sie mit so warmen, treuherzigen Augen an. Es konnte nicht verlogen sein.

Es konnte keine Falle sein!

Walter redete immer weiter: »Ist es nicht gegen jede Vernunft, anderen Menschen ihren Lebensraum wegzunehmen, um eigenen zu gewinnen?«

Aber sie musste auf der Hut sein! Veronika hatte es gesagt: Überall sind Fallen. Und sie hatte Recht: Las man nicht in jeder Zeitung, dass wieder einer geschnappt worden war: ein Witz über Hitler, ein Witz über Göring – Wehrkraftzersetzung: Tod!

Hatte nicht Veronika neulich erzählt, dass sie einen Mann hingerichtet hatten, der den Gruß Heil Hitler beantwortet hatte mit: Heil du ihn! Feiglinge sind diese Nazis, Angsthasen, die sich als Helden gebärden!, hatte Veronika gesagt.

Alles in Isolde drängte sie jetzt zu Walter hin: Ihr Papa sagte ja dasselbe. Und ihr Papa war nicht gegen Deutschland, im Gegenteil, er würde es retten, wenn er könnte!

»Du sagst gar nichts«, er schaute sie unsicher an.

Sie musste etwas sagen, und zwar schnell. Er durfte nicht meinen, er habe sich in ihr getäuscht, er hatte sich in ihre Hand gegeben. Aber was? Etwas Unverbindliches? Wenn er ihr keine Falle gestellt hatte, musste er damit rechnen, dass sie ihm eine stellen würde. Er verdiente nicht die Angst, die er jetzt empfinden musste.

»Es ist so gefährlich, was du sagst. Man darf es nicht einmal denken!«, sagte sie zögernd.

Das war nicht schlecht. Sie hatte nichts gesagt, was man ihr nachteilig auslegen konnte. Sie hätte sich verfluchen können, dass sie nicht klarer antworten durfte. Aber das ging nicht. Sie hatte es ihrem Vater und Veronika versprochen!

»Mein Vater ist dafür gestorben. Er war überzeugt von dem ganzen Mist in diesen ewigen Reden und in jeder Zeitung, in jeder Radiosendung und in jeder Wochenschau. Er hat sein Leben für etwas eingesetzt, das nichts wert ist. Russische Untermenschen vernichten: Tolstoi, Dostojewski, Puschkin, Tschaikowski!«

»Stalin –«, begann sie sehr leise. Es war schändlich, was sie tat und tun musste – diese Nazis auch noch verteidigen!

Er fiel ihr sogleich ins Wort: »Klar, Stalin! Aber wo bitte ist da der Unterschied? Beides sind Diktatoren, dieser Verbrecher, der die Russen knechtet, schlimmer als jeder Zar, und dieser Verbrecher, der ganz Europa knechten würde, wenn man ihn ließe. Stalin – Hitler! Eine Brut!«

Er redete mit Erbitterung im Gesicht und viel zu laut; so legte sie ihm sanft den Finger auf die Lippen und sah ihm bittend in die Augen. Er war davon berührt und hatte Wasser in den Augen.

Jetzt endlich begann es in ihr zu jubeln: Er meint es ernst, kein Zweifel! Er meint es bitterernst. Das ist keine Falle. So weit kann keiner gehen, der es nicht ernst meint: Hitler mit Stalin zu vergleichen!

Er redete immer weiter, hastig und ruckartig in seiner Flakhelfer-Uniform, als wäre eine verstopfte Ader aufgeplatzt, seine Hände hatten sich in ihre Arme verkrallt, dass es weh tat: »Merkt denn niemand, was für Barbaren wir geworden sind: Hier in der Stadt von Albrecht Dürer und Hans Sachs! Merkt denn niemand, dass diese Nazis gar nichts begriffen haben von dieser wunderbaren alten Stadt. Dieses Gelichter mit seiner Rechthaberei und dem Geschwätz von Rasse und entarteter Kunst!«

Dann sprudelte es nur so heraus aus ihm: »Schau sie dir doch an, diese herrlichen Nürnberger Bürgerhäuser! Hier hat Martin Behaim den ersten Globus der Welt geschaffen, hier hat Regiomontanus die erste Sternwarte Europas errichtet, hier hat er die Planetentafeln errechnet, die Christoph Columbus nach Amerika und Vasco da Gama nach Indien geführt haben; dies ist die Stadt, in der Peter Fischer den ersten Bronzeguss der Renaissance nördlich der Alpen wagte und Peter Henlein die erste Taschenuhr der Welt konstruiert hat. Von hier aus sind Albrecht Dürer und Hans Leo Hassler als erster Maler und als erster Musiker nach Italien gegangen – Weltoffenheit, Großzügigkeit und Toleranz: die guten Wurzeln der deutschen Kultur.«

Sie umschloss seine Hände.

»Da schreit doch jeder Stein: Hütet euch vor Engstirnigkeit und Unduldsamkeit! Hütet euch vor Verbrechern wie diesem Julius Streicher!«

Sie hätte aufschreien wollen: Ich bin eine Jüdin! Hörst du, eine Jüdin! Ich bin auf deiner Seite! Und wie! Niemand weiß so gut wie wir Juden, wovon du redest. Du hast Recht, und ich liebe dich. Und alles, was du sagst, stimmt so herrlich mit dem überein, was mein Vater sagt, den sie aus seiner geliebten Stadt evakuiert haben! Sie wollte ihn dabei küssen und küssen und nie mehr aufhören.

Aber sie blieb stumm.

Stattdessen sagte sie und kämpfte mit den Tränen: »Versprich mir, dass du das alles nie wieder sagst. Nie wieder, ich habe solche Angst! Versprich es mir.« Sie streichelte seine Wange, sie streichelte seine Hände, ihre Augen standen voll Tränen.

»Das ist das Schlimmste, dass alle Angst haben«, sagte er düster. »Ich muss immer daran denken, wie mein Vater in den Krieg eingerückt ist – sie hatten ihm erlaubt, noch einmal nach Hause zu gehen. Weißt du, sie brauchen Kinder – deshalb. Sie brauchen Kinder, mit denen sie noch mehr Länder erobern können. Mein Vater hatte Angst, das hat man gespürt, und meine Mutter hat es bestätigt, als die Nachricht gekommen ist, dass er gefallen sei.«

»Siehst du ihm ähnlich?«

»Er hatte Angst vor dem Krieg. Jeder Soldat hat Angst vor dem Krieg. Aber er geht trotzdem in den Krieg. Und weißt du auch warum?«

Isolde sah ihn an und hielt seine Hand fest in ihrer.

»Sie gehen in den Krieg, weil sie Feiglinge sind, weil keiner den Mut hat zu sagen: Geht doch selbst, ihr Idioten! Ich will euren Krieg nicht, und ich gehe nicht in euren Krieg! Wenn das alle sagen würden –«

»Und er ist gegangen und gefallen.«

»Siehst du. Er ist tot – ganz sinnlos tot. Und wäre er nicht gegangen, wäre er jetzt auch tot. Er wäre so von den Nazis erschossen worden, wie er jetzt von den Russen erschossen worden ist. Aber es hätte einen Sinn gehabt – wie ich diese Nazis hasse.«

Wie kann ich ihm denn zeigen, wie sehr ich auf seiner Seite bin?

Es geht nicht.

Sie presste sich die Augen blind an seinem Arm.

»Und nun, schau mich an – meine Uniform, Flakhelfer, ich bin auch zu feige!« Er lächelte trübe.

»Ich bin froh, dass du feige bist«, sagte Isolde und streichelte ihn immer weiter.

Sie selbst war ja auch feige – Isolde Bauer! Ihr Vater hatte alleine in den Viehwaggon gehen müssen. Aber was sollte eine versteckte Jüdin denn sonst tun?

»Eigentlich hätte ich meine Schule bewachen sollen – Brandbomben aus dem Dachraum werfen, ausbrechende Brände löschen. Aber ein Volltreffer und du bist weg! Meine Mutter meint, bei der Flak sei es harmloser.«

Isolde wusste, dass das ein Irrtum war.

»Dieser ganze Unsinn. Noch als Kinder haben sie uns Geländespiele machen lassen, und wir waren begeistert: Wessen Koppelschloss erobert war und offen stand, der war tot! Handgranatenweitwurf! Reiter-HJ, Schiffs-HJ, Flieger-HJ! Alles für den Krieg.

Aber sie haben den Reden des Führers geglaubt: Ich verspreche euch den Frieden, unerschütterlich, unwiderruflich, unabdingbar – Brot, Arbeit und Frieden! Deshalb sind sie ihm nachgelaufen. Er ist der größte Lügner aller Zeiten! Nicht der größte Feldherr aller Zeiten.«

Alles in Isolde sagte: Ja, du hast Recht, du hast ja so Recht, und du sagst es viel besser, als ich es denken kann: Ich liebe dich, ich liebe dich auch dafür, und ich bin so stolz auf dich.

Sie sagte aber nichts, kein Wort.

»Hast du dir die Liederbücher einmal angeschaut, in der Schule, bei der HJ oder dem BDM? Krieg und Tod – fast in jedem Text: *Die Fahne ist mehr als der Tod – Fallen wir Haupt bei Haupt – Vom Schlachtfeld kehren wir nicht heim, für Adolf Hitler sterben wir – Dann ziehen wir beim Morgenrot, ja Morgenrot, für Hitlers Fahne in den Tod – Und gibt man uns den Todesstoß, wir machen dennoch Deutschland groß – Für das Vaterland da floss mein Blut – Und müssen auch Tausende sterben, und müssen wir alle verderben, wir folgen des Führers Gebot*. Von der ersten Klasse an. Und wir haben gesungen und gesungen, und niemand hat es gemerkt: Sie wollten schon immer Krieg, und sie wollten, dass wir für sie in den Tod gehen – dafür haben sie uns erzogen –«

Sie schaute sich um, ob jemand in der Nähe war, der Walter hören konnte. Denn er redete immer zorniger.

»Weißt du, warum ich in der Gärtnerei Fritz arbeite? In der Rüstung würde ich viel mehr bekommen. Aber die Pflanzen sind so unschuldig; sie wachsen immer weiter, wenn man sie gießt, sie wachsen und blühen und tragen Frucht – sonst nichts.«

Sie konnte in dieser Nacht nicht schlafen: Sie war eine Verräterin. Sie war feige. Er hatte ihr vertraut. Sein Leben hatte er ganz in ihre Hand gegeben. Aber sie hatte zu allem geschwiegen, aus Angst um ihr Leben.

Nein, sie hatte auch Angst um das Leben von Veronika. Die hatte ihr Leben auch in eine andere Hand gelegt – in ihre. Sie durfte dieses Vertrauen nicht missbrauchen. Und sie hatte Angst um ihn –

Du darfst keinen Freund haben, keinen Geliebten! Sie begriff erst jetzt den Sinn dieser entsetzlichen Verpflichtung.

Es war so unendlich schwer.

Sie stellte sich vor, wie es wäre, wenn sie ihm sagen würde, dass sie Jüdin war, dass ihre Tante Sarah Goldstein in Nürnberg lebte, dass die Tante und sie gefälschte Ariernachweise hatten, dass der Vater evakuiert worden war zu Aufräumarbeiten in den Osten, weil in seinen Ausweis das Wort »Jude« gestempelt war.

Das alles würde sie beide viel fester zusammenschweißen. Geheimnisse binden Menschen aneinander!

Aber nichts von alledem würde sie ihm sagen, denn Veronika warnte jeden Tag: Wird er es nicht seiner Mutter erzählen? Und die? Wird sie es nicht einer Tante sagen oder einer Schwester? Und die –? Und weiter und weiter –

Sie hasste Veronika in solchen Augenblicken, und sie hasste sich selbst, denn Veronika hatte Recht.

Es tat bitter weh, aber sie musste alleine bleiben, wenn sie mit ihrem Geliebten zusammen war. Sie musste ein ganzes Geflecht von Lügen aufrechterhalten.

Und sie musste Isolde Bauer sein, die sie jeden Tag mehr hasste.

Sie würde ihm nicht gerade in die Augen sehen können. Nie! Sie würden sich immer irgendwo fremd bleiben, weil unsichtbar eine quälende Mauer zwischen ihnen stand. Sie würden nicht zusammenbleiben können: Liebe duldet keine Geheimnisse. Das alles spürte sie wie ein schwelendes Feuer, das im Inneren nagt und es unerkannt zerfrisst.

Sie durfte Walter nicht einmal zu Veronika mitnehmen. Und das Schrecklichste war: Sie durfte dem Jungen, den sie schon liebte wie ihr Leben, auf gar keinen Fall ein Bild ihres Vaters zeigen oder das Haus ihrer Kindheit.

Sie fühlte, wie ein Riss durch ihr Innerstes ging.

Wenn ich wenigstens mit Papa darüber reden könnte. Er würde mich in die Arme nehmen und trösten, wo die Vernunft nicht trösten kann.

August 1943

»**Terrorangriffe auf Hamburg,** der Ostteil der Stadt vernichtet!« So las man es auch in Nürnberg in den Zeitungen. Hildegard war entsetzt. Ende Juni hatten in Nürnberg mehrere große Angriffe gewütet.

Ihr Vater warf die Zeitung auf den Tisch: »Da seht ihr es! Die Demokraten: Selbstbestimmungsrecht, Menschenrechte! Alles bloß Gerede! Diese Verbrecher. Diese Schweine!«

Vierzigtausend Menschen, Frauen, Kinder, alte Männer, waren jämmerlich verbrannt, erstickt, bis zur Unkenntlichkeit verstümmelt, kaum ein Soldat darunter.

»Auf dem Feld der Ehre sind sie Feiglinge!«, meinte der Vater. »Aber aus der Luft. Unschuldige, Unbeteiligte. Das sind Helden! Krieg aus der Luft gegen Säuglinge! Verbrechen! Kriegsverbrechen! Dafür gehören diese Banditen an die Wand gestellt.«

Und wir?, dachte Hildegard erschrocken, die mit einem Korb voll Birnen von den Spalieren im Garten an der Türe stehen geblieben war. Sie traute sich nicht, es laut zu sagen: Hatte ihr Bruder Helmut nicht Geleitschutz geflogen für Bomber nach England? Hatten sie nicht ganz England bombardieren wollen wie die Stadt Coventry, die im Herbst 1940 im deutschen Bombenhagel untergegangen war? Hatte er dafür nicht Kriegsauszeichnungen bekommen, auf die der Vater stolz war?

»Wir werfen doch auch Bomben«, sagte sie schließlich schüchtern.

»Aber wir strengen uns an, nur militärische Ziele zu treffen. Nicht wie diese elenden Verbrecher!« Der Vater marschierte im Zimmer auf und ab.

Aber das stimmte doch nicht – Warschau, London! Einen winzigen Moment schien der Boden zu schwanken.

Das Grauen war unvorstellbar. Viele Quadratkilometer der Stadt Hamburg waren in drei Nächten bombardiert worden, sodass ganze Bezirke in ein einziges Flammenmeer verwandelt worden waren. Wochenlang vorher war es heiß und trocken gewesen; ein Feuersturm war entstanden, eine Hitze wie in einem Hochofen hatte geglüht. Völlig intakte Häuser loderten in Sekundenschnelle vom Erdgeschoss bis hinauf in das Dach wie Fackeln.

Die Menschen waren in ihren Kellern erstickt. Man fand ganze Familien, friedlich beieinander sitzend, Großeltern, Kinder und Mütter sich an den Händen haltend, alle tot. Auch in den Bunkern waren sie erstickt. Denn die Ventilatoren der Bunker hatten die Luft von außen angesaugt, Luft, aus der das Feuer bereits allen Lebensstoff herausgefressen hatte. Wer die Keller oder die Bunker nicht rechtzeitig verlassen hatte, war zum Tode verurteilt. Aber wer nach draußen ging, wurde vom Feuersturm erfasst und wie welkes Laub in die Feuersbrunst gewirbelt. Andere waren im flüssigen Asphalt stecken geblieben und bei lebendigem Leibe verschmort. Viele waren im Wasser der Kanäle, die Hamburg durchziehen, gesotten worden wie Fische.

Hatte nicht der Vater erst neulich ein Flugblatt der Engländer aufgelesen und nach Hause gebracht?

Die Sprengbombe ist die Wegbereiterin der Brandbombe. Sie zwingt die Bevölkerung in die Keller, während über ihren Köpfen die Häuser brennen. Werden sie nicht herausgeholt, ereilt sie der Erstickungstod.

Viele Tote waren in der Hitze zur Größe von Säuglingen geschrumpft. Man hatte Eisenkandelaber gefunden, zerlaufen wie Bienenwachs.

Tagelang hatte man die Sonne nicht mehr gesehen, dann war sie rot wie ein tödliches Gestirn in der schwarzen Wolkenglocke über der Stadt erschienen.

Wer durch die Stadt ging, als es die Temperatur wieder zuließ, konnte nicht mehr erkennen, wo Straßen verlaufen waren oder Häuser gestanden hatten. Das war allerdings erst nach Tagen möglich, oft erst nach Wochen. Die ganze Oststadt vom Hauptbahnhof bis hinaus nach Wandsbek sei eine einzige glühende Fläche gewesen.

»Es hat in der ganzen Weltgeschichte noch keine solche Zerstörung gegeben«, schrieb ein Onkel Hildegards einige Wochen später aus Ottensen, einem westlich gelegenen Vorort von Hamburg, den das Bombardement nur wenig getroffen hatte. »Sie machen es flächig«, schrieb er weiter: »Sie fliegen in einer lang gestreckten Formation, die dem abgesteckten Ziel in der Stadt entspricht, Tausende von Flugzeugen hintereinander, alle werfen ihre Bomben auf diese eine Fläche, sie nennen es Bombenteppich.«

»Haben wir schon in Spanien gemacht, in Guernica.«

Tagelang wurde in der Familie Wolf über diesen Angriff gesprochen: »Es ist gut, dass man es weiß. Deshalb steht es auch in allen Zeitungen. Die Leute sollen sehen, was diese Demokraten für Schweine sind«, sagte der Vater.

»Aber wie konnte es dazu kommen?«, fragte die Mutter. »Wir haben doch eine Luftabwehr.« Helmut war längst vom Geleitschutz zu den Luftabwehrjägern versetzt worden: Die brauchen dort jeden guten Mann, hatte es geheißen.

»Der Führer wird es richten«, sagte der Vater bestimmt. »Man kann nicht an allen Fronten gleichzeitig sein, von

Afrika über Russland und dem Balkan samt Griechenland bis ans Nordkap. Ihr dürft eines nicht vergessen. Noch nie hat eine Macht die Herrschaft über so große Gebiete gehabt. Es ist die Aufgabe des Generalfeldmarschalls Göring: Er muss die Luftgrenzen sauber halten. Die Pläne sind aber schon fertig. Mit denen wird Deutschland zugemacht. Das kann ich euch sagen.«

»Aber wir gewinnen den Krieg doch?«, fragte die Mutter besorgt.

»Worauf du Gift nehmen kannst. Der Endsieg ist unser. Wichtig ist da nicht eine Stadt wie Hamburg oder andere. Opfer müssen gebracht werden. Auch Menschenleben. Wichtig ist allein der Endsieg. Ganz einfach.«

Es klingt wie Menschenopfer, dachte Hildegard schaudernd –

»Es wird doch in Nürnberg keine solchen Angriffe geben?«, fragte sie. Ihre Stimme zitterte.

»Nein, du hast es doch gehört. Die Pläne sind schon fertig! Das Reich wird dichtgemacht! Das gibt es nicht wieder. Das garantier ich dir. Noch einmal – wichtig ist der Endsieg«, fuhr ihr Vater fort. »Und der ist unser. Sollen sie ihre Bomben werfen, diese Schweine. Der Kampf gegen solche Verbrecher ist gerecht. Von Anfang an. Das macht es auch dem Letzten klar. Unerschütterlich! Unabdingbar!«

»Aber solche Zerstörungen –«

»Es ist der Jude«, sagte er bestimmt. »Der Jude macht das. Er hasst uns. Er macht alles Schlechte. Etwas anderes kann er nämlich nicht. Der Verbrecher.«

»Der Jude?«, fragte Hildegard. »Ich denke, es sind die Engländer.«

»England ist völlig verjudet«, sagte der Vater. »In Wirklichkeit führen wir Krieg gegen den Juden. Das Weltjudentum. Und jeder muss aufpassen auf den Juden. Er kann nur zersetzen und zerstören in seiner maßlosen Gier nach Geld. Das seht ihr in Hamburg.«

Wie klar alles war, wenn ihr Vater redete!

Ich werde aufpassen. Frauen können auch etwas tun für den Endsieg. Ich werde es beweisen: Diese Jüdin – die muss ich kriegen! Jetzt erst recht.

Das nahm sich Hildegard fest vor.

Sie musste gegen Abend in die Altstadt zu einer Besprechung mit Irma Spohn, der Bann-Mädel-Führerin des BDM von Nürnberg. Sie hatte Hildegard zu einem gemütlichen Treffen beim Tee zu sich in ihre Wohnung am Egidienplatz eingeladen. Es war eine große Ehre für Hildegard, und sie wusste, dass sie das nur ihrem Vater verdankte, der neuerdings ein wichtiges Kommando bei der Gestapo übernommen hatte.

Sie kam über das Maxtor auf den Paniersplatz mit dem hochragenden Eckhaus der alten Familie Topler. Sie wusste, dass dies eines der eigenwilligsten Bürgerhäuser auf der ganzen Welt war, und war stolz, so etwas in ihrer Stadt zu haben. Dann stand sie auf dem weiten Egidienplatz. Hinter ihr war die breite Fassade des Pellerhauses, eines der schönsten Bürgerhäuser der Welt, ganz aus Stein, mindestens vierhundert Jahre alt.

Keine Bombe kann diese alten Häuser zerstören, dachte sie – dicke jahrhundertealte Mauern!

Irma Spohn wohnte in einem sehr hohen und sehr alten Haus. Hildegard musste einen wunderlichen alten Innenhof durchqueren, umgeben von geschnitzten Galerien, um zu ihrer Wohnung zu gelangen.

Um Himmels willen! Hier ist ja alles aus Holz, ich habe

das noch nie so richtig beachtet. Diese Holztreppen, diese geschnitzten Geländer, diese turmhohen Dächer mit den unzähligen Gaupen, Türmchen und Erkern, alles Holz! Und wenn man sich vorstellt, dass es Hunderte solcher Innenhöfe gibt im alten Nürnberg –

»Romantisch, so ein alter Hof, nicht wahr, Hilde?«, wurde sie von Irma Spohn empfangen. »Das hier ist richtiges Altnürnberg! Das gibt es nirgendwo sonst auf der Welt, obwohl sie uns darum beneiden. Aber so herrliche reich geschnitzte alte Höfe gibt es nur in Nürnberg.«

Hildegard dachte aber an Hamburg: Wenn es hier brennen würde – mein Gott –

Hildegard war noch nie in einem der alten Häuser gewesen und staunte, dass die Wohnung der BDM-Führerin auf dem neuesten Stand war: Tapeten an den Wänden, alle Türen weiß gestrichen, an den Fenstern Stores und Vorhänge wie bei ihnen zu Hause; es gab ein richtiges Bad. Die Fußböden waren mit Stragula und Linoleum bedeckt. Auf den Fensterbänken standen Töpfe mit Blumen. Dunkle Möbel aus Nussholz füllten die beiden Zimmer.

Der Tisch war schon mit Teegeschirr gedeckt und einem großen Feldblumenstrauß in einer schönen braunen Vase. Auf mehreren Gesimsen und Tischchen lagen gestickte und gehäkelte Deckchen.

Alles war sehr geschmackvoll.

Irma Spohn war ihrem Blick gefolgt: »Wir leben nicht mehr im Mittelalter, selbstverständlich nicht. Wir leben in einem völkischen Staat unserer Zeit.«

Sie wurde vom Volksempfänger unterbrochen, den es selbstverständlich auch hier gab: »Ich höre jede Führerrede, ist doch klar.«

Die schmetternden Fanfaren kündeten einen Sieg im Osten an: Soundso viele feindliche Panzer abgeschossen, dem eindringenden Feind erfolgreich Widerstand geleistet. Frontbegradigungen brächten für die deutsche Wehrmacht in den nächsten Wochen strategische Vorteile, an mehreren Frontabschnitten seien Offensiven geplant. Dank dem einmaligen Genie von Adolf Hitler rücke der Endsieg in immer greifbarere Nähe.

Von dem großen Angriff auf Hamburg war im Rundfunk nicht mehr die Rede.

Man darf nicht immer nur an die Schrecken des Krieges denken, das lähmt die Truppen ja nur, sagte sich Hildegard, während sie Platz nahm und der Volksempfänger ausgeschaltet wurde.

Der Tee wurde eingegossen.

»Das ist das Wichtigste, dass wir die jungen Mädel im BDM zu echten deutschen Frauen erziehen, der Frau von heute, die weiß, was für die Familie wichtig ist: Sie soll zum Beispiel den Tisch schön decken, wenn der Mann von der Arbeit nach Hause kommt oder die Kinder von der Schule. Die Frau soll natürlich das Haus in Ordnung halten, aber sie soll sich auch mit schönen Dingen umgeben, die das Herz erfreuen und Kraft spenden für den Kampf des Alltags – Blumen in geschmackvollen Vasen, schöne Handarbeiten wie die Häkel- und Kreuzsticharbeiten, die du siehst und die zeigen, wie sehr die Frau für die Familie da ist, Figuren, Bilder, schönes Geschirr. Das alles ist viel wichtiger als schöne Kleider, die man natürlich auch haben darf – nach dem Endsieg natürlich. Es gibt keinen schöneren Beruf als Hausfrau und Mutter.«

Hildegard sah eine kleine Tänzerin aus Porzellan auf einer geschnitzten Anrichte und Bilder an den Wänden.

Eine gerahmte Photographie über dem Tisch, unter Glas und von allen Seiten sichtbar, zeigte den Führer in Uniform. Er sah sehr streng aus. Das Bild ließ etwas von seiner großen Verantwortung ahnen.

Sie sah, dass das Porträt Irma Spohn persönlich gewidmet war mit eigenhändiger Unterschrift, dem Datum und dem Ort Nürnberg als Ausstellungsort. Sie betrachtete ehrfürchtig die Unterschrift des Führers.

Der Rest waren Ölbilder.

Eines zeigte wilde Felsengebirge mit weißen Wolken, die aus einem tiefen Tal mit einer heimeligen Alpenhütte und dunklen Wäldern in einen blauen Gebirgshimmel aufstiegen; sie waren überragt von den mächtigen Alpengipfeln mit dem ewigen Schnee der schimmernden Gletscher.

Auf einem andern Bild sah man eine stille Waldlichtung, auf die gerade friedlich äsende Rehe heraustraten; es war am Abend, und die Wolken über dem dunklen Wald hatten schon rote Ränder.

Ein anderes Bild zeigte, wie ein Segelschiff gegen einen Sturm ankämpfte, die Wogen waren weiß und grün, und man glaubte fast, den tosenden Wind, die Gischt und das Toben der Elemente zu hören.

Wieder war Irma Spohn ihrem Blick gefolgt: »Kunst, Hilde, auch sie ist sehr wichtig für die deutsche Familie. Kunst gehört in jedes Haus. Kunst hat viele Aufgaben: Sie erfreut uns, sie erweckt die Liebe zur Heimat, sieh nur das Gebirge hier oder den Wald oder das Meer dort. Aber es muss die echte Kunst sein, die mit unserem Volk verbunden ist und aus unserem Blut hervorgeht, deutsche Kunst, keine Machwerke der Afrikaner oder Asiaten oder Juden. Denn nichts ist so sehr mit der Rasse verbunden wie Kunst! Ich achte sorgfältig darauf, dass mir nur Bilder von wirklich guten deutschen Meistern ins Haus kommen. Du siehst, dass man auf jedem Bild genau erkennen kann, was darauf dargestellt ist, nicht wie bei dieser entarteten Judenkunst, bei der kein Mensch weiß, was der angebliche Künstler denn nun eigentlich malen wollte.«

»Darüber weiß ich Bescheid«, sagte Hildegard, »wir waren einmal mit Herrn Schnitzbühler in der Ausstellung *ENTARTETE KUNST* in München. Es war unglaublich, was man da für Schund gesehen hat, von dem kein Mensch sagen konnte, was er eigentlich bedeuten sollte; wahrscheinlich wussten es die Künstler selbst nicht.«

Sollte sie davon sprechen, dass der Vater von entarteter Kunst –? Besser nicht. Parteigeheimnis!

»Künstler!«, hatte Irma weitergeredet. »Dass ich nicht lache! Sie können es eben nicht besser! Du kannst mir glauben: Es ist sehr schwer, ein Gebirge so zu malen wie auf dem Bild da drüben. Ich weiß, wovon ich rede: Wir veranstalten ja im BDM auch Malkurse. Ich habe schon einige mitgemacht bei wirklich guten, von der Partei ausgesuchten Malern. Wenn man die eigenen Bilder mit den Bildern eines echten Künstlers vergleicht, merkt man sofort, was echte Kunst ist. Und weißt du, was ich mir denke? Die Juden machen einfach alles zu Geld, sogar diesen Plunder. Und sie lachen sich ins Fäustchen, wenn einer darauf hereinfällt.«

»Ich habe einmal gelesen, dass ein Bild von Picasso, auf dem alles blau war, sogar die Gesichter, 1932 in Paris umgerechnet hunderttausend Reichsmark gekostet hat.«

»Eben, und auch das ist wichtig, Hilde, dass die Mädel bei uns im BDM lernen, diesen Ramsch von echter deutscher Kunst zu unterscheiden. Weißt du, vor ein paar Jahren, das war noch vor deiner Zeit, hat ein Jude im Nürnberger Tagblatt jeden Samstag über Kunst geschrieben. Ich weiß noch wie heute, dass er diesen ganzen Mist in den Himmel gelobt hat: Picasso, Klee, Kandinsky, Nolde, und wie sie alle heißen – dieser ganze Dreck. Wart mal, Hilde, Grünzweig hat der Schmierfink geheißen. Ein richtiger Judenname. Aber der hat ausgeschrieben. Das kann ich dir schriftlich geben. Damit ist Schluss! Mit dem hat die Partei aufgeräumt. Der sudelt in keiner Zeitung mehr. Längst nicht mehr!«

Grünzweig, ja! Isolde Grünzweig. So hatte das Mädchen an der Schultafel geheißen! Richtig! Nicht Grün! Jetzt wusste Hildegard den vollen Namen dieser Betrügerin. Sie war ein großes Stück weiter. Jetzt musste sie nur noch herausfinden, wo diese jüdische Lügnerin wohnte – arbeiten wird das Luder ja nichts –, und sie anzeigen, bevor sie noch mehr Schandtaten vollbringen konnte.

»Nun, unser Führer selbst ist ja der größte Künstler im Reich: Hast du einmal ein Bild gesehen, das er gemalt hat? Darauf kannst du alles ganz genau erkennen, vollendet – das sind richtige deutsche Meisterwerke! Und er hat in Deutschland gründlich aufgeräumt mit diesem Kunstbetrug samt den Betrügern. Bei uns macht kein Jude mehr das große Geschäft mit diesem Zeug.«

Sie hatten dann nicht mehr über den BDM geredet, sondern fast nur noch über den großen Terrorangriff auf Hamburg. Und es war spät geworden, als Hildegard durch die dämmerige Altstadt nach Hause ging. Der letzte Schein der untergehenden Sonne reichte nicht mehr in die Gassen hinein. So fand sie sich nicht gleich zurecht.

Noch vor zwei Jahren hatten hier die Laternen gebrannt. Jetzt war Verdunkelung – es gab ja fast jeden Tag Fliegeralarm.

Frau Spohn, nein Irma, hatte sie sogar gefragt, ob sie

Hildegard nicht ein Stück heimbegleiten sollte: Werde ich einmal froh sein, wenn diese Verdunkelung aufhört. Aber es muss eben sein. Und auch das müssen unsere Mädel lernen: immer den Anweisungen des Führers zu gehorchen.

Aber Hildegard hatte abgelehnt: Ich bin doch kein kleines Kind mehr. Wenn ihr Vater erfahren würde, dass sie sich durch die Stadt hätte begleiten lassen –

Beim Tee hatte Frau Spohn ihr das Du angeboten: Wir sind doch Kameraden, da sagt man doch nicht Sie, wenn ich auch ein paar Jahre älter bin als du. Ich heiße Irma.

Hildegard war glücklich.

Dann das graue Gespenst Hamburg –

Welches Glück war es, dass aus beiden Familien niemand ums Leben gekommen war. Die Bomben hatten wohl eher auf die Viertel mit den Arbeiterwohnungen gezielt. Vierzigtausend Tote schätzte man.

Wer macht so etwas?, hatte Hildegard gefragt. Und Irma hatte mit den Schultern gezuckt: Es ist unfassbar. Nur Verbrecher können so etwas planen, oder?

Die Juden sind das, sagt mein Vater.

Das glaube ich auch, Hilde. Sie rächen sich. Das ist die Erklärung. Der Führer und auch Reichsminister Goebbels haben es gesagt. Dein Vater hat dir sicher schon von der Verschwörung des Weltjudentums erzählt.

Nichts Genaues, gehört habe ich schon davon.

Weißt du, sie sind alle miteinander verwandt, diese Juden, seit Jahrhunderten. Und wenn wir hier einen Juden ausweisen oder nach Polen schicken, dann rächen sich seine Verwandten für ihn. Sie sind einflussreiche Leute und bringen die Engländer dazu, solche Verbrechen –

Die Engländer selbst sind ja sonst fair, sagt man.

Eben. Das sind die Juden. Es ist ihnen gleichgültig, wie

viele Menschen sterben. Sie wollen nur zwei Dinge – Geld und Rache!

Fast hätte Hildegard von dieser Jüdin Isolde Grünzweig erzählt, die sie vor ein paar Wochen im Bunker gesehen hatte. Sie war sehr froh, dass sie nun endlich den vollen Namen der Betrügerin wusste. Aber sie hatte Irma nur gefragt, was sie schon wusste: Juden dürfen doch bei Terrorangriffen nicht in die Luftschutzbunker?

Das wäre ja noch einmal schöner, sagte Irma, wenn ausgerechnet diejenigen ihr Leben retten dürften, die daran schuld sind, dass Zigtausende anständige Deutsche ihres verlieren, und dabei auch noch dem deutschen Bürger den Platz und die Luft wegnehmen würden.

Was würdest du machen, wenn du einen Juden sehen würdest, der ohne Judenstern auf die Straße geht? Darüber haben wir in der Gruppenstunde neulich gesprochen. Ich meine, es ist ein wichtiges Thema.

Ganz einfach, ich würde ihn bei der Polizei anzeigen, dann wird er sehr streng bestraft. Sieh mal, Hilde, sie machen solche Gesetze doch nicht ohne Sinn! Der Sinn des Judensterns ist, dass jeder anständige Deutsche sich vor ihnen in Acht nehmen kann, gerade jetzt im Krieg. Du siehst ja an Hamburg, welche Macht sie haben.

Hildegard schüttelte es immer noch, wenn sie daran dachte, was Irma über das Weltjudentum gesagt hatte.

Jetzt wurden mit den Juden Aufräumarbeiten veranstaltet. Dennoch waren noch Juden in der Stadt. Man sah sie mit ihren Judensternen, dünne, bleiche Geschöpfe, die hungern mussten, weil sie natürlich im Krieg nicht so viel zu essen bekommen konnten wie die Arier. Vater hatte hier viel zu sagen und sorgte für Gerechtigkeit. Das hieß aber, dass sich die Juden nicht immer satt essen konnten.

Tut mir Leid. So ist das Leben. Sie haben es halt nicht besser verdient.

Mit einem Schlag überfiel Hildegard die Erkenntnis, dass sich auch die Nürnberger Juden rächen könnten, ja, sich sogar sicher rächen würden!

Das kleine Mädchen an der Wandtafel – Isolde Grünzweig! Sie musste sich den Namen zu Hause gleich aufschreiben!

Sie müsste jetzt auch siebzehn Jahre alt sein, so alt wie Hildegard. Sie sah alles wieder vor sich – die Klasse damals, die gelacht hatte, die Lehrerin; Hildegard selbst hatte dann ja auch gelacht und in die Hände geklatscht wie alle anderen –

Und so, wie dieses Mädchen Isolde, das sich ohne Judenstern in Nürnberg herumtrieb, sich rächte, konnten sich alle Juden an Nürnberg rächen. Vor allem natürlich die Juden, die bereits im Ausland waren: die Angehörigen der Familie Weiß zum Beispiel, denen die Villa gehört hatte, die heute den Wolfs gehörte. Die wollten ihre Villa wieder – keine Frage!

Diese Leute waren es! Sie hatten für den grauenhaften Angriff auf Hamburg gesorgt! Das Weltjudentum, wie Irma gesagt hatte. Es hatte ja seit gut einem Jahr schon mehrere Angriffe auch auf Nürnberg gegeben. Wenn das kein Beweis war!

Ihre Schritte hallten auf dem Pflaster und von den jahrhundertealten Hauswänden. Die schwarzen Gassen waren leer. Jederzeit konnten die Sirenen aufheulen und vor einem Terrorangriff warnen. Sie ging schneller.

War da vorne nicht eine dunkle Gestalt? Lauerte da ein Jude auf ein Opfer?

Geschichten fielen ihr ein: wie Juden Christenkinder entführten, um sie zu schlachten und ihr Blut zu trinken oder daraus Zaubertränke zu brauen. Was planten sie jetzt Teuflisches unten in den dunklen Kellern?

*

»Vierzigtausend Menschen!«, sagte Walter.

Sie saßen eng aneinander gedrückt an ihrem Platz beim Haller Tor, es wurde schon dunkel, unter ihnen zog schwarz die Pegnitz vorbei. Ein kühler Wind wehte von der Burgseite der Stadt herab.

»Vielleicht ist die Zahl übertrieben«, sagte Isolde, »sie übertreiben ja immer alles.«

»Das glaube ich nicht. Weshalb sollten sie übertreiben? Da gibt es nichts mehr zu übertreiben.«

»Es ist doch eigentlich eine Niederlage für sie: Warum bringen sie es dann so ausführlich in der Zeitung? Sie verschweigen doch sonst jede Niederlage. Deshalb darf man doch keine Auslandssender hören.«

»Hass, sie brauchen Hass zum Kriegführen. So bekommen sie ihn, Hass gegen den englischen Feind. Und der Feind liefert ihnen selbst den Grund! Es ist schrecklich, schrecklich.«

»Vierzigtausend! Verbrannt bei lebendigem Leib, auch Säuglinge, erstickt in den Armen der Mutter!«, sagte Isolde leise. »Was kann denn ein Säugling dafür?«

»Ja«, sagte Walter, »es kam übrigens auch in der BBC, dieselben Zahlen.«

Sie schwiegen lange.

»Zwanzigzentnerbomben in Wohnblöcke.«

»Die Engländer haben den Krieg aber doch gar nicht angefangen.«

»Eben, sie kämpfen für unsere Freiheit – aber gerade deshalb dürfen sie nicht dieselben Verbrechen begehen wie der Adolf.«

»Sprich leise, um Gottes willen, wenn dich jemand hört!« Jedes Wort konnte den Tod bringen.

»Verbrechen breiten sich aus wie Seuchen; die Nazis haben mit ihrem Krieg Europa vergiftet, wie es im Mittelalter von den Pestratten vergiftet worden ist –«

»Verbrechen sind ansteckend?«

»Ja, gewissermaßen.«

»Dann wären doch aber die Nazis schuld an den vierzigtausend Toten in Hamburg!«

»Ja, sind sie, keine Frage: Aber die Engländer müssen auch verantworten, was sie tun.«

»Churchill und Hitler – man kann sie doch nicht vergleichen.«

»Nein, da hast du Recht. Die Schuld Churchills, und sie ist gewaltig – er verrät das, wofür er kämpft –, steigert Hitlers Schuld ins Unermessliche: Wer Wind sät, wird Sturm ernten. Steht schon in der Bibel!«

»Säuglinge, Frauen, Kinder, ganz sinnlos!«, Isolde sagte es sehr leise. »Warum?«

»Zuerst wollten sie den Krieg damit gewinnen – aber das wissen sie längst, dass sie damit nichts erreichen. Dann Rache!«, sagte Walter. »Sie rächen sich. Vergiss nicht, vorher ist England bombardiert worden, und in Polen hatten die Nazis schon dasselbe gemacht. Es war doch jeden Tag im Rundfunk. Jede Schuld zieht die nächste nach sich – steht auch schon in der Bibel: Die Sünden der Väter werden gerächt bis in das siebte Glied.«

»Aber Unschuldige!« Isolde drückte sich fest an ihn.

»Es trifft immer alle«, sagte Walter hart, »Verbrecher wollen sie bekämpfen und merken nicht, wie sie selbst ein Stück weit werden wie die.«

»Dann hat doch alles keinen Sinn!«, seufzte Isolde.

Sie hielten sich an der Hand. Der Wind war in den Blättern. Sie hörten die Wehre der Mühlen. Die Häuser mit ihren Galerien entlang des Flusses verschmolzen zu einer schwarzen Masse.

Walter hatte den Kopf gesenkt und sagte nach langem Schweigen: »Irgendwo gibt es doch einen Sinn, aber einen ganz anderen, als die Nazis meinen – mit ihrem: *Du bist nichts, dein Volk ist alles.*«

»Und welchen Sinn hat das Leben?«, fragte Isolde. Und fuhr unhörbar fort: Das Leben der Isolde Bauer oder das der Isolde Grünzweig?

Er legte ihr den Arm um die Schultern: »Es ist ein Friedenssinn und passt nicht zum Krieg. Hör zu: Wir leben, so weit wir Lebewesen sind, um Glück zu empfinden, und wir leben, so weit wir Menschen sind, um Glück zu verbreiten. Ein alter Lehrer hat mir das einmal gesagt.«

»Es klingt sehr einleuchtend.« Aber was ist Glück für eine Jüdin?, dachte sie weiter. Ich weiß es nur, weil es dich gibt, du Lieber!

»Und es ist sehr schön. Er hat es vor ein paar Jahren gesagt, damals, als sie Schaufenster eingeworfen und die Synagogen angezündet haben. Er war Jude! Er war schon kein Lehrer mehr. Sie haben ja alle jüdischen Lehrer rausgeworfen. Er glaubte dennoch daran. Heute ist er längst abtransportiert.«

Es packte sie von den Haarwurzeln bis zur Fußsohle: Ich bin Jüdin! Sag ihm alles! Sag ihm, dass du Grünzweig heißt und nicht Bauer, und Veronika heißt Sarah Goldstein! Sag ihm, dass sie meinen Vater geholt haben, weil er Jude ist –

»Mein Papa –«, entfuhr es ihr. Sie schwieg tödlich erschrocken, die Hand auf den Mund gelegt, und starrte Walter an mit aufgerissenen Augen.

»Was ist denn? Was hast du? Was ist mit deinem Vater? Ist er im Krieg?«

Er hatte noch nie nach ihrem Vater gefragt. Vielleicht weil seiner gefallen war, vielleicht wollte er nicht darüber reden. Sie hatte ihm irgendwann gesagt, dass ihre Eltern sich getrennt hatten und sie bei einer Bekannten lebte –

»Willst du nicht darüber reden?«

Ihr Gesicht war feuerrot.

Ganz nüchtern müsste sie sagen: Weißt du, Walter, meine Eltern sind Juden, ich bin eine untergetauchte Jüdin! Meine Mutter ist mit ihrem Freund in den USA. Ich bin nicht mitgefahren – sie haben die Notbremse nicht gezogen, es war ihnen unmöglich; mein Vater ist evakuiert worden zu Aufräumarbeiten in Polen – aber es darf niemand wissen, auch deine Mutter nicht – hörst du – niemand! Du, du musst es mir schwören – bei deiner Seele!

Man konnte es nicht sagen.

Stattdessen flüsterte sie und erstickte an jedem Wort: »Mein Vater ist tot, gefallen wie deiner.«

Er schloss sie in die Arme und drückte sie an sich. Er streichelte ihre Hände, ihre Haare, ihr Gesicht, ihren Körper. Sie fühlte seinen Atem, seine Küsse. Er war ganz nah, so nah wie noch nie. Ach, jetzt nur noch Isolde Bauer sein! – Sonst nichts!

Will ich denn wirklich Isolde Bauer sein? Nein! Niemals!

In ihrem Inneren klaffte ein tiefer Riss. Zu ihm gehören, ganz und gar! Aber wie konnte sie das, wenn sie nicht eine Person war, sondern zwei? Wie konnte sie sich ihm schenken – und Isolde Bauer mit?

Sie hatte ihren Freund angelogen – und ihren Vater totgemacht – für tot erklärt.

Aber was denn sonst –

Es gab keine Sprache mehr, in der man hätte reden können. Sie schwieg mit gesenktem Gesicht und zusammengepressten, zitternden Lippen, dunkel, stumm.

Keinen Geliebten haben: das eherne Gesetz der Verfolgten!

Veronika war entsetzt: »Weiß er, was er da sagt? Isolde, es ist tödlich! Wehrkraftzersetzung, Feindbegünstigung, Verrat – wenn ich auch ganz auf seiner Seite bin. Und – es fällt mir schwer: Aber ich kann nicht sehr traurig sein über das, was in Hamburg geschehen ist. Verbrechen hin – Verbrechen her: Sie kämpfen für die Freiheit!«

»Aber Veronika, die vielen kleinen Kinder –«

»Und die kleinen Kinder der Juden? Rebekka Kohn stand vor der Niederkunft, als sie in den Osten evakuiert wurde: Kein Bitten half – sie musste mit, im Viehwaggon. Zwei Rüpel von SS-Leuten stießen sie hinein und lachten dabei. Glaubst du, dass dieser Säugling überlebt? Die Kinder der Deutschen sterben im Krieg. Weshalb stirbt er?«

Isolde schwieg lange und sagte dann zögernd: »Trotzdem. In der Bibel steht die Geschichte von Gomorrha – Feuer vom Himmel auf die Stadt. Aber wenn nur zehn Gerechte darin lebten, würde Gott Gomorrha verschonen. Hamburg wurde von den Engländern nicht verschont – vierzigtausend Menschen! Was maßen sie sich an?«

»Es ist sehr schwer zu beurteilen. Irgendwo hast du natürlich Recht. Ich denke: Die Schuld des einen wird leicht zur Selbstgerechtigkeit des anderen. Und der Selbstgerechte denkt, alles Schlimme im Kampf gegen das Böse sei gut; selbstverständlich glauben die britischen Bomberpiloten ihren Vorgesetzten, dass sie Gutes tun. Niemand merkt mehr, wie er im Krieg verroht. Auch daran ist Hitler schuld.«

Veronika strich sich über die Stirn und fuhr verlegen fort: »Weißt du, wenn ich in den Bunker renne, denke ich seit einiger Zeit: Nur immer druff, feste druff! Zeigt's dem Pack! Macht sie fertig! Und ich balle die Fäuste, als könnte ich mit Bomben zuschlagen. Und wenn der Alarm vorbei ist und sie die Toten herausholen, schäme ich mich in Grund und Boden. Ich kann nicht anders. Tut mir Leid. Es ist schrecklich.«

»Ich weiß. Es geht mir ja ähnlich – manchmal.«

»Was ist mit Walter?«

»Weißt du, er ist ja kein Jude, aber er hat von seinem alten Lehrer erzählt, und der war Jude! Und er hat so gut über ihn gesprochen, so voller Ehrfurcht und Bewunderung. Das war seltsam: In seiner Wehrmachts-Uniform über einen Juden! Und wie schön er von dem alten Mann geredet hat –«

Veronika wurde bleich: »Isolde, du hast ihm doch nichts gesagt, um Himmels willen.«

»Nein, Veronika, kein Wort. Aber es tut so weh. Ich will doch keine Geheimnisse vor ihm haben. Und da habe ich ihn angelogen, dass mein Papa tot ist – gefallen wie seiner.«

»Isolde!«

»Ja, ich weiß selbst nicht, warum ich das gesagt habe. Ich schäme mich so, es ist, als ob –«

»Aber es war sehr klug. Es war genau das Richtige. Hast du ihm sonst noch etwas gesagt über uns? Isolde! Du musst es jetzt sagen – alles. Was hast du sonst noch erzählt?«

»Er ist so ehrlich, so geradeheraus –«

»Ich glaube dir ja, dass du dich auf ihn verlassen kannst. Aber du kannst dich eben nicht darauf verlassen, dass er es nicht irgendwo sagt. Vielleicht seiner Mutter, und der rutscht es dann woanders ganz ungewollt heraus. Es wäre furchtbar – für dich und für mich.«

Sie betrachtete Isolde, die stumm dasaß und auf ihre Schuhspitzen schaute.

»Und, was ich noch sagen wollte: Du warst vor ein paar Wochen wieder in dem alten Haus oder bei dem alten Haus – Isolde, das geht nicht, glaub es mir! Was will Isolde Bauer beim Haus eines evakuierten Juden?«

»Woher weißt du es?«

»Frau Grötzinger hat dich gesehen. Man wird immer gesehen. Das ist ja das Problem!«

»Sie hat mit mir gesprochen«, sagte Isolde vorsichtig.

Aber Veronika wusste es schon: »Sie hat dich erkannt, aber das war zu erwarten. Sie hat es mir erzählt. Sie kennt fast niemanden mehr in der Stadt und hat hier keine Verwandten. Es wird niemand erfahren.«

»Sie hat gesehen, wie die Gestapo die Bilder weggefahren hat. Zum Bahnhof.«

»Dann weißt du es ja endlich – futsch, weg, vorbei!«, sagte Veronika trocken. »Jetzt hast du noch weniger Grund dorthin zu gehen.«

»Aber ich muss hin. Ich muss doch wenigstens unser Haus sehen. Ich halte die Ungewissheit sonst nicht aus!« Sie seufzte. »Er wird doch wiederkommen –«

»Sicher, Isolde. Er hatte Besuch, als ich das letzte Mal bei ihm war, da hatte er gerade diesen grauen Zettel wegen seiner Evakuierung bekommen«, sagte Veronika und fasste Isoldes Hand, »ein früherer Kollege aus seiner alten Redaktion war bei ihm, ein Jude, der hatte den gleichen Schrieb bekommen. Sie haben Wein getrunken und waren ganz munter.«

»Ja, ist schon gut. Bei mir tat er auch immer ganz munter! Aber gestimmt hat es nie.« Isolde dachte an das Bild mit den Ungeheuern auf seinem Schreibtisch.

»Und jetzt ist er fort. Ach, Veronika – und seine geliebten Bilder –«

»Jetzt hat sie die Gestapo, und was die damit macht, weiß kein Mensch.«

»Aber warum zum Bahnhof? Wollen sie die auch evakuieren?« Einen wahnsinnigen Moment lang stellte sie sich vor, wie ihm die Gestapo seine Bilder nachsenden würde nach Polen. Unsinn! Wollte sie jemand ins Ausland verkaufen? Es war ja Krieg!

»Sie werden sie einlagern. Es gibt dort ja genügend Lagerhallen.«

Immerhin würden sie dann nicht verbrannt.

»Viel wichtiger, Isolde, ist, was ich dir jetzt sagen muss. Es war neulich etwas in der Zeitung, nicht viel, aber Charlotte hat davon erfahren von Verwandten aus München.«

Charlotte war eine Kollegin vom Einwohnermeldeamt, von der Veronika wusste, wie sie über die Nazis dachte. Dennoch ahnte auch Charlotte nicht, wer Veronika Lenz in Wirklichkeit war.

»Ich wollte es dir nicht erzählen.«

»Was?«

»Etwas ganz Furchtbares, aus dem wir aber lernen müssen, vor allem Walter und du. Ich erzähle es dir nur, damit du begreifst. Und du sollst es ihm erzählen.«

»Ich begreife doch –« Isoldes Stimme zitterte.

»Sagt dir der Name Walter Klingenbeck etwas?«

Isolde schüttelte den Kopf.

»Es stand wohl nur eine Notiz in den Zeitungen, eine winzig kleine Meldung über seine Hinrichtung, mehr nicht. Denn sie wollen zwar abschrecken mit ihren täglichen Hinrichtungen in ganz Deutschland, aber über die genauen Gründe schreiben sie nichts: aus Angst, dass es ansteckend sein könnte. Aber Charlotte weiß mehr.«

»Hinrichtung?«

»Der Grund war Wehrkraftzersetzung und Feindbegünstigung, Isolde!«

»Walter Klingenbeck?«

»Er hat mit Freunden zusammen schon im letzten Jahr Widerstandsaktionen gegen die Nazis geplant und hat ausländische Sender gehört, er wollte Flugblätter drucken und verteilen, etwa in dem Sinne: Hitler kann den Krieg nie gewinnen, er kann ihn nur verlängern. Er wollte einen Geheimsender aufbauen, um über die wirkliche Kriegslage zu berichten. Er arbeitete in einem technischen Labor, sein Freund Haberl war Hochfrequenztechniker. Isolde, du machst mir nicht weis, dass dein Walter keine ausländischen Sender hört!«

Isolde blieb stumm.

»Du musst es nicht sagen. Ich weiß es auch so. Sag es niemandem, nicht einmal mir.«

»Seit sein Vater gefallen ist.«

»Ja, alles, was er zu dir sagt, lässt darauf schließen, dass er diese Sender hört. Hoffentlich sagt er es nicht an der falschen Stelle.«

»Er ist vorsichtig, bestimmt, Veronika.«

»Ja, so wie Walter Klingenbeck. Er hat nur einmal an seinem Arbeitsplatz nach einer Rede des Führers gesagt: Der soll sein Maul nicht so voll nehmen und lieber an seinen siegreichen Rückzug denken. Und einem Bekannten hat er gesagt, dass er dieses V-Zeichen, das Zeichen der Alliierten für Victory, mit Zeige- und Mittelfinger, im Reich verbreiten will – du kennst es.«

Isolde nickte.

»Er hatte dieses Zeichen an die Mauer einer SS-Kaserne gemalt und hat das seinem Bekannten, Isolde, einem sehr guten Bekannten, gesagt!«

»Und dann?«, fragte Isolde mit verkrampften Händen.

»Er wurde von zwei, drei Leuten verraten und angezeigt. Dann wurde er mit seinen beiden Freunden verhaftet und zum Tode verurteilt. Dabei waren die drei zur Tatzeit erst zwischen sechzehn und achtzehn Jahre alt und hätten gar nicht zum Tode verurteilt werden dürfen. Der ganze Prozess hat nur einen Tag gedauert. Walter Klingenbeck hatte im Prozess die Verantwortung allein auf sich genommen, deshalb hat man seine Freunde zu acht Jahren Zuchthaus begnadigt. Aber Klingenbeck selbst haben sie, nachdem er ein Dreivierteljahr darauf hat warten müssen, mit dem Fallbeil hingerichtet.«

»Es ist furchtbar, wie sie mit den Menschen umgehen.«

»Lass es dir eine Warnung sein, Isolde, dir und deinem Freund. Er scheint ein großartiger Mensch zu sein«, sie hatte ein warmes Lächeln, »aber du weißt, dass ich der Auffassung bin, dass du gar nicht mit ihm zusammen sein solltest.«

Isolde lag lange wach und starrte in die Dunkelheit, die sie umgab.

Ihr Papa schien ganz nah.

Sie sagte mit sehr leiser Stimme: Du darfst mir nicht böse sein, Papa. Ich habe dich nicht wirklich totgemacht. Ich weiß doch, dass du lebst und dass du wiederkommst, bestimmt wiederkommst. Aber ich durfte mit Walter doch nicht von dir reden, obwohl ich am liebsten stundenlang von dir erzählen würde. Ich musste doch sagen, dass du tot bist, sonst hätte er immer weiter gefragt, und ich hätte es dann nicht geschafft. Aber ich kenne dich und weiß, dass du mir nicht böse bist.

Sie horchte endlos in die Nacht –

*

Einige Wochen später sah Isolde auf der Straße in Gostenhof einen der beiden jungen Männer stehen – Zigaretten rauchend.

»Gerstner«, stellte er sich vor. »Wir kennen uns doch – nicht? Bei dem alten Juden letztes Jahr? Na? Einwohnermeldeamt? Gärtnerei? Kommt's wieder?«

Er vertrat ihr den Weg.

»Was wollen Sie?« Isolde brachte es kaum heraus.

Ja, Sie haben Recht. Ich bin Jüdin. Nehmen Sie mich ruhig mit. Evakuieren Sie am besten gleich uns beide: mich, Isolde Grünzweig, und Sarah Goldstein, meine Tante. Dann ist endlich, endlich Ruhe – Schluss mit der ewigen Angst, jeden Tag neu, schon morgens, wenn man halb wahnsinnig vor Herzklopfen im Bett aufwacht. Wisst ihr überhaupt, was das heißt – Angst? Aber genau das wollt ihr ja: Angst! Das ist eure Welt!

Der Gestapo-Polizist hatte sie lächelnd gemustert. Jetzt warf er seine halb gerauchte Zigarette weg und trat darauf: »Nichts Besonderes, meine Pflicht tun, ein bisschen aufräumen, hier und da vielleicht. Ist immer noch zu viel Unkraut in Nürnberg! Sollte man schon etwas dagegen tun – was?« Er redete nicht fränkisch, wie ein Nürnberger, sondern eher wie einer aus Berlin.

»Ich weiß nicht, was Sie meinen, Herr Gerstner. Hier wird jeden Samstag der Gehsteig ordentlich gekehrt. Und Unkraut sehe ich keines.« Die Anstrengung, dass die Stimme sie nicht verriet, war unmenschlich.

»Das war's schon. Wollte Sie nur mal wieder sehen. War recht nett, sich zu unterhalten. Nichts für ungut.« Er tippte an den Hut. »Also dann, Heil Hitler!«

»Wir können gar nichts tun: Wenn sie herausfinden, wer wir sind – nichts – wir können nur warten«, sagte die entsetzte Veronika am Abend.

Aber es war seither nie mehr jemand gekommen. Nur waren die Nächte jetzt viel schlimmer.

April 1944

Wie hatte sich Hildegard auf diesen Tag gefreut: Ihr Bruder Helmut würde heimkommen! Er war so lange nicht mehr da gewesen: Einsätze, Lehrgänge, Alarmbereitschaft, Schulung von Nachwuchs. Jetzt hatte ihm der Führer das Ritterkreuz verliehen für die vielen Flugzeugabschüsse. Eine ganze Woche durfte er zu Hause sein.

In den Zeitungen der ganzen Region waren Artikel erschienen mit seinem Bild, und Hildegard hatte alle gesammelt. Sie hatte sie auf eine große Papptafel geklebt, auf die sie in der Mitte geschrieben hatte: DEM HELDEN HELMUT WOLF!

Für das Schild an der Haustüre hatte sie viele Formulierungen überlegt: WILLKOMMEN DAHEIM! oder WILLKOMMEN ZU HAUSE! oder SIEG HEIL UNSEREM HELDEN! Aber Sieg Heil! kam zuerst dem Führer zu. Das ist Anmaßung, hatte der Vater gesagt. Aber man hatte ihm angesehen, wie sehr es ihm gefiel.

UNSEREM HELDEN war ihr zu wenig erschienen. Auch sollte das Willkommen unbedingt mit darauf.

Zuerst hatte sie schreiben wollen: WILLKOMMEN FÜR HELMUT, DEN HELDEN DER FAMILIE!

Aber der Vater hatte das nicht erlaubt: »Er ist ein Held für ganz Großdeutschland, nicht nur für die Familie.«

Der Oberbürgermeister würde ihn empfangen, der Ortsgruppenleiter würde kommen, der Gauleiter hatte ein Grußtelegramm geschickt und wollte vorbeischauen, sofern es seine Zeit erlaubte. Irma Spohn war zu einer kleinen Feier im engsten Familienkreise eingeladen.

Der junge Held würde in seiner ehemaligen Schule zu den Schülern und Lehrern sprechen und den Jungen die Bedeutung des Krieges und der Tapferkeit erklären.

Zum Fest in der Familie und zur Feier von Helmut war die Ration an Lebensmittelmarken für die Familie erhöht worden.

Der junge Held soll merken, dass es in der Heimat an nichts fehlt, hatte der Ortsgruppenleiter gesagt.

Und Hildegard war von der Mutter zur Gärtnerei Fritz geschickt worden, um Lorbeerzweige zu kaufen. Die Zweige bekam sie dort geschenkt: Jeder hatte es in der Zeitung gelesen. Frau Fritz und ihr Mann gratulierten, als sie erfuhren, für wen die Zweige waren, und gaben Grüße mit »– bitte an den jungen Helden, auf den ganz Nürnberg stolz ist, und Grüße bitte auch unbekannterweise an die glücklichen Eltern. Mein Gott! Ein echter Held!«

Hildegard hatte zuerst gar nicht auf das junge Mädchen geachtet, das einen Korb, prallvoll mit Gemüsesetzlingen, in den Laden brachte. Sie fuhr richtig zusammen: Das war doch diese Jüdin Isolde!, die Betrügerin aus ihrer Klasse, die keinen Judenstern trug! Endlich! Isolde Grünzweig. Ihr Vater war Journalist beim Nürnberger Tagblatt gewesen, Irma hatte von ihm gesprochen.

Das Mädchen blickte auf, ihre Augen vergrößerten sich, als sei sie überrascht. Dann ging sie rasch aus dem Laden.

Jetzt wusste sie alles über diese Betrügerin! Wie sie hieß, wo sie arbeitete, sogar über ihren Vater, den Judenjournalisten, wusste sie Bescheid. Auch die Wohnung konnte sie jetzt leicht herausfinden

Eigentlich könnte man nun zuschlagen und dieses Unkraut mit Stumpf und Stiel ausreißen: UNKRAUT IN EINER GÄRTNEREI! Sie las es bereits als Schlagzeile.

Freilich, ein Rest Unsicherheit blieb. Letztes Jahr im Bunker war es dunkel gewesen, und dann im Freien war die Aufregung groß wegen der brennenden Häuser und wegen des Giebels, der zusammenstürzte. Jetzt trug das Mädchen eine grüne Schürze und sah doch wieder anders aus. Die Haare? Sie waren aufgesteckt, ein hübsches Mädchen. Aber auch das gab es natürlich: sehr schöne Jüdinnen mit ihren schwarzen Haaren und Augen, aber davon durfte man sich nicht blenden lassen.

Sie musste es sein!

Ich hätte unbedingt die Fritzens nach dem Namen fragen müssen, dachte sie auf dem Heimweg. Aber sicher hatte die Betrügerin den Gärtnersleuten einen falschen Namen genannt.

Jetzt musste sie alles sorgfältig planen, damit sie dem Vater lückenlose Beweise liefern konnte, wie er das immer nannte. Aber das ging nicht mehr vor dem großen Fest.

Sie ärgerte sich, dass dieser schöne Tag durch die Jüdin geradezu entweiht wurde.

Aber die Juden machen das immer so!

Andererseits konnte sie seit heute entlarvt werden, konnte man ihr die Maske vom Gesicht reißen, dieser scheinheiligen und schamlosen Person, die ihren Korb Setzlinge in den Laden gebracht hatte, als wäre das die selbstverständlichste Sache der Welt.

Hildegard schmiedete Plan um Plan, während sie nach Hause ging, vorbei an einigen schwarzen Ruinen.

Jeder konnte angesichts der Trümmer sehen, wie wichtig Helden wie ihr Bruder waren. Und jeder konnte sehen, was die Juden aus deutschen Städten machten.

Hoffentlich musste man während des Festes nicht in den Keller oder in einen Bunker, weil die Sirenen losheulten. Es wurde täglich schlimmer!

Dann war es so weit: Ein schwarzer Daimler fuhr vor mit dem Chauffeur des Oberbürgermeisters – die ganze Familie hatte hinter der Gardine gewartet. Die Mutter sah toll aus im neuen schwarzseidenen Kleid mit der eleganten blonden Frisur und ihrer hellen Haut, Hildegard in der Uniform des BDM, der Vater in der schwarzen Uniform der SS – alle stürzten hinaus.

Der Bruder war in Uniform, den neuen Orden trug er um den Hals. Sein Gesicht war ernst und viel älter, als es Hildegard in Erinnerung hatte. Ganz das Gesicht eines Erwachsenen, dachte sie. Er streckte die Hand nach der Mutter aus, die zu schluchzen begann: »Helmut.«

Dahinter der Vater. Er schlug die Hacken zusammen, dass es knallte, und reckte den Arm in die Luft: Sein »Heil Hitler. Mein Junge!« klang hell, kurz, zackig und vorbildlich wie auf dem Kasernenhof.

Hildegard kam dahinter, eher schüchtern.

Sie hatte die BDM-Uniform eigentlich nicht anziehen wollen: »Das sieht so offiziell aus.«

»Das ist offiziell. Auch wenn meine Tochter das nicht bemerkt«, hatte der Vater mit strafendem Blick gesagt.

»Heil Hitler, Helmut«, übernahm sie die Begrüßung ihres Vaters. Sie hatte aber nicht den Arm ausgestreckt, wie es Vorschrift war, sondern legte ihn ihrem Bruder um den Hals: »Helmut, schön, dass du endlich wieder zu Hause bist.« Einen Moment legte er die Hand auf ihre Hüfte.

Wie ernst er war!

Der Tisch bog sich unter dem Essen, das die Sonderration Lebensmittelmarken möglich gemacht hatte. Das beste Geschirr war aufgedeckt worden, das gute Silberbesteck; bei jedem Teller stand eine kleine Hakenkreuzfahne. Es sah sehr festlich aus.

Vor dem Teller des Helden lag ein Lorbeerkranz, ähnlich, aber kleiner als der an der Haustüre. Hier auf dem Tisch umrahmte er Hildegards Schrift: DEM HELDEN. Helmut Wolf hatte man hier weggelassen, obwohl es der Vater wollte. Aber die Mutter hatte gesagt: »Er weiß, wie er heißt.«

»Die Verpflegung ist gut bei euch, nichts zu sagen, seid froh, dass es euch so gut geht.«

»Die haben wir dir zu verdanken«, lachte Hildegard übermütig.

Helmut gab keine Antwort.

Tischreden wurden gehalten. Es sprach zuerst der Ortsgruppenleiter der NSDAP. Er redete vom Endsieg und von der Wende im Kriegsgeschehen, die unmittelbar bevorstehe, wobei er an den baldigen Einsatz einer Wunderwaffe erinnerte. Dann redete er von Heldentum, führte Helden aus der Geschichte an: Alexander, Siegfried, Horst Wessel. Er schloss mit den Worten: »Künftige deutsche Geschlechter werden es nicht mehr nötig haben, an römische und griechische Tugenden zu erinnern: Hier sitzt er vor euch, noch blühend und ganz lebendig, der künftige Sieger und Sagenheld künftiger Generationen. Heil Hitler und Sieg Heil!«

Ähnliche Reden folgten. Der Vater als letzter Redner erlaubte sich einen kurzen Rückblick auf seine eigene Vergangenheit, die Voraussetzung war, dass es überhaupt einen neuen Helden gab. »Und alles bin ich und alles ist er geworden nur durch die Partei unseres Führers. Adolf Hitler. Sieg Heil!«, schloss er.

Schließlich wurde ein Gratulationsbrief des Gauleiters vorgelesen, der sehr bedauerte, nicht selbst bei der Feier anwesend sein zu können. Aber dringende Amtspflichten – er wünsche einen guten Verlauf und einen angenehmen Aufenthalt für den jungen Helden in der dankbaren Heimat.

Der Held selbst sprach wenig.

Einmal zwinkerte er zu seiner Schwester hinüber, die unter den strengen Blicken der Eltern mit einem schüchternen Lächeln erwiderte.

Das Essen der ungewohnten Speisen verlief sehr schweigsam. Man war übereingekommen, die Erlebnisse und Taten des Helden zu einem späteren Zeitpunkt anzuhören, wenn man die Aufmerksamkeit ungeteilt seinen Berichten widmen konnte.

Als man gerade den Nachtisch eingenommen hatte und sich vom Tisch erheben wollte und Hildegard schon half, das Geschirr wegzuräumen, meldete sich überraschend der junge Held selbst zu Wort.

Er sagte wenig, und er sagte es mit sehr leiser Stimme: »Danke für das Fest. Ich werde keine Woche mehr da sein, wie wir alle angenommen hatten. Es geht nicht. Der Urlaub ist gekürzt. Ich habe heute den Befehl bekommen. Ich werde verlegt an die Ostfront. Die Flugabwehr hat weitere Aufgaben zu erfüllen: Abwehr heißt nun mehr als nur Abwehr feindlicher Luftangriffe.«

»Aber es ist doch nicht gefährlicher als bisher?« Die Stimme der Mutter begann zu zittern, sie hatte sich aber schnell wieder unter Kontrolle: »Wo musst du denn hin? Und wann musst du fort?« Sie tastete nach ihren Dauerwellen.

Sie ist die Mutter eines Helden. Das verpflichtet, dachte Hildegard, der vor Schreck beinahe die Knie nachgegeben hätten.

»Alles ist gefährlich im Krieg. Fragt mich nicht. Ich muss heute noch weg. Den genauen Einsatzort kenne ich nicht. Ihr werdet ihn so schnell wie möglich erfahren.«

»Das können die doch nicht machen!«, empörte sich der Vater mit einem schrägen Blick zum Ortsgruppenleiter, der sein Weinglas absetzte und einen roten Kopf bekam. »Der Urlaub steht ihm doch zu. Da kann man doch nicht –«

»Man kann. Lass es gut sein.«

Hildegard fühlte sich sehr elend – Ostfront!, schon heute –, aber sie bewunderte ihren Bruder rückhaltlos: Man kann, mehr nicht: Man kann. So reden Helden!

Sie hatte vorgehabt, ihren Bruder mit seinen Erlebnissen und Heldentaten in den nächsten Heimabend der Jungmädel einzubringen. Daraus wurde wohl nichts – schade!

Ähnlich erging es auch Irma: »Sehr schade, Herr Wolf. Sie müssten als Vorbild der Jugend in Nürnberg anders –«

Helmut Wolf unterbrach sie fast grob: »Ich bin kein Vorbild, Frau Spohn!«

»Natürlich sind Sie ein Vorbild«, sagte der Ortsgruppenleiter.

»Was denn sonst?«, sagte der Vater.

Die Mutter hatte die Augen aufgerissen und zupfte mit den Fingern in den Haaren: »Aber Helmut.«

»Es ist draußen anders, als ihr denkt. Der ganze Krieg ist anders.« Er sah erst den Ortsgruppenleiter, dann seinen Vater an.

»Hier ist niemand im Krieg außer mir, obwohl man jeden waffenfähigen Mann braucht, meine Herren! Ich verstehe Sie jeden Tag besser. Aber wie Sie das machen, weiß ich nicht.« Sein Blick war vernichtend.

Das Gesicht des Vaters war hochrot. Er wollte aufspringen, sein Mund war halb geöffnet. Er bezwang sich aber und setzte sich stumm.

Irma Spohn versuchte zu retten: »Es muss furchtbar sein, da draußen. Erzählen Sie uns doch einfach davon. Reden Sie es sich frisch von der Seele.«

»Es gibt nichts, was man sich von der Seele reden kann und schon gar nicht frisch. Ich gehe noch ein wenig an die frische Luft, hier drin ist sie schlecht. Vielleicht bin ich auch das fette Essen nicht mehr gewohnt. Nein, niemand soll mitkommen«, sagte er zu Hildegard, die sich bei ihm einhängen wollte. »Ich gehe nur alten Erinnerungen nach.«

Als er nach einer Stunde wiederkam, bestellte er ein Taxi, seinen Koffer hatte er gar nicht erst ausgepackt, und fuhr zum Hauptbahnhof.

Die Termine mussten abgesagt werden.

Alle bedauerten es sehr, besonders seine alte Schule: Solche Vorträge sind pädagogisch wichtig, wurde von der Schulleitung gesagt, sie fördern die Wehrbereitschaft, und man braucht da draußen jetzt jeden Mann. Kaum zu entschuldigen. Aber Befehl ist Befehl – selbstverständlich!

Die Mädel aller BDM-Gruppen, soweit sie nicht mit der Kinderlandverschickung auf den Dörfern der Umgebung waren, hatten sich eingehend auf den Ritterkreuzträger vorbereitet, Fragen aufgeschrieben und sich auf den Helden gefreut. Sie saßen mit sorgfältig geflochtenen Zöpfen und langen Hälsen aufgereiht wie Perlenschnüre in den Gruppenstunden. Die Gruppenleiterinnen hatten rote Flecken im Gesicht.

Aber der junge Held kam nicht.

Hildegard weinte die halbe Nacht und quälte sich dann noch

wochenlang mit schrecklichen Vorstellungen. Sie dachte fast nur noch an ihren Bruder im Osten –

So viel hätte sie mit ihm zu reden gehabt; es hätte für Tage gereicht. Der große Bruder! Er war immer für sie da gewesen, ganz zuverlässig. Und er war ihr großes Vorbild: schon als Pimpf, als Hitlerjunge, als Schüler, als Sportler, jetzt als Soldat.

Sie hatte es sich so schön vorgestellt: Sie wäre mit Helmut durch die Stadt geschlendert; er natürlich in Ausgehuniform, das Ritterkreuz um den Hals. Alle hätten ihnen nachgeschaut. Wichtige Leute hätten sie angesprochen und Helmut gratuliert. Und er hätte seine Schwester Hildegard vorgestellt –

Abendelang hätte er von seinen Heldentaten erzählt, verschwörerisch wären sie auf ihrem Zimmer gehockt, und sie hätte ihm gelauscht, und Schauer wären ihr über den Rücken gelaufen, wenn es so richtig gefährlich wurde, und sie hätte sich ganz fest an ihn gepresst, und der Held hätte den Arm beschützend um sie gelegt.

Sie hätte aber auch von sich berichtet, von ihrer Arbeit mit den Jungmädel im BDM: Wie es immer weniger würden wegen der Kinderlandverschickungen und wie sie fleißig Socken strickten für die Soldaten draußen, dass die warme Füße hätten und wollene Schals, wie sie nach jedem Terrorangriff Suppen kochten und Hunderte von Broten schmierten für Ausgebombte, wie sie sammelten für das Winterhilfswerk, und wie sie den Frontverlauf genau verfolgten und bestens Bescheid wüssten. Und wie eben auch die Mädel das Ihre beitrugen zum Endsieg, und sie hätte ihn gefragt, wann der endlich käme. Sie hätte auch von ihrer Angst bei den Luftangriffen gesprochen, über die sie mit ihrem Vater nicht reden konnte, und hätte sich von ihrem großen Bruder beraten und trösten lassen. Sie hätte aber auch ihn getröstet, wenn er von der großen Gefahr seiner Einsätze gesprochen hätte.

Und von ihrem Plan hätte sie erzählt, diese Jüdin, die sie im Bunker entdeckt und in einer Gärtnerei wieder gesehen hatte, als Betrügerin zu entlarven, und Helmut hätte sie gelobt, und sie hätten zusammen gelacht und gelacht.

Sie hätte ihm vielleicht sogar erzählt, dass sie tatsächlich, schon am Tag, nachdem sie das Mädchen in der Gärtnerei wieder getroffen hatte, mit einem Gestapo-Mann namens Gerstner geredet hatte. Sie hatte ihn harmlos um Rat gefragt und das Mädchen dabei beschrieben. Erst hatte er kaum zugehört, war aber bei dem Namen Isolde hellhörig geworden: Isolde Bauer! Wir haben im letzten Sommer einen Juden aus der Altstadt evakuiert. Hatte der vielleicht eine Tochter? Da war nämlich eine Isolde Bauer – ist uns aufgefallen. Bis jetzt nichts gefunden. Das behalten wir mal im Auge. Vielen Dank!

Sie hatte gewartet wie ein Kind auf Weihnachten und sich schon auf das Lob gefreut, das mit jedem Tag Warten größer geworden war. Sie hatte sich über sich selbst geärgert, weil sie Herrn Gerstner nicht nach dem evakuierten Juden gefragt hatte – sie wusste ja, dass er Journalist gewesen war. Hier hätte man sicher ansetzen können. Sie wollte es nachholen, aber sie hatte dann nichts mehr gehört von diesem Herrn Gerstner.

Bald darauf wurde bei Tisch darüber geredet, dass, für den Vater sehr ungelegen, einige Gestapo-Mitarbeiter eingezogen worden waren.

Ist darunter ein Herr Gerstner? Hatte sie ganz frech gefragt. Ihr Vater war sehr verwundert gewesen. Was sie das angehe? Aber es stimmte.

Da hatte er natürlich kaum mehr etwas unternehmen können.

Zum Glück wurde der Vater unterbrochen, und es wurde nur noch von anderen Dingen geredet.

Sie würde Helmut gerne fragen, was sie jetzt noch tun könne. Sie würde so gern etwas wirklich Wichtiges leisten – so wie er, dass alle stolz auf sie wären.

Aber nun konnte sie ihn nicht mehr fragen und musste selbst zurechtkommen. Aufgeben würde sie nicht. Keine Frage.

Würde sie Helmut erzählen, dass sie jetzt einen Freund hatte?

Besser nicht, obwohl sie sehr stolz war. Es war ja noch gar nicht richtig fest. Er hatte sie nur so nett angelacht, als sie von der Gruppenstunde nach Hause gegangen war, und sie dann heimbegleitet. Und ein paar Tage später hatte er sie wieder nach Hause gebracht.

Aber ihre Eltern durften nichts davon erfahren: Einen Freund mitten im Krieg! Da gibt es wichtigere Dinge als einen Freund. Du spinnst wohl!

Aber Helmut würde sie vielleicht verstehen. Immer nur Krieg, Krieg, Krieg! Sie war schließlich fast achtzehn Jahre alt, da durfte man doch einen Freund haben!

Vielleicht hatte er ja selbst eine Freundin. Hätte sie ihn einfach danach fragen sollen?

Sicher nicht.

Es war so schön, an ihren Freund zu denken. Er war so süß. Und es würde bestimmt etwas daraus werden. Er lachte immer so nett.

Er hieß Ferdl Ferber und war Luftwaffenhelfer in einer Flak-Batterie in der Gegend des Hauptbahnhofs. Nächstes

Frühjahr würde er eingezogen werden, vielleicht auch schon im Herbst.

Er hatte auf dem ganzen Weg bis kurz vor ihrer Straße Witze erzählt.

Er war so süß, wenn er lachte. Er war nicht sehr groß, kleiner als sie, man merkte es aber kaum; er hatte blonde Stoppelhaare und Sommersprossen und ging auf die Oberschule. Er sah viel jünger aus, als er war. Der Unterricht an seiner Schule fiel jetzt – wie ihrer auch – eigentlich immer aus wegen der unsicheren Luftlage.

Darüber lachten sie beide.

Sie selbst sah ja auch jünger aus, als sie war. Das hatten die Lehrer oft gesagt: Du mit deinen blauen Kinderaugen –

Natürlich durfte er sie nicht bis vor die Haustüre bringen: Um Gottes willen, wenn uns meine Eltern erwischen! Er hatte ihr beim ersten Mal einen ganz kleinen Kuss gegeben und das zweite Mal einen etwas längeren. Das erste Mal hatte sie sich gesträubt.

Helmut war damals plötzlich so ernst gewesen. Sie hatte noch nie erlebt, dass ihr Bruder so furchtbar ernst gewesen war. Nicht ein einziges Mal hatte er gelacht und war doch früher immer so fröhlich gewesen. Den Vater hatte er bei der Begrüßung am Daimler geradezu zur Seite geschoben. Zur Mutter war er kaum herzlicher. Er hatte sie nicht einmal geküsst.

Nur um sie, seine Schwester, hatte er bei der Begrüßung ganz kurz den Arm gelegt. Er war so ungewohnt abweisend. Beim Essen saß er stumm da, als gehöre er nicht dazu, es war fast gespenstisch –

Und nur sie hatte er einmal kurz, fast verschwörerisch, angezwinkert. Das war in der ganzen Zeit der einzige Moment gewesen, in dem er, aber nur für einen winzigen Augenblick, der alte Helmut war.

Und welche seltsamen Dinge er zum Ortsgruppenleiter und zum Vater gesagt hatte, fast vorwurfsvoll! Als seien sie Drückeberger!

Dabei weiß doch jeder, wie wichtig die Heimatfront ist, überlegte sie. Dass man auch hier tüchtige Männer braucht. Der Vater hatte es der Familie oft erklärt. Sie müssen der Front den Rücken stärken. 1918 im Weltkrieg hatte die feige Heimatfront den Soldaten draußen in den Schützengräben den Dolch in den Rücken gestoßen. So hatte sie es auch in der Schule gelernt. Sonst hätte Deutschland den vergangenen Krieg leicht gewonnen.

So etwas würde ihr Vater nie tun. Niemals!

Natürlich war es, trotz der Luftangriffe, die täglich mehr wurden, draußen viel gefährlicher! Hatte Helmut das gemeint?

Er war weggefahren und hatte sich kaum verabschiedet.

Nun aber war es wirklich Zeit, ihren Beitrag zum Endsieg zu leisten: Diese Jüdin in der Gärtnerei Fritz musste unschädlich gemacht werden! Das war ihr, Hildegards, Beitrag an der Heimatfront. Voll Stolz würde sie es Helmut schreiben –

Mai 1944

Es war nur ein Junge in einer Flakhelfer-Uniform im Laden, als ein Mädel in BDM-Uniform nach einer Isolde Grünzweig fragte, die hier arbeite, wie sie sagte.

Er kenne keine Isolde Grünzweig, sagte der Junge nach einer winzigen Pause. Hildegard hatte ihn genau beobachtet.

Aber er schien erschrocken und hatte einen nachdenklichen Ausdruck. Ganz kurz stand er still.

Erst dann redete er, wie man über etwas ganz Unwichtiges redet: Er kenne keine Isolde Grünzweig. Wer denn das sei?

Dann sei es wohl ein Irrtum, meinte das BDM-Mädel. Sie wolle aber zur Sicherheit noch den Chef selbst fragen, Herrn Gärtnermeister Fritz, da bekomme sie dann wirklich zuverlässige Auskunft. Sie werde also wiederkommen.

Darum müsse er bitten, sagte der Flakhelfer.

*

»Isolde Grünzweig! Grünzweig. Isolde, was soll ich davon halten?«, fragte Walter, als sie nach der Arbeit noch zum Haller Tor gingen, weil Walter heute später Dienst hatte, dafür aber die ganze Nacht.

Ein Mädchen in BDM-Uniform –

Vor ein paar Wochen war ein Mädchen im Laden gewesen, ebenfalls in BDM-Uniform, und hatte Isolde so herausfordernd gemustert. Das Mädchen aus dem Bunker!, hatte Isolde überrascht festgestellt. Sie war sich ganz sicher: Dieser selbstsichere Blick aus runden Kinderaugen in dem fast erwachsenen und doch unreifen Gesicht, die glatte, helle Haut, die sehr blonden Haare. Das Mädchen im Bunker hatte ihr damals so auffallend lange nachgeschaut. Und je länger Isolde nachgedacht hatte, desto bekannter war ihr das Gesicht vorgekommen. Aber ein Name wollte ihr nicht einfallen.

»Ich kenne keine Isolde Grünzweig«, sagte Isolde sehr leise und konnte ihm nicht in die Augen sehen.

Walter schwieg. Dann blieb er stehen und scharrte mit einem Fuß im Kies.

Er flüsterte: »Grünzweig. Wenn du eine Jüdin bist und dich versteckst, Isolde, ich beschwöre dich, du müsstest es mir sagen. Wir dürfen keine Geheimnisse voreinander haben. Wir müssen uns alles sagen, wer wir sind, was wir denken, was wir tun. Sonst hat das alles nichts mit Liebe zu tun. Isolde, und wenn du Hilfe brauchst, du weißt –«

Niemand konnte ihr helfen, ihr nicht und Veronika nicht, wenn es herauskam. Und Veronika hatte Recht: Verfolgte haben keinen Geliebten –

»Rede doch endlich, Isolde, bitte –«

»Ich heiße Isolde Bauer, was denn sonst?« Sie sagte es sehr hart und laut und heftete dabei die Augen gewaltsam auf ihn.

»Ich spüre doch, dass du nicht die Wahrheit sagst. Du kannst doch gar nicht lügen, nicht du.«

O doch, ich lüge die ganze Zeit! Ich bin Weltmeisterin im Lügen, ich bin eine einzige Lüge, ich lüge ununterbrochen und ich lüge alle an, und du sollst mich nicht so quälen, bitte, bitte, nicht mehr so quälen! Sie schwieg.

Walters Stimme klang heiser und eindringlich: »Isolde,

ich habe dir vertraut wie keinem Menschen sonst, nicht einmal meiner Mutter. Ich habe mich dir vollkommen ausgeliefert mit allem, was ich gesagt habe. Meinst du, das sei nur so aus Versehen passiert? Da kannst du mir doch auch vertrauen.« Schweißtropfen standen auf seiner Stirn.

Und wie sehr ich dir vertraue, lieber, lieber Walter. Glaub es mir doch. Ich vertraue niemandem so wie dir, mein Geliebter!

Stattdessen sagte sie in einer unmenschlichen Anstrengung gleichgültig: »Aber ich vertraue dir ja, es gibt nichts Besonderes, was ich dir sagen könnte: Ich heiße Isolde Bauer. Ich kann dir meinen Ausweis zeigen: Isolde Bauer. Du kannst die Fritzens fragen: Isolde Bauer, die Kundschaft: Isolde Bauer! Frag Veronika Lenz auf dem Einwohnermeldeamt: Isolde Bauer! Frag meine Mutter, wenn du sie findest: Isolde Bauer! Immer: Isolde Bauer!«

Sie hatte es heftig hervorgestoßen und zwang sich, nicht zu weinen und ein böses Gesicht zu machen.

Und in ihr stieg langsam und unerbittlich wie ein Albtraum der dunkle Dämon mit den schwarz schimmernden Kuhaugen vom Schreibtisch ihres Vaters auf.

Ich hasse diese Isolde Bauer – wie sehr ich sie hasse!

Da! Es begann mit einem sehr tiefen, kaum hörbaren Hauch wie aus Urschluchten, der das Herz stocken ließ, der setzte sich in den Ohren fest und schwoll heulend immer gewaltiger an: Luftalarm! Luftalarm – auf und ab! Andere Sirenen fielen ein, fielen einander ins Wort, vermischten sich in wüster Dissonanz und fraßen sich in den Abend: Bald überzog das Heulen den Himmel, füllte Gassen und Straßen und duldete nichts neben sich.

Schauerlich stand der Ton der Sirenen über der Stadt Nürnberg.

Überall hastende, rufende Menschen, die sich in Kellern und Bunkern verkrochen.

»Wir müssen in den Bunker, schnell!«, rief Isolde erlöst.

»Ich gehe in keinen Bunker, bevor du nicht redest, Isolde –«

Sie rannte wortlos davon.

»Isolde, hör mal zu.« Frau Fritz stemmte einen Grabkranz auf den Ladentisch und wirkte verlegen: »Da war ein Mädchen im Laden, vorgestern bei Walter, gestern, am Sonntag, bei mir – ich kenne das Mädchen irgendwie. Sie war schon einmal hier, aber ich weiß nicht, wo ich sie hintun soll. Sie hat nach einer Isolde Grünzweig gefragt, die würde hier arbeiten. Isolde, ja, aber Grünzweig? Wirklich Grünzweig? Eine Verwechslung? Sonntags, habe ich gesagt, da ist unsere Isolde doch gar nicht da – ist doch Blödsinn. Sonntag wird ja in der Gärtnerei Fritz nicht gearbeitet. Außerdem heißt unsere Isolde nicht Grünzweig, sondern Bauer, habe ich ihr auch gesagt. Soll morgen wiederkommen.«

Isolde hielt sich an einem Regal fest.

»Du wirst ja ganz bleich.«

Die Gedanken überschlugen sich. Ich darf mir nichts anmerken lassen, und ich muss einen Ausweg finden – ich muss! Isolde sah das Mädchen vor sich: damals im Bunker, dann vor ein paar Wochen in der Gärtnerei. Das Herz raste.

»Bin nur gerade gerannt, Frau Fritz – hab geglaubt, ich hör Fliegeralarm –«

Wenn man unauffällig tief durchatmete und die Stimme zur Ruhe zwang, merkten sie vielleicht nichts –

»Kenn ich, ist mir schon zweimal passiert. Komm ich neulich vom Markt, heult da eine Sirene los, denk ich wenigstens, und renn los. Weiß nicht, was ich gehört habe.

Aber man hört dauernd Sirenen, ist ja auch fast jeden Tag Alarm, darf schon mal aus sein, der Krieg. Ich also losgerannt, und die Leute haben vielleicht blöd geglotzt.«

Sie wischte die Hände an der Schürze ab. Aber ihr Blick lag unverändert auf Isolde: »Isolde Grünzweig?« Sie schwieg und fügte dann leise hinzu: »Ich weiß nicht, was ich denken soll, Isolde: Grünzweig. Grünzweig ist doch ein Judenname! Kind, wenn du Grünzweig heißt, Isolde Grünzweig –«

Sie schwieg atemlos.

Gärtner Karl Fritz, einen Korb voller Rettiche im Arm, hatte den Namen gehört: »Die war auch bei mir. Ich meine das Mädchen, gestern, BDM-Uniform, groß, blond, mit so einem Kindergesicht. Nach Isolde Grünzweig hat sie gefragt. War ihr wichtig, ist extra hinüber ins Gewächshaus gekommen. Konnte ihr aber nicht helfen.« Er stellte den Korb ab. »Grünzweig, weiß jemand, wer das sein soll?« Dann lief ein heftiges Erschrecken über sein Gesicht: »Grünzweig?«

Stille. Einen Augenblick hatte Isolde das Gefühl, vor der Gestapo zu stehen.

Dann betrat eine Kundin den Laden.

»Geh nur«, sagte die Gärtnerin zu Isolde, »wasch die Rettiche und mach Bünde daraus. Die Polen sollen dir helfen.«

Isoldes Füße waren schwer wie Blei, das Herz raste, kalter Schweiß stand ihr auf der Stirn: War es nicht schon einmal so gewesen? Aber da hatte Walter die Situation gerettet. Heute war er nicht da, und heute könnte auch er sie nicht mehr retten: Es war aus mit Isolde Grünzweig und mit Sarah Goldstein.

Dann, als sie die Rettiche in Bünde sortierte, loderte Zorn in Isolde hoch: Was hatte sie denn Böses getan? In ihrem ganzen Leben hatte sie noch keinem Menschen etwas zuleide getan. Wofür wurde sie bestraft?

Wofür ihr Vater, den man in einem Viehwaggon weggefahren hatte wie das Schlachtvieh zum Schlächter!

Wofür diese vielen hundert Juden, die man in langen Zügen abtransportiert hatte – Kinder, Männer, Frauen, Greise, nachdem man ihnen zuvor alles weggenommen hatte und sie sogar noch die Fahrtkosten bezahlen ließ. Und wofür würde man ihre Tante Sarah bestrafen, die jeden Tag ihre Arbeit machte für dieses Volk ohne Erbarmen, das nicht wert war, dass man um seine Städte im Bombenhagel zitterte, so wie ihr Vater um Nürnberg zitterte.

Niemand sah, dass ihr Zornestränen über beide Wangen liefen, als sie Baststreifen um das Kraut der Rettiche legte und fest zusammenzog. Niemand sah, wie ihre Schultern zuckten, niemand hörte das fast lautlose Weinen aus ihrem Mund.

»Du traurig, Isolde?«, fragte einer der Polen, als sie zu ihnen trat.

Aber sie wischte sich die Tränen aus den Augen.

Sollen sie doch endlich ihren Krieg verlieren, den sie angefangen haben und den sie nicht zu Ende bringen können. Sollen sie verrecken, alle zusammen!

Warum müssen wir Juden die Sündenböcke sein für ihre Fehler?

Warum? Warum?

Sie zwang sich zu Arbeit und Ordnung. Sie breitete die Bünde der Rettiche ordentlich in einem Korb aus und achtete darauf, dass alles schön appetitlich aussah.

Dann wischte sie sich die Augen sorgfältig ab: Ich werde nicht weinen. Sie werden keine Träne sehen, und sie werden mich nicht klagen hören – nicht ein Wort! Wenn sie mich holen.

Das Gärtnerehepaar stand in dem kleinen Büroraum neben dem mit Totenbuketts, Blumen und Gemüse vollgestopften Laden. Isolde sah durch ein Fenster, wie sie heftig aufeinander einredeten. Wie immer schien Karl Fritz etwas unbeherrscht, fasste seine Frau an den Armen und fuchtelte dann wieder mit den Händen.

Frau Fritz war ruhig, ernst und bestimmt.

Isolde konnte sich denken, was sie sagten.

Herr Fritz: Zur Polizei, besser noch zur Gestapo! Die sollen sie gleich mitnehmen. Dann sind wir sie los, diese freche, undankbare Judenschickse. Mit den Polacken hat es angefangen.

Judenschicksen waren immer frech – rotzfrech – und undankbar.

Frau Fritz: Keine Polizei! Auf keinen Fall! Denk an die Kundschaft! Wo denkst du hin, Karl! Wir regeln das alles selbst. Wir werfen sie hinaus und geben der Polizei ihre Adresse. Dann kommt die Polizei nicht in den Laden.

Nein, dachte Isolde plötzlich verwundert: Das sagt sie nicht. Es passt nicht zu ihr. Und auch nicht recht zu ihm.

So war ein Fünkchen Hoffnung in ihren Augen, als sie am Ladentisch auf die beiden wartete.

Keiner schien beginnen zu wollen.

Schließlich sagte Anna Fritz mit einem Blick auf ihren Mann: »Die Rettichbünde sind hübsch geordnet. Wir – mein Mann und ich, weißt du –« sie stockte und schaute Hilfe suchend nach ihrem Mann.

»Meine Frau meint – wir beide meinen, es ist nicht einfach. Wir sind sehr zufrieden mit dir, du –«

Er schaute seine Frau an und wirkte verlegen.

Aber du solltest den Laden sofort verlassen, wird er sagen, dachte Isolde. Was sonst? Es wäre noch das Mindeste. Die Polizei –

»Wir haben gedacht, dass du –« Jetzt schien die Gärtnersfrau sich einen Ruck zu geben: »Isolde, du weißt, alles ist schwer, seit dem Krieg. Es ist gefährlich heutzutage. Sie holen einen ins KZ oder ins Zuchthaus oder noch schlimmer.«

Isolde wurde es heiß. Jetzt kommt es, dachte sie: Du musst das verstehen. Was können wir machen? Fort mit dir zur Polizei und zur Evakuierung!

»Gott, Isolde, Kind, du bist ja leichenblass. Also, wir dürfen nicht wissen, wer du bist, auf keinen Fall! Es wäre unser sicherer Tod. Versteh das bitte. Wir kennen nur Isolde Bauer. Von einer Isolde Grünzweig haben wir nie gehört.«

Weshalb hatte die Gärtnerin Tränen in den Augen, oder sah es nur so aus?

»Meine Frau – versprichst du uns«, sagte jetzt der Gärtner, den Isolde noch nie so unbeholfen hatte reden hören, er rieb seine Hände an der Schürze und sah ihr nicht in die Augen, sein Gesicht war feuerrot, »versprichst du uns, dass du nie jemandem sagen wirst, wer du –«

»Ach, Karl, du redest Unsinn! Natürlich sagt sie niemandem, wer sie ist, ist doch klar! Aber, hör, du versprichst uns bitte, dass du nie jemandem verrätst, dass wir es wissen. Versprichst du es?«

Isolde war es, als bräche ein Damm. Sie nickte. Die Tränen stürzten herab. Sie griff nach der Hand von Anna Fritz, ihr ganzes Elend brach aus ihr heraus und mündete in Schluchzen, das sie nicht mehr in ihrer Gewalt hatte.

Frau Fritz legte den Arm um sie und sagte leise: »Deine Eltern?«

Aber Isolde konnte es nicht sagen.

»Ich bin bloß Gärtner und bin in der Partei. Eine Sauerei, was die machen«, sagte Karl Fritz, »aber was soll ein Mann wie ich tun? Allein! Die machen doch, was sie wollen.«

»Jedem, der kommt, sagen wir, du heißt Isolde Bauer. Wer hat denn deine Ausweise gesehen? Doch wir! Woher sollen wir es denn wissen?«, sagte die praktische Frau Fritz und schloss den Laden wieder auf.

Isolde hatte gar nicht bemerkt, dass er abgeschlossen gewesen war.

»Es gibt viele Leute, die einander ähnlich sehen, das ist nicht selten. Warum sollst du nicht dieser Isolde Grünzweig ähnlich sehen – eine Verwechslung, sonst nichts. Sollen sie nur kommen!«, fügte sie resolut hinzu. »Aber sag um Himmels willen niemandem, dass wir es wissen.«

»Den soll der Teufel!«, sagte Herr Fritz grob. »Der etwas anderes –«

»Fluch nicht, Karl!«

»Walter weiß nichts anderes. Die Polen kümmert es nicht«, schloss der Gärtner.

Wussten die Gärtnersleute, dass sie sich mit Walter traf? Sie hatten es immer verborgen gehalten – es konnte sein Tod sein. Bei der Arbeit sahen sie sich kaum an. Ein kurzes Lächeln musste genügen.

Sollte sie Veronika sagen, dass das Ehepaar Fritz Bescheid wusste?

Unmöglich, sie könnte nicht mehr schlafen – keine Minute. Dennoch, Isolde hatte unglaubliches Glück gehabt.

Aber wie brüchig war das Eis geworden, über das sie mit Veronika gehen musste!

Juni 1944

Hildegard traf sich heimlich mit Ferdl Ferber am Plärrer, wenn er gerade keinen Dienst hatte, und war froh, ihren großen Plan endlich jemandem erzählen zu können. Ihr Vater hätte ihr den Hintern versohlt, wenn er wüsste, dass seine Tochter sich heimlich mit einem Freund traf.

Sie kamen gerade aus dem Bunker: Es war Fehlalarm gewesen, nachdem es nur eine Stunde vorher Entwarnung nach einem kleineren Angriff gegeben hatte. Die Luft war noch voll Rauch, irgendwo in der Gegend des Bahnhofs brannte es, Feuerwehr und Sanitätsfahrzeuge fuhren vorbei, die durch den zweiten Alarm in ihrer Tätigkeit unterbrochen worden waren.

Die beiden beachteten die Feuer, die aus benachbarten Straßen loderten, kaum mehr.

»Haben wieder ganz schön zugeschlagen, aber letzte Nacht haben wir ein paar heruntergeholt von den Lumpen. Wir werden immer besser. Es ist wie bei der Artillerie – man schießt sich ein: Und drauf! Peng! Peng! Sag mal, hörst du mir überhaupt zu?«

»Du, ich habe da eine ganz große Sache. Rat mal!«

»Du triffst den Führer.«

»Volltreffer!«

»Den Führer? Sag bloß – im Ernst?«, Ferdl staunte.

»Nein, Volltreffer – ich meine die Ruine da drüben – da hat's die ganze Vorderwand heruntergehauen.«

»Ich habe gedacht, du triffst den Führer. – Schade!«

»Blödsinn!«

»Blödsinn, dass du den Führer triffst? Ich zeig dich an.«

Sie lachten beide hell und begannen zu rennen, Hand in Hand.

»Nein, du redest Blödsinn«, sagte Hildegard heftig atmend. »Der Führer ist im Hauptquartier und sorgt für den Endsieg.«

Eigentlich war es ärgerlich, dass immer noch Krieg war: Der Führer war ja vor dem Krieg so oft nach Nürnberg gekommen, und sie hatte ihm schon als kleines Mädel einen Blumenstrauß geben dürfen. Das war unglaublich schön gewesen! Und ihre Eltern waren so stolz gewesen auf sie!

Jetzt gehörte sie zur höchsten Führungsriege des BDM in Nürnberg und wäre mit den anderen Führerinnen von ihm zu einem Gespräch empfangen worden, vielleicht sogar in einem kleinen, auserlesenen Kreis: Dafür hätte Irma gesorgt, und die Stellung ihres Vaters hätte sicher dazu beigetragen.

Aber der Führer hatte sich in seinem Hauptquartier in Ostpreußen verschanzt und dachte wohl gar nicht mehr an Nürnberg.

»Also was ist?«

»Wart noch. Ich muss es dir in Ruhe sagen.«

So ganz sicher war sie sich noch nicht. Das Mädchen sah zwar wirklich so aus, wie man dachte, dass ein Mädchen nach elf Jahren aussehen würde. Aber elf Jahre waren eine sehr lange Zeit. Und sie wollte sich auf keinen Fall blamieren. Sie musste ganz sicher sein. Und dabei sollte ihr Ferdl helfen. Er hatte doch immer so gute Ideen.

Vor ihnen, aus einem Geschäft für Rundfunkgeräte – Hildegard erinnerte sich noch, dass es vor Jahren jüdisch gewesen war, man konnte noch den halb verblassten Namen Silberstein lesen – plärrte ein Volksempfänger seine Weisheiten auf die Straße.

Plötzlich blieben die Menschen fast ruckartig stehen und horchten: INVASION IN DER NORMANDIE verstanden die beiden.

Es bildete sich rasch eine Menschentraube vor dem Schaufenster. Sie drängten sich dazwischen, kamen aber nicht weit nach vorn.

»Die schmeißen wir wieder raus, die Scheißalliierten«, sagte ein Mann vor ihnen, der nur ein Bein hatte.

Aber er lächelte dabei so seltsam: Das wäre so ein Fall, dachte Hildegard, er meint es genau andersherum, als er es sagt. Das sind die Gefährlichsten, sagte ihr Vater immer. Und denen gehen wir nach.

Aber beweisen konnte man in einem solchen Fall natürlich kaum etwas, wenn man nicht nähere Auskünfte einholte.

Sie hörten eine ganze Weile zu. Um sie herrschte Schweigen.

»Heute, am 6. Juni 1944 – Invasion – Atlantikküste – schon längst Maßnahmen ergriffen – längst erwartet – einsatzbereit seit Tagen – Auffangstellungen gebildet – selbstverständlich längst abwehrbereit – beherrschen den Raum auf breiter Front – Feind wird ins Meer zurückgeworfen – Abwehrschlacht – Siege – Heldentum – Opfer – Größe – Endsieg.«

Nur die Fetzen des Berichts drangen bis zu ihnen. Dann Marschmusik.

Die Leute gingen still auseinander.

Invasion, das hieß, dass die Alliierten sich anschickten, Frankreich zu erobern, um von dort auf Reichsgebiet vorzudringen und den Krieg zu beenden. Invasion hieß, dass nun eine weitere Front entstanden war, die es zu verteidigen galt. Invasion hieß, dass nun der Endsieg in noch weitere Ferne gerückt war.

Hildegard war es plötzlich, als senke sich eine gewaltige Steinplatte auf sie herab.

»Aber wir gewinnen doch?«, fragte sie unsicher.

Sie erschrak über sich selbst.

»Klar doch.« Ferdl konnte so selbstsicher lachen, so frei von Zweifel. »Sieh mal, wir haben doch alle Vorteile: Die müssen an Land krabbeln und ihr ganzes schweres Gerät mitschleppen; sie müssen dabei kämpfen, sind nichts als lebende Zielscheiben – und sehr langsame dazu.«

Sie hörte ihm so gerne zu! Er redete ähnlich wie ihr Vater, was den Inhalt betraf. Aber er sagte alles so locker, so schnurrig, auch die ernstesten Dinge, fast witzig. Es war dann gar nicht mehr so ernst.

»Unsere sitzen ganz gemütlich in den Bunkern an der Küste – hast du die einmal in der Wochenschau gesehen? Ich kann dir sagen – das sind Dinger, da gibt es nichts zu knacken: Da ballern sie draus hervor, immer mitten hinein: Peng! Krach! Artillerie, schwere MG, Pak, Flak, da beißen sie sich die Zähne aus. Oder die MG-Nester auf den Kreidefelsen! RRRRR in die Ärmsten gehalten, wenn sie an Land waten, die fallen um wie die Fliegen, reihenweise. Und gleich ins Wasser. Das kann ihn wegspülen, den Unrat.«

Sie sah ihn bewundernd an. Er kannte sich besser aus als sie. Das war ja kein Wunder: Während sie beim BDM Deckchen häkelten oder Wollmützen für unsere frierenden Helden draußen in den Schützengräben strickten, hockten die Jungs auf den Fliegerabwehrkanonen und bekamen mit, was Krieg und das richtige Leben war.

»Das wird ein Schock für die, kann ich dir sagen. Wie die

in die Hose machen, da kann Mama gar nicht schnell genug waschen! Wie die laufen, dass sie wieder ins Wasser kommen, wie die zurückpaddeln zu ihren Schifflein.«

Hildegard musste laut lachen: »Mach weiter!«

»Und dann ist der Jammer groß – der ist tot, und der ist gefangen, und der ist nicht mehr da, und den hat der Teufel auch geholt. Sie werden den heutigen Tag nie mehr vergessen, der sitzt ihnen noch in hundert Jahren in den Knochen.«

Hildegard hätte am liebsten in die Hände geklatscht: Was waren die Mädel doch für Angsthasen! Sie musste Ferdl unbedingt einmal in die Gruppenstunde mitnehmen. Das wäre überhaupt ein Weg wegen ihres Vaters –

»Und dann ist es aus mit dem Krieg. Nie war der Endsieg so nahe wie heute! Glaub mir – der heutige Tag ist der Anfang vom Ende.«

Er pfiff. Sie kannte den Text:

Wir werden weitermarschieren,
Wenn alles in Scherben fällt.
Denn heute gehört uns Deutschland
Und morgen die ganze Welt.

Es hieß zwar *Denn heute da hört uns Deutschland*, aber sie sangen immer: *Denn heute gehört uns Deutschland*
Und morgen die ganze Welt.

Immer noch war die Luft voll Rauch und es schrien irgendwo Menschen, aber für Hildegard war es wieder hell.

»Du, bevor ich's vergesse –«

»Ja, die große Sache, die bist du mir noch schuldig, kann ich dir leider nicht erlassen.«

»Ich weiß allerdings nicht recht –«

»Nicht verzagen, Ferdl fragen. Kennst du diese alte Volksweisheit noch nicht?«

»Also. Nürnberg ist doch fast judenfrei.«

»So gut wie. Soviel ich mitbekommen habe, hat man alle in den Osten geschafft. Es gibt hie und da noch wenige, die mit Ariern verheiratet sind oder aus solchen Mischehen stammen. Aber die holen sie auch noch – kannst du Gift drauf nehmen.«

»Was würdest du sagen, wenn in Nürnberg noch ein jüdisches Mädchen herumläuft, Volljüdin – und keinen Judenstern hat und arbeitet wie eine Arierin, damit sie alles Mögliche anstellen kann?«

»Gibt es nicht – ist doch jeder registriert.«

»Gibt es doch. Ich habe sie gesehen – schon letztes Jahr im Bunker, sie war mal in meiner Klasse. Eine waschechte Jüdin.«

Hildegard musste husten. Schwere Rauchschwaden zogen über die Straße.

»Wann war das?«

»Letztes Jahr im Bunker. Ich glaub im Sommer. Ja, sicher! Es war kein sehr großer Angriff, aber ganz in der Nähe hatte ein Haus einen Volltreffer. Ich war mit Mama dort. Es war schrecklich. Da habe ich sie gesehen. Und sie hat sich nach mir umgedreht. Ich konnte sie bis jetzt nicht anzeigen, weil ich zu wenig –«

»Das meine ich eigentlich nicht. Wann war sie mit dir in einer Klasse?«

»Ich habe lange nachgedacht. Es muss im Frühjahr '33 gewesen sein.«

Sie musste an der Tafel stehen, und alle hatten gelacht, schließlich sogar die Lehrerin, und das Mädchen hatte geweint und geweint. Sollte sie es Ferdl erzählen?

»Du spinnst wohl – da wart ihr gerade sieben Jahre alt, wenn ich richtig rechnen kann. Wie willst du sie denn da heute noch erkennen? Reiner Unsinn.«

»Aber ich weiß es ganz sicher.«

»Finger weg! Das ist kein Zuckerschlecken, ein anständiges arisches Mädel zur Verbrecherin zu machen.«

Ein furchtbarer Knall erschütterte die Luft. Die ganze Straße zitterte, eine Wolke stieg auf, Staub legte sich auf die Lungen.

»Bombe mit Zeitzünder!«, sagte Ferdl fachkundig.

Hildegard hatte sich erschrocken an den Arm ihres Freundes geklammert. Man hörte Schreie und Kommandos.

»Die Schweine werfen immer Bomben mit Zeitzündern dazwischen, die gehen dann hoch, wenn du beim Löschen bist. Pech, wenn du gerade daneben stehst.«

»Ich bin so erschrocken.«

»Quatsch, eine so große BDM-Führerin wie du erschrickt doch nicht. Was denken denn da deine Mädel!«

»Ich habe das Mädchen noch nie im BDM gesehen«, sagte Hildegard trotzig, die sich von ihrem Schreck wieder erholte.

»Das sagt noch lange nichts. Es sind nicht alle im BDM, das heißt, sie müssen natürlich drin sein. Aber das weißt du so gut wie ich – es gibt genügend Karteileichen, bei euch und bei uns, wie überall. Sie ist Mitglied, muss sie ja sein. Bezahlt ihren Beitrag. Gut. Aber sie kommt nicht zum Dienst. Gibt es genug. Kannst du Gift drauf nehmen. Wie, hast du gesagt, heißt sie?«

»Ich habe gar nichts gesagt. Aber sie heißt Isolde Grünzweig und arbeitet in der Gärtnerei Karl Fritz.« Sie wunderte sich, wie viel Überwindung es sie gekostet hatte, den Namen auszusprechen.

»Na und? Wenn du das alles weißt, Kleinigkeit! Du gehst zu Herrn Fritz und fragst ihn nach dem Namen seiner Aushilfe oder was immer sie ist. Peng!«

»Das habe ich doch schon gemacht. Aber die sagen, dass sie Bauer heißt und nicht Grünzweig.«

»Na also, ihr Chef wird sie ja kennen. Und jetzt reden wir von anderen Dingen, von viel schöneren. Was ist am Sonntag? Ich habe Dienst an der Fliegerabwehrkanone bis morgens um neun. Dann haue ich mich in die Falle bis zwei, und ab acht bin ich wieder da für Führer, Volk und Vaterland. Und dazwischen hast du doch ein bisschen Zeit für einen armen Krieger.« Er zog sie an sich.

»Du magst ja Recht haben, Ferdl«, sie drückte sich an ihn, »aber ist es dann nicht ein großer Zufall, wenn beide Isolde heißen? Isolde Grünzweig und Isolde Bauer?«

»Es gibt die blödesten Zufälle. Glaubst du kaum.«

»Ich kenne sonst keine einzige Isolde.«

»Ich auch nicht.« Er schnalzte mit den Fingern und schwieg.

»Heißen beide Isolde und sehen sich auch noch ähnlich!«, sagte sie und sah ihn bittend an.

Er sagte langsam: »Sollte man vielleicht doch etwas näher unter die Lupe nehmen, die Dame.«

»Endlich wirst du schlau.« Sie löste sich begeistert.

»Bin ich doch, ganz schön schlau, was?«

»Also –«

»Also, was wissen wir denn sonst noch alles über die fragliche Person?«

»Ihr Vater war ein Judenjournalist, das habe ich selbst herausgefunden.« Sie wusste es von Irma.

»Bauer klingt aber nicht sehr jüdisch.«

»Ich meine ja, dass der Name falsch ist.«

»Ja, richtig, dann ist es natürlich ein arischer Name.« Er war rot geworden.

»In Wirklichkeit heißt sie aber Grünzweig, ein richtiger

Judenname. Ich kenne sie, ich bin mir irgendwie ganz sicher.«

»He, der Herr Irgendwie gilt nicht als Zeuge!«

»Du, da ist noch etwas. Ich glaube, sie hat einen Freund. Vielleicht kennst du ihn. Er ist auch in dieser Gärtnerei Fritz. Er trägt immer Flakhelfer-Uniform wie du.«

»Und der heißt wie?«

»Das habe ich herausgefunden. Frau Fritz hat es mir auf die Nase gebunden, in aller Unschuld. Er heißt Walter Groß.«

»Bist du sicher?«, fragte Ferdl. »Ich kenne einen Flakhelfer, heißt aber Walter Sorg und nicht Walter Groß.«

»Walter Sorg, natürlich!«

»Ja, aber wenn du immer so leichtsinnig bist mit den Namen –«

»Kann ja mal passieren«, maulte sie.

»Gut, nun wieder zu Walter Sorg. Der macht uns nämlich Sorgen, dieser Herr Sorg.«

»Sorgen, uns?«

»Den Flakhelfern. Feindsender! Das haben schon mehrere gesagt. Nicht nur ich. Kann wohl sein Maul nicht immer halten, der Herr Spion. Auch die Führer machen ihm nicht gerade schöne Augen. Aber man kann ihm noch nichts nachweisen. Ich glaub, da arbeiten ein paar dran. Aber ich weiß nichts Gewisses. Vielleicht ist auch alles bloß Geschwätz. Feindsender!«

»Das wär doch toll, wenn wir beide überführen würden, den Hochverräter samt seiner verkappten jüdischen Freundin!«

Hildegard war wie elektrisiert: Zwei Spione ganz greifbar vor der Nase – durch sie entlarvt. Ihr Vater würde Augen machen, und ihr Bruder –

»Man sollte vielleicht die Gärtnersleute selbst überprüfen. Zwei so verdächtige Personen am selben Arbeitsplatz. Vielleicht kein Zufall. Unkrautnest in Gärtnerei ausgehoben oder Schädlingsbekämpfung in Gärtnerei! Na, wie klingt das?«

Hildegard war jetzt Feuer und Flamme und las schon die Schlagzeilen: Verkapptes Judenmädchen samt Liebhaber entlarvt – Rassenschande und Spionage. Gärtnerei als Stätte der Zersetzung. Und das im Herzen der Stadt der Reichsparteitage. Aber dank der Aufmerksamkeit – Flakhelfer und BDM fruchtbare Zusammenarbeit – Lob des Gauleiters –

Am wichtigsten war der Vater: Tüchtiger Kerl, dein Ferdl Ferber. Und dann hätte er natürlich nichts mehr gegen ihre große Liebe, und sie dürfte sich mit Ferdl treffen, wann immer sie wollte –

Sie standen am Plärrer und schauten auf die vielen Fahrzeuge, ohne darauf zu achten, und wollten nicht wahrhaben, dass sie sich trennen mussten.

»Was jetzt?«, fragte Ferdl.

»Am Sonntag versuche ich zu kommen.«

»Gut, aber was machen wir bis dahin?«

»Du solltest dich nach diesem Walter Sorg umtun. Vielleicht erfährst du etwas, was uns weiterhilft.«

»Und du, Hildegard, kümmerst dich noch weiter um diese Isolde, wäre einfach dufte – und du hast bis jetzt gute Arbeit geleistet – pfundig! Lob!«

Ihr Vater war jetzt drei Jahre bei der Gestapo in Nürnberg – seit einigen Monaten fast ganz oben. Vielleicht genügte da ein Wink, und er wäre ihr dankbar. Lieber würde sie es freilich alleine machen und dem Vater die Beweise vorlegen, damit er die Verbrecher nur noch verhaften müsste. So wie es in den Büchern der HJ und des BDM stand: Ein aufmerksamer Hitlerjunge oder ein schlaues BDM-Mädel entlarven einen üblen Verbrecher, meist einen Juden, der schon lange von der Polizei gesucht wurde –

Heute ging es freilich weniger um Mörder, Diebe oder Einbrecher, heute ging es meist um Wehrkraftzersetzer, Hörer von ausländischen Sendern oder sogar um ausländische Spione, meist untergetauchte Juden, die Waffenlager auskundschafteten oder Lebensmittellager oder wichtige Brücken oder Rüstungsbetriebe, und die nachts mit ihrer Taschenlampe die feindlichen Flugzeuge zu ihren Zielen lenkten.

Solche Verräter mussten ausgemerzt werden, und genau das hatten sie vor: Eine Jüdin zur Strecke bringen, verkappt, mit falschem Namen, falschen Ausweisen, damit sie das deutsche Volk schädigen konnte. Sie war untergetaucht, weil sie nicht hatte verkraften können, wie damals über sie gelacht worden war – Juden waren völlig humorlos. Das konnte man überall lesen.

Und der andere von diesem sauberen Paar – der hörte Feindsender und verbreitete diesen ganzen Propagandamist! Und dann fielen die Leute auf das Geschwätz des Auslands herein, von den Siegen der Alliierten und der Schwäche der deutschen Wehrmacht und von den deutschen Kriegsverbrechen, dabei bombardierten doch die anderen die Städte! Da war es ja kein Wunder, wenn immer wieder der Feind durch die Front brechen konnte.

Nichts war es dann mit dem Endsieg.

Und ihr Vater hatte einmal gesagt: Wenn wir nicht gewinnen, wird es furchtbar; und er hatte hinzugefügt: Dann ist es besser, wenn man nicht mehr lebt.

Aber sie wollte nicht sterben. Schon die täglichen Luftangriffe waren entsetzlich. Sie wollte mit Ferdl zusammen sein. Der war so schlau und so süß und lustig mit seiner kurzen Nase und den Stoppelhaaren. Auch Vater würde ihn mögen.

Mein Gott, es war schon viel zu spät. Sie würden wieder schimpfen zu Hause, und sie konnte doch nicht immer lügen und wusste bald keine Ausrede mehr. Aber es war wieder so schön gewesen mit Ferdl.

Vielleicht gab es Luftalarm und sie bliebe verschont von einem dieser entsetzlichen Verhöre.

Sie rannte, was sie konnte.

Aus dem Herrenzimmer hörte sie einen heftigen Wortwechsel. Die Stimme ihres Vaters war laut und grell, wie immer, wenn er wütend war.

Dann hörte Hildegard lautes Schluchzen im Hintergrund und dazwischen die Stimme ihrer Mutter, bebend, zitternd, unbeherrscht, ab und zu plötzlich schrill.

Hildegard konnte nicht verstehen, was sie sagten.

Mama weint und ist wütend, dachte Hildegard. Es ist etwas Schreckliches geschehen, während ich bei Ferdl war.

Oder streiten sie wegen mir?

Leise und herzklopfend trat sie in das Herrenzimmer. Keiner achtete auf sie.

Die Eltern standen einander gegenüber, den Tisch zwischen sich.

Ihre Mutter war kreidebleich, sie hatte die Hände um den Kopf gelegt, als suche sie einen Halt. Ihre Haare, auf die sie sonst so viel Wert legte, standen nach allen Seiten.

Der Vater stützte sich mit beiden Händen auf den Tisch. Sein Gesicht war rot, wie immer, wenn er wütend war, die schmalen Lippen weiß.

»Wer musste denn diesen unsinnigen Krieg anfangen, als wir gerade aus dem Dreck raus waren?«, sagte die Mutter ungewöhnlich laut. »Uns ging es so gut wie nie! Aber die Herren von der Partei brauchten einen Krieg, der uns jetzt alles wieder nimmt. Du bist nichts – dein Volk ist alles! Wer hat denn das immer gesagt?«

Hildegard horchte atemlos.

»Pass auf, was du sagst, pass gut auf«, die Stimme des Vaters klang drohend. »Und die Partei hat den Krieg nicht angefangen, Hitler hat den Krieg angefangen, nicht ich, wir wollten ihn nicht. Aber ich wurde gar nicht erst gefragt dazu! Bekommst du das vielleicht endlich einmal in dein blödes Hirn hinein?«

»Wer hat den Krieg denn mitgemacht? Und wer hatte denn immer diese Sprüche? Was fällt, soll man noch stürzen! Was uns nicht umbringt, macht uns härter! Gelobt sei, was hart macht! Der Stärkere überlebt – der Schwache geht unter! Wir siegen unabdingbar, unverzichtbar, ich gebe euch mein unverbrüchliches Wort dafür! Na? Natürlich, das war allein der Hitler! Du hast gar nichts damit zu tun! Du hast es ja bloß bei jeder Gelegenheit nachgeschwätzt und bist dir toll vorgekommen dabei: Führer befiehl, wir folgen dir! Endsieg, der Endsieg ist unser, unaufhebbar –« Sie wurde immer lauter.

Um Gottes willen, dachte Hildegard, war er das denn nicht – der Endsieg?

»Nicht so laut, wenn dich jemand hört –«

»Und das habt ihr doch auch abgeschafft, dass man nämlich seine Meinung sagen darf! Und ich war blöd genug und habe mein Maul gehalten die ganzen Jahre seit dem Krieg –«

»Herrgott noch mal, überleg dir bloß, was du sagst! Denk einen Augenblick nach – überleg –«

»Was soll ich mir denn überlegen? – Überlegen. Ihr Hanswürste, die ihr immer alles besser wisst!«

Der Vater ging um den Tisch auf sie zu: »Ist es uns nicht immer gut gegangen in der Partei? Na? Wer hat denn davon profitiert? Wem küsst der Oberbürgermeister die Hand? Meinst du, der Frau eines arbeitslosen Schlossers? Wer wohnt in einer der schönsten Villen der Stadt? Wer hat Dienstboten und Küchengeräte und Sonderrationen? Du kannst dich über dein Leben im Krieg nicht beklagen! Du nicht! Wer bekommt denn neue Kleider und hockt bei der Schneiderin und blättert in Modeheften? Dauerwellen! Ich würde mein Maul halten! Und du kannst dich auch sonst nicht beklagen, du hast einen Mann – die Männer der anderen Frauen sind im Krieg!«

»Ich pfeife auf einen solchen Mann!« Jetzt schrie sie plötzlich. Hildegard hatte ihre vornehme Mutter, die immer so beherrscht wirkte, in ihrem ganzen Leben noch nie schreien hören: »Du Drückeberger, du elender Betrüger, du Lump!« Die Adern am Hals traten heraus, ihr Gesicht schwoll an und wurde hochrot, als hätte sie Fieber.

Der Vater fuhr zurück, als hätte ihn eine Hornisse gestochen. Und sein Gesicht war plötzlich unnatürlich weiß: »Du weißt ja nicht mehr, was du sagst!« Er sagte es leise, Hildegard hatte es fast nicht verstanden.

Hatte es die Mutter überhaupt hören können? War diese Frau mit dem aufgedunsenen Gesicht und der verrutschten Bluse tatsächlich ihre vornehme, gepflegte und elegante Mutter?

Sie hatte ihre Eltern noch nie so erlebt. Wenn sie gestritten hatten, war die Mutter immer leise geblieben.

Und ihr Vater hatte immer mit harter, lauter Stimme, ohne Widerspruch zu dulden, alles zugedeckt – manchmal auch mit Geschrei – und nach kurzer Zeit den Streit beendet.

Die Augen der Mutter blitzten jetzt: »Und während der Herr Goldfasan bequem zu Hause hockt, in Sicherheit und in der warmen Amtsstube, verreckt unser Sohn!« Den Schluss hatte sie fast geflüstert.

Hildegard knickten vor Schreck die Knie ein. Ihr Atem stockte. Das Herz machte wilde Sprünge. Helmut! Es war etwas mit Helmut. Ihr Bruder war gefallen!

Sie weinte laut auf.

Erst jetzt bemerkten die Eltern ihre Anwesenheit. Die Mutter nahm sie sofort in die Arme.

Der Vater wirkte verlegen: »Wie lange bist du schon hier?«

»Sei still«, sagte die Mutter, »sie wird deine Heldentaten schon nicht ausplaudern.«

»Was ist denn los? Sagt mir denn niemand, was geschehen ist, um Gottes willen, was ist mit Helmut?«

»Da«, sagte der Vater und reichte ihr ein amtliches Schreiben, das vor ihm auf dem Tisch lag.

Die Mutter weinte.

Die Buchstaben verschwammen ihr vor den Augen: »– muss ich Ihnen als sein Kommandant die traurige Mitteilung machen – vom Feindflug nicht zurückgekehrt –« Hildegard weinte, dass es sie schüttelte.

Die Stimme des Vaters veränderte sich: »Es ist aber noch Hoffnung«, sagte er. »Da steht«, er las: »– über seinen Verbleib kann noch keine verbindliche Aussage gemacht werden, da das fragliche Gebiet nicht durchweg der Kontrolle der Reichsluftwaffe unterliegt. Er muss bis auf weitere Erkenntnisse als vermisst gelten.«

»Vermisst!«

»Vermisst ist nicht tot«, sagte der Vater.

»Vermisst ist vermisst!«, sagte die Mutter. »Und vermisst ist entsetzlich!«

»Da steht noch etwas in Handschrift – vom Kommandanten selbst: Möchte ich Ihnen meine persönliche – durchaus die Möglichkeit – gesund wieder auftauchen – aus Gefangenschaft melden – Rotes Kreuz – alle müssen Opfer bringen – Ehre – Volk – Vaterland.«

»Ich will aber keine Opfer bringen«, sagte die Mutter laut.

»Wir alle müssen Opfer bringen«, sagte der Vater und versuchte der Mutter etwas hilflos den Arm um die Schulter zu legen.

Sie fuhr zurück, als wäre er giftig: »Rühr mich nicht an. Das sag ich dir! Ich will, dass dieser Krieg aufhört. Was sag ich! Ich wollte, er hätte nie begonnen. Lebensraum! Größe! Ehre!«

»Es ist nun mal Krieg. Ich habe ihn nicht angefangen. Und ich kann dir versichern: Ich hätte ihn nicht angefangen. Aber jetzt ist Krieg. Es ist so, wie es ist! Du änderst nichts daran! Jetzt müssen alle zusammenhalten für den Endsieg, unverbrüchlich. Alle Opfer müssen gebracht werden für den Endsieg, unnachsichtig, unbedingt. Was denn sonst!«

Natürlich hatte der Vater Recht. Er hatte immer Recht. So schrecklich alles auch war. Wenn man den Endsieg nicht –

»Was sonst, fragst du? Wirklich, was sonst? Gib mir meinen Sohn wieder! Das ist sonst –«

Die Mutter ging weinend aus dem Zimmer.

Sie hatten beide Recht. Man musste auch Mutter verstehen, wenn sie auch schreckliche, ja, ganz gefährliche Dinge gesagt hatte.

Sogar der Vater würde sie verstehen, wenn er in Ruhe

über alles nachdachte: Welche Mutter verliert gerne ihren Sohn? Da redet man im ersten Augenblick Dinge, die man später wieder bereut: Den einzigen Sohn zu verlieren – den einzigen Bruder!

Hier kamen Hildegard schon wieder die Tränen. Dabei hatte sie geweint und geweint, die halbe Nacht. Und jetzt lag sie da und wälzte sich und konnte nicht schlafen.

Helmut – es war gar nicht vorstellbar. Immer hatte sie einen größeren Bruder gehabt.

Sie war ganz sicher: Er war nur vermisst. Er konnte ja gar nicht tot sein – jeden Tag konnte die Nachricht kommen, dass er noch lebte, dass er in Gefangenschaft geraten war. Wie oft kamen solche Meldungen gerade bei Vermissten erst nach Wochen! Jeden Tag standen solche Geschichten in der Zeitung.

Endlich fiel sie in einen unruhigen Schlaf.

Der Vater hatte aber auch Recht, dachte sie am nächsten Morgen: Sie alle hatten durch die NSDAP nur Gutes erfahren: die Villa, die ständigen Sonderrationen und so weiter. Und für den Krieg konnte er wirklich nichts: Hitler hatte ihn angefangen.

Und Hitler hatte den Krieg ja nur wegen der Juden angefangen. Er wollte doch immer Frieden, was hatte ihre Mutter da geredet?

Drückte ihr Papa sich tatsächlich vor dem Krieg? Ihre Mutter behauptete es, und auch Helmut hatte so etwas Ähnliches gesagt.

Doch da konnte man ihn auch nicht ganz ernst nehmen: Er hatte ja gerade erst den Befehl an die Ostfront bekommen – wo er jetzt –

Man brauchte eben zu Hause gerade Leute wie ihren Vater, damit an der Heimatfront alles in Ordnung war. Hatte er nicht neulich erst gesagt: Front ist jetzt im Bombenkrieg auch zu Hause!

Man brauchte diese Heimatfront wirklich; schon wegen der Juden brauchte man sie.

Sie konnte jetzt im Augenblick noch nicht mit dem Vater reden über diese Isolde Grünzweig, die sich als Isolde Bauer in eine Nürnberger Gärtnerei eingeschlichen hatte, um dort und womöglich sonst wo Schaden zu stiften. Und auch nicht über deren sauberen Freund Walter Groß – oder so ähnlich, der Auslandssender hörte.

Sie war vorläufig ganz auf sich selbst gestellt – gerade weil ihr Bruder vermisst war: So konnte sie ihn rächen und gleichzeitig dem Großdeutschen Reich zum Endsieg verhelfen. Das klang überheblich: sie als kleines BDM-Mädel! Aber es war so – jeder kleine Beitrag, und war er noch so gering, – half zum Endsieg! So hörte man es im Radio, so stand es jeden Tag in der Zeitung.

Vielleicht wäre es aber auch ein Weg, um Vater und Mutter wieder zu versöhnen, wenn sie beide auf ihre Tochter stolz sein konnten.

Und sie war ja nicht allein. In all ihrem Kummer überkam sie ein warmes Gefühl: Sie hatte einen Freund, den sie liebte und – sie war sich ganz sicher – der auch sie liebte.

Sie klammerte sich mit aller Kraft an Ferdl. Am Sonntag würde sie wieder mit ihm zusammen sein. So hatten sie es verabredet. Die Eltern würden es nicht merken, die hatten jetzt andere Sorgen.

Und der Endsieg musste bald kommen, sehr bald – das war ihr auch aufgegangen in dieser furchtbaren Nacht: Ferdl würde vielleicht schon in den nächsten Wochen seinen Gestellungsbefehl erhalten.

Es wäre unerträglich, ganz schrecklich!

Ferdl durfte nicht sein Leben opfern. Er sollte es mit ihr verbringen. Sie sollten eine richtige Familie sein, eine Familie von heute, wie Irma immer sagte. Und sie wollte ihm eine Frau von heute sein, eine deutsche Frau, so, wie sie es im BDM gelernt hatte.

Juli 1944

Walter war heute wieder nicht gekommen. Isolde war sehr unruhig gewesen und hatte ständig auf die Uhr geschaut. Aber vergeblich.

Jedes Mal, wenn Walter die Gärtnerei betrat, brach in Isolde ein Jubel los, den sie aber nicht zeigen durfte. Ein stummes Nicken, wenn er gerade an ihr vorbeiging. Ein stilles, heimliches Lächeln, ein verstohlener Händedruck, eine scheue Berührung. Er respektierte ihre Zurückhaltung, ohne lange zu fragen –

Nun war er schon seit Wochen nicht mehr da gewesen, und Isolde wurde täglich besorgter.

Es fielen viele Flakhelfer, denn die Flakstellungen wurden immer wieder bombardiert. Zwar waren solche Stellungen aus der Anflughöhe der Flugzeuge kaum auszumachen. Aber die Beobachter merkten sich die Gegend, aus der die Granaten der Flak aufstiegen. Dann kamen sie zurück und warfen einen Bombenteppich, in dem immer wieder Jungen starben – Heldentod für das Vaterland in jungen Jahren. So stand es dann in der Zeitung.

Aber Walter hatte gesagt: »Nicht für das Vaterland, das verlangt keine solchen Opfer. Für Hitler und seine feige Bande – wenn man das doch begreifen würde. Aber alle hoffen auf diesen verlogenen Endsieg.«

Er war sicher nicht gefallen. Die Fritzens hätten es erfahren und ihr gesagt.

Das letzte Mal waren sie beieinander gesessen und hatten

miteinander geredet, als die Invasion gemeldet worden war, Anfang Juni.

Jetzt war bereits Juli.

Er konnte krank sein. Es konnte alles Mögliche geschehen sein. Entsetzlich, wenn er seinen Gestellungsbefehl zur Wehrmacht bekommen hätte. Es war überall die Rede davon, dass sie immer Jüngere holten.

Oder kam Walter nicht mehr, weil sie ihn angelogen hatte?

Das Haus in der Wunderburggasse. Sie war einmal mit Walter davor gestanden – ein altes Haus aus Fachwerk und viel schmaler als das ihres Vaters; alle Häuser waren dort sehr eng gebaut. Sie hatte sich eine Ausrede überlegt, um den Fragen seiner Mutter zu entgehen. Aber die Mutter war nicht da gewesen.

Sollte sie ihn dort suchen? Aber Walters Mutter würde Fragen stellen, und es wäre zu gefährlich. Veronika hätte es auf keinen Fall erlaubt.

Schließlich hatte sie allen Mut zusammengerafft und zu Frau Fritz gesagt, als sie gemeinsam einen schweren Korb mit Erde tragen mussten: »Jetzt bräuchte man den Walter.«

Frau Fritz hatte überrascht aufgeschaut, und Isolde hatte schnell weitergeredet: »Oder einen der Polen.«

Weiter durfte sie nicht gehen.

Aber Frau Fritz hatte nur eine kurze Pause gemacht: »Der Walter ist weg, zu einer Einheit draußen bei Langwasser versetzt, der kommt so schnell nicht wieder herein. Sie schlafen draußen, sonntags haben sie eine Reihe Schulungen. Wenn die vorbei sind, kann er wenigstens wieder in die Stadt kommen – wenn kein Alarm ist, sogar nach Hause. Aber natürlich nicht in die Gärtnerei.«

Walter hätte es ihr doch sagen können – nein, es war klar!

Das konnte er nicht! Ganz sicher nicht! Er war draußen stationiert. Es gab fast täglich Alarm, zudem hatte er zurzeit Schulungen und kam nicht mehr in die Stadt.

Hätte er die Möglichkeit gehabt, ihr zu sagen, dass er verlegt worden war?

Wenn sie es nicht hörte, als er es Frau Fritz erzählte, hätte er es Isolde höchstens ausrichten lassen können – und das wäre ihr nicht recht gewesen –

Eine Kundin kam.

Die Kunden kauften büschelweise Gemüsepflänzchen: Jeder Quadratmeter um die Häuser wurde umgegraben und Kartoffeln oder Kohl wurden angebaut.

Sie brauchten nur noch Friedhofsblumen, nämlich für die vielen Grabkränze und Totenbuketts, die täglich bestellt wurden. Dabei gab es fast keinen Blumendraht mehr. Herr Fritz holte ihn von den Friedhöfen zurück, wenn die Kränze und Buketts verwelkt von den Gräbern genommen waren.

Mehrmals war Isolde mit Walter zu diesem Zweck auf dem Johannisfriedhof gewesen. Sie sahen die wunderlich flach liegenden Grabsteine, unter denen heute noch die Nürnberger Bürger genauso unscheinbar beerdigt wurden wie vor Jahrhunderten die großen Männer: Albrecht Dürer, Veit Stoß, Willibald Pirckheimer –

Walter sagte: Siehst du, sie sind alle vor Gott und dem Tode gleich, keiner hat einen höheren oder schöneren Grabstein – keine Partei gibt irgendjemand mehr Rechte als einem anderen. Die Nazis begreifen das nie.

Die Bomben der ständigen Angriffe rückten bei jedem Angriff näher an die Gärtnerei. Durch den Luftdruck der Explosionen zersprangen Glasscheiben an den Gewächshäusern. Splitter durchwühlten die Beete. Erst neulich war eine Brandbombe auf einen Geräteschuppen gefallen. Aber

Herr Fritz, der meist noch während der Angriffe aus dem Keller in seinen Betrieb rannte, hatte den Brandsatz auf die Straße geworfen.

Isolde musste vor wenigen Tagen nach einem Tagesangriff, den sie mit den Gärtnersleuten, den Polen und einigen Nachbarn im Keller der Familie Fritz verbracht hatte, zusammen mit den Polen Bombensplitter einsammeln.

Die Splitter waren noch heiß gewesen.

*

Es wollte und wollte nicht Sonntag werden!

Hildegard zählte die Stunden. Sie musste mit Ferdl unbedingt über ihren Bruder sprechen. Mit ihren Eltern konnte sie nicht reden.

Ferdl! Wie gut, dass sie ihn hatte. Er hatte für alles Verständnis, und er war so süß, wenn er lachte. Aber er war auch sehr schlau, und alles, was er sagte, hatte Hand und Fuß.

Wenn Vater ihn nur kennen würde! Wie Ferdl von seinem Dienst an der Flak erzählte! Fast wie früher Helmut immer geredet hatte: Fliegeralarm – Einflug feindlicher Bomberschwärme aus Richtung Südwesten – lass sie ruhig kommen, die Banditen, ganz ruhig, immer kommen lassen, und da sind sie schon im Scheinwerferstrahl, viertausend Meter hoch; die Silberbäuche geschwollen von Bomben – anvisiert, mitgegangen, draufgehalten – peng! Feuerwerk – hat ihn schon! Der Nächste bitte! Wie beim Zahnarzt –

Helmut!

Helmut in Gefangenschaft bei den Russen? – Das war undenkbar: Bis zur letzten Patrone, hatte er immer gesagt. Gefangenschaft ausgeschlossen. Das Wort kenne ich nicht!

Ganz wie der Führer!, hatte ihr Vater immer gesagt, Kapitulation – das Wort kenne ich nicht.

Doch als er das letzte Mal zu Hause war, war er so eigenartig gewesen. So ganz anders, als sie ihn jemals erlebt hatte. So gleichgültig –

Und nun war er vermisst –

Vielleicht sogar tot.

Diese schrecklichen Todesanzeigen in den Zeitungen! Jeden Tag wurden es mehr: Sofort erkennbar an dem Eisernen Kreuz in der schwarzen Umrandung – den Heldentod gefallen für das Vaterland! Sein junges Blut vergossen für uns! Geblieben auf dem Felde der Ehre! Gestorben für die Ehre Deutschlands! Tapferkeit – Opfermut – Gesinnung – Ehre – Ruhm – Größe – Vaterland!

Was hatte ihr armer Bruder denn von seinem Leben gehabt? Schule, Geländespiele, Handgranatenweitwurf, Flieger-HJ! Luftwaffenjäger! Eisernes Kreuz! Ritterkreuz! Und nun – vermisst!

»Vermisst!«, sagte Ferdl und dachte nach. »Im Osten vermisst.« Er streichelte ihre Hand und wirkte verlegen, kleine Fältchen auf der Nase. »Ehrlich: kaum Hoffnung. Gefangenschaft? Angenommen, er konnte abspringen und sich mit dem Fallschirm retten, immerhin möglich – erwischen ihn die Partisanen, schlagen sie ihn tot. Erwischen sie ihn nicht, und er will durch die Front zurück zu seiner Truppe: Wenig Chancen. Russland ist groß! Was ist mit Proviant? Also nur Gefangenschaft. Und da geht die Rechnerei von vorne los. Immerhin ist Gefangenschaft eine Möglichkeit. Heul nur, verstehe ich ja – aber nüchtern gesehen –«

Sie wollte das alles aber nicht nüchtern sehen. Sie wollte, dass Ferdl sie in die Arme nahm und tröstete.

»Man muss immer mit dem Schlimmsten rechnen«, er tätschelte ihr den Rücken und sprach ganz ernst. »Geht jetzt fast jeder Familie so. Jeden Tag. Du hast wenigstens noch deinen Vater zu Hause.«

Trotz allem, er war so überlegen, so sicher, er war ihrem Vater so ähnlich – natürlich nicht äußerlich –

»Der Endsieg«, sagte sie weinend, »ist der wirklich noch zu schaffen? Jeden Tag geht die Front an allen Seiten weiter zurück –«

»Man darf nicht aufgeben. Wir Deutschen dürfen nie aufgeben. Der Führer macht es uns vor, an ihn müssen wir uns halten. Und du denkst das ja nicht wirklich. Es wäre auch gefährlich. Es ist nur, weil dein Bruder –«

Er schwieg und starrte sie an.

Ferdl hatte Recht. Es war alles nur, weil der Bruder –

»Und jetzt reden wir von anderen Dingen«, schlug Ferdl vor. »Der Tag ist kurz, schließlich habe ich heute Abend wieder Dienst, und wann der nächste Fliegeralarm ist, wissen wir auch nicht.«

Auch damit hatte er Recht.

Zuerst war sie ja tödlich enttäuscht gewesen von ihm. Aber nur einen winzigen Augenblick lang.

Man musste die Dinge wirklich nüchtern betrachten, ganz so, wie er es sagte. Man durfte auch den Bruder nicht einfach aufgeben!

»Walter Sorg«, fuhr Ferdl fort, »erinnerst du dich? Er ist nicht mehr in unserer Batterie, sondern in Langwasser, also weiter draußen, schon ein paar Wochen. Aber es wird sogar bei uns geredet, dass er Feindsender –«

»Aber dann müsste doch –« Es tat so gut, über etwas anderes zu reden – zum Beispiel von diesem Walter Sorg und von dieser Jüdin, die man beide überführen musste.

Ferdl unterbrach sie: »– nicht ganz einfach – immerhin ist er ein Kamerad. Kannst du nicht einfach hergehen – Kameradenbeleidigung und so.«

Hildegard war enttäuscht: »Wirklich? Aber er schadet doch –«

»Das ist es ja. Natürlich muss man Schaden von der Truppe fern halten. Aber einen Kameraden ans Messer –«

»Aber es heißt doch immer: wachsam sein!«

»Einen Kameraden verpfeifen – so sehn die das nämlich. Du warst noch nie draußen auf der Flak-Batterie. Das ist schon fast wie im Krieg – das ist Krieg! Und wenn da einer neben dir steht oder auf der Flak sitzt, und der ist in derselben beschissenen Lage, da kannst du nicht –«

»Aber wenn einer Feindsender –«

»Natürlich, sag ich ja. Bloß ist es nicht so einfach, wie du dir das vorstellst – hingehen und anzeigen. Beweise sammeln heißt das, Fräulein Wolf.«

»Und wie? Ich kenn ihn doch gar –«

»Aber ich. Bespitzeln heißt das und –«

»Bespitzeln?«

»Kein gutes Wort. Aber es geht nicht anders – was willst du machen?«

»Ich dachte ja nur –«

»Sag ich doch. Herauskriegen, was er treibt, wohin er am Nachmittag geht. Wen er trifft.«

»Das wissen wir doch schon: Er trifft sich in der Gärtnerei Fritz mit dieser Jüdin Isolde –«

»Wenn sie eine ist, auch das müssen wir erst herausfinden und beweisen können. Aber dann –«

Aber dann! Dann würde Hildegard von ihrem Vater gelobt. Dann wäre endlich wieder bessere Stimmung zu Hause.

»Die Gärtnersleute kennen keine Isolde Grünzweig, sagen sie. Das muss überprüft werden«, sagte Ferdl.

»Und wie?«

»Wohin geht die Dame nach der Arbeit? Das ist das Erste.«

»Der Gärtner, vielleicht weiß er –!«

»Wenn er lügt, sagt er dir nichts – in alle Ewigkeit. Dann steckt er mit ihr unter einer Decke, ist sowieso kaum anders möglich«, Ferdl spuckte aus.

Hildegard war aufgeregt: »Dann entlarven wir das ganze Nest.«

»Zuerst ein Gewehr!«, sagte Ferdl.

»Aber irgendwie müssen wir doch –«

»Nicht irgendwie – harte Knochenarbeit. Verfolgen, beschatten wie in den Kriminalromanen. Geht nicht anders. Wo geht sie hin? Wen trifft sie? Wem gibt sie Zettel oder so ähnlich.«

»Und wer?«

»Du natürlich, ich habe keine Zeit. Ich bin draußen für Führer, Volk und Vaterland.«

Hildegard schaute ihn bewundernd an –

»Eins ist klar, nämlich die Reihenfolge: Erst müssen wir die Jüdin entlarven.«

»Warum die zuerst? Es könnte doch auch –« Hildegard war es aber ganz recht, immerhin war sie es, die diese Betrügerin wieder erkannt hatte.

»Ist doch klar: Wenn der Kerl eine Jüdin als Freundin hat, dann hört der auch Feindsender – Zweifel?«

Hildegard freute sich: »Du meinst, wenn wir erst sie haben, dann haben –«

»Richtig! Dann haben wir auch ihn. Und dann haben wir das ganze Nest. Die stecken doch alle unter einer Decke.«

»Die Gärtnersleute!«, plötzlich kamen ihr Zweifel. »Ich glaube, er ist in der Partei –«

»Wäre nicht der Erste – Partei, du glaubst nicht, wie viele da heute in die Hose scheißen.«

Ihr Vater bestimmt nicht. Da war sie sich sicher.

»Na gut, lassen wir mal den Gärtner. Können wir immer noch prüfen. Wird sowieso geprüft von der Gestapo. Also zuerst diese Isolde – sie ist gewissermaßen der Schlüssel zu allem.«

Einige Tage später hörte Hildegard im Rundfunk ergriffen den Choral *Nun danket alle Gott*, mit dem bekannt gegeben wurde, dass der Führer in seinem Hauptquartier *WOLFSSCHANZE* einen Bombenanschlag fast unverletzt überlebt hatte.

Mein Gott – was wäre aus dem Endsieg geworden!

August 1944

Isolde war auf dem Weg zum Nürnberger Hauptbahnhof.

Die lang gezogenen Klagetöne verhallten. Wie viele Menschen waren auf der Straße, wenn Entwarnung gegeben wurde! Es war, als würde ein Ameisenhaufen aufgebrochen.

Zu diesen hastenden Menschen passte Isolde nicht: Sie alle hatten ein Ziel – schnell noch Brot kaufen, eine Zeitung, nach der kranken Großmutter schauen – und jeder von ihnen hatte nur einen einzigen Namen: Meier, Krause, Pichelrieder, Bauer –

Sie gehörte nicht dazu. Sie ging zwischen den huschenden Passanten wie ein Tier in einer fremden Herde – nach rechts und links sichernd, das Herz voll von den Qualen des Fremdseins.

Isolde Bauer hätte dazugehört. Aber heute war sie nicht Isolde Bauer – die wurde immer mehr zu einer Last, zu einem verhassten Menschen, den man herumschleppen musste.

Passt auf, dass sie euch nicht auch noch den Namen nehmen wie mir, hatte damals ihr Vater gesagt, als er in sein entweihtes Haus zurückgekommen war. Was er damit wohl gemeint hatte? Er hatte doch noch seinen Namen! Aber sie –

Der Hass überfiel sie fast betäubend: Sie nahmen einem alles weg, sie besetzten sogar die Seele, auch wenn man glaubte, man kämpfe gegen diese Verbrecher an – sie zwangen einen zur Lüge, zum Betrug, zum Hass.

Ich ertrage diese Isolde Bauer nicht mehr.

Was will ich hier? Veronika wäre entsetzt, wenn sie meine Gedanken lesen könnte. Aber wer ist Veronika? Sarah? Vielleicht geht es Sarah wie mir, und sie hasst ihr Versteck wie ich. Aber Veronika ist klug. Sie ist ja viel älter – ist da eine Bauer, eine Lenz leichter zu ertragen?

Was suche ich am Bahnhof?

An einem Bahnhof hatte alles angefangen – der Zug, die Schlusslichter, der verwehende weiße Rauch –

Damals war ich noch Isolde Grünzweig und sonst niemand, dann hat diese Isolde Bauer mir alles weggenommen.

Was suche ich?

Meinen Vater?

Ich suche dich überall, Papa, seitdem Mama nicht die Notbremse ziehen konnte.

Ganze Häuserzeilen, zwischen denen sie ging, waren durchsiebt von Bomben. Die schwarzen Mauern standen stumm, die Fenster grinsten hohl, dahinter war alles leer. Wo noch vor kaum einem Jahr Menschen gelebt hatten, wuchs Gras aus dem Schutt. Nur die Altstadt, die ihr Vater so liebte, war noch fast unversehrt –

»Lass die Bilder, um Himmels willen!«, sagte Veronika fast jeden Tag. »Wenn jemand merkt, wonach du suchst, Isolde, du könntest es nicht verantworten.«

Aber ihr Vater würde zurückkommen – und dann wären die Bilder verschwunden! Seine geliebte Kunstsammlung: Ganz undenkbar!

Leichtsinnig durfte Isolde nicht sein. Sie hatten bisher großes Glück gehabt: Frau Grötzinger hatte sie wiedererkannt, die Fritzens wussten es, was sie Veronika verschwieg, und – Walter? Er ahnte es zumindest.

Fast jeden Tag las man von Hinrichtungen – Leute waren

verraten worden wegen eines Witzes, wegen einer Bemerkung im Bunker: Richter Dr. Rothaugs blutige Augen lagen auf Nürnberg.

Wenn die Nazis nicht so grausam wären, dachte Isolde, wäre der Krieg schon lange aus. Es ist wie mit Mördern, die sich wegen einer trügerischen Hoffnung, einer Selbstlüge, nicht von der Polizei fangen lassen und lieber noch einen weiteren Mord begehen, als aufzugeben, obwohl sie längst umstellt sind. Nein, es ist schlimmer – es sind Millionen von Menschen, die sie unsinnig opfern, um noch ein paar Wochen oder Monate an der Macht zu bleiben. Es ist das Schicksal der Städte – Zerstörungen, wie es sie in der Geschichte der Menschheit noch niemals gegeben hat.

Zuerst musste sie den großen Bahnhofsplatz überqueren.

Sie zwang sich, nüchtern zu denken. Hier irgendwo sind die Bilder meines Vaters. Wenn sie nicht abtransportiert worden sind – evakuiert. Immerhin ist es schon ein Jahr her –

Aber sie glaubte es nicht: Jeden Tag hörte man von Zügen, die auf freier Strecke von Flugzeugen mit Bordwaffen oder Bomben angegriffen worden waren. Wer die Kunstschätze ihres Vaters gestohlen hatte, würde dieses Risiko nicht eingehen.

Sicher, es war entartete Kunst! So sagte die Partei. Aber wer auch nur das Geringste davon verstand, wusste, dass solche Bilder im Ausland ein Vermögen wert waren.

Es war also äußerst lukrativ, diese Bilder zu stehlen.

Isolde hatte in ihren Gedanken das Wort stehlen bisher vermieden – es schien alles noch schwerer zu machen. Aber es war nichts als ein ganz gewöhnlicher Diebstahl.

Sie glaubte nicht, dass die Gestapo die Kunstwerke an

sich genommen hatte, um sie zu verbrennen. Das war wohl schon hie und da geschehen – vor dem Krieg. Jetzt, da der Krieg zu Ende ging, ließ sich damit spekulieren: Wer sie nach dem Krieg besaß, war reich!

War es nur einer? Oder mehrere?

Es gab einen wichtigen Hinweis: Die Männer mit dem Lieferwagen, die Frau Grötzinger beschrieben hatte, folgten Befehlen.

Wer die Befehle gab, wusste, was er tat. Der Befehlshaber war der Täter! Ein Einzeltäter, denn teilen würde er nicht wollen, warum auch – er hatte die Gewalt, und er nutzte sie. Einer der Kommandeure bei der Gestapo musste der Täter sein! Ein Dieb!

Sie blieb stehen und ballte die Fäuste.

Der Täter, wer auch immer, wusste längst, dass der Krieg verloren war – ein Endsieg würde die Bilder vernichten. Dennoch würde er in seiner nächsten Rede zum totalen Krieg aufrufen und zu jedem Opfer für den Sieg! Aber sie konnte ihn niederzwingen vor Gericht – nach dem Krieg, mit Veronika und Frau Grötzinger als Zeuginnen.

RÄDER MÜSSEN ROLLEN FÜR DEN SIEG!, konnte man am Hauptbahnhof auf einem Spruchband lesen, das der Wind hin und her warf.

Der Hauptbahnhof in Nürnberg war ein riesiges Gelände zwischen der Altstadt und dem Nürnberger Süden. Mehrere Male war er bereits von Bomben getroffen worden. Wo sollte man suchen? Wo konnten die Bilder sein? In einem Schließfach? Isolde hätte beinahe lachen müssen – jetzt spielte sie schon Polizei und Detektiv wie in einem Buch oder Film –

Der westliche Flügel des Hauptbahnhofs hatte ein Notdach, in der großen Kuppel des Zentralbaus klafften Löcher. Auch einige Bahnsteige waren getroffen worden.

Um die zu betreten, hätte sie eine Bahnsteigkarte lösen müssen. Aber das tat man nur, wenn man jemanden abholen wollte. Einen Bahnschaffner nach ankommenden Zügen zu fragen, ohne einen bestimmten zu meinen, bedeutete endlose Rückfragen.

An einer der Wände gab es einen Übersichtsplan des Hauptbahnhofs samt den zugehörigen Gebäuden.

Sie stand lange davor.

Da war der riesige Bahnkörper: Gleise, Gleise, Verwaltungsgebäude, Lagerhäuser, Stellwerke, Zugausbesserungshallen. Die Flak, deren Postentürme sie sogar von der Straße aus sehen konnte, war natürlich nicht eingezeichnet.

Es war gut denkbar, dass die Bilder in einem der Lagerschuppen untergebracht waren.

Es war Unsinn, was sie tat. Veronika hatte Recht: Es war nur gefährlich, sie sollte besser nach Hause gehen.

Da sah sie auf einmal den kleinen Kerl von Paul Klee vor sich, dieses Strichmännchen auf seinem Seil: Aufgeben?, sagte er: Niemals. Das ganze Leben ist nur ein Tanz auf dem Seil! Und er machte einen Hops: Schau mich an! Kann ich vielleicht herunter von meinem Seil? Wer auf dem Seil steht, muss tanzen!

Und dann tanzte er. Isolde hielt für einen Augenblick die Augen geschlossen.

Der Plan half ihr nicht weiter, sie musste sich die Gebäude selbst anschauen.

Sie ging an den Verwaltungsgebäuden vorbei. Bei den lang gestreckten Lagerhäusern gab es seltsame Buchstaben- und Zahlengruppen, die sie nicht verstand. Einige hatten sogar Rampen, an denen Lastwagen abgeladen wurden.

Hier also, dachte Isolde.

Aber wo?

Was hatte sie sich denn vorgestellt? Vielleicht ein Lagerhaus mit einem Schild: Kunstsammlung der Gestapo? Womöglich zwei Zigaretten rauchende Jünglinge davor! Und dann nichts wie zur Polizei: Hände hoch! Heraus mit dem Diebesgut! Verhaftung der Diebe.

Unsinn!

Es gab niemand, der ihrem Vater zu seinem Recht verhelfen konnte. Der Staat selbst war der Täter: Er gab bestimmten Menschen Macht über andere.

Andererseits: Wenn die Nazis besiegt waren, musste das Recht wiederhergestellt werden. Vielleicht gab es die Bilder noch, dann gab es auch einen Weg –

Ihr Blick fiel auf eine Reihe langer Ziegelbauten, die schon fast auf dem Bahnkörper standen – viele hatten keine Dächer mehr. Das verkohlte Gebälk starrte zum Himmel –

Da stieg wie aus der Tiefe eines Abgrunds das Heulen der Sirenen herauf – Fliegeralarm!

Ich werde mich nie daran gewöhnen, dachte sie, während sie hinüberlief zum Dicken Turm beim Königstor, einem Teil der Nürnberger Stadtmauer am Eingang der Königsstraße. Die Sirenen fielen sich mit schrillen Missklängen ins Wort.

Die Menschen rannten, halb verrückt vor Angst, denn die Sirenen hörten nicht auf, es war kein Voralarm und kein Kleiner Alarm, der nur zwei, drei Mosquitos meldete, die in sehr großer Höhe unantastbar für jede Abwehr wenige Bomben auf die Bevölkerung fallen lassen würden.

Hörte man nicht schon das Brummen der Maschinen?

Der prüfende Blick des ersten Luftschutzwarts, der sich zuerst auf die Jacke heftete – ein Judenstern? Dem würde unweigerlich die Zurückweisung folgen. Es hatte sich allerdings herumgesprochen, dass es auch menschlichere Luftschutzwarte gab, die Träger eines Judensterns als Letzte hineinließen, wenn es noch Platz gab. Ähnlich sollte es Fremdarbeitern ergehen; man hörte es in der Gärtnerei von Kunden. Es hörte sich an wie fremde Legenden.

Der zweite schien mehr auf das Gesicht zu achten, er nickte Isolde beifällig zu und grinste – Isolde war ein hübsches Mädchen.

Es ist jedes Mal dasselbe, dachte Isolde erbittert: Wie sieht sein Grinsen aus, wenn er weiß, dass er eine Jüdin hineinlässt? Dann sieht er kein Gesicht mehr, nur noch den gelben Stern –

Innen Kinder: »Mama, es ist so dunkel hier!«, »Mama, wann dürfen wir wieder hinaus?«, »Mama, machen uns die Bomben jetzt tot?«, »Mama, dürfen die bösen Männer das tun?«

Dann die volle Wucht des Angriffs: das nahe Krachen der Einschläge, Wellen, in denen der alte Turm schwankte. Eine Frau musste festgehalten werden. Sie wollte hinaus, sie schrie so gellend!

Schon bevor man draußen war: Rauch, Rauch. Dann, der Himmel schwarz. Meterlange Flammen fauchten aus Fenstern und loderten haushoch auf Dächern, dröhnend in einem furchtbaren Dauerton, knatternd wie Maschinengewehre. Rot wie ein Stück Kohle glühte die Sonne.

Vor den Lagerschuppen verbreitete einer der Lastwagen schwarze Schwaden. An der Haltestelle vor dem Bahnhof schwelte eine Straßenbahn. Ein Höllenschein glomm durch den Qualm: Auf einem Bahnsteig verbrannte mit breiten Flammen ein Zug.

Hinter dem Bahnhof, in der Südstadt, mussten ganze

Stadtviertel in Brand geraten sein, denn Isolde sah über dem Bahnhofsgelände mit ungeahnter Geschwindigkeit gewaltige Rauchwolken aufsteigen.

Mehrere Riesenlöcher auf dem Bahnhofsplatz zeigten die Wucht der Sprengbomben, die hier eingeschlagen waren. Der halbe Platz war von der herausgeschleuderten Erdbrocken zugeschüttet.

Die Menschen standen und starrten. Plötzlich begann einer zu lachen. Sein Lachen wurde immer gellender und hörte nicht auf. Sie führten ihn weg.

Endlich der längst eingeübte Blick: Nein, Gostenhof schien nicht getroffen.

Sie kämpfte sich hustend, die Hand vor dem Mund, durch den Qualm.

Was wollte ich denn am Bahnhof?

Sie musste Umwege machen.

Plötzlich stockte sie: Eine schwarze Gruppe von Menschen drängte sich vor einem niedergebrochenen Haus.

Tote lagen ausgebreitet auf dem Boden! Drei Frauen in eigenartig verstaubter Kleidung; eine hielt noch einen Säugling im Arm, daneben zwei Kinder, vielleicht sechs oder sieben Jahre alt.

Isolde hatte noch nie Bombentote gesehen.

Man hatte ihnen die Augen bereits geschlossen.

Ihr kamen Tränen, als sie die toten Kinder auf der Straße liegen sah.

Dennoch: Es ist der Feind, der hier liegt. Die Bomben sind für unsere Befreiung, der Endsieg wäre für uns Juden tödlich. Sie hörte Veronika sagen: Der Feind heißt Deutschland.

Sie hatte es nie zu Vater gesagt.

Wie seltsam das klang: Der Feind heißt Deutschland!

Isolde stand still: Ich bin seit Jahren keine Deutsche mehr! Schon seit der ersten Evakuierung meines Vaters nicht. So wie ich auch nicht mehr richtig evangelisch bin. Konfirmiert worden bin ich nicht mehr: Da war ich bereits eine untergetauchte Jüdin.

Je mehr Isolde Bauer nach außen mein Leben beherrscht – längst schon versucht mein Mund nicht mehr den Namen Grünzweig zu formen –, desto mehr werde ich zur Jüdin. Je mehr ich Isolde Bauer sein muss, desto mehr bin ich Isolde Grünzweig! Eine verfolgte Jüdin. Und da heißt der Feind Deutschland.

Dann sah sie wieder die kleinen, staubüberzogenen Körper der Kinder im Schmutz der Straße, eines noch ganz winzig im Arm seiner toten Mutter.

Sind Mütter Feinde?

Decken wurden über die Toten gebreitet.

Isolde wusste plötzlich: Kinder sind keine Feinde!

Sie spürte es als ewige Wahrheit: Kein Kind ist ein Feind!

Natürlich war auch Walter Sorg kein Feind.

Auch Frau Grötzinger war kein Feind, und das Ehepaar Fritz in seiner Gärtnerei war kein Feind. Man musste offenbar bei der Frage nach Feinden so vorsichtig sein wie bei der Frage nach Freunden.

Und ihr Gang zum Bahnhof war ganz unsinnig gewesen.

*

Hildegard spürte nicht mehr ganz so sehr die wachsende Erregung wie noch vor einigen Tagen, als sie sich das erste Mal hinter den Zaun gestellt hatte, um die Jüdin zu beschatten.

Zwei Tage hatte sie dazu gebraucht, um herauszufinden, ob es in der Gärtnerei einen zweiten Ausgang gab. Schon das war nicht leicht gewesen. Es musste natürlich unauffällig geschehen. Was wollte ein junges Mädchen abends hinter einem Bretterzaun?

Dann war sie ihr tatsächlich gefolgt, aber diese Isolde Grünzweig war nur nach Hause gegangen; sie wohnte bei einer Veronika Lenz in Gostenhof.

Veronika Lenz – ein lustiger Name! Veronika, der Lenz ist da. Sie arbeitete auf dem Einwohnermeldeamt, aber man musste noch viel mehr über sie herausfinden – vielleicht war ja auch sie eine verkappte Jüdin, wenn sie diese Grünzweig bei sich wohnen ließ.

Hildegard erschauerte, als sie daran dachte, wie viele solcher untergetauchter Juden es in Nürnberg wohl geben mochte, wenn schon sie – ein BDM-Mädel – möglicherweise gleich zweien von ihnen auf der Spur war.

Die Straßen waren leer – man musste ständig mit Angriffen rechnen. Es gab jetzt keinen Tag mehr ohne Fliegeralarm. Die Nächte verbrachten ihre Mutter und sie meist im Keller, wo sie auf Matratzen schliefen, die auf den Kellerboden gelegt waren.

Der Vater blieb oft im Bunker seiner Behörde.

Wenn die Villa getroffen würde? Noch waren nur wenige Bomben in ihrem Viertel hinter der Burg heruntergekommen, eher Zufallstreffer, wie ihr Vater sagte. Die Feinde zielten offenbar mehr auf die Arbeiterviertel im Süden, und natürlich auf die Fabriken und die Reichsbahn. Aber zwei Brandbomben waren schon in ihren Garten gefallen – eine hatte einen Apfelbaum verkohlt, den man würde fällen müssen, die andere war ein Blindgänger.

Hildegard konnte sich ein Leben ohne die Villa nicht vorstellen. Sie dachte mit Schaudern an die Wohnungen mit den schrägen Wänden, in denen sie früher gehaust hatten.

Was aber, wenn eine Sprengbombe –?

Hildegard zitterte bei jedem Angriff völlig haltlos. Sie zwang sich aber, nicht zu heulen, nachdem sie einige Male von ihrem Vater angeblafft worden war: Plärr nicht, du bist doch kein kleines Kind! Eine BDM-Führerin ist tapfer und immer Vorbild!

Die Mutter war während der Angriffe wie aus Stein. Sie war gar nicht ansprechbar, völlig erstarrt, der Blick glasig, als ginge er ins Nichts.

Der Endsieg, wenn er doch endlich, endlich käme! Das Leben würde wieder schön werden. Man erinnerte sich an die Zeiten vor dem Krieg ja nur noch wie an ein dunkles Märchen. Oder an die Zeit nach den Siegen über Polen und Frankreich – wie herrlich war das gewesen! Überall Fahnen, Girlanden, Marschmusik. Am Hauptmarkt waren heimkehrende Soldaten aufmarschiert, Fanfaren hatten geschmettert, Standarten waren aufgereiht worden, Reden, Jubel, Stolz. Es war fast so gewesen wie davor bei den Reichsparteitagen –

Der Vater hatte in diesen Zeiten des Sieges so oft gelacht wie nie, die Mutter hatte den ganzen Tag gestrahlt und ein neues Kleid bekommen aus Paris, französische Seide! Sie sah blendend aus mit ihren blonden Haaren in dem dunklen Stoff, unglaublich elegant. Helmut hatte eine Auszeichnung erhalten.

Helmut! Jetzt war er vermisst – ein so grässliches Wort: vermisst!

Ihre Mutter hatte sich vollkommen verändert! Immer lief sie mit einem verquollenen Gesicht herum. Auch kümmerte sie sich nicht mehr um ihre Frisur und trug nur noch alte Kleider! Sie war um Jahre gealtert.

Wenn man Mama nur helfen könnte!

Doch der Vater hatte erst neulich zu Mutter gesagt: Meinst du, ich leide nicht? Aber was wird besser, wenn man sich nicht mehr wäscht?

Die Mutter war stumm aus dem Zimmer gegangen.

Und die Feinde rückten vor; zwar redete der Vater immer noch voller Gewissheit: Sollen nur warten. Werden sich noch wundern. Kriegen die Schnauze so voll, das Gesindel, dass es patscht!

Aber es klang nicht mehr so überzeugt wie früher. Was aber war, wenn es keinen Endsieg gab? Wenn der Krieg verloren ging wie der Weltkrieg?

Würde dieser Jude Weiß aus Amerika zurückkommen und sie aus ihrer Villa hinauswerfen?

Zum Glück gab es Ferdl – der redete ganz anders als ihr Vater: Endsieg – kein Problem, alles längst im Griff. Wird man bald merken. Dann flüsterte er verschwörerisch – Wunderwaffe! Noch nie davon gehört? Ist jetzt einsatzbereit – die große Wende. Werden sie nur so glotzen, die Banditen!

Von der Wunderwaffe wurde jetzt überall geredet, wenn auch niemand so genau wusste, was das sein sollte.

Ferdl sagte: Streng geheim! Ist doch aber auch klar – wenn der Feind zu früh davon erfährt, ist es aus mit dem Endsieg – kannst du Gift darauf nehmen.

Ferdl!

Die Eltern durften von Ferdl nichts erfahren. Einmal hatte Hildegard erzählt, dass eine Freundin von ihr jetzt einen Freund hatte.

Komm mir bloß nicht schon mit einem Freund ins Haus. Erst kommt die Schule!, sagte die Mutter sofort mit einer Stimme, die keinen Widerspruch duldete.

Und der Vater hatte hinzugefügt: Erst der Endsieg, dann

kann man über einen Freund reden. Und dass das klar ist – ich rede da ein Wörtlein mit. Kannst du dich drauf verlassen!

Neulich hatte sie sich verplappert und bei Ferdl mit den entarteten Bildern des Juden angefangen. Ferdl war sofort Feuer und Flamme gewesen: Entartete Kunst? Gehört verbrannt! Was weißt du davon? Er hatte nicht mehr aufgehört.

Aber ihr Vater hätte ihr den Kopf heruntergerissen! Und sie hatte nichts mehr gesagt. Fast nichts. Nur das Wort Bahnhof war noch gefallen.

Ferdl hatte nicht weiter gefragt. Er hatte sofort begriffen, dass sie nichts weiter sagen konnte.

Ach, wenn sie Ferdl doch kennen würden. Sie wusste, er würde Vater gefallen. Da war sie sich ganz sicher.

Er war Vater in allem so ähnlich –

Da vorne, das Mädchen mit den schwarzen Haaren, die soeben aus der Türe der Gärtnerei trat. Das war sie!

Endlich konnte Hildegard an etwas anderes denken.

Jetzt würde sich herausstellen, was die saubere Dame trieb, wenn sie nicht in der Gärtnerei war.

Hildegard hoffte, dass sie endlich einen Beweis finden würde. Sie freute sich auf das Gesicht ihres Vaters, wenn sie es ihm sagte: Ich habe eine verkappte Jüdin enttarnt. Ihr braucht sie nur noch einzukassieren!

Ihre Zuversicht wuchs, als das Mädchen eine ganz andere Richtung einschlug als den Heimweg, den Hildegard schon kannte.

Vorsichtig folgte sie der Judenschickse in die neue Richtung. Es war wirklich wie in den Kriminalbüchern, die sie schon gelesen hatte – Verfolgungsjagd!

Es war ein eigenartiges und aufregendes Gefühl, einem

Menschen nachzuschleichen, der nichts davon wusste, und er sollte es ja auch nicht merken. Hoffentlich machte sie nichts falsch.

Der Weg führte zum Hauptbahnhof.

Eigentlich war es ja lächerlich, dass sie so sehr darauf achtete, nicht gesehen zu werden von der Verräterin da vorne. Schließlich war sie nur eine einfache Passantin. Sie musste eigentlich nichts tun, als jetzt zum Hauptbahnhof zu gehen.

Es war ganz klar, dass die Jüdin nicht damit rechnete, verfolgt zu werden – nicht ein einziges Mal hatte sie sich umgedreht und nach hinten geschaut. Hildegard war darüber sogar ein wenig enttäuscht.

Aber natürlich war es besser so. Sie musste jetzt nur herausfinden, was die am Bahnhof wollte.

Etwa abhauen? Hatte sie in den letzten Tagen doch gemerkt, dass sie beobachtet wurde?

Lächerlich – Juden konnten ja nicht einfach einen Fahrschein lösen!

Aber halt – die da vorne war ja untergetaucht und hieß nun Isolde Bauer. Bestimmt hatte sie einen gefälschten Pass! Wie hätte sie sonst Arbeit finden können?

Nein, man musste es genauer sagen: Wenn sie keinen gefälschten Pass hätte, wäre sie längst nicht mehr in Nürnberg – man hätte sie schon lange evakuiert. Fort, ab! Gute Reise!

Ein Geschenk an den Führer!, hatte ihr Vater gesagt. Die Stadt der Reichsparteitage judenfrei! Wird der Führer aber erst nach dem Endsieg richtig würdigen können.

Und wer hat dann mit ein paar anderen zusammen die größten Verdienste an dieser Tatsache? Vater hatte sich vor Hildegard und ihrer Mutter aufgebaut. Na, wer wohl? Und wer wird dann dafür belohnt werden.

Da gäbe es natürlich mehr als nur eine Villa, wenn der Führer den Vater für die judenfreie Stadt Nürnberg belohnen würde. Und sie, Hildegard, hätte ihren Teil dazu beigetragen und könnte es noch ihren Enkeln erzählen!

Die Jüdin überquerte jetzt den Bahnhofsplatz und betrat das Hauptgebäude des Bahnhofs.

Zum Glück war die Halle riesig, aber öde – kaum ein Mensch.

Verbeult und verstaubt hingen noch die Automaten für Zigaretten und Süßigkeiten in der Halle. Wie lange war das her, dass die zum letzten Mal gefüllt worden waren?

Die Grünzweig schien unschlüssig. Würde sie zum Schalter gehen, um sich eine Fahrkarte zu kaufen?

Hildegard überlegte, was sie dann tun würde – den Schalterbeamten fragen, wohin das Mädchen fahren wollte? Das würde er ihr nicht sagen. Und wenn sie ihm sagte, dass die Frau von der Gestapo verfolgt würde? Er würde einen Ausweis verlangen.

Echte Detektive hatten es doch viel einfacher!

Und würde sie ihr überhaupt folgen können? Wohl kaum. Die Eltern warteten. Selbst wenn es nur nach Fürth ginge –

Was wollte sie denn an dieser Wand da drüben?

An der Wand hing ein Übersichtsplan des Hauptbahnhofs mit allen zugehörigen Gebäuden und Gleisanlagen. Diesen Plan hatte sie betrachtet! Mein Gott, es war doch klar: Bahnhöfe, Flugplätze, Kasernen, Fabrikhallen – das will der Feind wissen. Darauf müsst ihr achten. Bis zum Überdruss hatte man es gehört in der Schule, beim BDM, zu Hause.

Jetzt war es bewiesen – Isolde Grünzweig war eine Spionin, eine jüdische Spionin. Zurückgekehrt nach Nürnberg, um sich zu rächen. Untergetaucht in einer Gärtnerei. Solche Spione gab es viele im Reich. Überall konnte man es lesen. Deshalb ließ der Endsieg so lange auf sich warten! Welch ein Luder! Und das war einmal das kleine Mädchen gewesen, für das sie fast Mitleid gehabt hätte.

Diese Isolde Grünzweig musste vernichtet werden.

Und sie, Hildegard Wolf, hatte es in der Hand!

Sie musste sich beeilen: Die Spionin verließ gerade die Halle des Bahnhofs. Offenbar bemühte sie sich, Einzelheiten des Plans in der Wirklichkeit zu finden.

Sie ging zu Verwaltungsgebäuden auf der Ostseite der Haupthalle. Aha, sie las die Tafeln der einzelnen Abteilungen. Sie schrieb nichts auf und verließ sich wohl ganz auf ihr Gedächtnis.

Auch sie, Hildegard, konnte stolz sein auf ihr Gedächtnis! Sie hatte das Mädchen im Bunker nach so langer Zeit wiedererkannt und sie aufgespürt.

Lange stand die Feindin drüben bei den Lagerschuppen. Klar, auch die waren wichtig. Sehr wichtig sogar: Hier wurden Güter für die Industrie zwischengelagert, aus denen dann zum Beispiel Panzer gemacht wurden. Oder Lebensmittel wurden eingelagert, bis man sie an die einzelnen Geschäfte verteilte.

Man konnte fast wetten, dass bei einem der nächsten Angriffe der Bahnhof, die Verwaltungsgebäude und verschiedene Lagerhäuser getroffen würden.

Hildegard schaute sich bereits nach einem Polizisten um.

Sollte sie sagen, dass es eine Jüdin war? Besser warten, bis die Dame in Arrest war. Dann erst ihr Wissen preisgeben und ihren Namen verraten. Gleichzeitig sagen: Könnten Sie bitte meinen Vater verständigen, der ist bei der Gestapo. Ich glaube sowieso, dass das eher Sache der Gestapo ist.

Da, Fliegeralarm! Hildegard bekam Bauchweh von diesem schrecklichen Geräusch der jaulenden Sirenen. Schweiß brach ihr aus, ihre Hände begannen zu zittern und sie konnte nichts dagegen tun.

Welch ein Gedränge vor dem Waffenhof-Bunker! Wo war die Verbrecherin? Im Dicken Turm? Traute sich diese Jüdin immer noch in Bunker hinein?

Der Angriff hatte die Villa nicht getroffen, wusste Hildegard, als Entwarnung gegeben worden war und sie wieder auf dem nun schrecklich verwüsteten Bahnhofsplatz stand. Ringsum brannte es. Doch der Himmel in Richtung der Burg war blau, man konnte die ganze Königstraße entlangsehen – keine Brände, kein Rauch. Es waren wohl mehr die Südstadt und der Bahnhof gemeint gewesen. Hildegard zitterte immer noch.

Halt! Dort war die Jüdin, sie kam gerade aus dem Dicken Turm und betrachtete voll Freude ihr Werk. Es konnte ja kein Zufall sein, dass die Verräterin gerade am Bahnhof war, als der bombardiert wurde.

Aber die Jüdin hatte noch nicht genug! Sie bog in die Königstrasse und ging immer noch nicht Richtung Gostenhof, sondern in die Altstadt. Das konnte Hildegard recht sein, es war für sie der nächste Weg nach Hause.

Flüchtig fiel ihr Blick in die Schaufenster, an denen sie entlangging.

Die Königsstraße war vor dem Krieg eine der wichtigsten Einkaufsstraßen von Nürnberg gewesen. Hier hatte die Mutter die Stoffe für ihre schönen Kleider gekauft. Hier war Hildegard auch in einem richtigen Modehaus ihr neues Dirndl angemessen worden, in dem sie dem Führer einen Blumenstrauß hatte überreichen dürfen.

Sie hatte dieses Dirndl aufbewahrt, obwohl sie längst herausgewachsen war. So etwas wirft man nicht weg!, hatte sogar ihr Vater gesagt.

Die Mutter hatte immer davon geredet, wie viel Spaß sie hätten, wenn sie beide zusammen in die Modehäuser gingen, wenn Hildegard erst einmal sechzehn, siebzehn oder achtzehn wäre! Hildegard hatte den Eindruck, dass diese Dinge das Einzige waren, was ihrer Mutter an einer Tochter wirklich Freude machte.

Und wie hatte sich Hildegard darauf gefreut und hatte sich im Geist vor einem Spiegel gedreht, in einem neuen Rock, in einem neuen Kleid.

Jetzt war sie siebzehn, und neue Kleider hatte sie zum letzten Mal mit vierzehn bekommen. Seither war immer nur geändert worden, immer nur angestückelt – aber Kind, wohin willst du denn noch wachsen?

Und jetzt waren die Schaufenster schon so lange fast leer. Manchmal trugen verstaubte Schaufensterpuppen die verstaubten Kleider der Mode von vor fünf Jahren!

Welche Läden hatten überhaupt noch richtig geöffnet? Gärtnereien, Bestattungen –

Was hatte der Führer über Jugend und Freude gesagt? Es stand in ihrem Jungmädelhandbuch, sie konnte es auswendig:

Wir wollen, daß ihr eine fröhliche und freudige Jugend sein sollt. Ihr sollt lachend in die Welt hineinblicken. Und ihr habt Grund dazu, denn diese Welt, eure Welt, unser Volk, unser Reich: Sie sind schöner geworden, als sie je zuvor waren!

Was war im Krieg daraus geworden?

Sie gab sich einen Ruck: Was waren das für Gedanken?

Jetzt durfte sie die Jüdin nicht aus den Augen verlieren.

Traf die eine weitere Verbrecherin oder einen weiteren jüdischen Spion?

Hildegard würde es herausfinden.

In einer Nebengasse war ein Haus eingestürzt: Die Jüdin blieb stehen. Da lagen Tote auf der Straße: Es war furchtbar – Frauen, Kinder!

Ja, schau nur genau hin. Das ist dein Werk. Bekommst du eigentlich kein schlechtes Gewissen, du Judenschickse? Kannst du dich womöglich sogar noch daran weiden in deiner unnachsichtigen Rachsucht?

Es ging über die Pegnitz in das Sebalder Viertel.

Hildegard war heute nicht gerne hier. Die Gassen waren sehr eng und düster, die Häuser sehr hoch und eng gebaut. Die schwarzen Chörlein, die an den Fronten der Häuser hingen, verstärkten die Enge noch. Alles war alt, jahrhundertealt. Natürlich konnte man stolz darauf sein – aber nach dem Aufenthalt im Bunker war die düstere Enge schwer zu ertragen.

Doch so schrecklich es war: Der Luftangriff gab ihr eine Ausrede für die Eltern, falls sie fragen würden, warum sie so spät nach Hause kam. Und der Vater würde auf jeden Fall fragen, wenn er zu Hause war.

Die Mutter wahrscheinlich nicht. Manchmal schien ihr alles gleichgültig, und sie saß nur still in ihrem Zimmer oder am Tisch – ach, Helmut!

Sie musste nun sehr vorsichtig sein – es waren kaum Menschen in den Gassen. Da fiel jeder gleich auf.

Die Jüdin war stehen geblieben. Sie stand vor einem recht hohen, sicher sehr alten Haus in einer engen Gasse. Es gab hier ein Gewirr von Gassen – eine enger als die andere. Früher waren Fremde aus der ganzen Welt gekommen, um Alt-Nürnberg anzuschauen –

Was stand die Jüdin so lange vor diesem alten Haus? War da etwas Auffälliges? Sie stand lange still, mitten auf der Gasse. Dann ging sie hinüber zum Eingangstor, einem geschnitzten Tor mit kunstvoll geschmiedeten Beschlägen und einem Rundbogen aus Stein.

Wollte sie jemanden besuchen?

Jetzt drückte sie wohl einen Klingelknopf. Aha, gleich würde Hildegard wissen, was eine Jüdin gegen Abend in der Nürnberger Altstadt zu suchen hatte. Wer mochte hier wohnen? Gab es noch Juden in der Altstadt von Nürnberg? Waren es Mitverschworene?

Hildegard fiel ein, dass sie in der Schule einmal vom unterirdischen Nürnberg gehört hatten. Der Lehrer, ein alter Mann – die Jungen waren alle im Krieg – hatte davon gesprochen, dass die Altstadt seit Jahrhunderten unterhöhlt war, sie sei zwar auf Fels gebaut wie in der Bibel, aber der Fels, hatte der Lehrer gesagt, sei hohl – ausgehöhlt.

Immer noch waren die Lochgefängnisse unter dem Rathaus zugänglich – uralte, schreckliche Gewölbe und labyrinthartige Gänge, in denen im Mittelalter Verdächtige gefangen gehalten und gefoltert wurden. Sie war einmal mit ihrer Klasse unten gewesen – furchtbar!

Hausten in diesen unterirdischen Gelassen heute noch Juden? Und trieben sie dort ihr Unwesen?

Sie fror und stellte sich vor, wie in den Löchern und Höhlungen unter den Häusern unzählige Wesen sich regten und werkten, mit dem Ziel – die Häuser darüber zum Einsturz zu bringen.

Die Jüdin stand lange, immer noch den Finger oder die Hand an der Klingel. Das große Tor öffnete sich nicht.

Dann geschah etwas Seltsames.

Sie konnte die Jüdin gut sehen, fast von vorn, da das Haus

sich schräg aus der Flucht der übrigen Häuser in die Gasse schob. Isolde Grünzweig beugte sich mit einer eigenartig zarten Drehung nach vorne, umfasste mit den Armen das hervorstehende Gewände an der rechten Seite des Bogens, neigte mit einer noch sanfteren, fast innigen Bewegung, von der Hildegard eigenartig berührt wurde, den Oberkörper zu einem der Steine des Mauerwerks und küsste ihn.

Dann ging sie weiter.

Hildegard war verwirrt. Diese sanfte Bewegung, die sich ihr sogleich einprägte, schien gar nicht zu der Person zu passen, die sie so lange verfolgt hatte. Eine zarte Bewegung – irgendwie vertraut, als hätte sie Ähnliches schon oft gesehen –

Sie gab sich einen Ruck und fand fast mit Gewalt zu sich selbst zurück: Ihr folgen? Nein, besser war es nachzusehen, zu wem das Mädchen gewollt hatte.

Aha – kein Name. Das Schild war entfernt worden. Ein Klingelknopf war noch da. Aber er war auf der anderen Seite. Es war nicht die Stelle, die sie geküsst hatte.

Sie suchte die mächtigen Steine des Gewändes ab.

Da! In einem Stein war ein senkrechter Schlitz, irgendwie hineingegraben. Hildegard konnte sich aber diesen Schlitz im Stein, diese eigenartige tiefe Rille, nicht erklären.

Aber es war keine Frage: Genau diese Rille hatte das jüdische Mädchen geküsst! Zuerst war sie lange still gestanden, die Hände ineinander gelegt wie ein einer Kirche – oder besser wie an einem Grab. Dann hatte sie sich nach vorne geneigt –

Hildegard rüttelte vorsichtig an einem kunstvoll geschmiedeten Eisenknauf, mitten auf dem breiten Holztor, das wie bei Irma in einen Innenhof führen mochte.

»Was wollen Sie hier?«

Hildegard fuhr herum.

»Das Tor geht Sie gar nichts an.« Eine weißhaarige Dame trat aus der Türe des gegenüberliegenden Hauses.

»Können Sie mir bitte sagen, wer hier wohnt?« Keine gute Frage, dachte Hildegard. Ich hätte besser gefragt: Ist niemand zu Hause? Dann wären sie schnell ins Gespräch gekommen!

»Geht Sie das etwas an, wer hier wohnt?«

»Ich muss es aber wissen!«, behauptete Hildegard und fühlte sich der alten Frau gegenüber plötzlich überlegen.

»Wie heißen Sie überhaupt?«, fragte die Frau weiter.

»Und Ihr Name, bitte?«, erwiderte Hildegard. Die Chance war einmalig. An die Nachbarin musste sie sich halten, die wusste vielleicht, was da vor sich ging. Aber sie musste sehr vorsichtig sein.

»Was ist mit dem Tor?«, fragte Hildegard weiter. »Warum soll es mich nichts angehen?«

»Weil es Sie nichts angeht.«

Der Frau tat es offenbar Leid, dass sie sich eingemischt hatte.

»Man wird doch noch fragen dürfen, wer hier wohnt!« Hildegard fühlte sich immer stärker.

»Da wohnt niemand mehr.«

»Warum wohnt hier niemand?«

»Es wohnt niemand mehr im ganzen Haus.«

»Ein so großes Haus und ganz leer? Das glauben Sie doch selbst nicht.«

»Ein Jude hat da gewohnt. Nun wissen Sie es. Sie haben ihn geholt, mitten in der Nacht, und seine Bilder haben sie auch geholt, zum Bahnhof, gleich darauf.«

»So, ein Jude! Und wie hieß dieser Jude? Wenn ich bitten darf.«

»Es war Herr Dr. Grünzweig, er war früher bei der Zeitung, ein so lieber Herr. Ach Gott, ich hätte das alles nicht sagen dürfen –«

Sie hielt sich die flache Hand vor den Mund.

Dennoch sprudelte es immer weiter: »Es ist nicht recht, was sie mit den Juden machen, glauben Sie mir. Sie sind noch jung – und das weiß ich gewiss, wir müssen alle dafür bezahlen. Der Herrgott lässt nicht mit sich spaßen. Herr Dr. Grünzweig war so ein lieber – und sie haben ihm alles – und er war so hilfsbereit, und sie haben ihn so – und er war ein so gescheiter Mann und nicht eingebildet: Er hat mit unsereinem geredet, wie –«

Es war kaum noch detektivische Neugier, etwas anderes in Hildegard fragte: »Hatte dieser Herr Grünzweig eine Tochter?«

Welch schlechte Detektivin war sie, dass sie nicht längst herausgefunden hatte, wo der jüdische Journalist Grünzweig wohnte! Aber das schien plötzlich seltsam unwichtig.

»Herr Doktor Grünzweig, bitte! – Ja, sie war lange in Wien und sollte dann eigentlich mit der Mutter nach Amerika, wissen Sie, aber sie ist dann –«

Hildegard fragte nicht mehr nach dem Vornamen der Tochter. Sie wusste ihn längst. Ein wenig schämte sie sich vor der alten Dame mit ihren weißen Haaren.

Der Herrgott wird uns einmal strafen, hatte die alte Frau gesagt und noch vieles andere – eigentlich war das Wehrkraftzersetzung und man müsste sie anzeigen.

Aber das war auf einmal undenkbar.

Sie schaute dennoch rasch auf das Türschild: Erna Grötzinger.

Auf dem Heimweg löste sie sich von diesem, Gott wird uns alle strafen, und überlegte, was sie jetzt eigentlich erfahren hatte. Es war schwierig.

Sie konnte dieses jüdische Mädchen am Hause ihres Vaters nicht mehr so recht für eine Spionin halten.

Auch von Bildern hatte die alte Dame geredet – Bilder seien aus dem Haus des Juden Grünzweig abgeholt worden, nachdem man ihn evakuiert hatte. Auf den Bahnhof! Die Erinnerung kam langsam, es war viele Wochen her – das mussten die entarteten Bilder sein, über die ihre Eltern geredet hatten!

Und immer wieder, bis in den Schlaf hinein, tauchte Isolde Grünzweig vor ihr auf, wie sie die Steine am Hause ihres evakuierten Vaters geküsst hatte.

Sie musste mit Ferdl darüber reden –

September 1944

»Etwas Furchtbares ist passiert!«, Isolde hatte Veronika noch nie so aufgelöst gesehen.

Was kann denn noch Furchtbares passieren?, fragte sich Isolde, es ist doch schon alles passiert –

»Frau Grötzinger war da und hat geweint. Ich habe zuerst gar nicht begriffen, was eigentlich los war. Sie hat so konfus erzählt, alles gleichzeitig, und dauernd musste sie sich schnäuzen, dann hat sie wieder von vorn angefangen und am ganzen Leib gezittert.«

»Aber was ist denn? Du redest ja selbst wie Frau Grötzinger.«

»Isolde, es ist furchtbar, Frau Grötzinger hat alles verraten!« Sie atmete schwer und griff nach ihrem Herzen. »Isolde!«

Eiseskälte überfiel Isolde: »Wem, wann – ?« Ihr Atem ging wie bei einem flüchtigen Tier.

»Ich muss der Reihe nach. Nein, das hat keinen Sinn – sie hat alles wirr durcheinander – ich muss es erst zusammenkriegen. Also – sie ist vor zwei Wochen am Abend nach Hause gekommen. Dann hat sie dich gesehen, Isolde, wie du vor dem Hause deines Vaters gestanden bist.«

»Ja, ich wollte – ich bin –«

Veronika seufzte abgrundtief: »Wie oft habe ich dir gesagt, geh nicht hin, Isolde! Es ist gefährlich. Man sollte dich –«

»Ich kann einfach nicht anders. Und –«

»Sie hat dich also gesehen, als du am Torbogen beim Haus deines Vaters gestanden bist, und sie war so voll Mitleid, hat sie gesagt, und hat geweint und dann hat sie gesagt – nein, ich muss doch der Reihe nach: Dann bist du gegangen und ein Mädchen ist aufgetaucht, sie war in deinem Alter, und ist zu dem Steinbogen hingegangen. Und stand da offenbar eine ganze Zeit und hat nach der Klingel geschaut.«

»Da ist doch aber nichts –«

»Ja, der Name ist weg. Aber Frau Grötzinger hat ihn verraten.«

»Aber den wissen sie doch.«

»Das Mädchen muss dich beobachtet haben, meint Frau Grötzinger. Wer kann das sein?«

»Wie sah sie denn aus? Nein, erzähl erst weiter, Veronika, bitte.«

»Das Mädchen hat sich dann am Tor zu schaffen gemacht, und da hat Frau Grötzinger offenbar die Nerven verloren und ist hin und wollte sie wegscheuchen.«

»Um Gottes willen – und dann?«

»Dann sind sie ins Gespräch gekommen, und Frau Grötzinger hat«, jetzt sprach Veronika sehr langsam und überlegte jedes Wort, »sie hat drei Dinge gesagt – erstens den Namen deines Vaters, zweitens, dass er eine Tochter hat, und drittens die Sache mit den Bildern.«

»Hat sie meinen neuen Namen auch genannt?«

»Offenbar nicht. Aber wer dich auch immer verfolgt haben mag – der kann doch wohl eins und eins zusammenzählen. Nicht? Übrigens, das Mädchen sei blond, fast dieselbe Größe wie du. Runde, blaue Kinderaugen – aber in deinem Alter.«

»Das Mädchen in BDM-Uniform, das in der Gärtnerei

Fritz nach Isolde Grünzweig gefragt hat.« Isolde war jetzt kreidebleich und begann zu zittern. Das Mädchen aus dem Bunker. Sie sah das Mädchen vor sich.

»In der Gärtnerei? Nach dir? Ein Mädchen? Davon hast du mir kein Wort gesagt!«

»Ich wollte dir keine Angst machen.«

»Du siehst, wohin das führt. Was war da?«

Und nachdem Isolde erzählt hatte, was geschehen war: »Bravo, jetzt weiß sie es also: Isolde Grünzweig, nicht Isolde Bauer. Die Gärtnersleute halten den Kopf für dich hin – alles für die Katz, liebe Isolde! Die hätten uns gleich anzeigen können. Würdest du das Mädchen wiedererkennen?«

»Mir fällt kein Name ein. Aber als du sie gerade beschrieben hast – das Gesicht, ich habe sie bestimmt irgendwann einmal gekannt. Und das Mädchen im Bunker! Ich habe dir davon erzählt. Sie hat mir schon damals keine Ruhe gelassen, genauso, wie Frau Grötzinger sie beschrieben hat. Und dann in der Gärtnerei – das erste Mal habe ich sie sofort aus dem Bunker wiedererkannt, das zweite Mal hat sie nach Isolde Grünzweig gefragt.«

»Vielleicht kennst du sie noch aus der Schule oder aus dem Kindergarten –«

»Vielleicht. Es ist so lange her.« Isolde biss auf einen Finger. »Und was ist mit den Bildern?« Es war ja nun wahrscheinlich nicht mehr wichtig, was mit den Bildern geschehen würde. Isolde fragte dennoch. In ihrer Stimme war Trotz.

»Frau Grötzinger hat es dem Mädchen erzählt, sie hat sich offenbar beklagt, dass sie die Juden holen, und hat ihr brühwarm berichtet, was sie gesehen hat – wie sie erst deinen Vater und dann die Bilder geholt haben.«

»Und was jetzt?«, fragte Isolde tonlos.

»Ja, was jetzt! Wenn ich das wüsste!«

Isolde lag mit geballten Fäusten im Bett: Man sollte sich nicht so wehrlos fortschicken lassen wie ihr Vater oder sich einsperren lassen. Sie hatte es einmal zornig zu Veronika gesagt: Wir Juden sollten eigentlich nicht lügen wie die Nazis, wir sollten uns wehren! Wenn alle Juden gleichzeitig – und ich hätte mitgehen sollen –

Da hatte ihr Veronika einen Brief gezeigt: Da, lies, den hat dein Vater an seinen Verleger geschrieben, als sie ihn im Dezember 1936 entlassen haben. Er hat ihn mir einmal gezeigt, und ich habe ihn aufgehoben.

In Beantwortung Ihres Schreibens nehme ich davon Kenntnis, dass in Nürnberg wiedereinmal eine Judenverbrennung, wie im Jahre 1349 stattgefunden hat & zwar am 13. December 1936. – An diesem Tage wurde ich aus der Redaktion des Nürnberger Tagblatts ausgeschlossen,

weil ich ein Jued' bin!

Leider kann ich nicht das Citat aus Götz von Berlichingen benutzen: »Es wird eine teure Zeit werden: Fürsten werden ihre Schätze bieten um einen Mann, den sie jetzt hassen.« Denn die Redakteure des Nürnberger Tagblatts könnten es als Beleidigung auffassen, wenn ich dieselben mit Fürsten vergleiche.

Deshalb antworte ich der hochlöblichen Redaktion mit einem andern Citat aus Götz von Berlichingen:

»Ich bin so geplagt mit dem, was ich bin, dass mir wenig bang ist, für was man mich nehmen mag«

Bei fernerem Bedarf halte mich bestens empfohlen

Mit nichtarischem, treudeutschem Gruss

gez. Dr. Sebastian Grünzweig

Die Nazis gebrauchen Gewalt, dein Vater das Wort!, hatte Veronika gesagt, und du kannst Stolz sein auf diesen Brief. Isolde, glaub mir, mehr ist dem Schwachen nicht möglich.

Erst am nächsten Tag, nach einer schlaflos verbrachten Nacht, in der sie bei jedem Geräusch von der Straße zusammenfuhren, fassten beide wieder etwas Mut.

»Die Sache war vor zwei Wochen. Wenn dieses Mädchen uns verraten hätte, wäre längst etwas geschehen – sie hätten mich geholt und verhört und mich gefragt, warum ich keinen Judenstern trage –«

»Sie hätten auch mich verhört. Du wohnst ja bei mir, das weiß Frau Grötzinger, die sie auch verhören würden, das wissen die Gärtnersleute Fritz, das weiß man auf dem Einwohnermeldeamt –« Veronika schnaufte.

»Wir können nur warten, sonst nichts«, sagte Isolde, »Und ich sehe auch ein, dass alles meine Schuld ist. Aber ich kann nicht leben ohne –«

»Und du kannst vielleicht nicht mehr lange leben mit – du siehst es. Ich muss dich dringend bitten.«

»Ich werde noch einmal mit Frau Grötzinger über dieses Mädchen reden. Vielleicht ist ja doch alles ganz harmlos gewesen.« Isolde zermarterte sich das Gehirn. Aber sie konnte sich an kein Mädchen erinnern, dem sie vor vierzehn Tagen begegnet war. »Ich könnte natürlich Frau Fritz fragen nach ihr, vielleicht kennt –«

»Aber auf gar keinen Fall. Das ist viel zu gefährlich! Möglichst wenig über diese ganze Sache reden. Wenn die Gärtnersleute Angst bekommen –«

Die Sache mit den Bildern – aber Isolde getraute sich erst recht nicht mehr, dieses Thema anzuschneiden.

Dezember 1944

Wenige Wochen vor Weihnachten wurden alle Jungen und Mädchen zwischen vierzehn und sechzehn von Nürnberg an die Westfront gefahren:

Vorwärts! Vorwärts! Schmettern die hellen Fanfaren
Vorwärts! Vorwärts! Jugend kennt keine Gefahren –
Ja, durch unsre Fäuste fällt,
wer sich uns entgegen stellt.
Führer dir gehören wir –

Sie mussten in der Nähe der belgischen Grenze Panzersperren und Bunker bauen. Drüben in den Ardennen, wo die letzte Offensive des Führers verblutete, dröhnten schon die gegnerischen Kanonen.

Die Jungen und Mädel sollten den Ansturm des Feindes auffangen helfen. Für Karl Holz, den Gauleiter von Franken, war dies selbstverständlicher Teil des totalen Kriegs: der völlige Missbrauch jugendlichen Draufgängertums.

Der Krieg war total geworden, wie es vor fast zwei Jahren von Reichspropagandaminister Goebbels im Sportpalast in Berlin gefordert worden war.

Wollt ihr den totalen Krieg?

Ja!, hatte die tollwütige Menge gebrüllt.

Hildegard hatte es mit den Eltern im Rundfunk gehört. Die Zuhörer hatten, wie irre mit den Fäusten trommelnd, mit den Füßen stampfend, Kanonen verlangt statt Butter.

Wie sehr hatte sie damals ihren Vater bewundert, der sofort aufgesprungen war und ebenfalls nach Kanonen gerufen hatte. Auch hatte er die Hände gefaltet, als der Minister feststellte: *Wir werden in diesen Krieg hineingehen wie in einen Gottesdienst!*

Damals war zum ersten Mal das Wort *Endsieg* gefallen. Ihr Vater hatte es sofort aufgegriffen: Endsieg! Sollen sie doch Bomben werfen, so viel sie wollen: Der Endsieg ist unser! Und nur das zählt! Seitdem lautete jedes zweite Wort Endsieg –

Die Jugendlichen kehrten zu Weihnachten wieder heim und berichteten von ihren Fronterfahrungen: Vom Donner der Kanonen, drüben in Belgien, und auch davon, dass einigen eine Glatze geschoren worden war, weil sie von der schlechten Verpflegung und von betrunkenen Führern nach Hause berichtet hatten.

Wenn sie jetzt schon Kinder holen –

Aber die Erwachsenen flüsterten nur. Ihnen drohte vom Nürnberger Richter Dr. Rothaug ein schlimmerer Schnitt als nur eine Glatze.

»Weihnachten – Geh mir aus den Augen mit Weihnachten, Hildegard – Stille Nacht, Ihr Kinderlein kommet – mein Kind kommt nicht mehr! Es gibt keine Weihnachten. Oder dieses verlogene *Hohe Nacht der klaren Sterne*, wenn sie ihre germanische Sonnenwende feiern, diese Heuchler.«

»Aber Mama«, Hildegard hatte den Arm um ihre Mutter gelegt. »Es ist doch aber Weihnachten. Man kann doch nicht so tun, als ob –«

»Wer tut als ob? Ich vielleicht? Oder sie, die Weihnachten zu einem völkischen Ereignis gemacht haben? Mit Jesus als Arier und den Drei Königen als Ariern mit nordischem Stern. Dass ich nicht lache.«

Aber sie weinte.

»Mutter –«

»Ja, eine Mutter. Und Weihnachten – nein! Früher als Kind sind wir an Weihnachten in die Kirche, und es war arm, aber schön – dann haben sie eine germanische Sonnwendfeier daraus gemacht und gesoffen und gefressen und dann Krieg angefangen und geschossen, und sie haben meinen Helmut –«

»Aber –«

»Nichts aber. Es ist Krieg. Lametta, Glaskugeln – woher willst du die denn nehmen?«

»Wir haben doch unsere alten«, stammelte Hildegard.

»Die hat Helmut mitgenommen. Aus!«

Es dauerte lange, bis Hildegard begriff, was das bedeutete – die hat Helmut mitgenommen!

Es gab keine Geschenke, es gab überhaupt nichts. Die Läden waren leer in der Stadt, in der Hans Sachs das Märchen vom Schlaraffenland erfunden hatte. In den Schaufenstern standen unter fingerdickem Staub Attrappen.

Sehr selten hatte eine gute Seele einige Fichtenzweige hineingestellt. Die meisten Schaufenster waren mit Brettern verschlagen.

Es gab keine Christbäume – wer hätte sie schlagen und in die Stadt transportieren sollen? Es gab keine Kerzen und keine Kugeln mehr.

In ganz Nürnberg konnte man keinen einzigen Lebkuchen kaufen!

Es war alles noch viel schlimmer als im letzten Jahr. Da war Weihnachten auch trostlos gewesen. Aber jeder hatte gesagt: Das nächste Weihnachten wird schöner, viel schöner. Da wird der Endsieg längst da sein! Es wird kein schöneres Weihnachten geben.

Und jetzt war Hildegards Bruder Helmut vermisst, und die Feinde näherten sich von überall der Reichsgrenze.

*

Dennoch erhielt jeder Nürnberger ein Weihnachtsgeschenk: Kein Luftangriff auf Nürnberg über die Feiertage! So hatten es Flugblätter der Alliierten angekündigt.

Das war viel: Kein Phosphor kam vom Himmel und erstickte, briet, sott oder verkohlte Menschen, keine Sprengbombe zerfetzte Häuser und Greise, Frauen und kleine Kinder, keine Luftmine blies die Dächer von den Häusern und setzte Überlebende dem Frost aus.

»Es ist, als wären sie plötzlich alle Christen geworden, diese Krieger in Europa. Warum nicht sonst? – Geht doch!«, sagte Veronika zu Isolde.

»Ich habe kein einziges Geschenk für dich«, sagte Isolde. »Früher hätte ich dir wenigstens ein Bild gemalt, aber ich habe weder Papier noch Farben.«

In der Gärtnerei brachte Frau Fritz plötzlich einen Fichtenzweig in den Laden und eine Kerze dazu und zündete sie an: »Advent, liebe Leute, und wenn noch so sehr Krieg ist.«

Und sogar Herrn Fritz waren plötzlich die Tränen heruntergelaufen.

Das schönste Weihnachtsgeschenk hätte beinahe der amerikanische Präsident Roosevelt den Nürnbergern gemacht. Es wäre das kostbarste Geschenk in der tausendjährigen Geschichte der Kaiserstadt gewesen.

An jeder Straßenecke wurde davon geredet; jeder, der in die Gärtnerei kam, erzählte davon. Jeder glaubte es, denn jeder wollte es glauben. Vielleicht hatte die ungewohnt lange

Zeit von zwölf Tagen ohne Luftangriffe das Gerücht begünstigt. Vielleicht entsprang es einfach der Sehnsucht nach Weihnachten –

Welch unsagbar schönes Geschenk!

Eines der Geschenke, wie sie in Märchen und Legenden gemacht werden, ein Geschenk, wie es ein Heiliger hätte machen können oder ein Engel oder ein Liebender.

Ein Geschenk, das wunderbare Einsicht verlangt hätte, wie es sie längst nicht mehr gab in diesem Krieg.

Freilich, es hätte gepasst zu dieser Märchenstadt, diesem Schatzkästlein, das so reich war an Wundern, aber eben nicht an diesem.

Präsident Roosevelt, so lautete das Gerücht, habe den Nürnbergern versprochen, dass es im Jahre 1945 keine Bombenangriffe mehr auf Nürnberg geben würde: Welch ein Präsident!

Veronika glaubte es nicht.

*

Hildegard war verstört: Grauen, wohin man sah: Von der Ostfront blieben die täglichen Siegesfanfaren aus, die Russen näherten sich der Reichsgrenze. Und wenn doch eine Siegesmeldung kam, dann war selbst für ein BDM-Mädel erkennbar, wie wenig diese so genannten Siege mit dem Endsieg zu tun hatten.

Ihr Vater war mürrisch und verschlossen. Er sah aus, als denke er ununterbrochen über ein Problem nach, das er nicht lösen konnte. Sie bekam nur einsilbige Antworten und sah ein Gesicht, das deutlich sagte: Du bist lästig – nur lästig.

Manchmal, und das war das Schlimmste, glaubte sie in

solchen Augenblicken etwas in seinem Gesicht zu lesen, das sie bei ihm noch nie gesehen hatte: Angst!

Die Mutter sah furchtbar aus.

Und Isolde Grünzweig, die Hildegard im Sommer entlarvt hatte – sie hatte die Jüdin noch einmal auf der Straße gesehen, natürlich auch jetzt wieder ohne Judenstern. Aber sie bekam das Bild von dem Mädchen, das sich so sanft zu diesem Stein am Hause ihres Vaters gebeugt hatte und ihn küsste, nicht mehr aus ihrem Kopf.

Sie musste über alle diese Dinge gründlich mit Ferdl reden. Ferdl war so voller Optimismus. Er würde ihr wieder Zuversicht geben. Sie sehnte sich nach ihm. Aber seit dem Sommer hatte sie keine drei Worte mit ihm reden können.

Es war so schwer, ihn zu treffen. Er hatte jetzt fast immer Dienst. Und wenn kein Dienst war, hockten die Luftwaffenhelfer beieinander in ihren Unterkünften, als klebe die Angst vor dem Ende sie zusammen.

»Dass ich nicht lache«, sagte Ferdl. »Einen Stein küssen, und auf so was fällst du herein. Typisch Weiber! Keine Ahnung, was wichtig ist!«

»Aber eine Jüdin –«

»Wichtig ist, dass sie eine Jüdin ist, nicht ob sie Steine küsst oder in die Hose scheißt.«

»Ferdl –«

»Wichtig ist, dass diese Isolde Grünzweig keinen Judenstern trägt und als Arierin in der Stadt herumläuft. Isolde Bauer! Lachhaft!«

»Ja, aber –«

»Was heißt da ja aber? Haben wir nicht längst über alles gesprochen? Muss man es immer noch einmal erklären? Die ist gefährlich, liebe Hildegard! Die läuft nicht bloß so zum

Spaß bei uns herum! Kannst du drauf wetten! Die war nicht zufällig im Ausland und kommt nicht einfach so wieder zurück, wo es kein Zuckerlecken ist für dieses Pack. Was will die Schickse denn sonst hier? Kannst du doch sehen, sperr halt die Augen auf!«

»Es war so –«

»Komm endlich zur Vernunft! Sie machen es so – zugegeben raffiniert! Man kann drauf reinfallen. Aber ich nicht. Kann sie Steine küssen, so viel sie will!«

»Aber sie wusste doch gar nicht –«

»Dass du ihr zuschaust? Woher willst du denn das wissen? Alles Tarnung. So sind die Juden. Passen sich immer an. Und dann schlagen sie zu! Hildegard, nimm Vernunft an«, er legte den Arm um sie und zog sie an sich. »Hildegard, du bist doch meine Liebe.«

»Wenn du Recht hast –«

»Freilich habe ich Recht!«, sagte Ferdl eifrig und drückte sie an sich. »Das musst du nur begreifen. Aber schnell! Und merk dir gut den Spruch für alle Lebenslagen:

Gibt es irgendein Problem,
musst du schnell zu Ferdl gehn.«

»Ach Ferdl!« Es war so gut, seine Stimme zu hören. Die war so hell und so voll Freude und Sicherheit. Er war so, wie ihr Vater früher war. Wegen der ausbleibenden Luftangriffe konnten sie sich jetzt fast jeden Tag sehen.

Aber noch immer konnte sich Hildegard nicht von dem Bild lösen, wie das Mädchen den Stein geküsst hatte. Und wie sie als kleines Mädchen in der Schule geweint hatte, als alle sie auslachten.

»Also, was ist jetzt?« Er lächelte: »Zeigen wir sie also an! Anklage: Verkappte Jüdin lebt als Isolde Bauer in Nürnberg, heißt aber Isolde Grünzweig, Tochter eines evakuierten jüdischen Zeitungsschmierers. Trägt keinen Judenstern. Zeugen: Erna Grötzinger, die wird schon aussagen, kannst du dich darauf verlassen. Weiter: das Gärtnerehepaar Fritz, die werden reden, und wie die reden! Weiter diese Veronika Lenz, bei der sie wohnt, wenn die nicht selbst – nicht unser Problem.«

Hildegard nickte.

»Diese Isolde Grünzweig treibt Spionage und lenkt feindliche Bomber nach Nürnberg.«

Hildegard schüttelte langsam den Kopf: »Das wissen wir nicht.«

»Begreifst du immer noch nicht? Ist denn mein ganzes Geschwätz für die Katz? Warum ist die denn sonst hier? Was will sie in Nürnberg, nachdem sie schon im Ausland war? – Kapier doch endlich!«

Hildegard nickte zögernd.

»Und sie arbeitet in einer Gärtnerei, weil sie da die Grundlagen der Ernährung schädigen kann. Gut gesagt, nicht? Grundlagen der Ernährung!«

Hildegard zögerte wieder: »Wie soll sie denn das machen?«

»Ganz einfach – zum Beispiel Gift in die Radieschen oder in den Blumenkohl!«

»Hast du irgendwo gehört, dass jemand vergiftet worden ist? Blödsinn!«

Ferdl bekam einen roten Kopf: »Na ja, aber sie kann doch im Anbau – zum Beispiel Unkraut verbreiten, den Samen schädigen –«

»Kannst du mir sagen, was das heißt, den Samen schädigen?«

»Klingt aber gut, nicht wahr, den Samen schädigen«, er lachte, seine Stimme wurde fester. »Verdammt, weiß ich doch nicht, warum sie gerade in einer Gärtnerei ist! Sagen wir halt dazu: Samen schädigen oder Unkraut verbreiten – damit die dummen Deutschen nichts zu fressen haben!«

»Na gut«, gab Hildegard nach, »um des Friedens willen! Sagen wir also schädigen und lassen den Samen –«

»Bravo, langsam wirst du gescheit.«

»Und wem –?«

»Schriftlich an die Gestapo, kriegt die jeden Tag, solche Anzeigen. Und dann Rübe runter!«

Hildegard fror plötzlich: »Rübe runter?«

»Rübe runter! Kopf ab! Wach auf, Hildegard – es ist Krieg, Krieg!«

Sie löste sich von ihm: »Aber den Tod –«

»Es ist der Feind, Hildegard. Das ist keine Wohltätigkeitsveranstaltung. Was glaubst du, wenn die mit ihren Bombern anrücken, und du hockst an der Flak und weißt, jetzt verreckt halb Nürnberg, oder du schießt sie ab!«

»Aber ein Mädchen –«

»Na wenn schon! Ist es vielleicht weniger tödlich, wenn uns ein Mädchen die Bomber auf den Hals hetzt?«

»Aber wir wissen doch gar nicht sicher –«

»Geht das schon wieder los!« Ferdl stand auf. »Dann findet es eben die Gestapo heraus: Schuldig – Rübe runter! Unschuldig, behältst du den Kopf oben – ganz einfach! Schließlich studiere ich nach dem Krieg Jura.«

Hildegard hatte die Hände ineinander verkrampft.

»Und nun die Meldungen zur Großen Nürnberger Judenverschwörung.« Ferdl wartete die Wirkung ab.

»Judenverschwörung?«

»Na ja, eben dieses Komplott Isolde Grünzweig und Walter Sorg! Dieses saubere Paar, gespannt, was?«

Hildegard war plötzlich alarmiert: »Was ist mit Walter Sorg? Hört er wirklich Feindsender?«

»Er ist ja nicht in unserer Batterie, sondern in Langwasser draußen.«

»Und?«

»Da ist es nicht leicht, aber ich glaube, wir haben ihn, den sauberen Herrn, diesen Lumpenhund!«

»Und wie?«

»Raffiniert! Da redet doch die ganze Stadt davon, dass der Roosevelt versprochen hat, Nürnberg nicht mehr anzugreifen im nächsten Jahr.«

Sie erschrak: »Und – stimmt das nicht?«

»Natürlich nicht, du kleines Schaf. Denkt der nicht daran.«

Hildegard starrte ihn an.

»Also, zu unserem Problem. Wir haben ein paar zuverlässige Leute auf ihn angesetzt, nur vier oder fünf. Die anderen hätten nicht mitgemacht, weißt du, Kameradschaft und so. Feindsender! Und die haben mit ihm gequatscht. Eben über die Bomber und den Roosevelt und so. Wie sie jetzt sicher sind, dass die Bombardierungen aufhören. Und dass die Flakhelfer dann wieder nach Hause können. Weil man natürlich keine Flak braucht, wenn keine Bomber mehr. Verstanden?«

Hildegard nickte.

»Es war so eine richtige Friede-Freude-Eierkuchen-Stimmung, haben sich alle fünf die Hände gerieben und gesungen, gab sogar Schnaps, natürlich absichtlich, hat ein Zugführer zur Verfügung gestellt.«

»Ja und?«

»War aber natürlich alles nur Theater, glaubt doch kein Mensch da draußen, dass die mit den Bomben aufhören. Ist ja ein Witz! Und unser Rundfunkheld ist auf das Theater hereingefallen! Glaube ich nicht, hat er gesagt. Was nicht?, haben die anderen gebrüllt, das mit den Bombenangriffen? Und einer hat gesagt, was heißt glauben? Das hat doch nichts mit glauben zu tun. Und da hat der Depp die Katze aus dem Sack gelassen: Ich weiß es, hat er gesagt. Wirklich: Ich weiß es! Der Simpel! Woher willst du es denn wissen? Ist der Roosevelt vielleicht dein Onkel oder so?, wurde nun weitergebohrt. Und da war das Arschloch auf einmal still, so still, kannst du dir gar nicht vorstellen, wie still der auf einmal war.«

Der Schweiß brach ihr aus. Wieder Bombenangriffe! »Und jetzt?«

»Ist nicht unser Problem. Aber schreiben wir mit drauf: Walter Sorg hört Feindsender, Zeugen: Flakhelfer, Batterienummer und so weiter.«

»Und dann?«

»Dann ist er dran, kann er gleich den Löffel abgeben – vorbei!«

»Meinst du wirklich, dass wir –«

»Klar, machen wir. Du, da war doch noch was. Wollte ich dich schon lange fragen – hast du nicht irgendwann etwas von Bildern gesagt? Entartete Kunst?«

Sie erschrak – die Bilder! Sie hatte gehofft, Ferdl hätte diese Sache längst vergessen. Es hatte etwas mit ihrem Vater zu tun, aber sie wusste nicht recht was –

»He du, was ist mit diesen Bildern?«

»Ich weiß nicht. Sie haben Bilder aus dem Hause eines Juden geholt, als der schon weg war. Mehr weiß ich nicht.«

»Hast du nicht etwas vom Bahnhof gesagt?«

Richtig, ihr Vater hatte gesagt: Hauptbahnhof, auch Frau Grötzinger hatte vom Bahnhof geredet. Aber ihr ganzes

Denken war wie gelähmt: Bomben! Bunker! Diese grauenhafte Angst!

Sie zwang sich, nicht daran zu denken.

Isolde Grünzweig? Vielleicht war das Mädchen ja nur wegen dieser Bilder auf dem Bahnhof gewesen. Wenn sie dem alten Juden gehört hatten, dann gehörten sie jetzt eigentlich ihr. Das heißt, überlegte sie weiter, jüdischer Besitz war ja arisiert worden, aber da kannte sie sich nicht recht aus.

Jedenfalls wussten viele, dass solche Kunstwerke im Ausland sehr wertvoll waren. Und ihr Vater war irgendwie auf geheimnisvolle Weise in alle diese Dinge verwickelt: Der wäre bestimmt wütend, wenn plötzlich ein Ferdl Ferber auftauchte, der Bescheid wusste –

»He, ich habe dich etwas gefragt?«

»Mehr weiß ich nicht.«

Sollte sie sagen, dass Isolde Grünzweig durch diese Bilder entlastet wurde? Dass man jetzt vermuten könne, was sie am Bahnhof gesucht habe?

Aber dass sie eine Jüdin war und keinen Judenstern trug, daran änderten die Bilder ja nichts!

»Weißt du, mit diesen Bildern – so wie du gesagt hast, entartete Kunst.« Seine Stimme bekam einen lauernden Ausdruck: »Da könnte man viel Geld machen, wenn man es geschickt anstellt.«

»Wer soll was geschickt anstellen?«

Ferdls Gesicht hatte plötzlich einen Ausdruck, der vorsichtig und schlau zugleich war, Hildegard wandte den Blick ab. »Ich meine ja nur«, sein Blick wurde verschlagen, »im Ausland ist das Zeug bares Geld.«

»Na und? Wie willst du es denn dorthin bekommen – jetzt mitten im Krieg?«

»Wird ja nicht mehr lange dauern, der Krieg.«

Ihr schlug das Herz: »Du meinst, der Endsieg –«

Sein schlaues Lächeln wurde breiter: »So oder so – gerade ohne Endsieg wirst du jede Mark brauchen – glaubst du nicht?«

Sie fuhr zurück wie von einer Giftschlange gebissen: »Was redest du da?«

Erschrecken lief über sein Gesicht. Auf der kurzen Nase bildeten sich kleine Fältchen zwischen den Sommersprossen, Schweißtropfen traten hervor: »Vergiss es. Was kümmert uns die entartete Kunst eines Juden!«

»Also?«

»Was heißt also? Ganz einfach: Wir zeigen die Jüdin an, schreiben einen Brief an die Gestapo, darin steht alles, und dann werden es die schon regeln.«

Aber Hildegard wollte es selbst ihrem Vater sagen, der sollte stolz sein auf sie. Und was war mit dem Endsieg?

Sie zitterte: »Ferdl, sei ganz ehrlich, ohne jede Ausflucht. Der Endsieg – was meinst du, wann kommt er?«

Sie sah, wie es in ihm arbeitete. Er schwieg und sah sie mehrfach von der Seite an.

Dann gab er sich einen Ruck und grinste ihr mitten ins Gesicht: »Der Endsieg? Bald. Der Führer hat eine neue Wunderwaffe. Sie ist schon im Einsatz. Dauert eben immer eine Weile, bis sich so etwas auswirkt. Man muss also noch Geduld haben und Opfermut und Standhaftigkeit. Aber dann, dann kann uns keiner mehr! Das gebe ich dir schriftlich, dann sind sie dran – unnachsichtig. Und dann der Friede, unabdingbar. Kann ich dir sagen.«

Eine unsagbare Traurigkeit legte sich auf Hildegard: »Ich glaube, ich geh jetzt heim.«

»Kommt doch auf keinen Fall in Frage. Was soll denn das auf einmal?«

»Doch, Ferdl, ich kann jetzt nicht.«

»Ach komm, das gibt es doch nicht. Wir wollten doch noch zu dem Café am Laufer Tor. Die haben ab und zu noch Bier.«

»Nein. Ich will nach Hause.« Sie war so nahe am Weinen, dass sie ihm nicht ins Gesicht sehen konnte.

Er war beleidigt: »Warum denn jetzt auf einmal?«

Sie ging rasch. Nur nicht umdrehen. Jetzt liefen ihr doch die Tränen herab. Wegen Ferdl? Wegen des Endsiegs? Wegen der Bomben?

Er rief ihr nach: »Hallo, Hildegard! Und der Brief?«

Am nächsten Tag war sie zeitig wieder am Plärrer.

Halb hoffte sie, dass Ferdl nicht kommen würde. Halb, dass er wieder so sein würde, wie sie ihn immer gesehen hatte: als verlässlicher Freund, den keine Frage umwarf auf seinen stämmigen Beinen, der immer etwas Lustiges wusste mit seiner Sommersprossennase.

Er kam und schwenkte schon von weitem ein Blatt Papier: »Fix und fertig. Da lies«, er lachte und war stolz.

Der Brief war an die Gestapo Nürnberg gerichtet: »Kriegen die zu Tausenden!«

Da stand, dass in Nürnberg ein Mädchen in der Gärtnerei Fritz arbeite, die Adresse stand dabei.

»Sie ist Jüdin, trägt aber keinen Judenstern. Das erfüllt den Tatbestand des Betrugs. Dazu läuft sie unter falschem Namen herum: Isolde Bauer. Dabei heißt sie Isolde Grünzweig und ist die Tochter des evakuierten Juden Grünzweig, der früher Journalist war. Außerdem wohnt sie bei einer Veronika Lenz, die wir ebenfalls für eine Jüdin halten, und bitten wir Sie, das alles zu überprüfen.«

»Müssten wir vielleicht nicht extra sagen. Steht jetzt aber schon da.«

Außerdem hatte Ferdl geschrieben, dass sie vermuteten, dass die Jüdin Spionage für das feindliche Ausland betreibe und man die Beschuldigte deshalb strafrechtlich verfolgen müsse. Dann waren als Zeugen Frau Grötzinger und das Ehepaar Fritz von der Gärtnerei Fritz aufgeführt.

»Tatbestand – die Beschuldigte – strafrechtlich verfolgen – gut, was? Juristendeutsch – was sagst du? Pfundig, was? Verstehen die doch sonst gar nicht.«

Das sei kein übliches Denunziantenschreiben, sondern sie seien besorgt um das Wohl des Reichs, der Stadt und um den Endsieg.

Es sei besser, wenn sie das noch dazuschrieben, meinte Ferdl. Dann würde der Brief noch ernster genommen, weil sie gleich wüssten, dass er nicht irgendwie erfunden sei. Außerdem sei Denunziant ein böses Wort für eine gute Sache: »Wenn du das Böse bekämpfst, ist alles gut!«

Aber das Wort Denunziant starrte Hildegard bösartig entgegen wie ein glänzendes schwarzes Tier.

Ferdl sah ihr stolz ins Gesicht. »Jetzt musst du nur noch unterschreiben, da, ich habe schon. Hier: ›– Ihr weiteres Vorgehen und legen wir das Ganze vertrauensvoll in Ihre Hände. Heil Hitler.‹ Da, bitte, die Dame, den werten Namen drunter. Am besten gleich hier.« Er hielt ihr einen Füller unter die Nase: »Also, vorwärts! Habe ich extra mitgebracht, hättest du nicht daran gedacht. Wetten?«

Hildegard hielt das Schreiben zwischen zwei Fingerspitzen wie einen giftigen Pilz: »Sollen wir wirklich?«

Es legte sich ihr noch schwerer auf ihr Inneres als zuvor: Das Mädchen in der einsamen Gasse –

»Natürlich sollen wir – ist doch keine Frage. Geht das jetzt schon wieder los!«

»Ich meine ja nur –«

Wenn sie ihm doch nur etwas von ihren Gefühlen klar machen könnte! Aber er hatte ja Recht.

»Ist sie nun eine Jüdin oder nicht? Läuft sie ohne Judenstern herum oder nicht? Verstößt sie gegen das Gesetz oder nicht? Also! Gibt es nun noch etwas zu überlegen, oder nicht? Denk an deinen armen Bruder.«

Hildegard unterschrieb.

Dann fragte Ferdl noch lauernd: »Und die Bilder? Aber es ist vielleicht doch besser, wir schreiben nichts davon.«

»Ich habe gestern meinen Vater gefragt«, log sie, »nur so ganz allgemein – was nach dem Endsieg mit entarteter Kunst geschehen würde. Die wird verbrannt, hat er gesagt. Also ist für alles bestens gesorgt.«

Sie hatte tatsächlich vor einiger Zeit noch einmal versucht die Sprache auf entartete Kunst zu bringen. Aber sie hatte gemerkt, dass sie nichts erfahren würde.

Davon sagte sie Ferdl aber nichts.

*

Am Tag vor dem Heiligen Abend stand ganz auffällig ein junger Mann mit einem grauen Hut und einem Regenmantel vor der Gärtnerei Fritz und grinste Isolde ins Gesicht.

Isolde war, als hätte er ihr die Faust in den Magen gerammt. Er sah zufrieden aus und ging weg.

Isolde hatte ihn noch nie gesehen.

Frau Fritz fragte sofort: »Was ist? Du siehst ja aus wie ein Leichentuch!«

Man sollte den Kopf an die Schulter von Frau Fritz legen dürfen und weinen, weinen, weinen. Aber sie durfte sich nichts anmerken lassen. Sie wusste, das Eis war dünn.

Du darfst niemand sagen, dass wir es wissen! Das hatten

sie zu ihr gesagt, und das hieß klar: Wir stehen zu dir und sagen niemand, wer du bist – aber nur so lange, wie wir selbst nicht verdächtig sind!

Isolde konnte ihnen keinen Vorwurf machen: Sie schützten selbstverständlich ihr Leben, wie sie ihr eigenes zu schützen versuchte.

Sie murmelte also etwas von den Tagen, die sie hätte.

»Pass auf, dass du nicht schwer trägst.«

Dann sagte Frau Fritz etwas, das Isoldes Zustand augenblicklich verbesserte: »Nachher kommt Walter wieder einmal, der kann dich entlasten.« Sie lächelte dabei verständnisvoll. »Sie können jetzt viele Leute an der Flak entbehren, weil es über die Feiertage keine Angriffe geben wird. Sie sagen, dass auch im neuen Jahr keiner mehr kommen wird, der Präsident Roosevelt habe es versprochen. Es wäre zu schön –«

Aber Veronika hatte ein paar Tage zuvor gesagt, das sei Unsinn! Nichts als Propaganda der Nazis, damit die Leute über Weihnachten wieder Mut fassten.

Dann stand der Mann mit dem grauen Hut plötzlich am Ladentisch und lehnte sich hinüber – Isolde sah ihn vom Nebenraum aus und konnte hören, was er sagte: »Beschäftigen Sie hier in der Gärtnerei eine Jüdin mit dem Namen Isolde Grünzweig?«

Die Gärtnersfrau verzog ihr rotes Gesicht um keinen Millimeter: »Was geht Sie das an?«

»Es geht mich etwas an – da können Sie Gift darauf nehmen, dass mich das etwas angeht.«

»Gut, haben Sie einen Ausweis?«, sagte die Gärtnerin mutig, aber Isolde hörte das leise Zittern in ihrer Stimme.

»Ich habe einen Ausweis, ja, natürlich, selbstverständlich. Aber ich weiß nicht, was das nun wiederum Sie angeht!«

Er sprach gefährlich leise, ganz anders als der Zigaretten rauchende Mann geredet hatte.

»Es kann jeder –«

»Ich bin aber nicht jeder«, sagte der Mann im Regenmantel immer im gleichen Tonfall. »Ich habe Sie etwas gefragt. Ich habe Sie höflich gefragt, und Sie können mir höflich antworten. Ich kann auch unhöflich fragen – und ich bin gespannt, wie Sie mir dann antworten.«

Der Mann im Hut hatte die Stimme zum Schluss fast unmerklich angehoben.

Alles in Isolde schrie: Du musst hinaus in den Laden! Du musst diese Frau retten. Du darfst nicht zulassen, dass die Nazis den Gärtnersleuten deinetwegen auch nur das Geringste antun –

Frau Fritz war sehr bleich im Licht der Dezembersonne, die plötzlich blendend weiß durch die Fenster fiel und den ganzen Raum mit allen Grabbuketts und Totenkränzen grell ausleuchtete: »Gut, eine höfliche Antwort: Wir beschäftigen in der Gärtnerei einige Polen, ab und zu einen Flakhelfer, Walter Sorg, und, als unsere beste Kraft, ein Mädchen namens Isolde Bauer. Wir brauchen jede Hand.«

Sie trat einen Schritt nach vorne: »Was glauben Sie, so eine große Gärtnerei! Es gibt bei uns niemand mit dem Namen Grünzweig, auch keine Jüdin. Wir hatten nie jüdische Angestellte. Wir haben auch noch nie auf koscheren Anbau geachtet.« Ihre Stimme hatte bei den ersten Worten noch leicht gezittert, dann aber zunehmend an Festigkeit gewonnen.

Jetzt huschte sogar etwas wie ein Lächeln über ihr Gesicht: »Sie sind übrigens nicht der Erste, der das fragt.«

Der Mann schien zu zögern: »Nicht der Erste?«

»Nein, ganz bestimmt nicht. Es waren schon zwei von Ihrer Behörde bei uns wegen dieser Verwechslung: Zwei Mädchen heißen Isolde – das ist alles! Ich denke, das ist längst geklärt.«

Er kam nicht zu Wort. Sie stemmte die Hände in die Seite: »Da wundert es mich nicht, dass alles drunter und drüber geht, wenn so junge Kerle andere Leute von der Arbeit abhalten, statt im Krieg zu sein!« Ihre Stimme war nun sehr laut. »Die Sache ist erledigt, sagen Sie das Ihrem Vorgesetzten!«

»Sind Sie sicher?«

»Ob ich sicher bin? Ja, was glauben denn Sie, wer hier alles hereinkommt und dem Herrgott die Zeit stiehlt mit saublöden Fragen! So sicher wie das Amen in der Kirche! So sicher, wie Sie jetzt auf der Stelle aus meinem Laden verschwinden! So, war Ihnen das jetzt höflich und deutlich genug?«

Der Herr lüftete seinen Hut und verließ den Laden.

»Gesagt hat er nichts mehr, aber gegangen ist er! Na ja, wird schon recht sein!«, sagte Frau Fritz noch immer mit flammenden Augen.

Isolde zitterte und brachte kein Wort heraus.

»Aber mein Mann darf nichts davon erfahren –«

Walter! Endlich war er wieder da. Er war wie ein Weihnachtsgeschenk. Sie flüsterte sogar: »Danke«, als sie einen Augenblick in der Gärtnerei alleine waren.

»Keine Luftangriffe über die ganzen Feiertage! Weißt du, was das heißt?«

»Du bist hier.«

»Ja, und ich kann nach Hause gehen in die Wunderburggasse, und wir können uns treffen, wann wir wollen.«

»Wie im tiefsten Frieden.«

Er zog sie kurz an sich: »Und es tut mir so Leid, dass ich dir nichts sagen konnte, als ich verlegt worden bin –«

Es war Isolde, die eine Mauer spürte: Sie musste ihn weiter anlügen.

Sie gingen zu ihrem Lieblingsplatz an der Pegnitz.

Es war still und kalt. Hinter den kahlen Bäumen zeichneten sich die geschwärzten Mauern zweier Mühlen links und rechts des Flusses ab, die bereits von Bomben getroffen waren, während sonst entlang des Wassers die alten Häuser mit ihren langen Holzgalerien unversehrt in den grauen Winterhimmel träumten.

Walter hatte ihre Hände genommen, sie in seinen gewärmt und geküsst und angehaucht: »Sie sind ja ganz kalt, du Arme.«

Sonst sagte er wenig.

»Ich bin so froh, dass du wieder da bist. Es wird schön werden über Weihnachten.«

Dass du nicht nach Isolde Grünzweig fragst, ist fast das Allerschönste, du Lieber! Aber das sagte sie nicht.

Sie drückte sich fest an ihn.

Er erwiderte den Druck und sagte leise: »Weißt du, sie haben es herausgebracht.«

Sie schaute ihn entsetzt an: »Was herausgebracht?«

»Das mit den Feindsendern.«

»Um Gottes willen –«

»Ich habe mich verplappert. Ich war ein Rindvieh. Aber sie haben mir eine Falle gestellt.«

»Sie?«

»Die Kameraden – dein fester Halt bei Sieg und Tod.«

»Walter –« Ihre Stimme zitterte.

Dann aber stieg Zorn in ihr auf: Was will dieses Nazipack denn noch? Der Krieg ist verloren –

»Sie haben mich hereingelegt: Der Roosevelt habe gesagt, Nürnberg werde im kommenden Jahr nicht mehr mit Bomben angegriffen. Dummköpfe – Ich habe gesagt, dass ich genau weiß, dass das nicht stimmt! Das war blöd! Sie haben sofort nachgebohrt und gefragt: Woher ich das wisse? Ich habe nichts mehr gesagt. Sie wussten es natürlich sofort – von Feindsendern!«

Sie hatte atemlos zugehört: »Und jetzt?«

Er lachte, aber es klang künstlich: »Mein Batteriechef hat mich kommen lassen. Er hat mich angeschaut – es war sehr unangenehm. Ich dachte an Dr. Rothaug und seine Guillotine.«

Isolde fror, dass es sie schüttelte.

Walter drückte sie noch fester an sich: »Du weißt, warum du hier bist?, hat er gefragt. Ich wollte antworten, etwas Mutiges. Sag nichts, hat er mich beim ersten Wort unterbrochen. Dein Vater ist in Russland vor Stalingrad gefallen. Wieder wollte ich etwas gegen die Nazis sagen, etwas Großes: Wenn schon hinab, dann aufrecht hinab! So heißt es ja immer. Aber wieder ließ er mich nicht zu Wort kommen: Wir können das in Rechnung stellen – der Sohn eines Kriegshelden.«

Isolde krallte ihre Nägel in seinen Arm.

»Und ich muss Ihnen ganz offiziell sagen. Jetzt erst merkte ich, dass er mich zuerst mit Du angeredet hatte, als wäre ich sein Sohn. Sie sollen sich in Ihrem Verhalten Ihres Vaters würdig erweisen. Verstanden? Ich habe ihn nur angestarrt. Da ist er aufgestanden und hat mir die Hand auf die Schulter gelegt: Persönlich glaube ich, er sprach jetzt leise, dass du dich deines gefallenen Vaters als sehr würdig erweist. Aber Vorsicht, mein Junge, Vorsicht, bitte!«

»Gott sei Dank!«

»Ich bin nun versetzt zu einer anderen Flak-Batterie, näher am Zentrum, und kann so viel öfter nach Hause: Deine Mutter braucht einen Mann im Hause, nicht?, hat er gesagt. Es kommt aber noch besser: Zuerst habe ich Urlaub, nicht nur über die Feiertage, sondern über Neujahr hinweg bis zum 6. Januar. Damit Gras über die Sache wächst – es habe sich ja vielleicht bei den anderen Flakhelfern herumgesprochen, nicht? So hat mein Batteriechef gesagt. Ich glaube aber, er wollte mich vor allem von den falschen Kameraden wegbringen. Nun, ich bin gewarnt.«

»Und wer?«

»Wer mich verpfiffen hat? Der ist gar nicht aus unserer Gruppe. Offenbar ein gewisser Ferdl Ferber. Ferdl Ferkel, so hat sich der Sebastian Holzer ausgedrückt, der an dem Abend dabei war und zu mir hält. Er hat mir die Hand gedrückt und Glück gewünscht. Na, sein Wunsch ist ja wohl in Erfüllung gegangen.«

Isolde war sehr nachdenklich: War das alles ein Zufall? – sie wurde bespitzelt, er wurde verdächtigt – und das alles gleichzeitig! Sie müsste ihm jetzt alles sagen: Dass wieder nach dieser Jüdin gefragt worden war.

Aber sie musste lügen, lügen, lügen!

Isolde kam in eine kalte Wohnung.

Ein Fenster stand offen. Das war ganz ungewöhnlich: Heizmaterial war knapp und wurde immer knapper, seitdem jedes Stück Kohle dem Endsieg geweiht war. Ein halb voller Eimer mit Wasser stand da. Ein Schrubber, noch feucht. Veronika war beim Putzen gestört worden –

Sie hatte keine Nachricht hinterlassen. Nicht nur so einfach gestört hatte man sie, sondern man hatte sie unmittelbar aus der Arbeit herausgerissen.

Isoldes Knie gaben nach, sie überlegte fieberhaft.

Rasche Anwesenheit im Amt? Das gab es ab und zu in der Zeit nach Luftangriffen. Aber seit einigen Tagen hatte es keinen Angriff mehr gegeben. Und wenigstens das Fenster hätte sie bestimmt geschlossen.

Hatte Isolde einen Luftalarm überhört? Genau wie hier ließ man alles stehen und liegen, wenn die Sirenen aufheulten.

Nein! Es gab über die Feiertage keine Angriffe. Und morgen war Heiliger Abend.

Sie sah voll Unruhe noch einmal nach dem Geschenk für Veronika, das sie ihr am Heiligen Abend geben würde und an dem sie beide eine traurige Freude hätten.

Frau Fritz hatte es ihr geschenkt: Du bringst uns so viel Licht! Armes Kind.

Eigentlich war es also ein Geschenk als Geschenk. Ein sehr kostbares Geschenk: Sechs rote Kerzen in einer Pappschachtel, fast wie die, welche man vor dem Krieg hatte kaufen können: SECHS KERZEN ECHTES BIENENWACHS.

Veronika würde sich bestimmt darüber freuen, wenn es auch kein echtes Bienenwachs war.

Sie würden sie anzünden und sich davorsetzen.

Es wurde ihr heiß, trotz des offenen Fensters. Sie schloss es, ließ sich auf einen Stuhl fallen und starrte auf den Eimer und den Schrubber.

Wenn es die Gestapo war!

Die Aussagen von Frau Fritz waren unbefriedigend. Die Geheimpolizei wusste selbstverständlich, dass Isolde Bauer bei Veronika Lenz wohnte! Vermutlich unter falschem Namen! Da war immer noch dieses Mädchen aus dem Bunker, das nach ihr gefragt hatte –

Es war alles so leer und unwirklich: die kalte Luft, die nach

Abwasser, Kernseife, Mottenkugeln und Spülmitteln roch und nach Klo. Die Wände, die auf sie herunterstarrten, als wüssten sie etwas, das sie nicht verrieten. Die wenigen Farbdrucke auf den dunkelfleckigen Tapeten: Bilder Albrecht Dürers – Der Hase, Das kleine Rasenstück, Die Drahtmühle, Die Akelei. Die Strickjacke, die über einem Stuhl hing, das ungespülte Geschirr auf dem Ablauf. Die Nussbaummöbel.

Der Bücherschrank mit zwei Reihen Büchern, vorne Kolbenheyer, Will Vesper, Weinheber, Blunck und andere Größen der Literatur des Nazi-Staats.

Dahinter die Weltliteratur: Solche Bücher, wie sie 1933 verbrannt worden waren, Heinrich Mann, Robert Musil, Alfred Döblin, Franz Kafka, Erich Kästner, Thomas Mann.

Ihr Vater hatte von der Bücherverbrennung in Erlangen erzählt: Weißt du, jedes Mal, wenn sie gerufen haben: Ich übergebe den Flammen Heinrich Mann oder Erich Kästner, habe ich ein Stöhnen gehört, ein Stöhnen, das mir durch Mark und Bein ging. Warst du das, der gestöhnt hat?, hatte Isolde gefragt. Nein, hatte der Vater geantwortet: Goethe, Johann Wolfgang von Goethe, der Dichterfürst selbst hat gestöhnt. Goethe? Warum?, wollte sie wissen.

Weil sie ihn nicht mitverbrannt haben – darum!, hatte der Vater gesagt und schallend gelacht.

Doch dann sagte er: Erst verbrennen sie Bücher, dann Menschen –

Es war so entsetzlich einsam in der leeren Wohnung. Sie starrte auf den halb gewischten Boden. Sie stürzte sich auf den Eimer und den Schrubber. Sie wischte den Boden, sie fummelte mit dem Staublappen, sie war gründlich wie noch nie – kein Stäubchen blieb übrig.

Dann setzte sie sich auf einen Stuhl und starrte wieder ins Zimmer: Nichts hatte sich geändert – nichts!

Sie musste mit jemandem reden –

Zweimal war sie schon an der Türe und einmal sogar schon im Treppenhaus gewesen, um zu Walter in die Wunderburggasse zu rennen, um ihm alles zu sagen und sich von ihm in die Arme nehmen zu lassen.

Aber jedes Mal riss sie sich zurück: Sie würde Walter gefährden, sie würde Veronika gefährden, sie würde sich selbst gefährden.

Vielleicht würde sie sogar ihren Vater gefährden –

Sie hatte irgendwie gehofft, dass er zu Weihnachten nach Hause dürfte und sogar viele Tage vorher auf ihn oder auf einen Brief von ihm gewartet – sie müssen die Menschen doch auch einmal nach Hause schreiben lassen!

Vielleicht traute er sich nicht, ihr oder Veronika zu schreiben. Sie hatte gehofft, dass er Frau Grötzinger schrieb – man durfte doch wohl seinem Nachbarn einen Brief schreiben –

Sie war sogar einmal bei Frau Grötzinger gewesen, um zu fragen. Aber Frau Grötzinger hatte sie schnell von der Straße ins Haus gezogen und sich dabei nach allen Seiten umgeschaut.

Dann hatte sie ihr einen Stuhl angeboten und ihr die Hände gestreichelt: »Ach Gott«, hatte sie gesagt und laut geweint, »ach Gott! Kind, Isolde, was denkst du!« Dann hatte sie lange nichts gesagt und ihre Tränen bekämpft.

Isolde müsse entschuldigen, sie sei nur eine alte Frau und könne das alles nicht mehr begreifen –

Nachdem Frau Grötzinger fest versprochen hatte, sich sogleich bei ihr zu melden, wenn ein Brief von ihrem Vater abgegeben würde, war sie gegangen.

Aber Frau Grötzinger hatte sich nie gemeldet, auch jetzt nicht vor Weihnachten. Isolde hatte Veronika nie davon erzählt.

Ein Brief von ihrer Mutter? Man wusste nicht einmal mehr, ob sie überhaupt noch lebte –

Sie stellte sich ihren Vater vor mit seinen weißen Haaren, die jetzt sicher ganz dünn waren. Und sie legte ihre Hoffnung auf die russische Armee, die sich in den Dezembertagen den Grenzen Polens näherte, zum Teil schon weit in Polen einmarschiert war und die gefangenen Juden aus ihren Arbeitslagern befreien würde.

Aber sie wusste nicht, in welchen Teil Polens ihr Vater evakuiert war.

Sie hoffte für ihn, dass eine menschliche Lagerleitung den Evakuierten zu Weihnachten eine winzig kleine Freude machen würde –

Selbst die Nazis feierten ja Weihnachten, wenn auch in einer seltsam verdrehten Art. Aber die Menschen auf der Straße feierten Weihnachten, wie sie es von Kindheit an gewohnt waren, ohne Rücksicht auf die Vorstellungen der Partei.

Juden waren meist keine Christen. Aber Jesus Christus war Jude, und die Geschichten im evangelischen Religionsunterricht waren jüdische Geschichten gewesen.

Dann endlich Schritte auf der Treppe.

Veronika machte einen seltsam aufgekratzten Eindruck. Obwohl man sie wirklich geholt hatte. Drei Männer waren vor der Türe gestanden und hatten ihre Ausweise gezückt: Sie wollen doch immer Ausweise sehen!

Sie hatten sie mit Frau Fritz verwechselt.

»Erst stockte das Herz zwei, drei Schläge lang, als sie sagten: Polizei! Dann wurde ich plötzlich ganz ruhig. Es wurde mir kalt, und ich fühlte, wie ich erstarrte. Wahrscheinlich ist es wie bei dem Kaninchen vor der Schlange – einerseits ist man gelähmt und völlig willenlos, andererseits ist man irgendwie erleichtert, dass das Versteckspiel nun ein Ende hat. Jedenfalls verbreitet sich mit einem Schlag eine große Ruhe im ganzen Körper.«

»Du bist ja wieder da, zum Glück!«

»Sie haben mich mit einem schwarzen Daimler geholt, drei Mann, die sich vor dem Kriegsdienst drücken. So wichtig war ich für die. Oder, genauer gesagt, du – oder wir.«

Veronika machte eine Pause.

»Und dann?«

»Es war alles neu für mich. Ich wurde aber tatsächlich nicht verhaftet: Sie waren höflich und verhörten mich bloß – alles reine Routine.« Sie nahm die Hand von Isolde in ihre: »Zuerst musste ich mich legitimieren – kein Problem. Sie hatten bereits Kollegen vernommen, am Arbeitsplatz. Niemand hat mich gewarnt –«

Sie schwieg.

»Siehst du, Isolde, so groß ist die Angst vor der Geheimpolizei. Vermutlich müssen sie das Schweigen nicht einmal anordnen – niemand würde über eine Vernehmung durch die Gestapo reden. Das wissen die.«

»Schon das Wort Gestapo ist der Höllenschreck!«, sagte Isolde.

»Dann haben sie mich auf einen Stuhl gesetzt, und zwei Mann haben mir abwechselnd Fragen gestellt: Warum ich meine Wohnung mit einem jungen Mädchen teile? Ob ich verwandt oder verschwägert sei mit dir? Ja, klar doch, die Isolde Bauer kenne ich noch aus der Vorkriegszeit. Ich sei mit den Eltern gut befreundet gewesen. Der Vater sei gestorben, die Mutter verschwunden, als du zwölf warst. Damals hätte ich dich als Vollwaise zu mir genommen, Vormundschaftsakte und so weiter, alles da.«

»So hatten wir es ja ausgemacht.«

»Siehst du, und da wir es seit sieben Jahren überall so erzählt haben, wurde es von jedem, den sie befragt haben, voll bestätigt. Das hat die Kerle verwirrt. Dennoch: Sie haben auch Frau Grötzinger befragt, und sonst noch ein paar: Alle – auch Frau Grötzinger – haben ausgesagt, dass sie dich vor dem Haus des Juden Grünzweig gesehen haben. Ich habe dich immer gewarnt, dass es gefährlich ist.«

»Ja, aber –«

»Die haben den Leuten sogar eine Photographie von dir gezeigt. Woher die Geheimpolizei die hat, weiß ich nicht –«

»Sie photographieren heimlich die Leute, die sie verdächtigen.«

»Gut, dass ich auf dem Einwohnermeldeamt arbeite, denn ich konnte jetzt unsere ständigen Erhebungen durch den Bombenkrieg und die Evakuierungen sehr gut einsetzen. Du hast ja ein paar Mal wirklich geholfen. Ich selbst hätte dich zweimal zu dem Juden geschickt, so habe ich ausgesagt, und hätte zu spät erfahren, dass der bereits evakuiert worden sei. Ich konnte also wirklich aufatmen.«

»Man kann es kaum fassen – und sie haben dich dann heimgehen lassen?«

»Ja. Aber leider ist es nicht so einfach – unsere Verteidigung hat zwar gut geklappt: Ausweise, Erklärungen, Zeugen – alles absolut glaubhaft. Und die haben ihre Arbeit gründlich gemacht! Die Geheimpolizei funktioniert auch mitten im Krieg. Die ist ihnen wichtig.«

»Aber?«, fragte Isolde, und ihre Angst wuchs.

»In ihren Räumen herrscht das Chaos. Dauernd geht das Telephon, ein ständiges Kommen und Gehen. Leute werden vor- und abgeführt. Und du kannst dir kaum vorstellen, wie es dir wird, wenn du auf einer harten Holzbank wartest und sie schleppen einen älteren Herrn, gut gekleidet, in ein Zimmer, und du hörst von dort das Klatschen von Schlägen und plötzliches Gewimmer.«

»Um Gottes willen! Haben sie dich –?«

»Nein, sie haben zu wenig gegen uns in der Hand. Und es soll bei ihnen ja alles streng nach den Gesetzen gehen. Aber die haben sie selbst gemacht: Rassengesetze, Judengesetze!«

»Und weiter?«

»Es herrscht also das Chaos bei der Geheimpolizei – besonders, seitdem ein paar Bomben eingeschlagen haben – die sinnvollsten Bomben, die ich kenne. Überall ist Staub und Schutt. Sicher haben sie auch zu wenig Leute. Deshalb verhören sie viele Leute gleichzeitig und müssen zwischendurch dauernd wegrennen. Und da habe ich es gesehen, Isolde.«

»Mach es nicht so spannend.«

»Vor mir auf dem Schreibtisch lag ein Blatt Papier. Als sie nun wieder weg waren – sie machen das vielleicht auch absichtlich, um einen weich zu kochen – nun kommt es: Als ich allein war, habe ich mir den Wisch angeschaut. Es ist ein Brief, ein kurzes Schreiben von Hand, dass Isolde Bauer Isolde Grünzweig ist, Jüdin – und keinen Judenstern – und so weiter, und dass auch ich verdächtig bin – und Frau Grötzinger und das Ehepaar Fritz waren auch angegeben, ob als Zeugen oder ebenfalls als Verdächtige weiß ich nicht.«

»War es unterschrieben oder anonym?«

»Unterschrieben, und da fängt es jetzt an, für uns bedenklich zu werden. Es gibt zwei Unterschriften: ein Ferdl Ferber, Kinderschrift mit einem gekünstelten Schwung, soll aussehen wie eine Männerschrift, Angeber! Und von einer Hildegard Wolf, Buchstaben rund wie ein Säugling, unreife Mädchenschrift, naiv. Zunächst habe ich mir nicht viel dabei gedacht und hatte nur einen unbändigen Zorn auf diese halbgaren Früchtchen, die Detektiv spielen müssen und glauben, den Staat zu retten – und dabei Menschen ins Unglück stürzen.«

»Hildegard Wolf –«, wiederholte Isolde.

»Und Ferdl Ferber. Er hat noch stolz darunter gesetzt, dass er Flakhelfer ist. Kennst du ihn?«

»Ferdl Ferkel«, sagte Isolde nachdenklich. »Richtig: Der hat auch den Walter reinreiten wollen.«

Sie erzählte Veronika davon.

Veronika atmete auf: »Wir haben großes Glück gehabt! Alle! Ein Großmaul, eigentlich lächerlich. Aber du siehst – gefährlich! Und das Mädchen, kennst du es?« Veronika wartete gespannt.

»Offenbar das rätselhafte BDM-Mädel. Hildegard Wolf? Der Name kommt mir irgendwie bekannt vor. Damals im Bunker war dieses Mädel offenbar mit ihrer Mutter, Dame, schick, auch mitten im Krieg. Dann in der Gärtnerei – Ich sehe das Mädchen vor mir. Aber wer es ist? Wolf? Woher kenne ich den Namen Hildegard Wolf? Wolf?«

»Na?«

Isolde erschrak: »Wolf! Der war früher ein großes SS-Tier, jetzt ist er bei der Gestapo, zweiter Chef oder so ähnlich! Und die Briefe zur Evakuierung von Papa waren beide Male mit dem Namen Wolf unterschrieben.«

»Hildegard Wolf ist wahrscheinlich seine Tochter! Sie wird dem lieben Herrn Papa imponieren wollen. Weihnachtsgeschenk oder so – auf unsere Kosten!«

»Woher kennt mich diese Hildegard Wolf? Erst im Bunker, dann in der Gärtnerei, dann bei Frau Grötzinger.«

»Vielleicht kennt sie dich noch aus der Schule oder sogar noch aus dem Kindergarten, und wenn sie dich aus der Schule kennt – dann womöglich als Jüdin!«

»Es wäre grauenhaft.«

»Das Entscheidende ist«, sagte Veronika, »ob der mächtige Vater Ruhe geben wird oder ob er weitermacht, bis das Töchterchen Recht behält! Aber vielleicht ist schon alles vorbei.«

Heiliger Abend 1944

Einen schlimmeren Tag als diesen Heiligen Abend hatte es im Leben von Hildegard Wolf noch nicht gegeben.

Der Vater hatte ihr gleich am Morgen wütend ein Blatt Papier hingeworfen: »Was soll das? – Die Unterschrift meiner Tochter unter einem Denunziationsschreiben! Kannst du mir das erklären! Und wer, bitte, ist Ferdl Ferber?«

Sie musste von Ferdl ablenken, zuerst vom Brief sprechen, Zeit gewinnen!

»Habe ich entdeckt: eine Jüdin ohne Judenstern – mitten in Nürnberg.«

»Sagst du! Hat sich aber nicht bestätigt: Isolde Bauer, Veronika Lenz, Einwohnermeldeamt, Gärtnerei – seit Jahren, Ausweise, Ahnenpässe, alles in Ordnung!« Er hielt ein Blatt in der Hand: »Verhörprotokoll, da steht, ich lese vor: – antwortet Veronika Lenz auf alle Fragen in einer Art, die nicht auf eine verstellte Jüdin schließen lässt: nicht jüdisch kriecherisch, schleimig, anbiedernd und feige oder anmaßend und frech, sondern herzhaft, klar, ehrlich und mutig, deutsch!«

»Ich weiß es bestimmt, Isolde Grünzweig –«

»Keine Rede. Hildegard, und das sag ich dir: Du lässt die Finger von solchen Sachen. Ist das klar! Man ist ja blamiert mit dir. Fehlt mir gerade noch. Habe andere Dinge zu tun, als die Detektivspiele meiner Tochter zu decken. Gerechtigkeit ist nichts für kleine Mädchen. Wichtigtuerei!«

»Es ist keine Wichtigtuerei. Es ist bestimmt richtig. Das

ist eine Jüdin, das schwöre ich dir. Ganz gewiss. Sie war in meiner Klasse, dann ist sie weggezogen, und –«

»Du hältst dich da raus. Verstanden!«

Sie suchte einen Ausweg – eine Ablenkung – gleich würde er von Ferdl anfangen: »Es ist ja auch wegen der Bilder –«

»Bilder?« Der Vater kam drohend näher.

»Diese entartete Kunst –«

Die Lippen des Vaters waren auf einmal schmal wie Sicheln: »Welche entartete Kunst?«

Hildegard wich zurück: »Sie treibt sich auf dem Bahnhof herum, diese Jüdin –«

»Was hat denn entartete Kunst mit dem Bahnhof zu tun?«

»Aber du hast doch selbst gesagt –?«

Ein Gebrüll war die Antwort: »Was habe ich gesagt? Na! Was? Was bildest du dir ein, du missratene Kröte –«

»Jetzt reicht es!« Die Stimme der Mutter war leise, aber sie drang durch. Die Mutter fasste Hildegard an der Schulter und zog sie aus dem Zimmer: »Komm, lass dich nicht beschimpfen. Ich bin lange genug auf den da hereingefallen.«

Ihre Stimme wurde brüchig.

Wenn sie nur nicht wieder anfängt zu weinen, dachte Hildegard. Aber sie war erlöst: Nach Ferdl war nicht mehr gefragt worden.

Wütend stürmte er an ihnen vorbei in sein Arbeitszimmer.

Die Mutter verschwand stumm in ihrem Zimmer und würde nun wieder stundenlang dort sitzen, allein. Niemand durfte zu ihr, niemand wusste, was dort geschah.

Einmal, am Anfang, war Hildegard einfach hineingegangen. Da saß ihre Mutter mitten im Zimmer auf dem Boden und hatte aufgeschlagene Bilderbücher vor sich ausgelegt:

Lauter Bilderbücher von Helmut, als er noch ganz klein war.

Sie hörte, wie der Vater am Telephon eine Verbindung verlangte. Er redete abgehackt, laut und zornig. Dann wieder sprach er seltsam leise.

Der Vater nannte zuerst immer wieder denselben Namen: »Muss doch aufzutreiben sein – gibt es doch nicht – verlange ich umgehend – landet er an der Front und Sie mit – versichere ich Ihnen.«

Dann wollte er eine Verbindung mit dem Hauptbahnhof und nach einigem Hin und Her: »Lagerhaus 3b. Ist da – er verbesserte sich: Ist etwas aufgefallen am dortigen Lagergut?«

Längere Pause – dann wieder der Vater grob: »Weiß ich alles längst – Kriegsschäden – ärgerlich – aber die Bilder sind ja –«

Pause.

»Sie haften mir dafür – vor allem auch für Schnüffelei von Dritten! Seien Sie vorsichtig! – komme ich selbst hinaus.«

Der Hörer wurde auf die Gabel geworfen.

Aber er wählte schon wieder.

Offenbar war nun seine eigene Behörde am Apparat: »Kommando zurück. Diese Lenz können wir nicht laufen lassen, zu verdächtig. Erneute Überprüfung –«

Dann Pause.

»Ach was!«, ging es weiter. »Sie machen, was ich Ihnen sage – ist das klar? Überlassen Sie das Denken gefälligst den Pferden. Die haben den größeren Kopf! Verstanden! Muss ich noch deutlicher –«

Wieder Pause.

»Ja natürlich! Bauer und Lenz, Isolde Bauer, Veronika

Lenz, sag ich doch die ganze Zeit! Hören Sie gefälligst zu! Vorführen! Härter anfassen – auf den Kopf zusagen. Immer noch das Beste! Ich will Ergebnisse. Klar?«

Pause.

»Wann? Rasch! Natürlich – heute noch –«

Pause.

»Was? Warum nicht? Sind sie verrückt – Unsinn!«

Längere Pause.

»Halt. Ja, richtig. Selbst angeordnet. Momentan nicht gegenwärtig – Herrgottnochmal! – kann nicht alles im Kopf haben: Heute Heiliger Abend, ja, zum Kuckuck.«

Pause.

»Habe ich doch schon mal gesagt. Ja, selbst angeordnet: Psychologie! Muss man berücksichtigen. Lernen Sie wohl nie! Bevölkerung sentimental – Christkind – Stille Nacht – Kinderlein kommet – Krippelein und dieser ganze Unfug – Festesfreude nicht versauen und so weiter – Nachbarn bedenken – Hohe Nacht der klaren Sterne – wenn schon kein Gänsebraten –«

Pause.

»Ja, natürlich – nach den Festtagen. Gleich im neuen Jahr.«

Pause.

»Nein! Natürlich nicht an Neujahr selbst, zwei, drei Tage Zeit lassen. Wann denken Sie endlich einmal mit? Muss man alles selber –«

Pause.

»Frohes Fest? Sie haben sie ja nicht alle.«

Hildegard hörte, wie der Hörer auf die Gabel knallte.

Es war schlimm gewesen. Einen Augenblick hatte sie gedacht, er würde sie schlagen. Er hatte sie früher oft geschlagen, immer mit der Hand, der Hand eines Schlossers, und furchtbar hart. Er hatte immer erst richtig angefangen, wenn sie weinte.

Dann hatte er geschrien: Hör auf zu plärren! Ich hau dich so lang, bis du nicht mehr plärrst.

Konnte sie Ferdl treffen? Sie waren neulich fast im Streit auseinander gegangen.

Er war so fremd gewesen, so ganz anders. Aber es war eben Krieg, und sie sah die Dinge wohl nicht immer so, wie sie einer sieht, der draußen den Kopf hinhalten muss.

Krach mit Ferdl?

Das wäre das Letzte! Und ausgerechnet an Weihnachten! Sie würde mit ihm reden, ihm alles brühwarm erzählen –

Offenbar war die Sache mit der entarteten Kunst sehr wichtig. Der Fall wurde plötzlich neu aufgerollt und sollte beschleunigt behandelt werden. Hildegard wusste, wie lange es oft dauerte, bis bei der Gestapo einzelne Fälle zum Abschluss gebracht werden konnten: Es ist zum Kotzen! Keine Leute! Alle an der Front!

Aber dieser Fall wurde nun offenbar mit besonderer Dringlichkeit behandelt.

Dann stand ihr plötzlich, obwohl sie sich dagegen wehrte, wieder das Bild vor Augen: Das milde Licht des Abends – wie sich das Mädchen zu dem Stein am Hause ihres Vaters beugte und ihn küsste: So sanft.

Plötzlich wusste sie es: An die Bilder in den Kirchen von Nürnberg hatte sie dieses Mädchen erinnert – Albrecht Dürer, Michael Wohlgemut. Es war alles so ganz anders, als man es sich von einer Jüdin vorstellte.

Da war sie wieder, diese Unsicherheit. Die Jüdin und die Frau, bei der sie lebte, würden gleich nach Neujahr verhaftet werden, wahrscheinlich am dritten Januar – hart anfassen!, hatte der Vater gesagt.

Sie hatten schreckliche, aber todsichere Methoden bei der Gestapo, um die Wahrheit ans Licht zu bringen.

Einmal hatte der Vater Gattin und Tochter einen Vortrag darüber gehalten: Nur, dass ihr nicht auf das blöde Geschwätz von der Straße hereinfallt.

Es machte ihm richtig Spaß.

Solltet ihr mal die Gesichter sehen, wenn sie zum ersten Mal in die Zelle kommen – winzig, kaum Platz zum Stehen. Kacheln an den Wänden. Er hatte gelacht. Prügeln? Machen wir kaum – gibt es bessere Methoden. Er hatte sich die Hände gerieben: Psychologie und alles: salziges Essen und kein Wasser tagelang, Licht, Dunkelheit, Hitze, Kälte, Nässe, Trockenheit, Stille, Lärm, die ganze Physik rauf und runter –

Erstes Ziel: Geständnis! Zweites Ziel: Mitwisser! Drittes Ziel: Rübe runter!

Er hatte schallend gelacht. Die Mutter hatte nach ihrer Frisur getastet.

Dr. Rothaug richtet es dann. Ermittlung und Gericht – glänzende Zusammenarbeit, hat kein Ganove die geringste Chance! Natürlich, unsere Aufgabe sind die Politischen – viel wichtiger! Bedrohen die Existenz des Staates. Endsieg! Wachsam sein. Aufpassen. Mitarbeit von jedem gefragt!

Rübe runter. Auch Ferdl hatte das gesagt. Und nun war es nicht mehr aufzuhalten. Und die Gärtnersleute Fritz und Frau Grötzinger – sie alle hingen in der Geschichte mit drin und kamen schwerlich wieder heraus.

Wen wir einmal haben – Findet sich fast immer etwas: Unschuldig – gibt es eigentlich gar nicht.

Der Vater hatte immer bestimmt, was Schuld war und was nicht.

Unter dem weißen Himmel legte ein unbekannter Riese unversehens gewaltige Lasten auf ihre Seele: Menschen verloren durch sie, Hildegard, ihr Leben. Bisher hatte sie über solche Dinge nicht groß nachgedacht: Selbsterhaltung der Rasse! Lebensraum im Osten – der Schwache weicht dem Starken. Was mich nicht umbringt, macht mich härter. Was fällt, soll man noch stürzen –

Sie selbst hatte diese Sprüche ihren Mädel ja gepredigt. Sie waren das neue Evangelium, so war es ihr immer gesagt worden – von den Eltern, von den Lehrern, von den BDM-Führerinnen, von Irma.

Jetzt verloren Menschen durch sie ihr Leben, die vielleicht noch lange hätten glücklich sein können –

Ihre Gedanken gingen wie ein Räderwerk, das man nicht anhalten konnte.

Ein Märchen aus ihrer Kindheit fiel ihr ein: Jemand ging nachts allein durch den Wald. Da sprang ihm plötzlich mit grausigem Ruck einer in den Nacken – ein alter Mann, der ihn mit seinen dürren Beinen und harten Knien wie in einen Schraubstock presste, ihm mit seinen Knochenfäusten auf den Rücken trommelte, ihn an Haaren und Ohren lenkte und vom Weg abbrachte. Die ganze Nacht musste er den schrecklichen Greis im Wald herumtragen, und Hildegard wusste nicht mehr, ob er ihn jemals wieder losgeworden war –

Ewig daran tragen zu müssen, der Gedanke war grauenhaft.

Sie versuchte sich vorzustellen, wie ihr großer Bruder Helmut feindliche Flieger abgeschossen hatte und dafür gelobt und ausgezeichnet worden war – aber immer stand das Bild dieses Mädchens vor ihr, die einen Stein am Hause ihres evakuierten Vaters geküsst hatte.

Auch Ferdl hatte gesagt: Rübe runter!

Dabei war es der Kopf eines Menschen! Es erschien ihr ganz ungeheuerlich.

Sie trafen sich wie immer am Plärrer.

Auf dem Weg dorthin kam Hildegard über den Hauptmarkt mit dem eingemauerten Schönen Brunnen und der Frauenkirche, deren Eingangshalle von einem Mauerwerk für den Splitterschutz verdeckt wurde.

Bombenschutz, Splitterschutz, Splittergräben, Bunker, Luftschutzkeller – was war aus Nürnberg geworden?

Sie empfand es zum ersten Mal als richtig schlimm: Früher wäre hier um diese Zeit der Christkindlmarkt gewesen. Sie erinnerte sich noch gut an die heißen Bleche warmen Lebkuchens, den man ofenfrisch auf dem Markt kaufen konnte, dessen Duft sich mit dem Rauch der kleinen Nürnberger Bratwürste vermischt hatte.

Auf dem Hauptmarkt war kaum ein Mensch. Der Himmel war trübe, das Pflaster grau. Die Häuser mit ihren feierlichen hohen Dächern und spitzen Türmchen standen ringsum, als lauschten sie einer Botschaft, die Hildegard nicht verstand.

Ohne es richtig zu merken, begann sie im Weitergehen eine Melodie zu summen. Als sie schon fast am Fürther Tor war, fiel ihr plötzlich ein Teil des Textes ein:

Nun soll es werden Frieden auf Erden,
den Menschen allen ein Wohlgefallen.

War es die Erinnerung an den Christkindlmarkt? Sie wusste es nicht. Sie hatte das Lied wahrscheinlich seit der Zeit im Kindergarten nicht mehr gehört, ganz sicher aber nicht mehr gesungen.

»Ich komme von der Gestapo. Ich habe mich zweimal erkundigt, heute Morgen und gerade eben: Es läuft pfundig mit unserem Brief! Alles dufte.« Mit diesen Worten wurde sie von Ferdl begrüßt.

»Zuerst sind sie zwar sogar bei der Gestapo den Lügen aufgesessen – Ausweise in Ordnung, Arbeitsstelle überprüft. Aber jetzt sind die dran. Die Leute waren sehr dankbar und haben mir alles erklärt. Neue Verdachtsmomente sind aufgetaucht, und jetzt gibt es keine Lügen und kein Entrinnen mehr. Aus!«

Er war stolz.

»Wollen wir es wirklich?«, fragte Hildegard zögernd.

»Was soll denn das heißen, ob wir das wollen?«, fragte er mit den Falten auf der kurzen Nase.

»Ich meine, es ist doch Weihnachten, Heiliger Abend, da kann man doch nicht –«

»Spinnst du jetzt –«

Hildegard ließ sich nicht unterbrechen, ihre Stimme wurde fester: »Willst du schuld sein am Tod von Menschen, die wahrscheinlich ganz unschuldig sind?«

»Unschuldig – ich glaube, ich werde verrückt! Was ist denn mit –«

»Wir können ihnen nichts beweisen.«

»Nichts beweisen – diese Grünzweig ist eine Jüdin, hast du das vergessen – eine Jüdin! Und sie trägt keinen Judenstern! Warum wohl nicht? Dafür trägt sie einen falschen Namen! Himmelherrgottsakrament, bist du verrückt geworden? Unschuldig? Beweisen? Weihnachten? Spinnst du jetzt auf einmal?«

»Bitte Ferdl«, sie sah ihm direkt in die Augen – diese lieben, braunen Augen mit den winzigen kleinen Lichtpünktchen darin, diese kurze Nase mit den Sommersprossen, die Stoppelhaare – »Ferdl, bitte!«

»Ferdl bitte, Ferdl bitte! Was soll der Quatsch?«

Dann wurde sein Gesicht weicher.

»Bitte Hildegard, sei doch vernünftig. Wir haben jemand

angezeigt, der gegen die Gesetze verstößt. Jeden Tag. Das ist unsere Pflicht, sonst gar nichts. Mit Weihnachten hat das überhaupt nichts zu tun. Ist doch klar! Überhaupt nichts!«

»Ich kann es nicht recht sagen. Du hast ja Recht, und wir haben es gemeinsam angefangen. Von mir ging alles aus, Ferdl. Und das ist es vielleicht, was mir jetzt so wehtut. Ich kann dich nur um eins bitten, Ferdl, und das musst du mir erfüllen: Tu mir nicht weh! Es ist schon schlimm genug bei mir zu Hause. Ich will doch nicht auch noch dich verlieren. Lieber, lieber Ferdl!«

»Ich fass es nicht. Wach auf, Hildegard, komm zu dir. Nicht wir sind das, wenn sie geköpft wird oder wenn die geköpft werden – es ist das Gesetz, das Gesetz schreibt es so vor. Wir sind doch nicht im Urwald! Es geht doch alles nach dem Gesetz im Großdeutschen Reich! Bitte, Hildegard. Wir tun doch nur unsere Pflicht!« Er griff nach ihrer Hand.

Seine war warm, ihre eiskalt.

»Du hast Recht, mit jedem Wort hast du Recht. Du weißt das alles auch viel besser als ich. Schließlich wirst du einmal derjenige sein, der Jura studiert. Und ich weiß, dass es die Richter sind, die sie zum Tode verurteilen, nicht wir. Aber wir haben sie angezeigt, Ferdl. Wegen uns werden sie getötet. Ich ertrage das nicht. Es tut mir Leid. Es geht nicht!«

Er legte den Arm um sie, aber sie fror weiter.

»Man braucht schon viel Geduld mit dir. Menschenleben! Menschenskind – es ist Krieg! Wir haben eine riesige Verantwortung. Opfer müssen gebracht werden, Hildegard, die kleinste Hilfe ist wichtig, Persönliches hat zurückzustehen, sagt unser Batteriechef immer. Man kann es sich nicht aussuchen. So einfach ist das!«

»Wir haben schon einmal darüber gesprochen, Ferdl«, ihre Stimme war jetzt seltsam fest und ganz ernst. »Und ich habe damals auf dich gehört und den Brief unterschrieben, obwohl er mir in den Händen brannte wie Feuer: Ich sage dir: Ich würde ihn heute nicht mehr unterschreiben, und wenn du dich auf den Kopf stellst!«

Ferdl versuchte sie zu streicheln, aber sie schüttelte ihn ab, dennoch lagen ihre Augen auf seinem Gesicht.

»Diese Jüdin hat diesen blöden Stein geküsst, Hildegard. Das ist es doch, nicht? Aber sie machen es so, alle! Das ist Berechnung und Absicht. Wetten? Der Jud ist so! Der legt jeden aufs Kreuz. Seit tausend Jahren. Und du fliegst auf so etwas herein.«

Er begann unvermittelt zu lachen, als hätte er einen Witz erzählt.

Seltsam, dachte Hildegard: Alles was er sagt, hätte ich vor einigen Tagen genauso zu meinen BDM-Mädel gesagt.

Jetzt plötzlich hört es sich an wie aus einer anderen Welt: Gleichgültig, ob dabei Menschen sterben.

Das war das eigentlich Schlimme!

»Du bist doch kein kleines Kind mehr, das gleich losplärrt, weil es etwas nicht bekommt. Du bist BDM-Führerin, Hildegard. Auf dich wird gezählt. Du bist wichtig. Auf dich kommt es an. Du kannst nicht plötzlich kneifen.« Dann redete er schnell weiter, als wäre ihm noch etwas Wichtiges eingefallen: »Vor allem, denk an den Endsieg!«

Aber Hildegard hatte in den letzten Tagen langsam begriffen, dass es keinen Endsieg geben würde. Das war schrecklich gewesen. Es war in sie eingesickert, wie der Regen nach einer großen Dürre allmählich Tropfen um Tropfen in den steinharten Boden sickert und ihn wieder fruchtbar macht.

»Es gibt keinen Endsieg«, sagte sie leise und wurde dann immer lauter, »ich glaube nicht mehr daran. Niemand glaubt wirklich daran, mein Vater nicht, meine Mutter nicht und auch du nicht, wenn du ehrlich bist. Aber alle lügen und reden vom Endsieg und reden und reden und reden. Ich kann es nicht mehr hören und –«

»Um Gottes willen, sprich leise. Wenn dich jemand hört! Wehrkraftzersetzung! Du spinnst ja total!«

Ein seltsamer Zorn überfiel sie: »Du kannst mich ja anzeigen, bei der Gestapo!«, sagte sie kurz und atemlos.

Es klang spöttisch und schnippisch, wie sie es gar nicht hatte sagen wollen.

Dann löste sie sich von seinem Arm, drehte sich um und ging.

Sie hörte, wie er ihr nachrief: »Hildegard, das ist doch blöd!« Und: »Mach keinen Quatsch!« Er kam ihr nachgerannt und fasste sie an der Schulter: »Scheißjuden! Die sind es doch nicht wert, Hildegard! Sei doch wieder vernünftig.«

Aber sie riss sich los und ging schnell – fast rannte sie – in das Spittlertor hinein und brachte den Graben und die Stadtmauer wie eine Festung zwischen sich und Ferdl, der ihr nicht mehr folgte.

»Ist mir doch zu blöd! Dumme Kuh!«

Erst als sie ihn nicht mehr hörte und nicht mehr sah, ging sie langsamer, und da kamen ihr die Tränen.

Was hätte ich denn aber anderes sagen sollen? Es wäre doch nur gelogen gewesen.

Mit Macht kamen die Gedanken an Isolde Grünzweig. Ferdl und sie hätten nach dem Telephonat des Vaters selbst mit dem besten Willen nichts mehr ändern können. Die Vorstellung, sie könnte zu ihrem Vater sagen: Es war alles ein Irrtum!

Völlig absurd!

Das Mädchen hatte nicht die geringste Chance! Sie feierte

jetzt Weihnachten, dann noch Neujahr, so hatte Hildegard den Vater am Telephon verstanden. Dann, zwei, drei Tage später, war es aus. Und wahrscheinlich war nicht nur sie verloren. Wenn die Untersuchung erst einmal richtig lief, dann war das Leben der Beteiligten zu Ende, auch das hatte ihr Vater gesagt: Ziel – Rübe runter!

Frau Grötzinger: Die Nachbarin hatte die ganze Sache gewusst und begünstigt – aus. Frau Lenz: Bei ihr wohnte die Jüdin, sie hatte es gewusst, daran war nicht zu zweifeln – aus. Das Gärtnerehepaar Fritz: Er war zwar in der Partei, aber sie hatten bestimmt etwas gewusst – aus. Der Freund von Isolde Grünzweig, Walter Sorg: Freund einer versteckten Jüdin, ohnehin bereits verdächtig! – aus.

Ahnten die sechs, was sie erwartete?

Zuerst die unendlichen Verhöre, und wehe, sie gestanden nicht auf der Stelle –

Dann die Gerichtsverhandlung, die nur eine große Beschimpfung war. Ein Verteidiger, der plädierte, wo das Urteil längst feststand. Jeder in der Stadt wusste das.

Dann das Urteil selbst: Wegen ihr würden sechs Menschen sterben müssen!

Spürten sie es? Wie war es, wenn man bereits zum Tode verurteilt war, ohne davon zu wissen?

Sterben musste jeder. Aber hier wurden die Opfer nicht von einem blinden Schicksal ergriffen, auch nicht vom Krieg, sondern von der Willkür anderer Menschen.

Hier gab es Schuldige und Opfer. Und die Schuldigen waren Ferdl und sie –

Eine Welt voll Tod und Vernichtung – da waren Kinder, die lachten. Würden sie in ein paar Tagen auch noch lachen, überhaupt noch leben?

Diese uralten Häuser links und rechts, die so stolz ihre

spitzen Dacherker in den Weihnachtshimmel reckten, als wären sie auf einen Adventskalender gemalt – wie viele würden am Ende dieses Krieges noch stehen?

Das Dach ihrer Villa – wie würde eine Sprengbombe es zurichten und sie, die zitternd unten im Keller kauerten?

»Wo kommst du her?«, war das Erste, was sie von ihrem Vater hörte.

»Ich war noch an der frischen Luft.«

»Am Hauptbahnhof?«, seine Augen hatten einen ganz eigenartigen Ausdruck. »Was treibst du dich dort herum? Sag! Aber schnell!«

Hatte er getrunken? Eigentlich trank er nicht oder nur sehr wenig, wenn er nicht gerade mit seinen SS-Führern zusammen war.

Zu Hause hatte er sich noch nie betrunken.

»Red endlich, sonst –«

Er packte sie am Arm.

Natürlich hatte er getrunken. Sie konnte es riechen – Schnaps! Sie versuchte sich loszureißen, aber sein Griff war hart.

»Au, das tut weh!«

»Wird's bald!«

»Was soll ich denn am Hauptbahnhof?«

»Das weißt du ganz genau!« Er rülpste und taumelte, ließ sie aber nicht los. Der Geruch nach Alkohol direkt vor ihrem Gesicht war unerträglich.

»Ich weiß gar nicht, was du meinst?« Sie versuchte ihren Arm aus seiner Hand zu winden.

»Hildegard, du schnüffelst mir nicht hinterher – das verbiete ich, merk dir das! Wehe, du sagst irgendwo irgendetwas zu irgendjemandem von entarteter Kunst. Ich werde dir –«

Die Mutter kam in einem zerschlissenen Morgenmantel die Treppe herab, ungekämmt: »Gar nichts wirst du meiner Tochter antun, du besoffenes Schwein! Beschimpft am Heiligen Abend die eigene Tochter, der Lump! Es reicht, was du meinem Sohn –«

Hildegard riss sich los und rannte in ihr Zimmer, wo sie sich auf das Bett warf und weinte.

Ach Ferdl!

Jahresende 1944

Isolde hatte sich mit Walter über Weihnachten nur selten getroffen: Sie wollte Veronika nicht alleine lassen.

Sie hatten gemeinsame Spaziergänge unternommen. Einmal war ihnen ein Mann gefolgt, der zu jung und zu kräftig war, um nicht Soldat zu sein, der aber vermutlich auch nicht auf Urlaub zu Hause war.

Die Sorgen wegen einer drohenden Verhaftung hatten auf Weihnachten gelastet wie Zentnergewichte, obwohl die sechs roten Kerzen von Frau Fritz ein wunderbares Licht gegeben hatten.

Sie hatten über ihren Vater geredet. Zuerst über die Frage, wo er jetzt, an Weihnachten, sein mochte. Aber das war so traurig, dass sie wie in stiller Übereinkunft nur noch über die Vergangenheit geredet hatten.

Dann war plötzlich wieder die Angst vor einer Verhaftung aufgetaucht. Isolde war zwar sehr zuversichtlich, dass die Anzeige dieser rätselhaften Hildegard Wolf geplatzt war. Aber Veronika konnte das nicht glauben –

Es waren viele Menschen unterwegs an Weihnachten. Jeder genoss die Sicherheit vor Luftangriffen – ein Versprechen, das die Alliierten ohne Ausnahme einhielten.

Man war es nicht mehr gewohnt, nicht ständig um sein Leben zu zittern und um sein Hab und Gut. Welche Erlösung war es, zum Himmel aufzublicken, der sonst Sprengbomben, Granaten, Luftminen und Kanister voll Phosphor auf die Menschen herabregnen lassen konnte.

Wolken regnet ihn herab –

So hatte man in den Kirchen im Advent gesungen, als sie noch in die Kirche gegangen war. Welche schreckliche Bedeutung hatte das Wort *herabregnen* plötzlich angenommen – unter Christen!

Sie sehnte sich nach Walter mit jeder Faser ihres Leibes. Sie fühlte seine Hand in ihrer, seine Haare, durch die ihre Hand strich, seine Schulter, an die sie sich lehnte, seine Wange, die sie streichelte, sie fühlte, wie er sie an sich presste, seine Küsse.

Was ich erlebe, ist die Natur, dachte sie, die will es so.

Deshalb soll eine Versteckte keinen Geliebten haben! Was kann ich ihm denn geben? Nicht einmal die Wahrheit! Wie kann ich ihm dann meinen Körper geben?

Walter, mein Geliebter, dachte sie, ich spüre gut, dass du mehr von mir brauchst, als du sagst. Wie gerne würde ich es dir geben. Aber da sind so schreckliche Hindernisse, von denen du nichts weißt.

Und dennoch, als sie ihn kommen sah, war sie nur noch glücklich.

Sie saßen an ihrem Lieblingsplatz beim Kettensteg. Die Pegnitz floss unten schwarz und rätselhaft. Walter trug keine Flakhelfer-Uniform und sah anders aus als sonst – wie ein Junge, wie ihr Freund.

Er sieht immer aus wie mein Geliebter, auch in der Flakhelfer-Uniform, dachte Isolde, und ein Frösteln zog über ihren Rücken.

Walter hatte Weihnachten mit seiner Mutter verbracht: »Es ist furchtbar, wie sie leidet, und fast noch furchtbarer ist ihre Angst um mich. Dabei war sie früher eine so geduldige und tapfere Frau. Es ist unglaublich, was der Krieg aus den Menschen macht.«

Sie drückten sich eng aneinander, denn es war eiskalt. Wie beruhigend war es zu wissen, dass er bis zum Dreikönigstag Urlaub hatte.

Noch sieben Tage Urlaub, eine ganze Woche! Seit dem 18. Dezember war keine Bombe mehr gefallen: Seit über acht Tagen keine Minute im Keller oder im Bunker! Einige Voralarme im Rundfunk, denen aber nie ein richtiger Fliegeralarm gefolgt war.

Wie schön konnte die Welt sein!

Es war ein ruhiger, grauer Wintertag, an dem sich kein Lufthauch regte. Und irgendwo schimmerte die Sonne durch die Wolkendecke und fiel ein goldener Glanz auf die alten Dächer ringsum, auf die gelblichen Steine der Stadtmauer und auf die gelben Blätter, die hie und da noch an einer der Pappeln hingen.

Die beiden hatten die Hände fest ineinander verschlungen. Walter war bei ihr. Er fragte nichts, er wollte keine Erklärungen. Isolde brauchte keine Lügen, keine Verstellung. Sie war das Mädchen, das er liebte, und er war der Junge, den sie liebte – sonst nichts!

Sie hatte den Kopf an seine Schulter gelegt und die Augen geschlossen. Das Wasser rauschte von unten herauf.

Aber nach einiger Zeit wurde Walter unruhig, sie fühlte es. Schließlich löste er seine Hände und stand mit einem Ruck auf.

Er ging am Rande der Pegnitz auf und ab: »Isolde, ich muss es einfach loswerden. Es geht nicht anders. Allein hält man es nicht aus.«

Sie erschrak und öffnete die Augen: War der Friede schon vorbei? Würde Walter wieder anfangen von dieser Isolde Grünzweig?

»Walter, bitte!«

Sie schloss die Augen wieder.

»Ich habe es neulich in der BBC aus London gehört. Weißt du, sie reden da auch viel Unsinn. Aber es ist doch eine Stimme wie aus einem Lande der Wahrheit.«

Sie hörte ihm halb träge zu, halb aufgestört, die Augen immer noch geschlossen. »Sei vorsichtig, bitte«, sagte sie fast mechanisch.

»Da waren Juden im Osten gewesen, evakuierte Juden aus dem Westen. Sie haben sie interviewt. Vier Juden, Männer, die nach England entkommen sind.«

Sie schoss hoch: Juden! Er sollte nicht weiterreden! Dieser wohlige Friede, dem sie sich nach so langer Zeit endlich hingeben konnte, sollte heute nicht zerstört werden. Nicht heute!

»Red weiter«, sagte sie. Es waren Juden! Sie kamen aus dem Osten. Sie wussten vielleicht etwas über diese Aufräumarbeiten, zu denen ihr Vater eingesetzt war.

»Sie haben erzählt, und kein Mensch kann fassen, was sie erzählt haben. Man erträgt es alleine nicht.«

Sie hatte ja schon mehrfach Gerüchte gehört, man durfte nicht alles glauben. Sie drückte sich an ihn und schloss wieder die Augen: »Red weiter.«

»Sie haben alles erzählt: Wie sie aus Deutschland deportiert worden sind, evakuiert, wie man der deutschen Bevölkerung sagt. Wie man sie abtransportiert hat – in Viehwaggons.«

»In Viehwaggons?« Ihren Vater hatte man in einem Viehwaggon weggefahren. »Zu Aufräumarbeiten«, sagte sie leise und richtete sich auf.

»Es ist ganz anders: Die Juden sollen aufgeräumt werden – nicht sie sollen aufräumen. Alle Menschen in Deutschland sollten das wissen. Man sollte es ihnen mit

Feuer ins Gesicht brennen! Es ist der größte Frevel, den es in der Geschichte jemals gegeben hat.«

»Red schon«, sie war jetzt alarmiert und neugierig zugleich.

Er blickte sie an, irgendwie prüfend, mit einem Gesicht, wie sie es bei ihm noch nie gesehen hatte – forschend und mitleidig zugleich, nüchtern, schmerzlich und verstört.

Dann erzählte er: »Sie werden in große Konzentrationslager gefahren, alle außerhalb des Reichs, in Polen oder Russland oder in der Tschechoslowakei. Die Juden, die in der BBC berichtet haben, waren in ein Lager gekommen, das liegt bei einer Stadt, die heißt Auschwitz, es ist in der Nähe von Krakau. Die Fahrt dauerte tagelang, sie hatten fast nichts zu essen, kaum etwas zu trinken. Viele alte Leute sind unterwegs gestorben. Es war im Sommer und sehr heiß in den geschlossenen Holzwaggons. Viele sind einfach verdurstet.«

Isolde rechnete nach: Ihr Vater war am 18. Juni 1943 evakuiert worden. Das Datum hatte sich ihr eingeprägt wie mit glühendem Eisenstempel. Das Wetter? Der Himmel war verhangen gewesen in Nürnberg. Aber unterwegs?

»Du kannst dir vorstellen, wie die Luft da drin gewesen sein muss. Die Enge – kaum eine Möglichkeit, seine Notdurft zu verrichten. Tiere werden besser gehalten als diese armen Menschen. Es war die Hölle. Und es war der Himmel gegen das, was sich anschloss.«

Alles sträubte sich in Isolde weiter zuzuhören. Dennoch sagte sie tonlos: »Mach weiter, mach es kurz.«

»Es geht nicht kurz, Isolde.«

Sie fasste wieder nach seiner Hand.

»Sie wurden mitsamt ihrem Gepäck aus dem Zug getrieben, als sie endlich wie erlöst auf dem Bahnhof in Auschwitz ankamen.«

Isolde atmete auf.

»Es gibt dort eine Art Rampe. Auf der geht es mitsamt dem Gepäck entlang des Zuges Richtung Lager. Man sieht es schon: Gewaltig, endlos, grau und düster – auch wenn die Sonne scheint – unzählige Baracken in Reih und Glied, umgeben von Türmen und mehrfachen Stacheldrahtzäunen. Auf dieser Rampe werden sie von uniformierten SS-Männern vorwärts getrieben; der nächste Transport rollt schon ein. Denn es kommen jeden Tag, jede Woche immer mehr Juden aus ganz Europa – Tausende, Zehntausende, Hunderttausende –

Schneller! Schneller!, heißt es. Reitpeitschen werden geschwungen, genagelte Stiefel treten. Hunde werden gehetzt. Kinder schreien. Aber viele auf der Rampe sind Alte oder Behinderte, die können nicht schnell gehen. Es gibt Kranke, Fiebernde, Erschöpfte, Kinder –«

Alles in Isolde empörte sich. Sie hatte Walters Hand losgelassen. Aber sie brachte kein Wort heraus.

»Vorne an der Rampe, kurz vor dem Eingang des Lagers, steht nun eine Gruppe von SS-Leuten. Darunter Ärzte – das erfuhren sie aber erst später im Lager. Und nun geht es so: Der Anführer der Gruppe schaut dich an und redet mit den Männern neben ihm: Dann bewegt er seinen Daumen nach rechts, und du wirst mit einem Lastauto in einen bestimmten Teil des Lagers gefahren, in dem du arbeiten musst – vor allem für die Kriegsindustrie. Dort steht in einem großen Eisentor die Schrift: *ARBEIT MACHT FREI.* Es ist aber niemals jemand freigelassen worden, der in dieses Lager gekommen ist.«

Isolde atmete irgendwie auf: Wenn man die Fahrt überstanden hatte – ihr Vater war zwar dünn, aber gesund und zäh –

»Der Daumen kann aber auch nach links zeigen, bei allen Alten, in welcher Verfassung sie auch sind, bei Kranken, Schwachen, Behinderten und bei Kindern.«

Ein eiserner Reif legte sich um Isoldes Herz.

»Diese Menschen werden auch weggefahren. Dabei wird keine Rücksicht darauf genommen, ob sie Familien auseinander reißen, ob sie Kinder von ihren Eltern oder Eheleute trennen. Männer und Frauen werden im Lager ohnehin getrennt.

Es ist an dieser Rampe ein einziges Weinen und Schreien, Frauen weinen nach ihren Männern, Männer rufen nach ihren Frauen. Kinder laufen durcheinander, ganz kleine, die schreiend Vater und Mutter suchen, größere, die sich schluchzend an der Hand halten und nicht weiterwissen. Aber sie kommen alle auf den Wagen zu denen, die den gnadenlosen Daumen gesehen haben.«

Isoldes ganzer Körper war verkrampft. Alles in ihr schrie: Lüge! Elende Lüge, alles Propaganda! Man darf nicht darauf hereinfallen. Hör auf!

Aber sie sagte: »Und dann?«

»Diese Menschen werden zu Duschräumen gebracht. Und was nun kommt, ist so schrecklich, dass es in tausend Jahren nicht vergessen werden darf.«

Glaub ihm kein Wort, Isolde!, schrie es in ihr. Hör nicht hin! Warum tut er mir das an?

»Sie müssen sich ganz ausziehen, dann wird ihnen der Kopf kahl geschoren, auch den Frauen. Das sei wegen der Seuchengefahr, wird gesagt. Es liegen dort Berge von Haaren. Es ist schwer zu glauben, was jetzt kommt, aber sie haben es so berichtet. Man kann solche Dinge nicht erfinden. Die Bombardierungen der deutschen Städte sind irgendwie Krieg, aber das –«

Glaub kein Wort, Isolde! Sie hielt die Hand vor den Mund gepresst.

Er beachtete sie nicht und redete wie zu sich selbst: »Alle Brillen müssen abgenommen und alle künstlichen Gebisse müssen herausgenommen und auf Stapel gelegt werden – das müsse sein, aus hygienischen Gründen. Es liegen dort Berge von Brillen und Gebissen. Dann werden sie in den Duschraum geführt. Immer mehr und immer mehr. Man müsse Wasser sparen, wird ihnen gesagt. Deshalb müsse der Platz unter den Duschen gut ausgenutzt werden.«

Ihre Augen flackerten.

»Dann, wenn kein Mensch mehr umfallen kann in dem Raum, schließen sie von außen die Eisentüre, fest und luftdicht. Alle stehen jetzt nackt aneinander gepresst und starren nach oben. Da sind aber keine Duschköpfe, sondern seltsam verdeckte Öffnungen, in denen es jetzt klappert, als schütte man von oben Kies herunter. Kristalle fallen, von außen hineingeworfen, herab und setzen Giftgas frei – eines der schrecklichsten Gifte, die es gibt. Es ist absolut tödlich.«

»Hör bitte endlich auf«, flüsterte sie und zitterte am ganzen Leib.

»Nach zwei Stunden öffnen sie die Türe wieder und holen die Toten heraus, laden sie auf eiserne Loren, wie sie in Bergwerken verwendet werden, und verbrennen die Leichen in großen Öfen. Die Asche streuen sie –«

Isolde sprang auf, als wäre sie zu einem wilden Tier geworden und stieß ihn von sich: »Gelogen!«, schrie sie, dass es von den leeren Galerien ringsum widerhallte. »Warum erzählst du mir so etwas –?«

Er kam nicht zu Wort.

Sie rannte davon, als wäre ein Mörder hinter ihr her.

1. Januar 1945

Am Neujahrstag fand Hildegard auf dem Tisch das *Mitteilungsblatt Nr. 81 für den Selbstschutz der Stadt Nürnberg.*

Es waren die Neujahrswünsche des Gauleiters Karl Holz. Ihr Vater hatte es wohl liegen lassen. Damit Hildegard es las? Oder die Mutter?

Sie überflog es:

Weiter tobt der Kampf: Die von jüdischem Haß gelenkten Horden des Ostens sowie die von jüdischem Haßgeist angetriebenen weißen und schwarzen Söldner der Westmächte branden gegen unsere Grenzen. Unsere Soldaten schirmen gemeinsam mit dem Volkssturm den versuchten Einbruch dieser Horden in das Reichsgebiet an unseren Grenzen ab. Unsere Wehrmacht wird dafür sorgen, daß die vom internationalen Juden ersonnenen satanischen Entmachtungspläne nicht verwirklicht werden.

Sie las den Schluss.

Es gilt, unserm Führer, dem wir auch im neuen Jahr in unerschütterlicher Treue und tiefster Dankbarkeit dienen wollen, die Stadt der Reichsparteitage zu erhalten, die der Führer ganz besonders liebt. Damit tragen wir zu unserm Teil mit bei zu dem Sieg.

Sie las es, ohne sich bewusst zu werden, was sie eigentlich gelesen hatte. Stattdessen kam ihr Isolde Grünzweig in den Sinn: Es stand mit entsetzlicher Klarheit fest: Man konnte nichts mehr für sie tun – das neue Jahr brachte ihr unweigerlich den Tod –

Andere wären mitbetroffen, die Gärtnersleute Fritz und Frau Grötzinger, die Nachbarin des evakuierten Juden, auch diese Frau Lenz, bei der die Jüdin wohnte. Sie alle würden wahrscheinlich wegen ihr auf eine schreckliche Weise das Leben verlieren –

Ihre Mutter trat zu ihr im Morgenmantel, ungekämmt, das Gesicht verquollen, man erkannte sie kaum mehr.

Sie warf einen Blick auf das Blatt in Hildegards Hand: »Ich kenne es. Lies nur, Nürnberg ist verloren, Hildegard. Und es freut mich.«

2. Januar 1945

Wie Trauer hatte sich eine große Ruhe auf Isolde gesenkt.

Sie stand oben auf der Burg und blickte hinab auf die dämmerige uralte Riesenstadt, die mit ihren grauen Dächern unter einem stillen Himmel lag.

Der Blick dehnte sich bis zu den vier fernen, dicken Haupttürmen der Stadtmauer. Die Fläche dazwischen war erfüllt von einem gleichmäßigen Meer aus Dächern, die mit ihren unzähligen Gauben aussahen, als wären sie von Schuppen besetzt, dazwischen reckten sich die spitzen Dacherker; manchmal überragte ein Staffelgiebel die steilen Dächer, blinkte eine vergoldete Wetterfahne oder fing ein niedriger Turm den Blick. Der Rauch aus den Schornsteinen hatte sich wie ein feiner weißer Schleier darüber gelegt.

Dazwischen schwammen schwarz die mächtigen Schiffe der beiden Hauptkirchen und stachen ihre Türme in den Himmel, fern St. Lorenz, die schönste Kirche von Nürnberg, und ganz nah die ehrwürdige Kirche St. Sebald, die älteste von Nürnberg, die im Inneren das Grab des Heiligen Sebaldus barg.

Wie oft schon war sie als Kind mit ihrem Vater genau an dieser Stelle hier oben gestanden, und sie hatten sich gemeinsam gefreut an dem herrlichen Blick. Sie konnte immer verstehen, warum er nicht fortgegangen war nach Amerika, um sein Leben zu retten, wenn sie seine Stadt sah.

Vater!

Als Isolde hinabging in die Stadt, vorbei am mächtigen Bau des Rathauses mit den riesigen Portalen, sah sie die leeren Postamente an den Häusern, von denen die Hausheiligen herabgenommen worden waren, die jahrhundertelang die Stadt beschützt hatten.

Die Heiligen sind fort!

Sie haben sie abgenommen, um sie zu sichern, dachte Isolde. Es war ihr nie aufgefallen. Aber wer soll schützen, wenn die Hüter nicht mehr wachen?

Sie hatte sich mit Walter treffen wollen. Es gab so viel zu bereden. Aber er war nicht gekommen.

Sie wollte ihm so viel sagen: Ich glaube dir jedes Wort, mein Geliebter, wollte sie zu ihm sagen. Alles, was du sagst, ist mir heilig wie die Schrift.

Und weißt du, du hast Recht, wollte sie ihm endlich, endlich sagen: Ich bin Isolde Grünzweig, die Jüdin, ich kenne keine Isolde Bauer. Das alles wollte sie ihm sagen.

Aber er war nicht gekommen.

Sie wollte ihm sagen, dass ihr Vertrauen zu ihm ohne Grenzen war. Das ist das Wichtigste, wollte sie ihm sagen, und dass es nichts gab auf der Welt, das sie beide jemals trennen konnte.

Das alles wollte sie ihm sagen.

Aber er war nicht gekommen.

Der Himmel klarte auf, die Sonne ging bereits unter. Es würde Vollmond sein heute Nacht. Er würde in die Dachgauben und Erker leuchten und dabei ihre Geheimnisse wahren.

Sie stand vor dem Südeingang der Lorenzkirche, der mit Brettern verschlagen war. Die Kirche war schon vor über einem Jahr von Sprengbomben getroffen worden.

Isolde betrat die Kirche, indem sie sich durch den Bretterverschlag mit dem Holzschild BETRETEN VERBOTEN zwängte. Sie kam in den weiten, hohen und dunklen Raum, entweiht durch die Bomben, die einen Teil der Gewölbe durchschlagen und nach unten gestürzt hatten.

Es war kalt, viel kälter als draußen. Alles war dick von Staub überzogen, überall lag Schutt. An einigen Stellen waren Hausteine aufgeschichtet, die auf ihre Wiedereinsetzung warteten. Der Staub hatte die Bänke der Kirche seltsam grau gefasst, als wären sie nicht aus Holz, sondern aus einem fremdartigen Metall.

Die Kirche war seltsam kahl, kein Bild, keine Tafel, kein buntes Fenster war mehr zu finden. Nur an den Seitenwänden des Schiffes standen die Steinfiguren der Heiligen, die man vor vierhundert Jahren hier aufgestellt hatte. Sie sahen aus wie Fremde.

Ohne Sinn war auch der Chor ohne Altäre – der Englische Gruß von Veit Stoß war abgenommen worden. Das hohe Sakramentshaus von Adam Kraft war eingemauert und harrte der Auferstehung.

Leer alles und zugemauert.

Und ich weiß es jetzt, flüsterte sie: Papa ist tot.

Und ich dürfte gar nicht hier sein. Wenn einer kommt und mich findet, wird gefragt und nachgeprüft, und sie finden in der Kirche Isolde Grünzweig.

Und nirgendwo ist Hilfe. Aber ist das schlimm?

Walter ist nicht gekommen, dem ich so viel sagen wollte. Aber wie hätte er denn kommen können? Er wusste ja gar nicht, dass ich auf ihn gewartet habe, und er konnte auch nicht wissen, wo ich auf ihn gewartet habe.

Wir hatten ja nichts ausgemacht. Und ich habe ihn einfach stehen lassen, weil ich die Wahrheit nicht ertragen habe.

Lieber, lieber Walter, wer erträgt schon die Wahrheit?

Von irgendwo kam ein Luftzug, verkohltes Papier raschelte auf dem Boden.

Dann nahm sie wahr, dass eine Geige spielte. Der Ton war eigenartig ungewiss, als wandere er hin und her oder als komme er von überall. Isolde stand still. Der Klang schlang sich um die Säulen und stieg auf zu den durchschlagenen Gewölben, als wolle er sie heilen.

Sie stand atemlos: Was war das? Wer spielte in dieser misshandelten Kirche Geige?

Sie sah ein Mädchen in einem Kittel aus Leinen mit einer Kapuze, die ihm auf den Rücken fiel, und einem halblangen Rock.

Es ging in der Kirche auf und ab, mied sorgfältig die Steine und Balken und spielte dabei sein Instrument. Isolde erkannte jetzt auch, was es spielte: eine Sonate von Bach.

Das Mädchen sah sie stehen und schien zu nicken und zu lächeln, aber es spielte weiter seine Geige.

Isolde hörte lange zu, wie sich der Widerhall der Töne aus den Gewölben mit dem Spiel mischte.

Dann schwieg die Geige.

*

514 Lancaster-Bomber waren an drei verschiedenen Flugplätzen in Großbritannien seit dem Vormittag des 2. Januar 1945 mit Bomben beladen worden, dazu kamen sieben Mosquitos, ebenfalls bis zur Grenze der Tragfähigkeit beladen.

Viele Stunden überflogen die drei Geschwader zum Teil die Niederlande, zum Teil Belgien, zum Teil Frankreich; sie überquerten fast gleichzeitig die Städte Aachen, Straßburg und Ludwigshafen und bildeten zusammen einen riesigen Keil – dessen Spitze zeigte auf Nürnberg.

Die Stadt wurde angegriffen, weil sie mit den meist aus Holz gebauten Häusern in den engen Gassen der historischen Altstadt ideale Voraussetzungen für die Entfachung von Bränden bot (*clearly the most inflammable part has to be selected as the aiming point)*, um möglichst viele Zivilpersonen zu töten.

Das war das Ziel.

Die Stadt lag unter einem wolkenlosen Nachthimmel. Der wichtigste Komplize des *Masterbombers*, der zusammen mit den *Pathfinders* die Markierungen setzte, war der Vollmond, der die Dächer von Altnürnberg versilberte und die Stadt weithin sichtbar machte.

Zur Ortung ihres Zieles konnten die Piloten sich aber auch auf das neue Funknavigationssystem OBOE verlassen, ein sehr präzises Instrument.

Die Angriffshöhe war unterschiedlich; die Flugzeuge flogen in Höhen zwischen 4 000 und 8 000 Meter, manche 1 000 Metern und darunter.

Zuerst sahen Beobachter in der Nacht ab und zu den silbern aufblitzenden Leib einer der angreifenden Maschinen, der in einen Richtstrahl der Flak geriet, nachdem sie das Brummen, Singen und Dröhnen der anfliegenden Bomber wahrgenommen hatten; dann leuchteten über der Stadt plötzlich die roten und grünen, langsam herniedersinkenden ›Christbäume‹ auf, die das Ziel markierten und zum letzten Mal die alten Türme und Dächer in ein fremdartig anmutendes Licht tauchten.

110 Leucht- und Markierungsbomben waren abgeworfen worden, um am Boden die Ziele für die nachfliegenden Maschinen zu kennzeichnen.

Die Flak bellte nur anfangs und sehr zögernd und blieb während des ganzen Angriffs fast untätig.

Von außerhalb sah man dann durch die wieder eintretende Schwärze plötzlich in der südöstlichen Altstadt einen grellen Lichtblitz, ihm folgte nach ungewisser Zeit ein schmetterndes Krachen, das bis in den Bauch zu spüren war. Die erste Bombe war genau um 19.20 Uhr im Osten der Altstadt explodiert. Schlag auf Schlag folgten immer mehr Explosionen.

Dann waren einzelne Blitze und Detonationen nicht mehr zu unterscheiden.

Es wurden 1 825 Tonnen Sprengbomben und 479 Tonnen Brandbomben, insgesamt 2 304 Tonnen Bomben auf die Stadt abgeworfen. Man hätte, um diese Last auf dem Boden zu transportieren, 230 Lastkraftwagen samt Anhänger gebraucht oder mehr als sechs Güterzüge mit je 35 Waggons – bis an den Rand gefüllt mit Sprengstoff, Phosphor und Eisen.

Auf jeden Hektar der Altstadt warfen die Bomber 760 Zentner Eisen, Spreng- und Brandstoff.

Das Eisen bewirkte den nötigen Explosionsdruck, um Gebäude zu sprengen. Ein Brandgemisch entzündete, was die Sprengungen bloßgelegt hatten. Es war eine Kombination aus Sprengkraft und Brandentfachung, die vom Himmel fiel.

Etwa 100 Luftminen deckten Dächer ab und rissen Häuser auf. Etwa 6 000 Sprengbomben krachten ohne Widerstand durch Gebäude und zerrissen sie bis hinunter zu den Kellergewölben. In die aufgebrochenen Häuser warfen die Piloten dann über 280 000 Brandbomben, meist 1,7 kg schwere Stabbrandbomben, deren Zünder eine unlöschbare Flammengarbe bewirkte, die 8 Minuten lang im Umkreis von mehreren Metern alles Brennbare entzündete.

Die Brände sprangen von Haus zu Haus, auch zu Häusern, die nicht getroffen waren.

Die Bomben explodierten, ohne auf Menschen zu achten und auch ohne darauf zu achten, dass es Kirchen waren, die da vernichtet wurden, oder die alte Kaiserburg oder das Rathaus oder das Haus des Bildhauers Veit Stoß oder des Poeten Hans Sachs, der so oft gegen den Krieg geschrieben hatte. Sie zerrissen das Pellerhaus, eines der schönsten Bürgerhäuser der Welt, ebenso wie das Topler-Haus, das atemberaubend steil aufragte mit unzähligen Türmchen über seinem Treppengiebel.

Volltreffer zersprengten die Heiliggeistkirche, in der jahrhundertelang die Krone des Heiligen Römischen Reichs aufbewahrt worden war, und andere Gebäude, die Besitz der ganzen Menschheit gewesen waren, auch der zukünftigen Generationen.

Die Flammen fraßen kostbare Bücher, Statuen, Bilder, Möbel, bemalte Holzdecken und geschnitzte Portale, kunstvolle Innenhöfe und uraltes Fachwerk; sie vernichteten die wunderlichen alten Chörlein, sie loderten Funken sprühend aus den steilen Dächern und flackerten in den Wehrgängen der Stadtmauern. Sie schlossen sich im Ostteil der Altstadt zusammen und brannten dort wie eine einzige Flamme.

Und es verbrannte von der Frauenkirche am Hauptmarkt bis hinauf zur Burg und hinaus zur Stadtmauer und wieder hinunter zur Pegnitz auf der Fläche von etwa einem Quadratkilometer jedes einzelne Haus.

In 53 Minuten wurde die Stadt, an der neun Jahrhunderte gebaut hatten, vernichtet.

*

Als Isolde und Veronika nach dem Angriff aus dem Bunker traten, war es in Gostenhof beruhigend dunkel. Aber die Luft war voll Rauch, und den Himmel erfüllte von Osten her eine breite Röte. Der Mond war verschwunden. Kein Stern.

Die Röte breitete sich rasch über den Himmel aus, eine widernatürlich aufsteigende Morgenröte, sodass es fast taghell wurde. Die Menschen starrten, den feurigen Widerschein im Gesicht, in die grauenhaft wachsende Himmelsglut, die gewaltiger und tödlicher war als bei allen Angriffen, die Isolde jemals erlebt hatte.

»So sieht die Hölle aus«, sagte eine Frau.

»Die Altstadt«, flüsterte ein alter Mann neben Isolde, »sie haben die Altstadt getroffen –«

»Lass uns schauen, wie es bei uns zu Hause aussieht, Isolde. Das ist im Augenblick wohl das Wichtigste.« Veronikas Stimme klang brüchig. Sie nahm Isolde zitternd am Arm.

»Mein Gott, es wird doch Walter nicht getroffen haben. Sie wohnen mitten in der Altstadt, in der Wunderburggasse.« Isolde bebte am ganzen Leib. »Ich muss dorthin, Veronika, ich muss –«

»Kind, du kannst nicht hin«, Veronikas Stimme klang seltsam fremd, »niemand kann dort jetzt hin –«

Schon von weitem sahen sie im Flammenschein des Himmels, dass ihre Wohnung unversehrt geblieben war.

Veronika brachte kaum den Schlüssel ins Schloss.

Am nächsten Tag ging Isolde voll Angst zur Innenstadt. Der Urlaub! Walter hatte Urlaub – sie hätten ihn auf dem Gewissen, diese Hildegard Wolf und dieser Ferdl!

Die Luft war voll Rauch, die Lungen waren schwere Steine, die von einer Faust zusammengepresst wurden.

Der Stadtgraben war halb zugeschüttet von den zerrissenen Resten der Stadtmauer. Die Altstadt selbst konnte Isolde von keiner Seite aus betreten. Sie ging beklommen den Graben entlang nach Osten.

Vom Haller Tor bis zum Königstor, am Marientor, am Kasemattentor, am Wöhrder Tor, am Laufer Tor, niemand durfte auf die andere Seite der Stadtmauer. Feuerwehrautos fuhren zu den Toren heraus und hinein. Aber die Leute sagten, es gebe längst kein Wasser mehr zum Löschen.

Es sei alles umsonst, alles sei kaputt und alles zu Ende – aus.

Als kämen sie aus dem Bauch einer Dampflokomotive, wankten Menschen heraus, mit schwarzen Gesichtern und großen Brandwunden, die Kleider unordentlich am Leib, viele mit nacktem, verrußtem Oberkörper, die Gesichter verstört, die Augen rot und aufgerissen, die Münder verkrustet. Kaum jemand trug eine Habe mit sich: »Alles verbrannt!«

Andere wurden von Luftschutzhelfern herausgetragen, halb verbrannt, viele schreiend vor Schmerzen. Viele schrien nach ihren Kindern oder nach ihren Ehepartnern. Kinder weinten nach den Eltern.

An Straßenrändern reihte man in langen Zeilen die Toten.

Isolde fragte sich heiser: »Weiß jemand etwas von der Wunderburggasse?«

Burg der Wunder, Gasse des Geliebten.

»Kein Haus«, die meisten stammelten nur oder zuckten die Schulter.

Eine Frau begann sogleich zu weinen: »Alles verloren, alles!« Sie verbarg das Gesicht in den Händen.

Ein älterer Mann mit verbogener Goldbrille und völlig

zerrissenem Mantel nahm sich Zeit: »Es brennt immer noch im ganzen Viertel, und der Rauch lässt keinen Überblick zu. Durch die meisten Straßen kommt kein Mensch – alles eingestürzt, alles voll Glut und Schutt! Armes Kind, wen hast du denn dort?«

Sie brachte kein Wort heraus, sondern starrte ihn nur an. Sie brauchte lange, bis sie den Sinn dessen erfasste, was sie hörte.

Wo die Hitze der Brände, die überall noch flackerten, nicht hingelangte, war es bitterkalt. Aus einem mächtigen Krater, den eine Sprengbombe auf der Straße gerissen hatte, lief Wasser aus einer Leitung auf die Straße, wo es sofort gefror.

Überall standen Menschen in stummen Gruppen, die aussahen, als träumten sie mit offenen Augen und schliefen beim Gehen.

Tag für Tag ging Isolde denselben Weg von Gostenhof zum Laufertorgraben und versuchte in die Innenstadt zu gelangen, zur Wunderburggasse.

Alle Ämter der Stadt waren zerstört worden, auch das Einwohnermeldeamt.

Dennoch versuchte die Stadt ihre Toten zu erfassen und Listen zu erstellen, die zerstörten Wohnungen zu zählen und die Ausgebombten in anderen Wohnungen unterzubringen.

Hier arbeitete Veronika immer noch, Tag für Tag, geduldig bis zum Umfallen.

Walter, melde dich!

Am zweiten Tag erfuhr Isolde von Nachbarn, dass am Nachmittag vor dem Angriff ein junger Mann nach Isolde gefragt hatte, auf den die Beschreibung von Walter Sorg passte. Da war sie auf der Burg und in der Lorenzkirche gewesen –

Man sah ganze Ströme von Menschen, die aus der Stadt hinausdrängten, zu Fuß, weil kein Zug mehr fahren konnte; auch die wenigen Straßenbahnen, die nicht verglüht waren, fuhren nicht mehr – es gab keinen Strom.

Manche führten auf einem Wägelchen ihre Habe mit sich – einige Betten, kümmerliche Stühle, angekohlt, die sie aus dem Feuer gezogen hatten. Die meisten hatten nur das retten können, was sie auf dem Leib trugen.

Walter?

Am vierten Tag kam Isolde in die Innenstadt.

Rauch lag über einer Öde, die unvorstellbar war. Trümmer, Trümmer, Trümmer, so weit das Auge reichte. Kein Verlauf von Straßen und Gassen mehr, höchstens ab und zu die Flucht niedriger Mäuerchen, die, halb verschüttet, aus Bergen von Schutt herausblickten, Schornsteine, die sich schwarz aus den Ruinen reckten. Der Blick ging ungehindert über riesige Flächen, wo früher enge Gässchen gewesen waren.

Irgendwo in der Ferne ragte grau im Rauch der einzige noch erhaltene Turm der zerstörten Burg, der Sinwellturm, den man von hier unten niemals hatte sehen können.

Hier war vor nicht einmal einer Woche eine ganze Stadt mit Tausenden Gebäuden, voller Menschen, voller Leben und Wärme gewesen, jetzt glitt der Blick über Schutt in die Ferne –

Das Auge war gewohnt zu sehen, was es immer gesehen hatte, und weigerte sich, die Öde wahrzunehmen, die sich anstelle der Häuser ausbreitete. Es konnte sich nicht daran gewöhnen, nichts zu sehen, wo die Erinnerung doch wusste, dass da etwas war.

Es gab keine Wunderburggasse mehr.

An manchen Ruinen stand mit Kreide geschrieben: Wir leben! Hans und Erika Kraus, sind in Ziegelstein. Wir leben! Werner, Fritz und Klaus Hempe, versuchen nach Buchenbühl zu kommen.

Papa und Mama, wo seid ihr? Felix Fischer sucht seine Tante Hilde, wo bist du? Wer weiß etwas über meine Frau Frieda Ackermann? Und viele, viele weitere derartige Inschriften.

An anderen Mauern standen Wörter wie: Familie Ferner, alle tot. Familie Pichelrieder, alle tot, nur Oma Huber lebt noch.

Sie las weiter: Hans Müller, Felix Mayer, Frieda Ziegler, und es gab Hunderte Namen, und hinter jedem Namen war ein Kreuz.

Aber den Namen Walter Sorg las sie nicht. Weder bei den Lebenden noch bei den Toten.

Oben beim Laufer Tor gab es ein Café – eine Luftmine hatte es in einen Staubhaufen verwandelt. Vom ganzen Gebäude war nur ein kleines Mauerstück übrig, und an ihm hing noch ein einziges Schild, ganz unversehrt:

Für Juden verboten!

Isolde ging hinüber in das Viertel unter der Burg um die Kirche St. Sebald, in dem noch einige Häuser stehen geblieben waren.

Das Haus ihres Vaters, das Haus ihrer Kindheit, dessen Stelle sie sehr lange suchen musste, war verschwunden, als hätte es das alte Gebäude niemals gegeben. Auch das Haus von Frau Grötzinger war verschwunden. Sie fand sogar nur schwer die heimatliche Gasse. An einer einzigen Stelle konnte man zwischen Bergen von Schutt noch ein winziges

Stück von dem Kopfsteinpflaster sehen, auf dem sie als Kind Himmel und Hölle gespielt hatte, und Frau Grötzinger hatte zugeschaut.

So nah beieinander, Himmel und Hölle –

Sie traf auf Menschen, die durch die Ruinen wanderten und mit grauen Gesichtern fassungslos suchten.

»Diese Schweine!«, sagte einer.

»Vorsicht!«, sagte Isolde. »Man weiß nie –« Sie hatte wie selbstverständlich gedacht, er meine die Nazis.

Er sah sie verwundert an: »Weshalb Vorsicht? Und was weiß –?« Er unterbrach sich: »Ach so, doch! Die meine ich auch. Sie haben ganz Recht, Fräulein – die in Berlin soll alle der Teufel holen!«

Jetzt musste er wirklich vorsichtig sein. Aber man hörte solche Äußerungen überall, und nirgendwo war ein Spitzel, der es der Gestapo gesagt hätte. Im Gegenteil, Wut und Zorn lagen ganz dicht unter der Oberfläche.

Einer müsste nur sagen: Jetzt gehen wir nach Berlin und setzen sie ab!, dachte Isolde. Oder: Macht endlich Schluss! Wir dulden es nicht mehr!

Aber der Zorn der ausgebombten Bürger blieb ohnmächtig. Sie brauchten ein Dach über dem Kopf, Kleider an den Leib, Essen in den Magen –

Die Steppe, so nannten die Leute nach einigen Tagen die Einöde, zu der die Altstadt von Nürnberg geworden war. Und nach einer Woche hatte der Himmel Erbarmen und deckte die Steppe zu mit einem Leichentuch aus Schnee.

Veronika saß über Listen, Listen, Listen.

Total vernichtet worden waren bei diesem einen Angriff 4553 Wohngebäude, eine ganze Stadt.

Darunter war auch das Wohnhaus der Gärtnerei Fritz beim Johannisfriedhof. Alle Gewächshäuser waren zersprungen, die Wohnung war ausgebrannt bis auf die Grundmauern. Der Laden stand noch, wenn auch beschädigt. Aber es gab nichts mehr, was hätte verkauft werden können.

»Wir haben alles verloren«, sagte Frau Fritz zu Isolde, »und ob wir jemals wieder anfangen können, weiß kein Mensch, Isolde. Es gibt kein Arbeit mehr für dich.«

Langsam wuchs die Zahl derer, die sich nicht mehr meldeten. Am 25. Januar waren amtlich 1 794 Tote registriert, darunter 869 Frauen, 173 Kinder, 32 Kriegsgefangene und 66 Fremdarbeiter und Arbeiterinnen.

Jetzt endlich wusste Veronika auch Namen. Sie schloss Isolde in die Arme: Walter Sorg und seine Mutter waren tot. Man hatte sie erst jetzt ausgraben können. Beide waren erstickt.

Auch Frau Grötzinger war in ihrem Keller erstickt.

Ein friedlicher, schmerzloser Tod, wie überall gesagt wurde.

Isolde erlebte diese Zeit, als wäre sie zu Stein geworden. Als sie hörte, dass Walter tot war, konnte sie nicht weinen.

Nur Veronika weinte. Sie weinte um Walter Sorg und Frau Grötzinger, sie weinte auch um zwei Bekannte aus der Stadtverwaltung, die ums Leben gekommen waren.

Die eine war bei ihren alten Eltern gewesen, die sie über Weihnachten besucht hatte. Ihr Haus war unversehrt geblieben. Sie war mit ihren Eltern im Keller verschüttet worden und erstickt; die Eltern waren beide am Leben, als man sie aus dem Keller zog.

Die andere war mit ihrem kleinen Sohn im Kinderwagen

nicht schnell genug in den Bunker gekommen, als die Sirenen losheulten. Man hatte beide nicht weit von einem Bunker tot auf der Straße gefunden.

*

Eine Luftmine war über dem Viertel explodiert, und das Dach der Villa Wolf war fast vollständig abgedeckt worden, der Schornstein war heruntergekommen, die meisten Fensterscheiben waren zersprungen.

Die Scherben lagen am Morgen nach dem Angriff noch in der Wohnung und knirschten unter Hildegards Schuhsohlen, als sie versuchte, ihre Mutter dazu zu bringen, wenigstens einen Glaser zu holen.

»Es ist gut, wie es ist«, sagte diese.

Der Vater war schon vor dem Angriff nicht zu Hause gewesen. Er hatte nicht mitbekommen, wie in der Nordstadt straßenweise ganze Häuserreihen abgebrannt waren.

Die Villa aber war stehen geblieben.

Einige der Spalierobstbäume waren geknickt. Und eine Brandbombe, deren Feuer sich in den vorgesehenen acht Minuten ungestört im Garten hatte austoben können, hatte die meisten verbrannt.

Im Haus war es kalt.

»Wann kommt denn Vater wieder?«, fragte Hildegard.

»Das ist mir völlig gleichgültig«, war die Antwort.

Der Vater kam erst zwei Tage später zurück und berichtete, dass er den Angriff auf Nürnberg von Altdorf aus miterlebt habe, wo er gerade an einer wichtigen Besprechung im Schloss habe teilnehmen müssen.

Es sei um die Wende gegangen, die der Krieg jetzt erfahren werde, um den Endsieg zu erringen.

»Besprechung«, spottete die Mutter, »Nürnberg verbrennt, und die Herren von der Partei, die dieses ganze Feuerwerk zu verantworten hat, verkriechen sich nach auswärts, pfui Teufel!«

Vater achtete nicht auf sie: »Alles verbrannt im Amt, was nicht im Tresor war. Das heißt alle aktuellen Fälle.«

Hildegard war plötzlich wie neu belebt: Alle aktuellen Fälle? Auch der von Isolde Grünzweig? Aber sie traute sich nicht zu fragen – keine schlafenden Hunde wecken.

Als der Vater heimgekommen war, hatte er zuerst gesagt: Steht ja noch, die Villa!, und dabei ein Gesicht gemacht, als sei es sein Verdienst.

Hildegard fragte nach der Innenstadt.

»Alles weg. Alles! Bauen wir aber wieder auf, viel schöner. Kannst du dich darauf verlassen!«

Es kamen dann junge Männer, wie sie sonst eigentlich nur noch an der Front zu finden waren, und legten die Ziegel wieder notdürftig auf das Dach.

Januar 1945

Ab Mitte Januar konnte Post von bestimmten Sammelstellen abgeholt werden.

Seitdem Helmut vermisst wurde, war Hildegards Mutter jeden Morgen am Zaun gestanden und hatte den Briefträger abgepasst. Jetzt ging sie, wie sie war, in ihrem zerschlissenen Morgenrock, die Haare ungekämmt.

Sie kam zurück, verstört und stumm. Sie legte einige Briefe für den Vater auf den Tisch und ging sofort auf ihr Zimmer und schloss sich ein.

Hildegard war unten und hörte den furchtbaren Schrei.

Helmut war tot.

Die Mutter öffnete nicht auf ihr Klopfen. Sie gab auf ihr Rufen keine Antwort.

Hildegard trommelte schließlich mit den Fäusten an die Türe, aber kein Laut.

Es war so furchtbar still in dem leeren Haus.

Friederike, das Dienstmädchen, war seit Tagen nicht gekommen. Niemand wusste, ob sie noch lebte.

Durch die kaputten Fenster zog es herein. Der Vater hatte einige noch mit Pappe zugeklebt, aber er hatte nicht genügend Pappe gehabt und wollte welche aus dem Amt mitbringen.

Aber dort war alle Pappe verbrannt.

Es war bitterkalt, trotz des Mantels, den Hildegard jetzt auch im Haus trug.

Schließlich saß sie im düsteren Herrenzimmer und

weinte. Dann ging sie wieder hinauf und weinte laut vor der Türe ihrer Mutter: »Mach doch auf, Mama, bitte!«

Aber alles blieb entsetzlich still und leer.

Am Abend kam der Vater, er fragte aber nicht nach der Mutter, sondern verlangte von Hildegard das Abendbrot.

Seine Augen flackerten.

Da rannte sie vor ihm weg zur Treppe –

»Ja, renn nur zu deiner Mutter.«

Sie fand plötzlich Worte: »Mama hat einen Brief bekommen, Feldpost. Sie hat sich in ihr Zimmer eingeschlossen schon heute Morgen, und sie macht nicht auf und gibt auch keine Antwort.« Sie weinte wieder laut.

»Plärr nicht, du blödes Ding!«, sagte er. Dann wurde er plötzlich leise und fragte: »Wann war das?«

»Heute Morgen«, weinte Hildegard und begriff erst jetzt, was das bedeutete.

»Ja, bist du denn! –«

Er rannte die Treppe hinauf und schrie –

Aber es war zu spät, als er die Türe offen hatte. Sie hatte Schlaftabletten genommen. Einen Abschiedsbrief hatte sie nicht hinterlassen.

Der Feldpostbrief lag vor ihr auf einem Tischchen.

Wahrscheinlich sei Helmut im Luftkampf die Munition ausgegangen, und er sei über einem ganz entlegenen Gebiet abgeschossen worden. Das habe die Suche erschwert. Daher zuerst die Vermisstenmeldung.

Das alles schrieb sein Kommandant und fügte die tröstlichen Worte hinzu – der Tapfersten einer – dass aber alle Opfer bringen müssten für den Endsieg. Er verbleibe in tiefer Anteilnahme, Heil Hitler!

Die Beerdigung fand im engsten Familienkreise und in aller Stille statt. So konnte man es in der Zeitung lesen. Der Gauleiter hatte einen Vertreter geschickt, der ein paar passende Worte sprach. Auch dass Frau Wolf an den Folgen des Terrorangriffes vom 2. Januar 1945 gestorben sei, war zu lesen.

Wehe, du sagst zu irgendjemandem etwas anderes!, hatte der Vater Isolde gedroht.

Bei der Beerdigung hatte der Vater ein Gesicht aus Stein.

Hildegard weinte sehr.

Blumen gab es keine – es war Winter.

In der Zeitung konnte man auch die Todesanzeige des Ritterkreuzträgers Helmut Wolf mit seinen Kriegsauszeichnungen lesen. Zwei fehlten, stellte der Vater fest.

Die Opfer der Bomben erhielten kein eigenes Grab und keine eigene Beerdigung. Sie kamen, schichtweise übereinander gelegt, in Massengräber.

Ferdl hatte nicht zum engsten Familienkreis gehört.

Hildegard wusste, dass er den großen Angriff überlebt hatte.

Nichts passiert. War draußen in der Flakstellung. Wahnsinn. Muss dir alles haargenau erzählen. Bis Sonntag, den 21. Januar. Ich hoffe, es geht dir gut.

Dein Ferdl

Diesen Zettel hatte ihr ein Mitarbeiter des Vaters heimlich zukommen lassen. Von ihm wusste Ferdl, dass ihr nichts passiert war. Vom Tod ihrer Mutter und ihres Bruders hatte er in der Zeitung lesen können.

Ihre Gefühle waren zwiespältig, als sie Ferdl am Plärrer wiedersah – ringsum Ruinen, ganz nah das ausgeglühte Gerüst einer Straßenbahn.

Aber sie hatte ja sonst niemand. Edelgard, mit der sie im BDM gemeinsam Heimabende gemacht hatte, war mit ihren Eltern weggezogen, wie es jetzt Tausende taten. Irma hatte anderes zu tun, ihre völkische Wohnung von heute am Egidienplatz war ausgebombt – kein Haus war dort stehen geblieben.

Immer noch war die Luft voll Rauch. Die Sonne schien wie durch einen Nebel, aber sie war nicht mehr rot.

Er pfiff, als er kam: »Was für ein Feuerwerk die veranstaltet haben, diese Schweine! Muss ich dir erzählen.«

Es tat gut, seine fröhliche Stimme zu hören. Aber diese Fröhlichkeit passte nicht zur zerstörten Umgebung. Sie wirkt wie ein Hammer auf Porzellan, dachte Hildegard unwillkürlich.

»War was los! Kannst du dir gar nicht vorstellen. Schon wie die angekommen sind. Das Gebrumme, unglaublich. Dann wir draufgehalten, was das Zeug hält, peng, peng, peng! Aber viel zu viele und die meisten zu hoch. Keine Ahnung, ob wir einen runtergeholt haben. Sind immer mehr geworden. Und dann, krach! krach! krach!, ging's auch schon los. Wir aber einfach zu wenig Munition. Da war bald Schluss, konnten wir nur noch glotzen und staunen – was da runterkam. Und dann das Feuer! Blutrot der Himmel. Das hättest du sehen sollen!«

Hildegard brachte kein Wort heraus. Sie hatte den Angriff im Bunker erlebt. Da gab es nichts zu erzählen – schreiende und betende Frauen, brüllende und wimmernde Kinder. Und als sie aus dem Bunker gekommen war – dieses rote Licht, dieser Himmel!

Sie wollte darüber reden. Aber sie konnte nicht –

Sie erzählte von sich. Aber sie sagte nichts vom Tod ihrer Mutter und auch nichts von Helmut.

Ferdl fing selbst davon an, etwas leiser: »Deine Mutter ist umgekommen?«

»Umgekommen, ja«, sagte sie und schaute hinüber, wo aus den Ruinen noch immer Rauch aufstieg.

»Das tut mir Leid«, sagte er und fasste ihre Hand.

Die Berührung tat ihr gut. Auch dass er gesagt hatte: Das tut mir Leid.

Tränen stiegen auf.

»Und jetzt?«

»Ach, es geht halt immer weiter, weil es weitergehen muss. Vater ist meist nicht zu Hause und –«

»Soll ich mal mit hinauskommen?« Er grinste schon wieder.

Aber Hildegard verschloss sich.

»Du, hat alles auch sein Gutes!« Er erschrak, als er merkte, wie sie zusammenzuckte. »Entschuldigung, so habe ich das natürlich nicht gemeint. Aber diese Angriffe alle und so –«

»Ich muss jetzt gehen. Vater will pünktlich zu Abend essen.« Das war gelogen. Sie wusste nie, wann der Vater heimkam.

»Schade!« Er wirkte verlegen. »Nichts für ungut.«

Dann, als er schon ein ganzes Stück entfernt war, rief er noch: »Du, das wollte ich noch sagen, gibt auch Erfreuliches – erzähle ich dir nächstes Mal, ganz tolle Sache, bestimmt! Wird dich interessieren!«

Kriegsende 1945

Es folgte ein furchtbarer Winter in kalten Räumen, mit Hunger, Not und Mangel an allem.

Es war aber vor allem der Mangel an Geborgenheit, Mangel an Sicherheit, Mangel am kleinsten Glück. Und das galt für jeden.

Der aussichtslose Krieg wurde weitergeführt.

Die Luftangriffe nahmen kein Ende, das Zittern um Leben und Besitz ging Tag für Tag weiter.

Das war erst der Spiegel, jetzt kommt der Rahmen.

So war es auf Flugblättern zu lesen, die nach dem Angriff vom 2. Januar 1945 abgeworfen wurden. Die Nürnberger verstanden entsetzt, was gemeint war: Der schöne Teil der Stadt war vernichtet, jetzt kam der nützliche Rahmen der Altstadt: Wohngebiete, Gewerbegebiete, Industriegebiete, Güterbahnhöfe.

Veronika wusste alle Zahlen. Sie führte ihre Listen, suchte Familien auf und war mit den städtischen Ämtern selbst in Ruinen oder Resten von Gebäuden untergebracht, in Schulhäusern zum Beispiel. Längst gab es keinen Unterricht mehr.

Zu den 3 802 Menschen, die bis jetzt von Bomben getötet worden waren, kamen nun in mehreren Großangriffen bis zum Ende des Frühjahrs noch weitere 1 780 Tote.

Allein bei dem Angriff vom 2. Januar hatten rund 100 000 Menschen ihre Wohnung verloren und mussten auf fremde Wohnungen verteilt werden oder die Stadt verlassen.

Nürnberg hatte vor dem Krieg über 400 000 Einwohner

gehabt; jetzt gegen Kriegsende hauste gerade noch die Hälfte davon im Stadtgebiet. Die wenigsten lebten noch in unversehrten Wohnungen. Die meisten vegetierten in Kellerräumen, in Notquartieren bei Verwandten und Bekannten, in Ruinen, die notdürftig hergerichtet wurden, in Holzverschalungen, kaum Heizung oder Gelegenheit zum Kochen. Selbst in Bunkern dämmerten Menschen vor sich hin.

»Wir sind wieder zu Höhlenbewohnern geworden«, sagte Veronika und lachte bitter: »Eben so, wie es dem moralischen Entwicklungsstand des Dritten Reiches entspricht.«

Isolde lachte nicht. Sie nickte ernst und starrte aus dem Fenster.

Ihre Wohnung hatte wie der ganze Stadtteil den Krieg einigermaßen gut überstanden. Im Dachstuhl hatte zwar eine Stabbrandbombe gezündet. Doch der Hauswart war schnell und hatte mit Sand und Eimern voll Wasser noch löschen können, bevor der Brand sich ausgebreitet hatte. Jeder im Haus lobte ihn, denn er hatte bei seiner Wache auf dem Dachboden natürlich sein Leben riskiert.

Es war ein alter Nazi, der einmal eine Nachbarsfrau angezeigt hatte. Ein Gerücht behauptete es. Aber er hatte der Gestapo gegenüber ausgesagt, dass er nichts Nachteiliges wisse über Veronika Lenz und Isolde Bauer.

Das war nicht viel, und es war nicht besonders mutig, aber es war wichtig.

Das Löschwasser hatte vom Dachboden in die Decke der Wohnung von Veronika gedrückt und große braune Flecken hinterlassen – »unschön! Aber wir werden sie ertragen«, Veronika bemerkte es sachlich.

Natürlich waren auch sämtliche Fenster zerbrochen und mussten mit Papier verklebt werden. Durch kleine Gucklöcher kamen Licht, Luft und Kälte in die Wohnung.

Das Dach war nur teilweise repariert worden, dann waren die Ziegel ausgegangen. Es regnete herein.

Eine Sprengbombe, ganz in der Nähe auf der Straße explodiert, hatte fingerbreite Spalten in die Außenwände gerissen, die durch die Tapeten gingen und durch die der Wind pfiff.

Isolde redete wenig, saß meist nur da und starrte vor sich hin.

Tagsüber ging sie oft hinaus in die Kälte, saß stundenlang am Haller Tor zwischen den Ruinen und Baumstümpfen im Schnee und kam blau gefroren und erstarrt zurück.

Veronika, die sich mit Arbeit betäubte, machte sich große Sorgen.

Langsam fraß sich in das Eis, das Isolde mehr und mehr erstarren ließ, ein unbändiger Hass; so wie Feuer sich in einem Balken unbemerkt weiterfrisst, bis er keine Last mehr tragen kann.

Ferdl hatte große Pläne – nach dem Endsieg. Er wolle sie aber Hildegard noch nicht verraten –

Nach dem Endsieg hieß, nach der Niederlage Deutschlands. Sie sprachen es nicht aus. Aber jeder wusste, was der andere dachte.

»Man muss Vorsorge treffen, wenn der Krieg aus ist. Und ich habe meine getroffen – ich glaube nicht, dass man viele Juristen braucht. Man braucht ganz andere Dinge, wenn das Leben wieder beginnt. Du wirst sehen.«

Dann schwieg er.

Hildegard war es gleichgültig.

Der März kam und verging.

Nur dass es endlich, endlich wärmer wurde und man

nicht mehr auf die paar Kohlen im Keller angewiesen war, daran merkten die Menschen den Frühling.

Einmal ging Hildegard zur Ruine des Hauptbahnhofs und schaute nach dem Lagerschuppen 3b. Aber alle Lagerhäuser waren niedergebrannt. Verkohlte Balken starrten in den Himmel.

Verbrannt – die ganze entartete Kunst. Nun waren es die Engländer oder Amerikaner und nicht die Gestapo.

Ihr Vater trank jetzt sehr viel.

Sein Gesicht, früher immer streng und schmal, war jetzt aufgedunsen und ungesund bleich; um den Mund zuckte es, ohne dass er es zu merken schien.

Sie trafen sich jetzt im Keller der Villa und soffen halbe Nächte lang – Männer aus seinem Amt, SS-Leute.

Sie kamen in schwarzen Limousinen, obwohl alle Welt keinen Kraftstoff mehr hatte. Sie trampelten die Kellertreppen hinunter und hinauf in ihren blank polierten Rohrstiefeln. Manche hielten Reitpeitschen in den Händen und knallten damit gegen ihre Stiefelschäfte, die Treppenstufen oder das Geländer.

Sie grölten Nazi-Lieder: *Die Fahne hoch*, und wenn sie rührselig wurden: *Deutschland heiliges Wort, du voll Unendlichkeit* – und Hildegard musste ihnen einschenken und Flaschen öffnen. Sie fraßen Schinken, Brot und Wurst und hatten Wein und Schnaps. Sie brüllten vor Lachen, wenn ein Witz erzählt wurde, und johlten vor Vergnügen, wenn sie besoffen waren.

Einmal griff einer nach Hildegard. Aber ihr Vater, der schon ziemlich betrunken war, packte ihn am Arm, drehte ihn zu sich herum und ließ ihn Meldung machen. Dann hieb er ihm die Faust ins Gesicht, dass das Blut aus der Nase schoss.

Daraufhin wurde sie in Ruhe gelassen.

Einmal brachten ein paar SS-Leute angemalte Frauen mit. Aber der Vater duldete es nicht. Er war eigenartig wütend und konsequent wie lange nicht und warf die Männer mitsamt ihren Begleiterinnen hinaus.

Oft wurde »die Lage« besprochen, und Hildegard wurde dann immer ins Bett geschickt.

Sie weinte viel – wie hatte sich die Welt verändert! Die Mutter war tot, und Helmut war tot – und warum?

Unten brüllten sie vom Endsieg und jubelten, als wäre er schon da.

Es war wohl diese Stimmung, in der beschlossen wurde, Nürnberg zu verteidigen.

Alte Männer und Schulkinder wurden ausgehoben zum Volkssturm, wurden mit Waffen und Munition vertraut gemacht, die es nicht mehr gab, und in den Kampf gegen die Amerikaner geschickt, die jetzt mit Panzern auf Nürnberg vorrückten.

Gauleiter Holz hatte geschrieben:

Jeder Verräter oder jede Verräterin, die weiße Fahnen hissen, verfallen unweigerlich dem Tode und werden aufgehängt. Jedes Haus, an dem weiße Fahnen hängen, wird gesprengt oder niedergebrannt. Dörfer, die gemeinsam weiße Fahnen hissen, werden niedergebrannt.

Karl Holz

So tobte um die Ruinen von Nürnberg ein letzter gespenstischer Kampf, bei dem Granaten die Ruinen der Stadt umpflügten, die Turmhelme von St. Sebald vollends zerfetzten, in letzter Minute die Glocken vom Turm holten, und in dem noch sehr viele Menschen starben.

Gauleiter Holz hatte die Tage zuvor noch Männer und

Frauen erhängen oder erschießen lassen, die vernünftig gewesen waren und gewusst hatten, wann es aus war. Er redete noch von der Wende des Krieges und vom Endsieg, am Tag darauf erschoss er sich im Keller der Polizei.

Am 20. April, dem Geburtstag des Führers, hielten die Amerikaner auf dem Hauptmarkt der Stadt der Reichsparteitage inmitten der Ruinen eine Siegesparade ab.

Kaum ein Mensch schaute zu.

Einige kleine, halb verhungerte Jungen bettelten die olivenfarbenen Soldaten mit den runden Helmen an um Apfelsinen, Schokolade und Kaugummi.

Hildegards Vater hatte sich am Verteidigungskampf des Gauleiters nicht beteiligt. Hildegard sah ihn, während die Kanonen dröhnten und die Granaten heulten, geschäftig im Hause hantieren. Er kramte alles Mögliche zusammen, hatte plötzlich einen Burschen, der Du zu ihm sagte und zu dem auch er Du sagte, ein Auto, das voll getankt vor dem Hause wartete und in das er Koffer, Pakete, Flaschen, Akten und anderes verstaute, und war dann, während Hildegard bei jedem Schuss zusammenfuhr, plötzlich aus der Villa verschwunden.

Er trug weder Rohrstiefel noch irgendein Kleidungsstück, das an eine Uniform erinnern konnte.

*

Der Krieg war aus! Es war kaum zu glauben. Das Dritte Reich war vorbei! Das Leben gewonnen!

Niemand konnte Isolde und Veronika mehr anzeigen, weil sie keinen Judenstern trugen.

Veronika ging stolz zum Leiter des Einwohnermeldeamts. »Ich habe nichts zu verbergen«, sagte sie zu Isolde.

»Ich heiße jetzt wieder Sarah Goldstein, und wenn sie Steine fressen. Nichts mehr mit *Veronika, der Lenz ist da, die Mädchen singen trallala* und so weiter. Und du bist wieder Isolde Grünzweig.«

Sie packte Isolde an der Hand. »Wir haben Glück gehabt, unsagbares Glück!« Sie lachte. Aber war es das Lachen der Sarah Goldstein?

»Lass!«, sagte Isolde. »Das alles ist nicht lustig. Für mich nicht.«

»Für mich auch nicht«, sagte Sarah, »aber was sonst?«

»Der Preis war zu hoch«, sagte Isolde, »viel zu hoch. Wir müssen dafür bezahlen unser Leben lang!«

Plötzlich war es keine Schande, eine Jüdin gewesen zu sein und keinen Judenstern getragen zu haben. Für die Leute im Amt war es zwar komisch, als die Mitarbeiterin Veronika Lenz, die alle kannten und die beliebt war, plötzlich Sarah Goldstein hieß; und viele verplapperten sich immer neu.

Man hörte jetzt überall: Furchtbar, was sie mit den armen Juden gemacht haben – es darf nie wieder geschehen. Aber es wurde so gesagt, als wären Menschen von einem anderen Stern da gewesen und hätten die Juden mitgenommen; es klang so, als hätte niemand etwas damit zu tun gehabt.

»Wenn sie doch wenigstens sagen würden: Es tut mir Leid. Aber ich konnte wirklich nichts für Sie tun – wissen Sie, meine Kinder waren drei und fünf. Was sollte ich denn machen? Man hätte ja Verständnis. Aber so ganz unbeteiligt, so ohne – «, sagte Sarah.

Aber bald kam der eine, dann die andere: »Sie kennen uns doch als ordentliche Bürger, die nie einer Fliege etwas zu Leide getan haben. Wir haben keinem Juden etwas getan. Wenn Sie uns das bitte bestätigen können, sie als Jüdin – das zählt, und möglichst schriftlich: Datum, Unterschrift. Wir waren keine Nazis.«

In ganz Nürnberg gab es plötzlich keine Nazis mehr!

Wo waren sie geblieben, die damals bei den Reichsparteitagen so getobt hatten?

Frau Fritz und Herr Fritz und Frau Grötzinger, ihnen war Sarah dankbar. Gerade weil sie so große Angst gehabt hatten.

Aber Frau Grötzinger war tot, und auch der Gärtnermeister Karl Fritz war tot.

Sie erfuhren es erst Wochen nach Kriegsende, als Sarah zur Gärtnerei hinausging, die in Trümmern lag.

Sie erfuhr es von der weinenden Frau Fritz: Ihr Mann war noch in den letzten Tagen durch Gauleiter Holz zum Volkssturm eingezogen worden. Sie hatten zur Verteidigung der Stadt kaum Munition. Die SS-Leute waren bei den ersten US-Panzern weggerannt. Der Gärtner wollte einen zitternden fünfzehnjährigen Jungen aus der Schusslinie ziehen – da traf ihn der Splitter. Er war sofort tot.

Ferdl ging es prächtig. Er trug eine schreiend bunt karierte Jacke – »von den Amis!«

Hildegard erfuhr endlich von seinen Geschäften: Im Güterbahnhof hatte es schon im Winter einen Güterzug erwischt, beladen mit elektronischen Geräten – vor allem Rundfunkröhren.

»Die meisten noch heil. War mir sofort klar, dass man die wieder brauchen wird – jeder! Ist doch klar! Bin ich hin und habe sie schubkarrenweise geholt an einen sicheren Ort. Hat sich kein Mensch drum gekümmert. Wird heute in Gold aufgewogen! Herkunft – scheißegal!«

Außer dem Geschäft mit den Rundfunkröhren kaufte Ferdl von den Amis Restbestände aus der US-Army und verkaufte sie teuer weiter – die Leute rissen ihm die Waren aus der Hand: »Ich habe von den Rundfunkröhren auf Jahre, das bringt Moneten, die lege ich wieder in Ware von den Amis an und mache Geld wie Dreck!«

Hildegard hörte kaum hin.

»Demnächst organisiere ich einen Lieferwagen. Und dann hole ich dich im Auto ab, Hilde, wird ja bald irgendwo welche geben, so 'ne richtig schicke Limousine!«, sagte er.

»Jura? Bin doch nicht blöd! Jetzt wird Geld gemacht! Lang genug Hunger geschoben! Und dann zu uns beiden, Baby. Wird höchste Zeit.«

Hildegard ging wortlos.

»Wer hat Papa weggebracht?«

»Aber Isolde, die Nazis – alle, kein Besonderer.«

»Doch, Sarah, das erste Mal hatten sie noch einen winzigen Rest Anstand und haben die mit dem Eisernen Kreuz nicht deportiert.«

»Das war doch nur Theater. Sie haben sie dann später ja doch noch alle geholt.« Sarah atmete auf. Es war das erste Mal, dass Isolde wieder in zusammenhängenden Sätzen redete.

»Nicht ganz, Sarah.« Der Name Sarah wollte nicht so recht über die Lippen.

Veronika-Sarah lachte: »Sag Veronika, wenn dir Sarah Schwierigkeiten macht. Immerhin hat Veronika mir das Leben gerettet. Da verdient sie schon ein bisschen Anerkennung. Wenn ich auch froh bin, dass ihre Zeit um ist.«

»Da muss es einen gegeben haben, der Papa verfolgt hat, ihn loswerden wollte und nicht warten konnte. Dieser

Lump soll bezahlen – der muss vor Gericht, das Schwein. Wie ich ihn hasse!« Ihre Stimme war hart.

»Sie sind doch alle Schweine!«

»Ich hasse, hasse, hasse sie! Aber dieser eine, der soll für alles bezahlen, was ich verloren habe, und das ist unsagbar viel, Sarah!«

»Lass es. Den schlimmsten Verbrechern machen sie den Prozess, hier in Nürnberg.«

November 1945

Es gab noch andere Prozesse.

Isolde erhielt eine Ladung als Zeugin vor Gericht. Sie sollte Zeugin des Staatsanwalts sein.

Sie wollte zuerst nicht. Aber in einem Gespräch, zu dem sie nur widerwillig bereit war, erfuhr sie, dass es um die Grünzweig-Sammlung ging – die Bilder ihres Vaters!

Plötzlich schien Licht in dieses Dunkel zu kommen.

Amerikanische Soldaten hatten einen schwarzen Daimler erwischt, der Richtung Süden unterwegs war, weg von der Front. Das Kennzeichen des Wagens war unkenntlich gemacht worden: Es erwies sich aber als Nummer einer Nürnberger Behörde, deren Aufgabenbereich seltsam unklar schien.

Die beiden Insassen hatten unverdächtige Pässe – Bürger, Geschäftsleute.

Gut, gaben sie zu – sie hatten mit den Nazis Geschäfte gemacht. Aber sie waren nicht direkt an Verbrechen beteiligt, ihre Geschäfte betrafen Versorgung, Verpflegung – keine Waffen.

Man wollte die beiden schon weiterfahren lassen. Verdächtig blieben aber zwei Tatsachen: Dass zivile Geschäftsleute in dieser Notzeit noch Sprit hatten – es fanden sich drei große Reservekanister voll Benzin. Und dass sie keine klare Zielangabe machen konnten.

Bis dann US-Spezialisten herausfanden, dass es sich bei dem Kennzeichen um die Gestapo handelte.

Der eine der beiden war offenbar harmlos, nichts als ein Fahrer, wenn man jemanden, der bei der Gestapo tätig war, überhaupt als harmlos bezeichnen konnte. Er war im Fond des Wagens gesessen, als wäre er der Chef. Der vermeintliche Fahrer des Wagens dagegen erwies sich als der stellvertretende Chef der Nürnberger Gestapo. Sein falscher Name war Fischer, sein richtiger Name lautete Wolf.

Nach ihrer Enttarnung beschimpften sie sich gegenseitig.

Die Amerikaner beendeten das unwürdige Schauspiel und nahmen beide getrennt in Haft.

Die Durchsuchung des Daimlers förderte einen Packen Bilder zu Tage, die, wie Experten versicherten, einen riesigen Wert darstellten: Es handelte sich um Zeichnungen von Picasso und Klee, einige Aquarelle von Kandinsky, Nolde und andere Bilder.

Dass die Bilder gestohlen waren und nicht etwa aus dem Besitz von hohen Gestapo-Leuten stammten, für die solche Kunst als entartet gegolten hatte, lag auf der Hand.

In dem Prozess ging es um den Diebstahl und die Herkunft der Bilder.

Als die Kunstwerke Isolde vorgelegt wurden und sie den kleinen Seiltänzer von Paul Klee sah, begann sie zu weinen. Sarah Goldstein, die sie begleitet hatte, war so glücklich darüber, dass sie ebenfalls weinte.

Zwei Fragen wurden Isolde Grünzweig gestellt: Sind die Bilder wirklich aus der Sammlung Ihres Vaters? Und: Können Sie das beweisen?

Keines der Bilder war von ihrem Vater gekennzeichnet worden: Sie sind nur in meinem Besitz, hatte er immer gesagt, aber sie sind nicht mein Eigentum. Kunstwerke gehören niemandem: Das heißt, sie gehören zuerst dem Künstler und dann allen. Nach mir werden andere sie besitzen. Wer das sein wird, weiß ich nicht. Wie kann ich die Bilder da kennzeichnen? So die Aussage von Isolde.

Der Verteidiger des Herrn Wolf bezog sich vor allem auf Isoldes Formulierung: Sie sind nicht mein Eigentum. Er zog die Frage nach dem Besitzer Dr. Sebastian Grünzweig sehr in Zweifel: »Wie wäre er zum Beispiel an die Bilder gelangt?«, und erschütterte die Aussage der Tochter dieses Herrn, wie er sagte, erheblich: »Den wir ja nicht mehr selbst befragen können.«

Man spürte, wie froh er war, dass man den alten Mann nicht mehr befragen konnte.

Er verlangte Quittungen über die Käufe zu sehen.

Die aber waren mit dem Wohnhaus verbrannt. Auch darüber schien der Verteidiger froh zu sein.

Herr Wolf selbst wurde vernommen. Er machte einen wohlgenährten, stattlichen Eindruck. Er war nicht ungeschickt. Vor allem legte er Wert darauf, dass die Frage der Bilder überhaupt nichts mit seiner politischen Vergangenheit zu tun habe. Eine Ansicht, die der Verteidiger sehr unterstützte – »zwei Paar Stiefel«, sagte er, »das Spruchkammerverfahren des Herrn Wolf steht noch aus.«

Ein Wort zu der politischen Vergangenheit seines Mandanten sei ihm als Verteidiger doch zu gestatten, sagte der Anwalt. Es betreffe dessen Glaubwürdigkeit: Gut, sein Mandant sei bei der Gestapo gewesen, zugegeben, er habe ein hohes Amt bekleidet. Aber er habe Nürnberg am Schluss immerhin nicht verteidigt – »an diesem Blutvergießen hat mein Mandant nicht mitgemacht! Er hat auch nie einen Juden geschlagen oder auch nur berührt. Mein Mandant legt großen Wert auf diese Feststellung.«

An einem weiteren Verhandlungstag hätte Isolde gern herausgefunden, warum ihr Vater so frühzeitig deportiert werden sollte, obwohl er Träger des Eisernen Kreuzes war.

Ihr und Sarah war plötzlich klar geworden, dass dies wegen der Bilder geschehen war.

Herr Wolf war ein perfekter Mörder ohne Gift, Dolch oder Schlachtfeld, ein Mörder am Schreibtisch und Telephon.

Viele Leute wussten von der Grünzweig-Sammlung: Herr Wolf, der ihren Wert im Ausland kannte, habe offenbar einen Weg gesehen, durch die Deportation des Besitzers an die Bilder zu kommen. Daher die verdächtigen Vorfälle, die Frau Grötzinger beobachtet hatte, nachdem ihn das Auto endgültig geholt hatte. Der erste Versuch war misslungen wegen des Eisernen Kreuzes.

»Und wo ist diese Frau Grötzinger jetzt? Warum sehe ich sic hier nicht als Zeugin?«, fragte der Verteidiger hoffnungsvoll.

Dass auch sie nicht mehr am Leben war, nahm er beruhigt zur Kenntnis.

Der Verteidiger nahm noch einmal zur politischen Vergangenheit seines Mandanten Stellung: »Gerade diese Bilder, meine Herren, beweisen, dass mein Mandant kein Nazi im eigentlichen Sinne war. Wäre er ein richtiger Nazi gewesen, so hätte er die Kunstwerke, die er bei der Gestapo aufgefunden hat, als entartet verbrannt. So hat er diese unersetzlichen Schätze gerettet, sie sogar noch rechtzeitig aus der Schusslinie in Nürnberg gebracht. Dafür gebührt ihm Dank, meine Damen und Herren, Dank und kein Gerichtsverfahren!«

»Es ist sinnlos. Ich gehe nicht mehr hin«, sagte Isolde mit hartem Gesicht, als sie nach Hause kamen. »Er ist der Schuldige, der Mörder meines Vaters und einer der Massenmörder, und sie tun in der Verhandlung so, als wäre er ein Bürger wie jeder andere, ja sogar voller Verdienste –«

»Du darfst nicht aufgeben«, meinte Sarah, »du bist es deinem Vater schuldig.«

Beide waren sie am Abend im neu eröffneten jüdischen Haus gewesen. Einige wenige der deportierten Juden waren wieder zurückgekommen nach Nürnberg.

Von 1631 Juden, die man aus Nürnberg »evakuiert« hatte, waren nur noch 72 am Leben. Berücksichtigte man Ermordete, die aus anderen Städten deportiert worden waren, aber aus Nürnberg stammten, und die jüdischen Menschen, die in ihrer Not ihrem Leben selbst ein Ende gesetzt hatten, waren insgesamt 2373 jüdische Nürnberger von den Nazis umgebracht worden. Von 200 jüdischen Kindern aus Nürnberg, die man nach Theresienstadt deportiert hatte, waren nur noch 2 zurückgekommen. Die übrigen Kinder hatte man von Theresienstadt nach Auschwitz gebracht und dort in den Gaskammern ermordet.

Sarah erfuhr alle Zahlen über das Einwohnermeldeamt.

Isolde hatte die wenigen Rückkehrer atemlos gefragt. Die Deportation am 18. Juni 1943 mit Isoldes Vater war direkt nach Auschwitz gegangen. Von dort war niemand zurückgekommen.

Walter hatte die Wahrheit gehört!

Isolde hatte im Kino Hildegard gesehen, die Tochter dieses Herrn Wolf. Die Schuld stand ihr riesengroß ins Gesicht geschrieben.

Am nächsten Verhandlungstag war Hildegard Wolf im Gerichtssaal. Isolde konnte dem Prozess kaum folgen: Walter war wegen dieses Mädchens, das dort saß, als wäre nichts gewesen, ums Leben gekommen. Sarah und sie selbst waren von ihr denunziert worden und hatten nur durch Glück überlebt. Walter, die Gärtnersleute –

Es war unvorstellbar, wie ein solcher Mensch überhaupt noch essen, trinken, ja sogar schlafen konnte!

Hildegard bestätigte alle Darstellungen von Isolde Grünzweig. Sie hatte den Gerichtssaal betreten und sich kurz ihrem Vater zugewandt, der sie mit freundlichem Lächeln begrüßte. Sie hatte aber den Gruß nicht erwidert, sondern sich langsam von ihm abgewandt und ihn nicht mehr angesehen. Einen Blick zu Isolde hatte sie vermieden.

Ihre Aussage: Sie hatte die Jüdin beschattet und dabei alles so beobachtet, wie Fräulein Grünzweig es dargestellt hatte. Sie sagte freiwillig aus, dass ihr Motiv die Denunziation des jüdischen Mädchens gewesen sei, das sie aus der Schulzeit wiedererkannt habe und das keinen Judenstern trug.

Hier versagte ihr für einen kurzen Augenblick die Stimme.

Sie hatte zu Hause von den Plänen ihres Vaters erfahren, die Sammlung entarteter Kunst an sich zu bringen, wenn auch nicht mit klaren Worten, und hatte eins und eins zusammengezählt. Namen waren keine gefallen.

Aber was sie gehört hatte, konnte sie nicht beweisen. Und ihr Vater stritt jedes Wort ab. Im Übrigen bestand ihre Aussage nur aus zufällig Gehörtem, aus Vermutungen und eigenen Schlüssen.

Was der Verteidiger in seinem Plädoyer dann ausgiebig zur Sprache brachte.

Schließlich fällte der Richter in der Frage der Grünzweig-Sammlung ein salomonisches Urteil, wie die Presse meinte.

Die Bilder verfielen dem Staat, da die Eigentumsfrage nicht eindeutig zu klären sei.

Herr Wolf sei vom Vorwurf des Diebstahls freizusprechen, obwohl insgesamt noch Zweifel blieben. Aber der endgültige Beweis sei nicht zu erbringen gewesen, weder für den Diebstahl noch für die Eigentumsfrage – auch dies eine tragische Folge der Zerstörung der Stadt Nürnberg.

Sein Verhalten im Dritten Reich müsse Herr Wolf nun vor anderen Gerichten rechtfertigen. Sein Verteidiger nickte ihm lächelnd zu.

Isolde und Sarah verließen stumm den Saal.

Ein Brief der Mutter kam aus den USA.

Die Mutter hatte über das Rote Kreuz erfahren, dass Isolde noch am Leben war und auch Sarah noch lebte. Sie lud beide ein, in die USA zu kommen, es werde hier für sie gesorgt.

Sarah lehnte ab.

Isolde hatte ein hartes Gesicht und stimmte zu, nach Amerika zu gehen.

Sie traf auf der Straße Frau Fritz: Sie werde die Gärtnerei wieder aufbauen.

»Machen Sie doch wieder mit, Fräulein Isolde.«

Die Lorenzkirche werde ja auch wieder aufgebaut, »und zwar mit dem Geld jüdischer Familien, die rechtzeitig von Nürnberg nach New York emigriert sind«.

Isolde schwieg.

»Man muss sich das vorstellen«, fuhr Frau Fritz fort, »jüdische Bürger, und wie ist man mit ihnen umgegangen!«

Und den Schönen Brunnen habe man auch wiedergefunden in seiner Betonsäule, ganz unversehrt.

Isolde vernahm das Schweigen in den Ruinen ringsum,

und sie hörte Walter sagen: Die Pflanzen, sie wachsen immer weiter, wenn man sie gießt, sie wachsen und blühen und tragen Frucht – sonst nichts.

Sie blieb.

Nachwort

Alle Fakten dieses Romans sind recherchiert, die Personen der Handlung und die Handlung selbst sind erfunden.

In den Roman eingestreut sind einige Dokumente, die so Wichtiges über die damaligen Vorgänge und den Geist der Zeit aussagen, dass sie buchstabengetreu abgedruckt wurden. Man erkennt sie an der *Schrägschrift*, in der nur sie gedruckt sind.

Das Dokument zur Deportation der Juden aus Nürnberg am 29.11.1941 besteht im Wesentlichen aus dem Würzburger Anschreiben an die Juden, da die entsprechenden Nürnberger Dokumente nicht erhalten sind. Es stammt aber von der Nürnberger Gestapo-Geschäftsstelle, die auch für Würzburg zuständig war. Es wurde hier unwesentlich geändert.

Auch der Brief von Sebastian Grünzweig an die Redaktion des, allerdings fiktiven, Nürnberger Tagblatts entspricht einem Originaldokument: Der jüdische Kaufmann Hugo Popper hat ihn am 20.12.1933 in Meiningen als Protest gegen seinen Ausschluss aus der Meininger Kaufmannschaft geschrieben. Er wird hier abgedruckt als ein eindrucksvolles Dokument, wie Juden in ihrem Unglück mit Mut, Herz und Geist ihre Würde gewahrt haben. Selbstverständlich mussten das Datum und die Namen in dem Brief der Handlung des Romans angeglichen werden; im Übrigen ist auch er buchstabengetreu wiedergegeben. Zu Dank bin ich dem Enkel von Hugo Popper verpflichtet, dem in Erfurt lebenden Schriftsteller Henning Pawel, der mir den Brief zum Abdruck überlassen hat.

Danken möchte ich auch den ***Stadtarchiven*** von **Nürnberg** und **Würzburg** für ihre Beratung und für die Überlassung wichtiger Materialien und Dokumentationen. Ebenfalls danken will ich **Dr. Erich Mulzer** vom ***Verein der Altstadtfreunde Nürnberg***, der die Zerstörung der Stadt miterlebt und mir viele Fragen zur Altstadt von Nürnberg beantwortet hat.

Wer mehr über die Geschichte und ehemalige Gestalt der am 2.1.1945 fast ganz zerstörten und heute eindrucksvoll wiederaufgebauten Altstadt von Nürnberg wissen will, sei auf das Nürnberger ***Stadtmuseum Fembohaus,*** Burgstraße 15, hingewiesen.

Zur Geschichte der Reichsparteitage sei auf das ***Dokumentationszentrum Reichsparteitagsgelände***, Bayernstraße 110, in Nürnberg verwiesen, in dem Grundzüge des Dritten Reiches sehr eindrucksvoll dokumentiert werden.

Mein Dank gilt darüber hinaus sehr vielen weiteren Zeitzeugen, die meine unzähligen Fragen geduldig beantwortet haben.

Personen des Dritten Reichs, die im Roman genannt werden:

Goebbels, Joseph 1897 Rheydt–1945 Berlin (Selbstmord). Reichspropagandaminister Hitlers, betrieb die Werbung für Hitler, glänzender, aber zynischer und demagogischer Redner. Er propagiert 1943 im Berliner Sportpalast nach der Niederlage in Stalingrad den totalen Krieg.

Göring, Hermann 1893 Marienbad/Bayern–1946 Nürnberg (Selbstmord). Erfolgreicher Jagdflieger im Ersten Weltkrieg, 1922 Anschluss an Hitler, Beteiligung am Hitler-Putsch 1923, ab 1935 Oberbefehl über die Luftwaffe. Scheitert 1940 in der Luftschlacht um England, 1942/43 gelingt es ihm nicht, die 6. Armee in Stalingrad aus der Luft zu versorgen. Ab 1942 verliert seine Luftwaffe die Lufthoheit über Deutschland. Im Kriegsverbrecherprozess in Nürnberg zum Tode verurteilt, begeht er vor der Hinrichtung Selbstmord.

Holz, Karl 1895 Nürnberg–1945 (Selbstmord) Nürnberg. Eintritt 1922 in die NSDAP und SA, ab 1927 Schriftleiter der antisemitischen Hetzzeitschrift *DER STÜRMER*, 1933 Landtagsabgeordneter für Bayern. 1942 Gauleiter des Gaues Franken. Lässt zum Schluss noch die Stadt Nürnberg verteidigen und Bürger wegen »Wehrkraftzersetzung« hinrichten. Erschießt sich am 20. April 1945 nach der Eroberung Nürnbergs durch die Amerikaner.

Röhm, Ernst 1887 München–1934 München (ermordet). Ab 1919 Mitgliedschaft im Münchner Freikorps. Aufbau von geheimen Waffenlagern für rechtsgerichtete Kräfte.

1920 Eintritt in die NSDAP. Teilnahme am Hitlerputsch 1923. 1931 ernennt ihn Hitler zum obersten SA-Führer. 1934 Konflikt mit Hitler über die Stellung der SA. Angebliche (von Hitler manipulierte) Pläne der Vorbereitung eines Putsches der SA gegen Hitler führen zur Ermordung der gesamten SA-Führung in Bad Wiessee am 30. 6. 1934 und am 1. 7. 1934 zur Ermordung von Röhm in München-Stadelheim.

Rothaug, Oswald, Dr. jur. 1897 Mittelsinn–1967 Köln. Jurist. Unter seinem Vorsitz wurde das nationalsozialistische Sondergericht Nürnberg gegen politische Gegner, das er von 1937 bis 1943 leitete, zum brutalsten Sondergericht Deutschlands. 1943 bis 1945 war er Reichsanwalt beim Volksgerichtshof in Berlin. 1947 wurde er, vor allem wegen des von ihm 1942 begangenen Justizmordes an Leo Katzenberger, dem Vorsitzenden der jüdischen Gemeinde Nürnberg, zu lebenslanger Haft verurteilt, die aber 1956 außer Kraft gesetzt wurde.

Streicher, Julius 1985 Fleinhausen bei Augsburg–1946 Nürnberg (hingerichtet). 1905 Volksschullehrer. 1922 Eintritt in die NSDAP. Teilnahme am Hitler-Putsch 1923. Im selben Jahr Gründung der antisemitischen Hetzzeitung *DER STÜRMER*. 1929 Gauleiter Mittelfranken und Landtagsabgeordneter für Bayern. 1940 als Gauleiter wegen sexueller Verfehlungen abgesetzt. In der Folgezeit erraffte er sich ein großes Vermögen aus dem »arisierten« Besitz deportierter Juden. Beim Kriegsverbrecherprozess in Nürnberg zum Tode verurteilt und 1946 hingerichtet.

Historische Persönlichkeiten Nürnbergs, die im Roman genannt werden:

Sofern nicht anders angegeben, sind Geburts- und Sterbeort Nürnberg.

Michael Wohlgemut 1434(?)–1519. Maler und Zeichner, Lehrmeister Albrecht Dürers.

Johannes Regiomontanus 1436 Königsberg/Franken–1476 Rom. Bedeutendster Mathematiker und Astronom des Spätmittelalters, lebte von 1471–1475 in Nürnberg und schuf hier die Verzeichnisse der Planetenbewegungen. Entwickelte die Astrologie zur Astronomie und errichtete in Nürnberg die wohl erste Sternwarte Europas.

Veit Stoß um 1450 Horb/Neckar–1533. Einer der bedeutendsten Bildhauer des ausgehenden Mittelalters. Schuf mit dem Marienaltar in Krakau den größten gotischen Flügelaltar der Welt. Lebte meist in Nürnberg. Eines seiner wichtigsten Werke ist in der dortigen Lorenzkirche der Englische Gruß.

Martin Behaim 1459–1507 Lissabon. Kaufmann aus einer Nürnberger Familie. Entdeckungsfahrten. Ließ 1492 in Nürnberg den ältesten erhaltenen Globus herstellen. Dieser befindet sich im Germanischen Nationalmuseum Nürnberg.

Adam Kraft um 1455–um 1509 Schwabach. Steinbildhauer in Nürnberg. Schuf hier viele bedeutende Werke der Spätgotik, z. B. das Sakramentshaus in der Lorenzkirche.

Peter Vischer um 1455–1529. Erzgießer. Unterhielt mit seinen Söhnen in Nürnberg die damals bedeutendste Gießhütte Deutschlands. Sein wichtigstes Werk, das Sebaldusgrab in der Nürnberger Sebalduskirche, markiert den Übergang von der Gotik zur Renaissance.

Albrecht Dürer 1471–1528. Maler, Zeichner, Grafiker. Schüler Michael Wohlgemuts. Führender deutscher Maler der beginnenden Renaissance. Ging zweimal nach Italien, um die italienischen Meister zu studieren. Werke über die Perspektive und die menschliche Figur.

Peter Henlein 1485–1542 Schlosser. Konstruierte in Nürnberg das Feder-Uhrwerk und stellte die ersten Taschenuhren her (Nürnberger Eier).

Willibald Pirckheimer 1470 Eichstätt–1520 Nürnberg. Deutscher Humanist und Gelehrter. Enger Kontakt zu Albrecht Dürer, Erasmus von Rotterdam und anderen.

Hans Sachs 1494–1576. Schuhmacher und Dichter. Bekanntester und volkstümlichster Dichter der deutschen Renaissance. Leiter der Nürnberger Meistersingerschule. Schuf eine riesige Zahl von Gedichten, Dramen, Schwänken, Liedern, Kirchenliedern unterschiedlichster Themen. Eintreten für Luther. Erster Antikriegsdichter in deutscher Sprache. Am bekanntesten sind heute seine Schwänke wie *Schlaraffenland* und seine Fastnachtspiele, z. B. *Das Kälberbrüten*.

Hans Leo Hassler 1564–1612 Frankfurt. Musiker und Komponist. In Italien geschult. Schuf eine Vielzahl von Instrumentalstücken, Liedern, Messen, in denen er italienische Einflüsse mit deutschen Traditionen verband. Von ihm ist die Melodie des Liedes *O Haupt voll Blut und Wunden*.

Bentele, Günther
Die zwei Leben der Isolde G.
ISBN 3 522 17672 3

Einbandgestaltung: Ludvik Glazer-Naudé
Umschlagtypografie: Michael Kimmerle, Stuttgart
Innentypografie: Kadja Gericke, Arnstorf
Schrift: Minion und Bauer Bodoni
Satz: KCS GmbH, Buchholz/Hamburg
Reproduktion: immedia 23, Stuttgart
Druck und Bindung: Friedrich Pustet, Regensburg

5 4 3 2 1* 04 05 06 07

Thienemann im Internet: www.thienemann.de

Der Feuerbaum
ab 12 Jahren · 304 Seiten mit Illustrationen
ISBN 3 522 16939 5

Die fesselnde Geschichte von Ulrich Georg Wennagel, einem Zimmermann, der in den Wirren von Reformation, Pest und Bauernkrieg eine besondere Probe bestehen muss.

Dunkle Zeichen
ab 12 Jahren · 320 Seiten
ISBN 3 522 17419 4

Im Jahr 1146: Nach drei mysteriösen Morden muss Arbogast seine Heimat verlassen, weil er um sein eigenes Leben fürchtet. Doch wer trachtet ihm, einem mittellosen Knecht, nach dem Leben?

Das große Spiel des Herrn Trabac
ab 12 Jahren · 352 Seiten
ISBN 3 522 17605 7

Alles, nur nicht zurück ins Gefängnis! Da scheint die Räuberbande für David das geringere Übel. Doch schon bald steckt er mitten in einem Geflecht aus Liebe, Hass, Lügen und Verrat.

THIENEMANN